HEYNE
BÜCHER

Von Suzanne Robinson ist
als Heyne-Taschenbuch erschienen:

Die Lady und der Schurke · Band 04/189

SUZANNE ROBINSON

DIE GEHEIMNISVOLLE LADY

Roman

Deutsche Erstausgabe

WILHELM HEYNE VERLAG
MÜNCHEN

HEYNE ROMANE FÜR »SIE«
Nr. 04/225

Titel der Originalausgabe
LADY DANGEROUS

Aus dem Amerikanischen
von Beate Darius

Printed in France 1997
Umschlagillustration: Pino Daeni / Agentur Schlück
Umschlaggestaltung: Atelier Ingrid Schütz, München
Satz: Fotosatz Prechtl, Passau
Druck und Bindung: Brodard & Taupin

ISBN 3-453-13489-3

Dieses Buch ist Russ Words gewidmet, einem der wenigen Männer, die über Kreativität, Humor, Verständnis sowie ein Übermaß an Intelligenz verfügen.

1

London, 1857

Wenn man sie auf dem Anwesen eines Vicomte als Spionin entlarvte, würde sie in Newgate enden. Was war in sie gefahren, daß sie sich im Hause eines solchen Mannes wie Vicomte Radcliffe aufhielt? Die Erwähnung seines Namens ließ unwillkürlich Visionen von Höllenfeuern und Schwefelgestank aufleben — finstere Höhlen voller glühender Lava und das Echo der verzweifelten Schreie der Verdammten. Man sagte von ihm, er ginge über Leichen. Aber war ihr denn eine andere Wahl geblieben? Das Londoner Polizeipräsidium hatte ihren Verdächtigungen, daß Radcliffe zwei Männer ermordet habe, keinen Glauben geschenkt.

Mit zwei kohlengefüllten Kübeln schlich Liza durch den Flur auf die Gemächer ihres Dienstherrn zu und blickte dabei immer wieder verstohlen zum Dienstbotenaufgang zurück. Völlig verwaist. Vielleicht bot sich an diesem Abend endlich einmal eine Gelegenheit, seine Räume zu durchsuchen. Es mußte bald geschehen, denn er würde in Kürze aus Amerika zurückkehren.

Kaum daß sie die beiden Eimer abgesetzt und nach dem Türknauf gegriffen hatte, verkündete ihr ein unüberhörbares Klirren, daß Tessie ein Leuchter auf die Marmorvortreppe gefallen war. Lautes Jammern, gefolgt von einer heftigen Schimpftirade von Choke, dem Butler, bestätigte Lizas Vermutung. Doch der Lärm schwoll weiter an. Man hatte das Gefühl, daß — angefangen vom Küchenjungen bis hin zur Haushälterin — jeder im Haus auf einmal vor sich hin murmelte und in emsige Betriebsamkeit verfiel. Türen schlugen und Stiefelabsätze klapperten eilig über Parkett- und Marmorböden.

Zögernd blieb Liza auf der Schwelle zum Schlafgemach ihres Herrn stehen. Die Kohlenvorräte waren in Wahrheit gar nicht für diese Räume bestimmt, da der Vicomte sie eigentlich nie benutzte. Sie hatte von ihm bislang ohnehin nur sein Porträt im blauen Salon gesehen. Und dieses Bild verabscheute sie, auch wenn es einen attraktiven Mann zeigte, der allerdings mit der nonchalanten Hochnäsigkeit eines Aristokraten mit katzengrünen, gefühllosen Augen auf sie hinunterstarrte.

Vielleicht waren seine Gefühle bei einer seiner vielen Schießereien im amerikanischen Westen, über die im Hause häufig getuschelt wurde, auf der Strecke geblieben. Aus irgendwelchen Gründen zog der Vicomte den Wilden Westen der Zivilisation vor. Nach seiner militärischen Ausbildung hatte er mehrere Jahre in Texas und Kalifornien gelebt. Liza kannte keinen anderen Angehörigen des Adelsstandes, der so bereitwillig jegliche Zivilisation verließ, um sich in die barbarische Wildnis von Indianer- und Wüstengebieten zu begeben. Die Verwegenheit dieses Mannes paßte zu seinem Ruf als hemmungsloser Verführer blaublütiger Damen.

Allein wegen dieser Reputation lehnte sie den Mann schon ab. Er war einer von denen, die niemals ohne weibliche Begleitung zu sein schienen, blieb allerdings keiner seiner Gespielinnen lange treu. Sledge war der Meinung, daß der Vicomte kaum eine Nacht allein verbrachte. Als sie das hörte, hatte Liza gekocht vor Wut. Manche Männer waren wirklich wie die Tiere. Tessie behauptete, daß er sich nicht nur eine hochwohlgeborene Geliebte hielt, weil ihn die Gesellschaft einer einzigen Frau entsetzlich langweilte. Wie konnte er nur einen Titel, Macht und Wohlstand besitzen und dabei seinen Stiefelkratzer mehr schätzen als die Frauen an seiner Seite? Liza haßte egoistische Männer.

Und ganz besonders diesen Mann, der zwei Tage nach dem Mord an ihrem Bruder nach Texas gesegelt war. Sie mußte geschlagene elf Monate darauf warten, daß Radcliffe zurückkehrte.

Als sich die Geräusche eilender Füße näherten, ging sie schnell weiter. Wenn sie jemand entdeckte, wollte sie sagen, daß sie sich verlaufen habe. Bei ihrer Einstellung hatte sie ohnehin so getan, als sei sie geistig etwas zurückgeblieben, damit man ihren Ausflüchten vielleicht eher glaubte. Ihr Plan ging allerdings nicht auf, denn Chokes grauer Schopf und seine dürren Schultern kamen bereits auf der Haupttreppe zum Vorschein.

Liza starrte ihn an, weil sie ihn noch niemals hatte rennen sehen. Normalerweise bewegte sich Choke mit der Zurückhaltung und Anmut einer Debütantin auf ihrem ersten Ball. Jetzt fegte der Butler allerdings aufgebracht über den Flur und rief immer wieder die Namen der Haushälterin und der beiden Zimmermädchen. Er erkannte Liza, versuchte mit seinen dünnen glatten Sohlen auf den polierten Dielen Halt zu finden und wirbelte dann herum, um sie anzusprechen. Die vornehme Blässe seines Gesichts war einem tiefdunklen Rosa gewichen. Choke rang heftig nach Atem, während zwei Dienstboten mit Bergen von frischen Leinentüchern nach oben gerannt kamen und im Schlafzimmer des Vicomte verschwanden. Dann vernahm Liza das trockene Knistern von gestärktem Damast und Seide.

»Er kommt!« Choke hatte schließlich wieder die Beherrschung über sich gewonnen. »Schnell, Mädchen, schlepp die Kohlen ins Zimmer und mach Feuer.«

Noch bevor Liza einen Schritt tun konnte, nahm sie auf dem Treppenabsatz einen Fremden wahr. Sie hätte niemals gedacht, daß es einen Menschen geben konnte, der mehr Würde ausstrahlte als Choke, aber dieser Mann besaß die Aura des Papstes. Er wirkte einschüchternd, auch wenn er kaum einen Bauchansatz hatte und seine hohe Stirn von braunen Locken umspielt wurde. Choke stöhnte auf, als er den Fremden erkannte.

»Loveday, erzählen Sie mir jetzt nicht, daß er bereits eingetroffen ist!«

»In fünf Minuten«, wurde ihm ruhig geantwortet.

»Fünf Minuten!« Chokes Stimme überschlug sich, doch dann brüllte er mit aller Kraft, die sein ausgemergelter Körper zuließ: »In zwei Minuten steht jeder in Reih und Glied vor dem Haus! Ich sage zwei Minuten!«

Sledge, der Lakai, der die Leinentücher ins Zimmer getragen hatte, schob Liza eilig beiseite, als er aus den Räumen des Vicomte zurückkehrte. Auf Chokes Befehl setzte er sich in Bewegung. Er war jung, groß und stolz auf seine Körperkraft. Er boxte und war pausenlos darauf bedacht, in den Kneipen und finsteren Gassen von Londons Eastside Gegner zu finden, an denen er sein Talent messen konnte. Als Liza sah, wie sein Gesicht vor Anstrengung schwitzte, wie er schluckte und demütig den Kopf senkte, begriff sie, wie furchterregend der Vicomte sein mußte. Sie hörte das Gekreische des Hauspersonals. Die Atmosphäre war so spannungsgeladen, daß man hätte meinen können, das Haus selbst erzittere vor Angst.

Ihre Kehle war wie zugeschnürt und sie schluckte. Gütiger Himmel, wie konnte sie unter solchen Umständen ihre Tarnung aufrechterhalten? Trotz ihrer großzügig ausgepolsterten Robe fröstelte sie. Kalter Schweiß bildete sich unter der Haube, die ihr Haar verbarg. In diesem Augenblick baute sich der Mann namens Loveday vor ihr auf und griff nach den Kohleneimern, als hätte er gerade die Kronjuwelen wiedergefunden.

»Ich werde sie hineinbringen. Spute dich, Mädchen, und bereite dich darauf vor, seine Lordschaft zu begrüßen.«

Liza deutete einen Knicks an, drehte sich um und eilte zur Dienstbotentreppe. Sie stürmte in die Küche, erspähte eine tränenüberströmte Tessie sowie den Küchenjungen und baute sich vor dem alten, blinden Spiegel auf, der dort in einer dunklen Ecke hing. Sie schob ein paar vorwitzige Haarsträhnen wieder unter die Haube, betrachtete prüfend ihr Ebenbild und zupfte ihr Kleid zurecht, damit es wieder besser saß.

Das Kleid war mit Lagen von Stoff unterlegt, damit es sie dick und plump erscheinen ließ. Dann überprüfte sie, ob auch sämtliche Ärmelknöpfe geschlossen waren. Es konnte verheerende Folgen haben, wenn irgend jemand bemerkte, daß ihre Handgelenke wesentlich schlanker als ihre Arme wirkten. Sie griff nach ihrem Umhang, warf ihn über und folgte der Aufforderung der Haushälterin, sich der übrigen Dienerschaft anzuschließen und in die Empfangshalle zu stürmen. Dabei überholten sie noch die Küchenmädchen und Waschfrauen, die aufgeregt über die weiße Steintreppe klapperten.

Es war einer jener naßkalten Januarabende, an denen die Dirnen auf den Straßen Whitechapels froren. Feuchtigkeit tropfte von dem schwarzen Eisenzaun, der das gesamte Anwesen umgab. Dichter Nebel hing in den Bäumen, die das Haus vor neugierigen Blicken von der Straße abschirmten. Er breitete sich aus, wurde immer undurchdringlicher und waberte um die Knie der Dienstboten, die sich auf dem Kutschenvorplatz aufstellten und dann zur Vortreppe marschierten. Wartend und vor Kälte zitternd standen sie im Schein der riesigen Messinglaternen zu beiden Seiten der Eingangstüren. Neben Liza keuchte und hustete eines der Küchenmädchen in die rußgeschwängerte Luft.

Mit einem Kristalleuchter bewaffnet musterte Choke die Reihen der Dienerschaft. Nachdem er den Küchenjungen angefahren hatte, sich seinen Mantel ordentlich zuzuknöpfen, nahm er seinen Platz an der Spitze des Personals neben der Haushälterin ein. Der Kristalleuchter bebte in seiner Hand, und Liza war sich sicher, daß dieses Zittern nicht von der Kälte herrührte.

Am Ende der Rasenfläche öffneten Lakaien die Torflügel. Zu Lizas Überraschung kamen zwei Männer in langen Mänteln und mit Zylindern die gewundene Auffahrt hinaufgeschlendert. Als sie näher kamen, trat Choke nach vorne.

»Eure Durchlaucht«, grüßte er.

»Noch nicht eingetroffen. Gut. Yale, wir warten solange im Haus, bis die Kutsche vorfährt.«

Liza wagte es, ihren Kopf für den Bruchteil einer Sekunde etwas zu drehen, damit sie die beiden Neuankömmlinge betrachten konnte. Der Herzog! Der Vater des Vicomte, der Herzog von Clairemont, war gekommen, um seinen Sohn nach dessen Rückkehr aus Amerika willkommen zu heißen. Ihr einziger Trost war, daß der Herzog nicht weit entfernt am Grosvenor Square lebte und deshalb nicht über Nacht bleiben würde. Der andere Mann war sicher Lord Yale Marshall, der Bruder des Herzogs. Aber wo blieben die Damen, die Herzogin und ihre Tochter, Lady Georgiana?

Die beiden Adligen verschwanden im Haus, doch das Personal wartete weiterhin geduldig in der Kälte. Mit seinen feuchten Tentakeln umfing sie der Nebel immer stärker, und ihre Kleider wurden klamm. Sie hörte das Kreischen einer Katze, dann war es wieder still. Liza vergrub ihre Wangen im Mantelkragen. Es war bereits spät, und das Haus hob sich wie eine schimmernde weiße Insel von der sie umgebenden Finsternis ab. Als sie schließlich glaubte, sich die Finger in die Ohren stecken zu müssen, um der erbarmungslosen Stille zu entfliehen, vernahm sie in der Ferne gleichmäßiges Hufgetrappel. Das Geräusch hallte von den Gebäuden und Mauern wider — und es klang hohl und unheimlich auf den verlassenen Straßen, die tagsüber so voller Leben waren.

Eisen schlug auf Eisen, als die Lakaien die Torflügel wieder schlossen. Vier Rappen, die eine schwarzlackierte Karosse zogen, kamen ins Blickfeld. Liza entfuhr ein unbehaglicher Seufzer, als sie bemerkte, daß Kutsche, Geschirr und Kutscher durchgängig in Schwarz gehalten waren. Polierte Messinglaternen und Beschläge boten den einzigen Kontrast.

Als die Kutsche vor dem Haus anhielt, stampften und schnaubten die Pferde in der Kälte. Der Kutscher, der in einen dicken Reisemantel und einen schwarzen Schal gehüllt war, beruhigte leise die nervösen Tiere. Liza konnte nicht anders, sie mußte sich trotz ihres zunehmenden Zitterns ein wenig vorbeugen. Vielleicht lag es an der undurchdringlichen Nebelnacht oder an der furchterregenden Erscheinung dieser tiefschwarzen, totenstillen Kutsche, daß sich niemand bewegte.

Dann sah sie es. Ein Stiefel. Ein schwarzer Stiefel — anders als alle, die sie je zuvor gesehen hatte. Mit hohem Absatz, vorn spitz zulaufend, abgestoßen, steckte er aus dem Kutschenfenster. Sein Besitzer mußte es sich im Innern bequem gemacht haben. Als sie ihren Mund wieder schloß, der vor lauter Überraschung offenstand, sah Liza, daß kleine Rauchwolken ins Freie gepafft wurden. Dermaßen aufgebracht über diese ungewöhnliche Ankunft, bemerkte sie überhaupt nicht, daß der Herzog und sein Bruder die Treppen hinunterkamen und sich neben sie stellten.

Die Pferde tänzelten nervös und warfen ihre Köpfe hoch, so daß der Kutscher sich erneut auf den Kutschbock schwingen und die Zügel halten mußte. Der Stiefel im Fenster rührte sich nicht. Die einzigen Geräusche machten die widerspenstigen schwarzen Bestien. Plötzlich wurde der Stiefel zurückgezogen. Der Kutscher sprang unverzüglich zur Erde und öffnete die Kutschentür. Im Inneren brannte kein Licht. Aus der Dunkelheit trat ein Mann hervor, der so riesig war, daß er sich beinahe zur Hälfte zusammenkauern mußte, damit sein Hut nicht am Dach des Gefährts hängenblieb.

Als der Mann sich aufrichtete, trat der Kutscher zurück. Liza sog den Atem ein, und ein Gefühl der Unwirklichkeit legte sich über ihre eigentlichen Empfindungen. Der Mann, der vor ihr stand, war von Kopf bis Fuß in tiefstes Schwarz gekleidet, als wollten er und sein bedrückendes Gespann eins werden mit der Nacht. Den Hut mit der breiten Krempe hatte er tief ins Gesicht gezogen, und ein langer Mantel umspielte seinen Körper. Er trug ihn offen, und als er ihn glattstrich, erhaschte Liza einen Blick auf seine Hose und Weste und einen schwarzen, lässig um die Hüften geschlungenen Patronengürtel mit einem glänzenden Revolver.

Unbeeindruckt von dem Aufruhr, den er verursacht hatte, hielt er inne. Liza erinnerte sich plötzlich an ein Flugblatt, das sie über den Wilden Westen gelesen hatte. Darauf hatte sie das Bild eines solchen Mannes gesehen.

Schließlich bewegte sich der Mann. Er rieb ein Streichholz an seinem Revolvergürtel und zündete sich eine dünne Zigarre an. Die Spitze glühte, und für einen Moment wurde sein Gesicht vom Licht des Zündholzes erhellt. Sie erblickte glänzendes, tiefschwarzes Haar, das die Streichholzflamme beinahe zu absorbieren schien. Dichte Wimpern umgaben funkelnde, katzengrüne Augen, seine Nase war gerade und die Wangen mit kurzen Bartstoppeln übersät. Dann verglühte das Streichholz und fiel zu Boden. Der Mann steckte seine Daumen in den Gürtel und schlenderte an den Reihen seiner Dienerschaft vorbei, ohne sie zu beachten.

Vor dem Herzog blieb er stehen, paffte an seiner Zigarre und blickte den älteren Mann an. Ein weiteres furchteinflößendes Schweigen folgte, was Choke zum Anlaß nahm, sich schleunigst zurückzuziehen. Als er vor dem Mann stand, inhalierte er ein letztes Mal den Rauch seiner Zigarre und blies ihn dann in die Richtung des Herzogs. Langsam glitt der Anflug eines Lächelns über seine Züge. Er nahm die Zigarre aus dem Mund, schob seinen Hut ins Genick und sprach zum ersten Mal.

»Schön, schön. Guten Abend, Papa.«

Seine Aussprache war sehr ungewöhnlich — breit und schleppend, dabei unterkühlt und unverhohlen amüsiert. Dieser Mann ließ sich Zeit mit seinen Formulierungen, er wählte sie aus, wog ab und ließ seine Feinde in ihrer Erwartungshaltung, bis er geendet hatte. Der Herzog kochte vor Wut, und sein Haar richtete sich beinahe auf wie die Mähne eines Löwen, als er seinen Sohn anfunkelte.

»Jocelin, du vergißt deine Manieren.«

Die Zigarre fiel zu Boden und verglühte auf dem nassen Pflaster. Liza wäre gern vor der plötzlichen Grausamkeit geflohen, die dem Blick des Vicomte entsprang. Er lächelte wieder und sprach leise, mit großem Vergnügen und voller boshafter Hinterhältigkeit. Sein breiter Akzent wich einem schneidenden, vornehmen Tonfall.

»Ich vergesse nichts. Ich werde niemals vergessen. Vergessen ist deine Domäne, andernfalls hättest du nicht meinen lieben Onkel hierhergebracht, wo ich ihm an den Kragen gehen könnte.«

Alle Blicke waren auf den Mann gerichtet, der hinter dem Herzog stand. Er war wesentlich jünger als sein Bruder, hatte aber ebenso dichtes, schwarzes Haar wie das des Herzogs einst gewesen war, mit leicht ergrauten Schläfen. Wie sein Neffe war er von großer Statur und erinnerte Liza an die Ritter der Artussage, denn er verkörperte Attraktivität gepaart mit Ritterlichkeit. Mit den gleichen faszinierend grünen Augen wie sein Neffe musterte er traurig den jungen Mann, als dieser jetzt vor ihn trat.

»Ich wußte, ich hätte nicht mitkommen sollen«, murmelte Yale seinem Bruder zu.

Mit ritterlicher Würde trat er beiseite, und diese Bewegung

brachte ihn noch näher zu seinem Neffen. Jocelins linke Hand berührte den Revolver an seiner Hüfte, als sein Onkel sich umdrehte. Der Herzog zischte seinen Namen, daraufhin schob er die Hand lässig zur Seite.

Er zündete sich eine weitere Zigarre an. Auf ein Zeichen seiner Durchlaucht trat Choke in Aktion. Er rannte die Treppen hoch, um die Tür zu öffnen. Der Herzog schritt hinter ihm her, und nachdem er noch einige entspannende Züge von seiner Zigarre genommen hatte, folgte sein Sohn ihm langsam.

»Na wenn schon«, murmelte er. »Ich kann ihn auch später töten.«

Liza wechselte einen entsetzten Blick mit dem Küchenjungen. Als die drei Adligen verschwunden waren, übergab Choke einem der Lakaien den Kristalleuchter und klatschte in die Hände.

»Los, los. Cook, das Essen darf nicht zu spät aufgetragen werden. Sledge, kümmere dich um das Gepäck seiner Lordschaft.« Choke wandte sich dem Küchenjungen und den beiden Waschfrauen zu, die aufgeregt miteinander schwatzten. »Ruhe. Macht, daß ihr wieder nach unten kommt. Und du auch!«

Liza zuckte zusammen, als Choke sie anblaffte. »Gamp. Nicht wahr, so heißt du doch? Gamp, mach Feuer. Starr mich nicht so an, Mädchen.« Choke beugte sich zu ihr hinunter und schob sie an den Schultern. »Lauf. Und verschwinde, bevor seine Lordschaft seine Gemächer betritt.«

Liza raffte ihre Röcke und rannte los. In ihrer Verwirrung benutzte sie die Haupttreppe. Der Architekt Robert Adam hatte bei der Errichtung des Radcliffe-Hauses für großzügige, vornehme Eleganz gesorgt. Die Eingangshalle wurde von einer marmornen Mitteltreppe beherrscht, die sich im ersten Stock zur Linken und zur Rechten teilte. Ihre Stiefel klapperten auf dem hellen und dunklen Marmor, dann wandte sich Liza nach links, eilte durch den Gang auf die Doppeltüren der herrschaftlichen Gemächer zu und stürmte in den Salon. Was früher einmal ein Vorzimmer gewesen war, diente dem Vicomte jetzt als Arbeitszimmer.

Liza griff nach ihren Kohlenkübeln, stellte einen vor den Kamin im Salon und rannte dann ins Schlafzimmer, um den anderen vor dem Ofen abzusetzen. Als sie sich aufrichtete, um Luft zu holen, fiel ihr Blick auf ein halb zerwühltes Bett.

»Gütiger Himmel!«

Es blieb keine Zeit, um Tessie zu holen. Sie schob die Vorhänge zur Seite und griff unter die Matratze, um die Laken zu glätten. Ihre Herz raste, als sie bemerkte, wieviel Zeit bereits vergangen war. Man trug keine Waffen im zivilisierten London — im London Ihrer Majestät Königin Victorias. Niemand, nicht einmal der schlimmste Verbrecher. Er allerdings schon. Sie strich das letzte Laken zurecht und trat einen Schritt zurück, um ihr Werk zu begutachten. Dabei versuchte sie, nicht an den Mann zu denken, den sie kurz zuvor kennengelernt hatte.

Die Bettdecke war auf die übrige Ausstattung des Zimmers abgestimmt, zartes Perlgrau mit silbernen Fäden durchwirkt. Der gleiche Brokatstoff war für die Bespannung der Wände und für die Vorhänge der großen Fenster verwendet worden, die den Raum großzügiger wirken ließen, als er es eigentlich war. Eine in Weiß und Silber gehaltene Decke mit einer großen ovalen Stuckverzierung des großen Robert Adam rundete den kühlen Eindruck ab. Liza erschauerte und bemerkte, daß sie noch das Feuer anzünden mußte.

Sie rannte zurück in das Arbeitszimmer, schüttete Kohlen in den Ofen und zündete ihn vorschriftsmäßig an. Ihre Hände, Gesicht und Kleid waren schwarz verrußt, als das Feuer schließlich brannte und sie ins Schlafgemach eilte. Sie hörte das leise Klappern eines silbernen Teeservices. Tessie trat ein und stellte ein Tablett auf einen Tisch zwischen den Fenstern und dem Kamin.

»Beeil dich«, flüsterte ihr das Mädchen zu, als sie wieder aus dem Zimmer verschwand.

Liza kniete vor dem weißen Marmorkamin und legte Kohlen aufs Feuer. Ihre Hände arbeiteten schnell und schichteten die Kohlenstücke zu einem kleinen Haufen auf. Sie mußte blinzeln, denn die einzige Beleuchtung, die ihr zur

Verfügung stand, war eine Lampe, die auf dem Tisch neben der Teekanne stand. Die schemenhaften Schatten hüllten sie ein.

Als sie das letzte Kohlenstück aufgeschichtet hatte, lehnte Liza sich kniend zurück und tastete in der Dunkelheit nach Handbesen und Kehrschaufel. Sie vernahm einen ungewohnten schlurfenden Laut und hielt inne. Schnell drehte sie den Kopf und fuhr beim Anblick des Vicomte, der langsam vom Salon zum Schlafzimmer hinüberging, zusammen. Das Geräusch hatten seine Stiefel verursacht, als er vom Teppich auf den glatten Holzboden getreten war.

Er trat wieder auf den Teppich. Ohne in ihre Richtung zu blicken, schlenderte er zum Fenster neben dem Teetisch. Den Mantel hatte er in der Halle abgelegt. Im Lichtschein der Lampe sah sie sein maßgeschneidertes blütenweißes Hemd unter der Weste und seine enganliegende Wildlederhose. Sein Gesichtsausdruck war der gleiche wie beim Verlassen der Kutsche — es war eigentlich überhaupt kein Ausdruck. Er streckte eine gebräunte Hand aus, schob einen der Vorhänge beiseite und starrte in die Nacht hinein. Das feuchte Glas gab ihm allerdings nur den Blick auf den Nebel und die schwarzen Gerippe der Baumäste frei.

Dann senkte er seine Hand und seufzte. Liza, die wie erstarrt vor dem Kamin gekauert hatte, fuhr zusammen, denn ein solch menschliches Geräusch hätte sie nicht von ihm erwartet. Er gehörte für sie in eine Welt der Verlogenheit, in der Seufzer keine Rolle spielten. Dann tat er etwas, das ihr vor Überraschung den Mund offenstehen ließ. Er wandte sich dem Teetisch zu und bot ihr damit zum ersten Mal einen direkten Blick auf sein Gesicht mit den wohlgeformten, dunklen Brauen und den scharfgeschnittenen Zügen, die durch seine weiche Haut etwas gemildert wurden. Zu ihrer Überraschung schlangen sich seine langen Finger mit geübter Geschicklichkeit um den Griff der Teekanne. Als er den dampfenden Tee in eine Tasse aus Chinaporzellan mit silbernem Rand goß, lag seine freie Hand auf dem Revolverknauf.

Die goldbraune Flüssigkeit strömte bis zum Rand der Tasse. Er stellte die Kanne zurück auf das Tablett. Die ganze Episode vermittelte ihr wieder das Gefühl von Unwirklichkeit. Dieser Mann, der in London als einziger eine Waffe trug, dieser Mann, der sich in Tierhäute kleidete, goß sich Tee ein wie der Sohn eines Herzogs. Und das konnte doch kein Mörder sein, oder?

Sie wollte sich gerade räuspern, um dem Vicomte ihre Anwesenheit mitzuteilen, als seine Hand nach der Teetasse griff. Bevor sie noch wußte, was geschah, nahm sie verschwommen eine Bewegung wahr und hörte ein metallisches Klicken. Unvermittelt sah sie in das schmale Loch eines Revolverlaufs. Starr vor Angst rang Liza nach Luft und suchte den Blick von Jocelin Marshall. Er mußte sie wohl gehört haben, da er nicht überrascht wirkte und mit dem Revolverlauf winkte.

»Komm ganz langsam ins Licht«, sagte er ruhig.

Liza gelang es, sich zitternd aufzurichten und ging drei Schritte in seine Richtung. Seine Augen verengten sich zu Schlitzen, als das Licht der Lampe auf ihr verschmutztes Kleid und ihren riesigen Hut fiel. Einer seiner Wangenmuskel bewegte sich, der Revolver blieb jedoch starr auf ihre Leibesmitte gerichtet.

»Bleib stehen.«

Da war er wieder, dieser schleppende, breite Akzent. Er fuhr fort. »Ich kann in einer Bewegung und ohne nachzudenken ziehen, zielen und abdrücken. Jahrelange Übung. Du greifst mit der Hand nach der Waffe, dann suchen Daumen und Zeigefinger ganz automatisch den Abzug. Ein gefährliches Manöver, aber wenn es geschickt ausgeführt wird, endet es tödlich. Du mußt lernen, auf Anhieb dein Ziel zu treffen, denn der Rauch trübt dir den Blick für den zweiten Schuß.« Er schob die Pistole zurück ins Halfter und sah sie dabei unablässig an. »Auf diese Entfernung bräuchte ich keinen zweiten Schuß.«

Starr vor Angst hatte sie seinen Erklärungen in diesem getragenen, ungewohnten Tonfall zugehört. Schließlich fand sie wieder zu sich und verlor vor Zorn fast ihre Beherrschung.

»Sie hätten mich beinahe getötet!« Zu spät erinnerte sie sich an ihre Ausdrucksweise. Zum Glück hatte sie nicht viel gesagt. Dann schlug sie ihre abgearbeiteten Hände vors Gesicht und jammerte: »Lassen Sie mich gehen, Mylord! Gott steh mir bei, ich zittere wie Espenlaub!«

Auf ihr Klagen hin schien der Vicomte plötzlich aus irgendeinem Tagtraum zu erwachen. Er blinzelte sie kurz an. Dann nahm er die Hand wieder von dem Pistolenhalfter. Während sie ihn vorsichtig durch ihre Finger beäugte, veränderte sich sein Verhalten. Er richtete sich kerzengerade auf, und seine lässige Haltung verschwand. Seine breiten Schultern sprengten beinahe die Hemdfalten. Er hob sein Kinn, so daß er von einer noch größeren Höhe als vorher auf sie hinabsah, und eine seiner Hände ballte sich zur lockeren Faust, die er hinter dem Rücken verbarg. In seiner Stimme machte sich ein unheimliches Grollen breit, das sie an die Geräusche der berittenen Garde erinnerte.

»Ich werde mir doch nicht von einer naseweisen kleinen Magd sagen lassen, was ich tun soll.« Seine Hochnäsigkeit war zurückgekehrt.

Sie legte ihre Finger auf den Mund, ängstlich darauf bedacht, daß sie keine ungeschickte Bemerkung enttarnte. Dann sank sie zurück, als er plötzlich in ihre Richtung schritt.

»Ich habe gesagt, du sollst dich nicht bewegen.« Er blieb keine fünf Zentimeter von ihr stehen und blickte sie finster an. »Du bist schmutzig und du zitterst. Haben sie dich hierher geschickt, ohne daß du dich vorher aufwärmen durftest? Zweifellos hast du auch über eine Stunde draußen in diesem verdammten Nebel gestanden. Verschwinde jetzt.«

»D-das Feuer, Mylord.«

»Ich werde mich darum kümmern.« Er trug wieder seine Überheblichkeit zur Schau. »Wenn ich in West Virginia in einem Schneesturm Feuer machen kann, werde ich wohl auch hier Kohlen anzünden können. Weg mit dir, Fräulein.«

»Aber Mylord ...«

»Schweig jetzt!«

Ein Räuspern unterbrach die Amerika-Exkursion des Vicomte. »Ah-hmhm. Mylord.«

Jocelin tastete nach dem Halfter und gebot Loveday einzutreten. Sein Kammerdiener glitt lautlos zu ihm.

»Mylord, es scheint, daß der neue Stallknecht ein Paar unserer Reitstiefel ruiniert hat.«

»Wirklich?«

»Ja, Mylord. Wir werden das neue Paar tragen müssen. Der Stallbursche hat sie mit schwarzer statt mit brauner Schuhcreme poliert. Ich fürchte, daß der kleine Kerl durch unsere Ankunft etwas verstört ist.«

Lizas Verblüffung wuchs, als der Vicomte, statt sich darüber aufzuregen, nur mit den Schultern zuckte und sich abwandte. Er griff nach seinem Gürtel. Das Leder knarrte, als er ihn löste und über seine Hüften und sein strammes Gesäß gleiten ließ, das Lizas Blick in seinen Bann zog. Eine plötzliche Hitzewallung durchzuckte ihren Körper, als Radcliffe sich in einem Sessel neben dem Teetisch niederließ und die Wildlederhose über seinen Schenkeln spannte. Fasziniert starrte sie auf das Muskelpaket, das sich über seinen Knien abzeichnete.

»Verlaß jetzt das Zimmer«, meinte er beiläufig. Ohne auch nur einen Blick auf sie zu verschwenden, legte er den Gürtel mitsamt dem Revolver neben die silberne Teekanne und führte seine Teetasse zum Mund.

Sie spürte, wie ein Ellbogen gegen ihren Arm stieß. Loveday knuffte sie ein weiteres Mal. Sobald Liza sich erhoben hatte, verließ sie fluchtartig den Raum. Als würde sie von einer Meute hungriger Bestien verfolgt, eilte sie auf den Dienstbotengang zu und floh die Treppe hinunter. In der Wäscherei fand sie einen Wassertiegel und säuberte sich. Zum ersten Mal fiel ihr auf, daß ihre Hände zitterten. Sie hatte noch niemals zuvor einen Menschen wie Jocelin, Vicomte Radcliffe — halb Revolverheld, halb Edelmann — kennengelernt. Und was vielleicht noch schlimmer war: Auch wenn die amerikanische Hälfte seines Wesens barbarisch wirkte, so war doch seine aristokratische Hälfte mindestens genauso gefährlich und mit Sicherheit ernstzunehmender.

2

Jocelin lehnte sich mit an den Knöcheln überkreuzten Beinen in seinem Louis-Seize-Sessel zurück und lauschte, wie die plumpe kleine Magd den Raum verließ. Es tat ihm leid, daß er den Revolver auf sie gerichtet hatte. Aber, zum Teufel, sie hätte sich ja auch bemerkbar machen können.

Er war lange im Wilden Westen gewesen. Er war nach Kalifornien gereist und von dort aus über Colorado und Texas, weil er den Krieg endlich vergessen, Balaklava und Scutari aus seiner Erinnerung verbannen wollte; aber es hatte auch noch andere, weniger quälende Gründe gegeben. Diese Roßkur war erfolgreich gewesen, solange er sich in Amerika befand, aber sie verlangte auch ihren Tribut. Durch die wochenlangen Ritte waren Körper und Geist angespannt. Seine Sinne hatten sich geschärft. Er war in der Lage, einzelne Regentropfen in einem Sturm zu hören, er konnte Feuerstellen bereits auf gewaltige Entfernungen riechen und die bloße Anwesenheit eines Comanchen spüren. Und deshalb zielte er auf kleine Dienstmägde, die vor dem Kamin seines Stadthauses kauerten.

Unbehaglich rutschte er auf dem Stuhl hin und her, dann nahm er ein Paar vernickelter Handschellen aus seiner Gesäßtasche und warf sie mit einem scheppernden Geräusch auf den Teetisch. Loveday musterte ihn mißfällig. Jocelin bedachte ihn mit einem ironischen Lächeln, vermied es aber, auf den angewiderten Gesichtsausdruck seines Kammerdieners zu reagieren. Er wühlte weiter in seiner Westentasche und brachte die dazugehörigen Schlüssel sowie ein ledernes Zigarrenetui zum Vorschein.

Loveday schwebte förmlich zum Tisch, ergriff mit spitzen Fingern die Handschellen und hielt sie auf Armeslänge von sich entfernt.

»Ich darf diese bis auf weiteres zu unseren anderen amerikanischen Accessoires legen, Mylord?«

Jocelin nahm einen ordentlichen Schluck Tee und knurrte zustimmend.

»Mir ist aufgefallen, daß Mr. Tapley nicht mit seiner Lordschaft zurückgekehrt ist.«

Jocelin lehnte sich wieder in seinem Sessel zurück, verschränkte die Arme vor der Brust und schloß die Augen. »Ach ja, Mr. Tapley. Auf unserem Weg von Texas nach Kalifornien fiel der unglückselige Tapley den Comanchen in die Hände. Ein schlimmes Schicksal. Ich hatte ihn vorher noch vor ihnen gewarnt, als ich ihm von dem ganzen Gold in Kalifornien erzählte. Wirklich tragisch. Ein Rad an unserer Kutsche brach, und wir mußten über Nacht im Freien kampieren. Er entfernte sich von unserem Lagerplatz. Ich sagte ihm noch, er solle nicht allein umherstreifen.«

»Wie dumm von ihm, Mylord.«

Jocelin öffnete die Augen und sah sich Lovedays unergründlichem Blick ausgesetzt. »Tja, dumm. Ich mußte es tun, Loveday. Es war die einzige Möglichkeit, ihn aus den Händen seiner Feinde zu befreien.«

Loveday, der noch immer die Handschellen hochhielt, nickte und zog einen versiegelten Umschlag aus seiner Jackentasche. »Unsere Post ist sortiert worden, Mylord, und kann warten, bis wir uns von der Reise erholt haben. Aber ich habe das hier gefunden.«

Jocelin setzte sich aufrecht, griff nach dem Umschlag und zog die Lampe dichter heran. Neugierig blickte er auf das Siegel. Es zeigte eine stilisierte Guillotine. Nick hatte einen Hang zum Makabren. Jocelin brach das Siegel und las den Brief, dann sah er sich das beigefügte Blatt an. Sein Blick fiel auf fünf Namen und die dazugehörigen Adressen. Die kühle Feuchtigkeit des Nebels vor dem Fenster schien von seinem Körper Besitz zu ergreifen. Wie eine schwere Last legte sich ihm der Alptraum seines Lebens wieder auf die Schultern.

Loveday hatte das Feuer geschürt. Jocelin überreichte ihm den Brief, den sein Diener mit einem rotglühenden Stück Kohle entflammte. Abrupt stand Jocelin auf, rollte die Liste zusammen und verließ das Zimmer.

»Mein Bad?« Er hörte, daß er die Worte betonte, wie er es in Sandhurst gelernt hatte. Er hatte den Wilden Westen also allmählich wieder verdrängt.

»Die Diener sind soeben dabei, heißes Wasser einzulassen, Mylord.«

Er ging in sein Arbeitszimmer, hatte jedoch keinen Blick für die elegante Symmetrie der silbergrauen Wandpaneele. Er schlenderte zum Kamin. Auf dem Sims standen drei Gefäße. Eine Urne aus Wedgwood-Porzellan, ein Nautiluspokal und ein Flakon, dessen Sockel aus Lapislazuli geschnitzt war. Es war ein kostbares Stück, das der italienischen Renaissance entstammte und früher einmal den Medicis gehört hatte. Er griff nach dem goldverzierten Gefäß mit dem langen, schmalen Hals und dem aufklappbaren Verschluß. Diesen öffnete er und ließ die dünne Papierrolle hineingleiten. Nachdem er das Gefäß wieder verschlossen hatte, stellte er es zurück auf den Kaminsims und ging zum Schreibtisch.

Er hatte sich nie besonders für diese sorgfältig geschnitzte und mit kostbaren Intarsien eingelegte Schreinerarbeit interessiert. Allerdings war der Schreibtisch so gewaltig, daß er fast seine gesamte Korrespondenz enthielt — zumindest seine normale Korrespondenz. Er schloß ihn auf, schob die Schreibfläche zurück und und wählte einen Federhalter und ein Blatt Papier aus.

Als die Lakaien sein Badewasser eingelassen hatten, hatte er seine Antwort an den Verfasser der Liste fertiggestellt. Er überreichte Loveday den Umschlag zur Weiterleitung und entließ seinen Kammerdiener für diesen Abend. Dann ging er ins Bad und zog sich aus. Weil er befürchtete, in dem heißen Wasser einzuschlafen, beendete er rasch sein Bad und war bald darauf im Bett. Er versuchte zu schlafen, doch trotz seiner Müdigkeit gelang es ihm nicht. In seiner Verzweiflung griff er nach dem Revolver und legte ihn unter das Kopfkissen.

Er konnte sich immer noch nicht entspannen. Er hatte nicht damit gerechnet, daß sein Vater bei seiner Ankunft zugegen sein würde. Und Yale hatte er noch weniger erwartet.

Er hatte seinen Onkel seit mehr als einem Jahr nicht mehr gesehen und davor auch nur sporadisch. Seit seinem vierzehnten Lebensjahr. Schlagartig fielen ihm wieder seine Erinnerungen an diese Zeit ein. Er hatte versucht, sie tief im Unterbewußtsein zu vergraben, dorthin, wo all das verbannt war, was Schmerzen oder Peinlichkeit verursachte.

Dann konzentrierte er sich auf sein Treffen mit Asher. Der gute alte Asher wollte bei den Parlamentswahlen kandidieren. Und nach seiner Rückkehr konnte Jocelin wieder die politischen Versammlungen besuchen. Zweifellos hatte Asher in der Zwischenzeit weitere Anhänger auf seine Seite gebracht, vielleicht sogar diesen alten Schurken Palmerston. Mit ihm im britischen Oberhaus und Asher im Unterhaus wäre schon viel gewonnen.

Als ihn schließlich die Müdigkeit übermannte, hörte er ein leises Klopfen an einem der Fenster. Sofort griff seine Hand nach dem Revolver. Er schlug die Bettdecke zurück. Die kühle Luft jagte ihm eine Gänsehaut über seinen nackten Körper. Er warf einen pelzbesetzten Seidenmantel über und schob die Vorhänge beiseite. Ein blasses Gesicht zeichnete sich vor dem Nebel ab. Eilig öffnete Jocelin das Fenster. Zwei nasse Stiefel schwangen sich nach innen und landeten auf dem Teppich.

Jocelin zitterte, als er das Fenster wieder schloß. »Was ist los, Nick? Ich habe deine Nachricht erhalten. Du brauchtest nicht selbst vorbeizukommen.«

»Ist er tot?«

Jocelin betrachtete den jungen Mann, der mit schmutzigen, durchnäßten Stiefeln über seinen kostbaren Teppich stampfte. Feuchtes braunes Haar kringelte sich unter einer abgetragenen Kappe hervor. Gesicht und Hals waren in einen abgewetzten Schal gehüllt, hellblaue, engelhafte Augen leuchteten ihm entgegen. Er erinnerte sich daran, wie er Nick vor vielen Jahren in Houndsditch gefunden hatte. Er war über etwas gestolpert, das er irrtümlich für ein Bündel von Knochen und Lumpen gehalten hatte. Das war Nick gewesen, der sich mit einem Schwarzbrenner überworfen hatte. Jetzt arbeitete Nick für ihn.

»Nun, ist er tot?«

Von Anfang an hatte Nick ihn nie mit seinem Titel angeredet.

»Ja.«

»Du hast meine Notiz gekriegt? Gut. Ich bin einfach nur gekommen, um zu sehen, ob du ... ob du mit mir noch einen kleinen Streifzug machen willst.«

»Arbeitest wohl an deiner Bildung, hm?« fragte Jocelin, als er wieder zu seinem Bett schlenderte.

»Ich beschäftige mir — mich — mit meiner Grammatik. Jetzt, wo ich viel Geld hab', muß ich sozusagen auf Qualität achten.«

Jocelin warf den Morgenmantel ab und schlüpfte unter die Bettdecke. »Und kleidest dich wie ein Straßenhändler?«

»Weißt du, ich war mal wieder unterwegs. Hab' Wind bekommen von einem Laden in Spitalfields. Viel Frischfleisch für die Oberschicht. Piekfeine Kutschen, weiße Seidenschals und ein Haufen Abartiger. Genau deine Wellenlänge, mein Bester.«

»Verdammt, ich bin gerade erst nach Hause gekommen. Ich wollte schlafen.«

»Ja, wir wissen beide, wie wenig du davon abkriegst.«

»Diesmal habe ich keine Probleme. Geh jetzt.«

Nick zuckte die Achseln und schlenderte in Richtung Arbeitszimmer.

»Verschwindest du nicht durch das Fenster?« fragte Jocelin.

»Nee. Zu anstrengend, und ich brauch außerdem Übung beim Rumschnüffeln in Herrschaftshäusern. Will mein Talent nicht verkümmern lassen. Weiß ja nicht, wann ich mal wieder was stehlen muß. Bis dann, mein Bester.«

Es war immer noch dunkel, als er erwachte. Regungslos überlegte er. Er lag auf dem Bauch, hatte Arme und Beine auf dem Bett ausgestreckt. Wovon war er aufgewacht? Ein Rascheln. Da, noch einmal, neben seinem Bett. Dort, wo er gestern abend die Stiefel ausgezogen hatte. Er wartete, bis er das Geräusch nicht mehr hörte, packte seinen Revolver und stürzte sich aus dem Bett wie ein Drache, den man aus seiner Höhle befreit hat. Mit der freien Hand ergriff er etwas, die andere entsicherte die Pistole und zielte auf den Eindringling.

Er hörte ein Kreischen und Aufjaulen. Als er seinen Gefangenen näher an sich heranzog, blickte er in der Dämmerung in die vor Entsetzen weit aufgerissenen Augen der plumpen kleinen Magd. Sie starrten sich an, nur Millimeter voneinander entfernt. Er hielt sie am Handgelenk fest. Sein Daumen drückte gegen ein zierliches Gelenk, die Finger jedoch waren in weiches Fleisch vergraben.

»Was ist los, Mädchen? Was machst du hier drinnen?«

»D-das Feuer. Ich bin für das Feuer zuständig. Und ... und für Ihre Stiefel, Mylord.« Sie hielt ihm die Stiefel unter die Nase. »Ich soll Ihre Stiefel reinigen. Mr. Choke hat mich extra geschickt, weil der Küchenjunge doch Ihre anderen ruiniert hat.«

Er gab ihr Handgelenk frei. Dann sicherte er seine Waffe, legte sie zur Seite und ließ sich in die Kissen zurückfallen. Wütend darüber, daß sie ihn aufgeschreckt und er sich wie ein Barbar verhalten hatte, lehnte er sich zurück und kümmerte sich nicht darum, daß ihm die Decke bis zu den Hüften heruntergerutscht war. Er verschränkte die Arme hinter dem Kopf und beobachtete, wie ihr Gesicht scharlachrot anlief. Da er außer seiner Nacktheit keinen anderen Grund dafür fand, nickte er sie nur an.

»Mach weiter. Mach zuerst hier Feuer.«

Als er sprach, war sie bereits in Richtung Arbeitszimmer gegangen. Jetzt wandte sie sich um und starrte ihn an.

»Mach Licht an«, sagte er.

Als sie gehorchte, beobachtete er sie genauer. Sie hatte ein gebräuntes ovales Gesicht mit einer hohen Stirn. Ihre Lippen waren zusammengekniffen, so daß sie schmaler wirkten als sie es eigentlich waren, ihren Blick hielt sie von ihm abgewandt. Trotzdem gelang es ihm, Augen von der seltsam unbestimmbaren Farbe zwischen Braun und Blaugrau zu entdecken. Vorwitzige, hellbraune Löckchen umspielten Stirn und Schläfen. Er wartete, bis sie das Feuer entfacht hatte. Sie war bereits zur Tür gegangen, als er sie aufhielt.

»Du hast etwas vergessen.«

Er amüsierte sich fast über ihren Widerwillen, sich noch einmal umzudrehen. Er konnte ihre Gedanken lesen. Sie war zornig über sein Verhalten und darüber, daß sie das nicht zeigen durfte. Ihre kleinen Hände waren zu Fäusten geballt. Irgendein kleiner Teufel ritt ihn, so daß er sie weiter provozierte. Als sie sich umdrehte, setzte er sich aufrecht hin, so daß die Bettdecke weiter hinunterrutschte und seine Männlichkeit kaum noch verborgen blieb. Er lehnte sich nach vorn, entblößte eine nackte Hüfte und griff nach den Stiefeln. Er hielt sie hoch und lächelte ihr zu.

»Komm und nimm sie mit.«

Er hörte, wie sie mit den Zähnen knirschte. Sie warf sogar einen schrägen Seitenblick auf den eisernen Feuerhaken neben dem Kamin, was Jocelin noch mehr amüsierte. Sie stapfte zum Bett. Als sie nach den Stiefeln griff, zog er sie weg, so daß sie gezwungen war, sich über ihn zu beugen und Halt zu suchen. Er legte einen Arm um ihre Taille und zog sie an sich. Daraufhin verlor sie ihr Gleichgewicht und fiel auf ihn. Er warf die Stiefel zu Boden, umarmte sie und lachte.

Sie versuchte, ihn zwischen die Beine zu treten und rang dann nach Luft über soviel Kühnheit. »Laß mich los! Ich meine, bitte, Eure Lordschaft, lassen Sie mich los.«

»Verdammt noch mal, Mädchen, du hättest mich entmannen können.«

Vor Schmerz die Zähne zusammenbeißend versuchte Jocelin, sie davon abzuhalten, auf seinen Brustkorb einzutrommeln. Ihre kohlengeschwärzten Hände fühlten sich heiß an auf seiner erhitzten Haut. Mit einer Hand zwang er sie, ihm ihr Gesicht zuzuwenden, dann nahm er ihren entsetzten Blick wahr.

»Wenn du das nächste Mal in meinen Räumen herumschnüffelst, wirst du dafür büßen.«

»Ich habe nicht herumgeschnüffelt. Ich muß Feuer machen. Lassen Sie das!«

Jocelins Brauen schossen nach oben, als er ihren üppigen Körper an sich drückte. Er spürte zwar ihre Brüste, doch diese waren von seltsamer Beschaffenheit. Bevor er noch etwas sagen konnte, hatte sie sich seinem Griff entwunden. Er ließ sie gewähren, denn er hatte sein Ziel erreicht. Ihr Knie bohrte sich in seinen Oberschenkel, und er stöhnte auf. Dann sprang sie vom Bett und rieß dabei sein Laken mit sich. Als sie ihn ansah, entfuhr ihr ein spitzer Schrei, und sie wandte ihm schnell den Rücken zu. Jocelin strich mit schmerzverzerrtem Gesicht über seine Schenkel, doch dann lächelte er und zog sich die Decke wieder über den Körper.

»Nächstes Mal soll Choke mir einen Diener schicken.«

Jetzt rannte sie fort. Er hörte, wie die Tür zum Arbeitszimmer zuschlug. Alles in allem war das Leben zu Hause gar nicht so langweilig. Ringkämpfe mit kleinen dicken Dienstmädchen vollbrachten wahre Wunder an melancholischen Gemütern. Er saß kerzengerade im Bett und hatte den Kopf zur Seite gelegt, als würde er lauschen, und dachte über seine Gefühle nach. Das war noch nie dagewesen. Sein aufbrausendes Wesen, das sonst seine Gefühlswelt beherrschte, hatte sich irgendwo tief in seinem Inneren verborgen.

Wo war das Gefühl nagender Boshaftigkeit geblieben? Das unförmige junge Mädchen hatte ihn davon befreit. Jocelin lächelte — ein echtes Lächeln, frei von Ironie und Schadenfreude. Er lächelte noch immer, als Loveday mit dem Frühstückstablett ins Zimmer kam. Statt sich im Bett zu vergraben und rachsüchtige Gedanken zu pflegen, machte er rasch seine Morgentoilette.

Der Ankleidevorgang wurde in leutseligem Schweigen vorgenommen, denn Loveday begleitete ihn schon seit seiner Zeit auf dem Sandhurst Royal Military College. Sein Vater hatte ihn bereits im Alter von 16 Jahren dorthin geschickt, und das nicht unbedingt, weil Jocelin darauf so erpicht gewesen war. Der Herzog wollte seinen Sohn lediglich aus dem Weg haben. Das einzige Zugeständnis, das er an seinen einsamen und verstörten Jungen gemacht hatte, war die Anstellung von Loveday als Kammerdiener und zugleich Gefährte. Er hatte allerdings nicht damit gerechnet, daß der Diener auch die Rolle eines eifrigen und klugen Beraters übernahm.

Als er Jocelins Mantel abbürstete und dessen Hosenfalten

geradezupfte, hob Loveday fragend eine Braue. »Soll ich Mr. Choke mitteilen, daß er Sie zum Lunch erwarten darf, Mylord?«

»Was? Oh, nein. Ich treffe mich mit Asher Fox und ein paar von seinen Leuten. Ich werde erst so gegen drei Uhr zurück sein.« Jocelin nahm die Handschuhe und den Hut, die Loveday ihm reichte. »Loveday, haben Sie ...«

»Habe ich sichergestellt, daß Lady Octavia zu Hause ist? Ja, Mylord. Ebenso wie die ehrwürdige Miss Birch und Lady Alberta. Leider ist der Ehemann von Lady Octavia vom Außenministerium dienstlich nach Frankreich beordert worden.«

»Danke. Dann werde ich Lady Octavia besuchen, wenn ich Asher und vielleicht auch den alten Buggy Winthrop hinter mich gebracht habe.«

»Sehr gut, Mylord.«

Jocelin schritt die Treppe hinunter, und seine gute Laune wuchs mit jeder Stufe. In der Halle griff er nach seinem Spazierstock, der in einem Ständer neben der Tür stand. Dabei fiel sein Blick auf die Karte, die auf einem versilberten Tablett neben dem Ständer lag. Die ausladende Handschrift seines Vaters fiel ihm ins Auge, und seine Stimmung sank. Seine Ankunft am gestrigen Abend ... Er hatte nicht mit der Borniertheit seines Vaters gerechnet. Der alte Mann hatte ihn in der Bibliothek zur Rede gestellt und dabei schamlos ausgenutzt, daß Jocelin in der Gegenwart seines Onkels Yale die Fassung verlor. Er konnte sich kaum noch an ihr Gespräch erinnern. Die Einzelheiten waren wie weggeblasen, ausgelöscht von seinem beinahe unbändigen Haß.

Alles, woran er sich erinnerte, war die Auseinandersetzung mit seinem Vater über Jocelins fehlende Erben, sein indiskutables Verhalten und seine Geliebten. In diesem Zusammenhang hatte der Herzog ihn ermahnt, sich mehr um die Jagd, Reiten, Fischen und den Kirchgang zu kümmern. Das, so hatte er ihm versichert, seien die wahren Betätigungen für einen Engländer von Stand.

Viel mehr war ihm von ihrem Gespräch nicht haften geblieben. Woran er sich noch erinnern konnte, war dieses zwiespältige Gefühl des Nichtvorhandenseins. Es war, als hätte es den wahren Jocelin überhaupt nicht gegeben — zumindest nicht für seinen Vater. Die ganze Häßlichkeit und Grausamkeit hatte ihm in der Person seines Onkels in der Bibliothek gegenübergesessen, doch diese Tatsache hatte der Herzog einfach übergangen und seinen Sohn vor dessen Augen niedergemacht. Nach einer langen Zeit der Abwesenheit vergaß Jocelin immer wieder, wie sein Vater wirklich war.

Warum konnte er die Hoffnung nicht aufgeben, daß sich seine Familie je ändern würde? Er hörte ein lautes Knacken, das in der mit Marmor verkleideten Halle um so lauter widerhallte. Er blickte auf seine Hände. Jede hielt eine Hälfte seines Spazierstocks. Überrascht starrte er die beiden Enden an, spähte dann jedoch über seine Schulter, weil er ein weiteres Geräusch vernahm. Ein leichtes Rascheln, das von einem Klappern begleitet wurde. Sorgfältig jeden Laut vermeidend legte er die beiden Hälften auf den Boden und eilte zu der Tür hinter der Treppe, die in den Dienstbotenbereich führte.

Wie er es vermutet hatte, war die Tür nur angelehnt. Er griff nach dem Türknauf und riß sie auf. Da er nichts als Dämmerlicht wahrnehmen konnte, lief er durch den Gang auf die nächste Tür zu. Hinter ihr befand sich eine leere Garderobe.

Die nächste Tür war verschlossen, hinter ihr verbarg sich das Familiensilber. Er wollte gerade eine weitere Tür öffnen, als er den Zipfel eines gestärkten Kleides entdeckte, das um die Ecke in Richtung Küchentreppe und Waschraum verschwand. Er stürmte hinterher.

Jocelin rannte um die Ecke und geradewegs in eines der Dienstmädchen. Sein Fuß trat auf den Rocksaum ihrer Dienstkleidung. Kreischend stolperte sie mit rudernden Armen auf die oberste Stufe zu. Er griff nach dem Geländer und gleichzeitig nach dem Kleid der Dienstmagd. Stoff gab nach, und die junge Frau schnappte nach Luft, als er sie sicher wieder auf ihre Füße stellte. Er erhaschte einen Blick auf weiße Haut und eine entblößte Brust, bevor sie noch die

Enden ihres Oberteils zusammenraffen und sich von ihm abwenden konnte.

»Du verdammter Idiot ... Mylord!«

Während er seinen Mantel glattzog und sich eine Locke aus dem Gesicht strich, musterte er das Mädchen.

»Warst du in der Halle?«

Sie straffte ihre Schultern, warf den Kopf zurück und erwiderte hochnäsig seinen Blick. »Wie bitte, Mylord?«

»Sieh mich nicht so an, als wäre ich ein Straßenräuber mit Pestbeulen. Antworte mir. Warst du gerade in der Halle?«

»Nein, Mylord. Falls seine Lordschaft sich erinnert, ist es meine Aufgabe, Feuer zu machen und Ihre Stiefel zu reinigen.«

Ihr schnippischer Ton drückte ganz klar aus, daß er keine Ahnung von schweren Kohleneimern und Stiefelputzen hatte. Sie stand da, so steif und scheinbar leidgeprüft wie ein Märtyrer, der einer Entschuldigung harrte. Die verdammte kleine Landplage wartete darauf, daß er sich entschuldigte!

»Doch, du warst es«, schnappte er zurück. »Ich weiß es ganz genau.«

»Ich möchte seiner Lordschaft nicht widersprechen.«

Er ging auf sie zu. In dem dunklen Gang blieb sie sehr viel länger standhaft stehen, als er vermutet hätte, doch als seine Stiefelspitze schließlich ihren zerrissenen Rocksaum berührte, wich sie zurück. Er folgte ihr, und ihre Kehrseite streifte an der Wand entlang. Mit ihrer Schulter hätte sie beinahe das Porträt eines lange verstorbenen und treuen Butlers der Marshals heruntergerissen. Er griff danach und hielt das Bild fest. Sie trat zur Seite, um ihm auszuweichen, doch er preßte seine freie Hand gegen die Wand, so daß sie sich nicht in einer Ecke verkriechen konnte.

Über sie gebeugt betrachtete er ihren Gesichtsausdruck und sagte leise: »Dienstboten sollten unsichtbar bleiben, besonders die Mädchen für alles.«

»Ja, Mylord. Wenn Sie mich jetzt entschuldigen wollen, werde ich sofort unsichtbar.«

Als sie sich in Richtung Treppe drehte, legte er auch seine

andere Hand auf die Wand. »Zu spät.« Mit Genugtuung beobachtete er, wie sie förmlich versuchte, mit der Wand zu verschmelzen.

»Du hast mich beobachtet«, sagte er.

Sie starrte ihn an. »Ich war es nicht, Sie ... Mylord.«

»Ich habe alle Zeit der Welt, um auf dein Geständnis zu warten.«

Als er eine der vorwitzigen Locken an ihren Schläfen berührte, entwand sie sich ihm. Er hatte gar nicht bemerkt, wie nah er ihr gekommen war, bis er den Duft von Zitronen wahrnahm. Dieses Mädchen für alles mit seinen rußverschmierten Händen und dem zerzausten Haar duftete nach Zitronen. Er war den Geruch von Pferdeschweiß und Schießpulver gewohnt oder die schwere Fülle französischer Parfums. Deshalb traf es Jocelin völlig unerwartet, als er bei einem neugierigen Hausmädchen einen Hauch von Zitronen wahrnahm und heftiges Verlangen verspürte.

Ohne darüber nachzudenken drückte er seinen Körper gegen den ihren. Sie hielt ihren Atem an. Mit einer Hand hielt sie immer noch ihr Kleid zusammen, die andere preßte sie gegen seinen Brustkorb. Kohlenstaub beschmutzte sein blütenweißes Hemd. Er grinste, als sie es bemerkte, und schob ihre Hand weg, als würde sie brennen; dann legte er sie zurück und umschlang sie fester.

»Gib zu, daß du mich beobachtet hast«, stieß er hervor. »Du riechst nach Zitronen.«

Sie war ganz ruhig und völlig steif geworden. Wenigstens soviel hatte er erreicht.

Ihre Lippen berührten sich beinahe, als er flüsterte: »Du hast mich beobachtet. Du brauchst dich nicht zu schämen, denn das haben auch andere Frauen getan. Ich will dich auch.«

Dann küßte er sie, weil der Zitronenduft, ihr Zittern und auch ihr Widerstand ihn erregten. Seine Lippen berührten die ihren. Zögernd öffneten sie sich, und er schmeckte sie. Auf einmal trat sie ihm schmerzhaft auf den Fuß.

»Verdammt!« Er sprang zurück und stieß gegen eine Wand, gleichzeitig jedoch versuchte er, nach ihr zu greifen.

Sie wich ihm aus, wirbelte herum und polterte die Treppe hinab. Immer noch fluchend verlagerte Jocelin sein Gewicht auf den verletzten Fuß und verzog das Gesicht. Dann zog er den Stiefel aus, um ihn zu untersuchen. Auf dem Leder entdeckte er den Abdruck ihres Absatzes.

»Verdammt!«

Irgendwo in den Gesinderäumen schlug eine Tür. Jocelin humpelte den Weg zurück, den er gekommen war. Er hörte sich seltsam an mit einem Stiefel und einem bestrumpften Fuß; er fluchte den ganzen Weg zurück.

Loveday besaß die geniale Begabung, genau zum richtigen Zeitpunkt zu erscheinen. So war es auch jetzt. Jocelin erwartete ihn, denn der Mann schien die Fähigkeit zu besitzen, exakt zu wissen, wann man ihn brauchte, egal, was sein Dienstherr gerade tat.

Jocelin warf den Stiefel zu Boden, stapfte zu einem Stuhl neben dem Kamin und setzte sich. »Eis, Loveday.«

»Tatsächlich, Mylord?«

»Ich habe meinen Fuß verletzt, Loveday.«

»Wie unangenehm, Mylord.«

»Nicht nur für mich, Loveday.«

»Ja, Mylord.«

»Ich werde diese Dienstmagd bestimmt erwürgen, Loveday.«

»Welche Dienstmagd, wenn ich fragen darf, Mylord?«

»Die plumpe, die nach Zitronen riecht, Loveday.«

»Ach so, Miss Gamp, Mylord.«

»Gamp? Gamp? Gamp, Loveday?«

»Ja, Mylord. Darf ich fragen, ob Mylord wünscht, daß das Mädchen entlassen wird?«

Jocelin sprang auf und unterdrückte einen Schmerzensschrei, als er seinen geschwollenen Fuß belasten wollte. Daraufhin ließ er sich wieder auf den Stuhl zurückfallen. »Nein. Nein, nein, nein. Wenn ihr sie wegschickt, bekomme ich keine Revanche, Loveday.«

»Nein, Mylord.«

»Und sag nicht ›Nein, Mylord‹ in diesem mißbilligenden Ton zu mir.«

Loveday schob einen Schemel zu Jocelins Stuhl hinüber. »Wenn ich das einmal so sagen darf, es ist nicht unsere Art, mit unseren Dienstmädchen zu tändeln. Und wir sind stolz auf diese kleine Tugend.«

Jocelin errötete und legte seinen Fuß auf den Schemel.

»Nun, Loveday, auf diese Tugend können wir nicht mehr länger stolz sein.«

»Nein, Mylord?«

»Nein.«

»Ich bringe das Eis, Mylord.«

»Sie duftet nach Zitronen, Loveday.«

»Tatsächlich, Mylord. Eine außergewöhnlich gesunde Frucht, die Zitrone.«

Mit dieser Bemerkung ließ Loveday ihn zurückgelehnt auf seinem Stuhl allein. Jocelin starrte auf seinen Fuß und wünschte sich inständig eine Tasse heißen Tee — mit Zitrone.

3

Liza eilte, ihr Kleid am Hals zusammenraffend, die Treppe hinunter. Als sie auf dem dünnen Teppich innehielt, mit dem die Stufen bespannt waren, horchte sie auf die Schritte des Vicomte, aber sie hörte nichts. Sie hatte schreckliche Angst gehabt, daß er ihr folgte. Ihre Stiefelabsätze klapperten über den gebohnerten Holzboden der Küche. Man nahm jedoch keine Notiz von ihr, da gerade eine Anordnung aus dem Anrichteraum des Butlers kam.

»Tee!« rief Choke. »Tee, Mrs. Eustace. Sofort.«

Liza trippelte auf Zehenspitzen in den Waschraum, vorbei an einem knienden Mädchen, das den Boden schrubbte, und nahm die Hintertür. Durch einen Seiteneingang ging sie zurück ins Haus und stieg über die Hintertreppe ins Dachgeschoß hinauf, wo sie sich mit dem dritten Hausmädchen ein Zimmer teilte. Völlig außer Atem und immer noch zitternd von ihrer Begegnung mit diesem unzivilisierten Aristokraten traf sie dort ein. Choke glaubte sicherlich, daß sie noch mit den Schlafräumen beschäftigt war, also blieben ihr ein paar Minuten, um ihre ramponierte Verkleidung auszubessern.

Die ausgerissenen Enden ihres Kleides enthüllten die eingenähten Polster. Nachdem der Vicomte ihr Kleid zerrissen hatte, hatte sie sich verzweifelt bemüht, diese Ausfütterung sowie das ausgepolsterte Korsett zu verbergen. Der Mann war verrückt. Nein, nicht verrückt, sondern einfach zu intelligent. Er hatte bemerkt, daß sie ihn beobachtete, und jetzt hatte sie sein Interesse geweckt. Glücklicherweise war er — wie viele Männer — so borniert zu glauben, sie interessiere sich für seine hochwohlgeborene Person.

Sie legte das Kleid ab und richtete ihre Korsage. Normalerweise kleideten sie und ihre Zimmergefährtin sich frühmorgens oder spätabends in völliger Dunkelheit an und aus, deshalb brauchte sie auch nicht zu befürchten, daß ihre ausgefütterte Dienstkleidung oder der Grund für ihr unter einer Haube verstecktes Haar entdeckt wurde. Auch jetzt nahm Liza die Haube ab.

In Kaskaden floß ihr Haar unter der Haube hervor. Liza hielt die Farbe für nichtssagend, denn es war weder ein helles Blond noch ein dunkles Braun, eher ein freudloses Aschblond, das sie mit Pomade dunkler machte, um ihre Verkleidung als Miss Gamp glaubhafter erscheinen zu lassen. Nicht auszudenken, wenn der Vicomte ihre Haube heruntergerissen hätte!

Liza griff nach einem frischen Hemd aus dem Schränkchen vor ihrem Bett und schlüpfte hinein. Als sie es bis zur Taille hinunterzog, bemerkte sie, daß ihre Hände immer noch zitterten. Es war unvernünftig von ihr gewesen, ihm nachzuschleichen, aber sie wollte unbedingt wissen, ob er das Haus verließ.

Mit Ausnahme seiner Räume hatte sie das ganze Haus durchsucht. Heute morgen war es ihr gelungen, das letzte der unbenutzten Gästezimmer zu überprüfen. Es war wirklich ein unglücklicher Zufall, daß er früher als erwartet zurückgekehrt war.

Ihre Hände waren kalt und zitterten so sehr, daß sie kaum die Knöpfe ihres Hemdes schließen konnte. Nicht zum ersten Mal war sie dankbar, daß die Auspolsterung ihre Dienstgarderobe wärmer machte, als sie eigentlich sein sollte. Ihre Finger spielten mit einem der Knöpfe, und sie ließ sich aufs Bett sinken, um ein paarmal tief einzuatmen.

Wenn die Polizei ihr nur geglaubt hätte, doch dort hatte man sie mit gönnerhaftem Lachen und heimlichem Spott wieder weggeschickt. Das machte ihr nichts aus. Es war nicht das erste Mal gewesen, und sie hatte es überlebt.

Es kümmerte sie nicht, was sie ihr gesagt hatten. William Edward war nicht der Typ Mann gewesen, der durch die Bordelle und Kneipen Whitechapels streifte, um sich dann umbringen zu lassen. Sie erinnerte sich daran, daß sie genau das gedacht hatte, als die Polizei sie darum bat, ihn zu identifizieren, weil er ihre Karte in seiner Westentasche getragen hatte. Aufgrund ihrer Trauer hatte es monatelang gedauert, bis sie ihre Verdachtsmomente klar erkannte. Dann hatte sie sehr viel Zeit darauf verschwendet, der Londoner Polizei ihre Sichtweise näherzubringen, jedoch ohne Erfolg. Das war genauso aussichtslos gewesen wie der Versuch, ihren Vater davon zu überzeugen, denn auch er vertrat die Meinung der Polizei. Schließlich hatte sie zwar spät, aber unbeirrbar selbst damit begonnen, Nachforschungen über William Edwards Tod anzustellen.

Liza schloß die Augen und sah wieder das verstümmelte Gesicht ihres Bruders vor sich. Seine Zunge war ... nein. Nein, sie wollte sein Gesicht nicht mehr sehen. Das hatte sie sich geschworen.

Statt dessen dachte sie an jenen Abend im vergangenen April, an dem William Edward ermordet worden war. Er hatte sie unerwartet besucht, nachdem sie wegen ihres Vaters ihr gemeinsames Zuhause verlassen hatte. Mit ihm und ihrer Mutter war sie in Verbindung geblieben. Papa wollte mit einer Tochter, die ihm aufgrund ihrer unschicklichen Dickköpfigkeit und ihrer Kämpfernatur mißfiel, nichts mehr zu tun haben. Er konnte es nicht verwinden, daß sie nicht auf Knien zu ihm zurückgekrochen kam, nachdem er ihr die Tür gewiesen hatte. Er war außer sich vor Zorn, daß sie sich beruflich selbständig gemacht hatte. Deshalb hatte sie William Edward heimlich in ihrem Haus, gleichzeitig auch der Sitz ihres Unternehmens, der Pennant's Personalvermittlung, besucht.

William Edward war an jenem Abend sehr aufgebracht gewesen, was so gar nicht zu ihm paßte. Teilweise beruhte seine Aufregung darauf, daß er in Asher Fox' politisches Komitee aufgenommen worden war.

»Er wird seinen Weg machen, Liza«, hatte er ihr erklärt. »Du hättest ihn im Krimkrieg sehen sollen. Er war von allen Offizieren der beste Befehlshaber. Er hat dem verdammten Marshall das Leben gerettet, und mir auch. Großer Gott, dieser Idiot Raglan hatte uns zur Artillerie abkommandiert.«

»Aber in deinen Briefen«, meinte Liza, »hast du doch geschrieben, daß Marshall dich nicht ausstehen konnte.«

William Edward verzog sein Gesicht. »Weil er wollte, daß

wir uns wie die Wilden anziehen. Wir sind Offiziere, Kavallerie Ihrer Majestät, und keine Rothäute. Ich sag's dir, er wollte, daß wir stinkendes Wildleder tragen und spionierend durch den Morast kriechen! Aber ...«

»Hast du deine Meinung geändert?«

William Edward strich mit seinem Finger über das Muster der Spitzengardine in ihrem Büro und räusperte sich. »Ich war während eines Gefechts kurz vor Balaklava mit ihm zusammen, und dann trafen wir unerwartet auf eine russische Einheit. Wir waren von unserer Truppe abgeschnitten und kämpften bis aufs Messer. Cardigan, dieser Idiot, war nicht dort, wo er mit seinen Leuten hätte sein sollen. Marshall, ich und Sergeant Pawkins konnten entkommen. Aber nur deshalb, weil Marshall uns befahl, unsere roten Mäntel mit den goldenen Epauletten abzulegen und uns im Schmutz zu wälzen. Er hatte soviel Zeit in Texas und Kalifornien verbracht, daß er der Kriegsführung gegenüber ein recht respektloses Verhalten an den Tag legte. Du hättest uns sehen sollen, Liza. Er hat uns befohlen, uns am Bauch unserer Pferde festzuhalten und mitten durch die Reihen der Russen zu reiten. Du hättest ihre Gesichter sehen sollen.«

Ihr Bruder setzte sich auf eine Ecke ihres Schreibtischs und sah sie mit verklärtem Blick an. »An jenem Tag lernte ich, rückwärts zu reiten und auf dem Bauch den Feind anzupirschen und ihm von hinten die Kehle aufzuschlitzen. Er meinte, daß er anderenfalls mich umbringen würde, denn er hätte keine Lust zu sterben, nur weil ein wirklicher Kampf nicht ›ganz nach dem Geschmack‹ von Kavallerie-Offizieren sei.«

»Dieser Mann brachte dich dazu, mit einem Messer zwischen den Zähnen durch den Schlamm zu kriechen und ... und ...«

»Und deshalb lebe ich noch. Trotzdem ist er immer noch ein Halunke, Liza. Du weißt gar nicht, wie er sein kann. Mein Fahneneid verbietet mir, schlecht von ihm zu reden. Aber wenn ich denke, daß ein Herzogtum in die Hände eines solch mordlustigen Schurken fällt ... Weißt du schon, daß ein Großteil der DeBretts ausgelöscht wurde? Ich glaube, es gibt nicht mehr als eine Handvoll adliger Familien, die noch einen Erben haben. Und vor zwei Wochen wurde der alte Harry umgebracht.«

William Edward spielte mit ihrem Brieföffner aus Elfenbein und senkte die Stimme. »Der arme alte Harold Airey. Harry Airey nannten wir ihn gewöhnlich. Fiel bei den militärischen Übungen immer vom Pferd. Nie bei der Parade, aber jedesmal bei den Manövern. Balaklava hat er überlebt, aber dann hat er sich erhängt, stranguliert, so heißt es. In Whitechapel. Ich glaube nicht, daß er überhaupt wußte, wo Whitechapel ist.«

»Einige meiner besten Dienstmädchen stammen aus Whitechapel.«

William Edward winkte ab. »Nun ja, Dienstpersonal, aber nicht Airey. Er war Offizier der Kavallerie, Liza, Kavallerie-Offizier!«

Er betonte diese Worte, als wären sie beinahe gleichrangig mit dem Titel ›Ihre Majestät‹. Liza hatte Verständnis für ihren Bruder, denn sie wußte, daß er die unter die Haut gehende Armut der Londoner Armenviertel mit den stinkenden Abwässerkanälen und der rußgeschwängerten Luft niemals begreifen würde. Die Kinder, die in Hauseingängen übernachteten und deren kurzes Leben in der Gosse endete.

Sie hatte darüber in der Times und in Flugblättern gelesen, die sie vor ihrem Vater verstecken mußte. Papa hätte kein Verständnis dafür gehabt, daß Frauen solche Dinge lasen. Er gab ihrer Mutter immer die Zeitungsseite mit dem gesellschaftlichen Klatsch, die diese dann an sie weiterreichte. Liza bekam die oft tagealte Zeitung von ihrem Butler, der empfänglich für Schmiergelder war. Diese Lektüre gehörte zu den wenigen Zersteuungen in den Tagen gähnender Langeweile. Jetzt hatte diese Langeweile ein Ende.

Liza sprang auf. Was war in sie gefahren, hier gedankenverloren herumzusitzen und ihre Vergangenheit Revue passieren zu lassen? Choke würde ihr Fehlen auffallen, wenn sie sich nicht beeilte. Sie stülpte sich die Haube auf und verbarg die langen Locken darunter.

Die Erinnerung an ihr letztes Gespräch mit William Edward schmerzte sie immer noch. Wäre da nicht die zufällige Bemerkung über Harry Aireys Strangulierung gefallen, hätte sie vielleicht niemals an den Umständen von William Edwards Tod gezweifelt. Aber er hatte ihr Haus verlassen, um eine politische Versammlung im Hause des Vicomte zu besuchen, den er ablehnte und mit dem er verstärkt Auseinandersetzungen gehabt hatte, und er war nicht mehr lebend gesehen worden.

Er war genauso gestorben und in der gleichen abstoßenden Gegend aufgefunden worden wie der ehrenwerte Harold Airey. Man hatte William Edward bei einem politischen Treffen vermutet, jedoch nicht in Whitechapel. Zwei Männer aus dem gleichen Regiment, welche die gleichen politischen Treffen besuchten, starben auf die gleiche Art und Weise. Die Ähnlichkeit war einfach zu gravierend, als daß es ein Zufall hätte sein können. Dessen war sie sich ganz sicher. Und das würde sie beweisen.

William Edward war der angenehmste und liebenswerteste Mann gewesen, den sie jemals gekannt hatte. Als ihr Vater sie beschuldigte, daß sie jeden, der ihr den Hof machte, mit ihrer Intelligenz vor den Kopf stieß, statt so zu tun, als hätte sie Stroh im Kopf, hatte William Edward ihn mit Geschichten aus seiner Zeit bei der Kavallerie abgelenkt. William Edward hatte sie geliebt, auch wenn sie anders war als andere Mädchen.

Genug gegrübelt. Liza drückte ihre Haube zurecht und schloß das zerrissene Kleid in ihren Schrank ein. Sie schlich sich durch die Küche und den Waschkeller zurück in den kleinen Raum, in dem der Küchenjunge die Schuhe putzte und andere Schmutzarbeiten erledigte. Sie mußte ja immer noch die Stiefel des Vicomte säubern. Wenn sie diese Aufgabe erledigt hatte, hatte sie wieder einen Vorwand, um in seine Räume vorzudringen.

Nach allem, was gerade vorgefallen war, mußte sie Hinweise für seine Schuld finden und dann so schnell wie möglich aus dem Haus verschwinden. Eine weitere Begegnung mit ihm war nicht auszudenken! Sehnsüchtig wünschte sie sich, Chokes scharfem Blick vor der Rückkehr des Vicomte zu entgehen. War der Vicomte allerdings außer Haus, dann hatten Choke und die Haushälterin Zeit genug, alle Bediensteten streng zu beobachten.

Liza knüllte die Zeitung zusammen, auf der sie die schmutzigen Stiefel abgebürstet hatte, und hielt plötzlich inne. Er war aus dem Nichts vor ihr aufgetaucht und hatte sie zur Rede gestellt. Doch statt nur entsetzt zu sein, hatte sie auch etwas anderes empfunden — sie fühlte sich von ihm angezogen.

Er war nicht so, wie sie vermutet hatte. Da ihm der Ruf von Wildheit und Unersättlichkeit vorauseilte, hatte sie nicht erwartet, daß er eine solche Attraktivität besaß. Verführerische Männer waren oft nicht so. Doch er konnte Lederhäute und Baumwolle tragen und trotzdem das Herz jeder Frau erobern.

Sie sollte sich schämen. Was war denn in seiner Gegenwart jedesmal mit ihr los? Zunächst hatte sie ihre zwiespältigen Gefühle auf die Furcht geschoben, entdeckt zu werden, aber jetzt wußte sie es besser. Sie brauchte ihn nur anzuschauen, und ihr Verstand setzte aus. Sie hatte schon mehrere Male ihre Rolle vergessen und ihn beinahe öffentlich beschuldigt.

Sie war immer stolz auf ihren scharfen Verstand gewesen. Die Dummheit und Fadheit der anderen jungen Mädchen mit ihrer aufgesetzten Nettigkeit, nein danke, das war nichts für sie. Und was war jetzt geschehen? Rasch polierte sie die Stiefel.

Als sie fertig war und sie nach oben tragen wollte, kam Tessie schluchzend und mit einem silbernen Teetablett beladen in die Küche. Als sie das Geschirr mitten auf einem der großen Tische absetzte, klapperte die Teekanne auf dem Tablett.

»Warum heulst du denn jetzt schon wieder, Tessie?« fragte Cook gerade in dem Moment, als Liza mit den Stiefeln vorbeikam.

»E-er hat mich angeschrien.«

Cook blickte zur Decke und verschränkte die Arme vor der Brust. »Was hast du angestellt?«

»Nichts«, schluchzte Tessie. »Er wollte Zitrone, und es war keine auf dem Taaablett!«

Zögernd blickte Liza zu Tessie hinüber, die in ihr Taschentuch weinte. Eine leise eindringliche Stimme flüsterte ihr ins Ohr: *»Du duftest nach Zitrone. Ich will dich auch. Du duftest nach Zitrone. Ich will dich.«*

Mitfühlend legte sie ihre Hand auf Tessies Arm. »Ist er weggegangen?«

»Ja. Er hat sich irgendeine Verletzung am Fuß zugezogen. Loveday hat ihn verbunden, und dann hat er das Haus verlassen. Gott sei Dank. So kenne ich ihn überhaupt nicht. Ich werde mit Mr. Choke sprechen. Wenn seine Lordschaft sich weiterhin so verhält, werde ich mir eine neue Stelle suchen. Ach, Miss Gamp, gehen Sie nach oben? Würden Sie seine Hemden mitnehmen? Ich habe sie gebügelt, aber ich kann im Moment nicht wieder hochgehen.«

»Natürlich, wenn ich Ihnen damit einen Gefallen tun kann. Und ich werde den Raum saubermachen, so daß Sie auch davon verschont bleiben.«

Sie folgte Tessie in den Bügelraum. Das Dienstmädchen legte ihr einen Stapel gebügelter Hemden auf den Arm. Dann griff Liza nach dem Henkel eines mit Kehrschaufel, Besen, Bürsten und Tüchern gefüllten Eimers.

Mit diesem Putzzeug, feinstem Tuch und einem an ihren Fingern baumelnden Paar Stiefeln beladen, marschierte sie nach oben. Auf ihrem Weg begegnete ihr Loveday, der, mit Hut und Handschuhen bestückt, das Haus verlassen wollte. Schließlich wendete sich also alles doch zu ihrem Besten. Sie würde mindestens eine Stunde Zeit haben, um die Gemächer des Vicomte zu durchsuchen.

Sie legte ihr Gepäck zur Seite und lehnte die Tür, die zum Flur führte, vorsichtig an. Sie fest zu schließen, wagte sie nicht, weil sie kein Mißtrauen unter den anderen Dienstboten schüren wollte, die in diesen Räumen zu tun hatten. Rasch huschte sie zum Badezimmer und zu dem Ankleideraum und durchsuchte sie. Weil sie annahm, dort ohnehin nichts zu finden, wollte sie diese als erste hinter sich bringen.

Sie fand einen abgenutzten Koffer, den der Vicomte mitgebracht hatte. Diesen öffnete sie und zog ein braunes Roßhaarseil, eine verzierte Tasche mit Adlerfedern, die auf einem schmalen Band aufgereiht waren, und eine Wildlederhose hervor. Als sie die enge Hose auseinanderlegte, hatte sie das Bild Jocelin Marshalls vor Augen, wie er sie über seine Lenden streifte. *Hör endlich auf damit.*

Sie schob die Hose beiseite und griff noch einmal in den Koffer. Diesmal beförderte sie Gürtel, Halfter und Revolver des Vicomte ans Tageslicht. Der Geruch frisch gereinigten Leders und Schießpulvers erinnerten sie an ihn. Sie strich über das komplizierte Muster des Gürtels und dachte daran, wo er seine Hüften berührt hatte. *Elizabeth Maud Elliot, du hörst sofort auf mit dieser Verworfenheit.* Rasch durchwühlte sie die restlichen Sachen, vermied es jedoch, seine doppelläufige Flinte sowie Patronenhülsen zu berühren. Auf einmal traf ihre Hand auf Fell.

In den Koffer spähend nahm sie ein dunkles Tierfell wahr. Als sie es hervorzog, fiel ihr Blick auf glänzendes Metall. Eine mit Metallscharnieren verstärkte Schachtel. Und sie besaß ein Vorhängeschloß. Aus den verwitterten Lettern auf der Oberseite las sie ›Wells Fargo‹. Als sie die Schachtel hervorkramte und sie auf dem Boden des Ankleidezimmers absetzte, überkam Liza ein Hauch von Genugtuung.

Aus ihrer Jackentasche zog sie ein schmales Werkzeug, das sie von Toby Inch erworben hatte. Inch war der zum Butler gewandelte Dieb im Ruhestand, den sie als respektablen Mr. Pennant angestellt hatte, als sie ihre Agentur für Hauspersonal eröffnete. Bislang hatte sie seine kriminellen Fähigkeiten allerdings noch nicht in Anspruch genommen.

Sie ließ den Dietrich in das Schloß gleiten und drehte ihn vorsichtig um. Nach einigen angstvollen Minuten sprang der Verschluß auf. Liza öffnete die Schachtel — und stöhnte auf. Sie war mit schlanken, dunklen Zigarren gefüllt.

Frustriert packte sie den Inhalt des Koffers wieder ein und durchsuchte in Windeseile Schränke und Kommoden, die mit Herrenkleidung gefüllt waren. Sie fand Krawatten und Socken, Hemden und Kragen, Morgenmäntel, Gehröcke,

Jacketts sowie Überzieher. Sie arbeitete sich durch etliche Paar Halbstiefel, Militärstiefel und unbenutzte Halbschuhe. Sie öffnete Schubladen voller Taschenuhren und Ketten, Krawattennadeln, Manschettenknöpfe und Ringe. Und fand nichts.

Als nächstes untersuchte sie sein Schlafzimmer, tastete sogar die Matratze und das Bettgestell ab. Nichts. Liza biß voller Wut die Zähne zusammen und warf dann einen Blick auf seinen Schreibtisch im Arbeitszimmer. Mit Sicherheit würde er nichts in diesem auffällig verzierten, riesigen Möbelstück verstecken. Trotzdem mußte sie auch dort nachschauen. Sich jede Schublade und jedes Kästchen vorzunehmen, kostete Zeit, und die Durchsicht seiner Briefe dauerte noch länger.

Einmal hörte sie Schritte auf dem Gang, aber dann wurden diese schwächer. Seine umfangreiche Korrespondenz betraf seinen Grundbesitz, Geschäftliches und politische Angelegenheiten mit Regierungsvertretern. Für einen Mann, der so leichtlebig sein sollte, war er überraschend konsequent, was eine Armeereform und die schwelende Kontroverse über die Krönung des ausländischen Prinzgemahls Albert betraf. Liza faltete einen Brief zusammen und legte ihn wieder in eine Schatulle. Sie hatte nach geheimem Belastungsmaterial Ausschau gehalten und war ohne Erfolg geblieben.

Widerwillig schloß sie den Schreibtisch, erhob sich und schob den Stuhl wieder ordentlich davor. Langsam drehte sie sich um und überblickte das Arbeitszimmer. Sie bemerkte die französischen Sessel, die mit kostbarem Ming-Porzellan gefüllten Vitrinenschränke, den weißen Marmorsims über dem Kamin und einen winzigen, antiken Sekretär, der wohl nur zur Dekoration diente.

Es war töricht gewesen zu glauben, daß ein Mörder sich mit den Indizien für seine Verbrechen umgab. Das erkannte sie jetzt, nachdem ihr sorgfältig ausgeklügelter Plan gescheitert war. Entmutigt griff Liza nach ihrem Putzzeug und ging zur Tür. Dort wandte sie sich um und warf noch einen letzten Blick in das Arbeitszimmer. Kühle Eleganz und vornehmes Silbergrau beherrschten den sparsam möblierten Raum ... bis auf etwas Zierat wie das blaue Ding da auf dem Kaminsims.

Lizas Hand lag auf dem Türknauf. Mitten in ihrer Bewegung hielt sie inne, legte den Kopf schief und heftete ihren Blick auf das blaue Gefäß über dem Kamin. Sie setzte den Eimer ab, griff nach einem sauberen Staubtuch und schnellte zum Kaminsims. Sie wischte dort entlang, bis sie den seltsamen Nautiluspokal entdeckte. Summend steckte sie ihre Nase in das Gefäß, wedelte einmal darüber und stellte es zurück an seinen Platz.

Der Wischlappen glitt weiter über den Sims zu einem Stück aus Wedgwood-Porzellan, das sie herunternahm und in das sie drei Finger hineinsteckte. Leer. Fluchend befreite Liza ihre Hand und tastete sich weiter über das Sims. Sie hielt inne, um das nächste Gefäß zu begutachten. Das blaue Ding sah aus wie eine schlanke Flasche mit einem kleinen Boden. Sie würde es mit beiden Händen festhalten müssen, damit es nicht umkippte. Das Staubtuch kam dem blauen Gegenstand immer näher. Sie erhob beide Hände.

»Loveday meinte, ich solle dich entlassen.«

Kreischend schrak Liza zusammen. Dann wirbelte sie herum und sah den Vicomte auf der Schwelle stehen. Mit einer Schulter an den Türrahmen gelehnt, trug er über der anderen seinen Ausgehrock, den er lässig mit einem Finger festhielt. Als sie aufschrie, betrat er grinsend den Raum und schloß die Tür, wobei sie ihn fassungslos anstarrte.

»Er hat recht«, fuhr der Vicomte fort. »Ich habe niemals meinen Dienstboten nachgestellt. Schlechte Umgangsformen.« Sein Ausgehrock segelte durch die Luft und landete in einem Sessel, während er auf sie zuschlenderte. »Seltsam, daß mir vor dir noch nie eines der Mädchen aufgefallen ist. Loveday hat mir erzählt, daß du neu bist.«

Liza versuchte zur Seite auszuweichen, als er sich ihr näherte, doch auch er wechselte die Richtung. Sie wrang den Staublappen in beiden Händen und trat einen Schritt zurück, als er vor ihr stand. Dabei stieß ihr Fuß gegen etwas Hartes, und sie fiel in einen der Sessel neben dem Kamin.

Leise lachend legte der Vicomte seine Hände rasch auf die beiden Sessellehnen.

Er beugte sich über sie, und Liza spürte die Hitze seines Körpers. Er neigte den Kopf, um ihren Blick zu erwidern. Seine Haut war gebräunt und nicht blaß wie die der meisten Engländer, die sich häufig in geschlossenen Räumen aufhielten. Hatten alle Revolverhelden braune Haut? Herrgott, was sponn sie jetzt schon wieder herum? Er hatte sie beim Spionieren erwischt, und alles, woran sie dachte, war die Farbe seiner Haut.

»Du brauchst dich nicht so zu winden. Ich will dir nicht weh tun.«

»Ich muß staubwischen, Mylord.«

»Ich habe dich gesehen.«

»Mylord?«

»Ich habe dich beim Staubwischen beobachtet. Fleißig, fleißig. Vergiß das Staubwischen.«

Seine Lippen kamen den ihren immer näher. Lizas Mut sank. Sie machte sich ganz klein, schob den Kopf unter seinem Arm hindurch und spurtete in die Freiheit. Das wäre ihr auch gelungen, wenn er sich nicht unversehens umgedreht und sie mit einem Arm um die Taille gepackt hätte.

Übermütig lachend hob er sie hoch und wirbelte sie im Kreis. Liza kreischte und schloß die Augen, damit ihr nicht schwindlig wurde. Die Kreisbewegung stoppte, aber sie flog immer noch durch die Luft. Wieder schrie sie, denn sie rechnete mit einem harten Aufprall auf dem Boden, doch ihr Körper wurde sanft von einem Berg von Kissen gebremst.

Als sie die Augen aufschlug, lag sie ausgestreckt auf dem Sofa neben dem Fenster. Ein Knie wurde neben ihre Hüfte plaziert. Ein weißes Oberhemd versperrte ihr die Sicht, als sich ein zweites Knie zwischen ihre Schenkel schob. Atemluft entwich ihrer Lunge, als Jocelin Marshall sich auf sie legte. Zu überrascht, um sich zu wehren, starrte Liza ihn einfach nur an.

Schließlich fand sie ihre Sprache wieder und brüllte ihn wie einen ungehorsamen Hund an. »Gehen Sie sofort runter von mir.«

Er reagierte gar nicht erst darauf, denn sein Blick war auf ihre Brüste geheftet, die aufgrund des ausladenden Polsters weit hervorstachen. Er würde sie anfassen. Lieber Gott, sie mußte ihn davon abhalten, bevor er herausfand, daß alles nur Attrappe war.

»Es heißt, daß Sie ein verdammt abartiger Mensch sind!« schrie sie bei dem Versuch, ihn abzuschütteln. »Aber ich mache diese Perversionen nicht mit.«

Sein Kopf schnellte nach oben. Jede Spur von Wärme war aus seinem Blick verschwunden, und er schob sie mit der Kraft seines Körpers unsanft auf das Sofa zurück. Dann umfaßte er Lizas Handgelenke, um ihre Gegenwehr zu unterbinden, und beugte sein Gesicht ganz nah zu dem ihren.

»So, du hast also mit den anderen über mich getratscht. Was haben sie dir erzählt? Haben sie dir von meinen Mätressen erzählt? Haben sie dir erzählt, wie viele es sind?«

»Nein!«

Er hörte ihr gar nicht zu, soviel war klar. Innerhalb von Sekundenbruchteilen war der ehrenhafte Vicomte verschwunden. Das erkannte sie an dem veränderten Ausdruck in seinen Augen, nachdem sie ihm diese Lüge aufgetischt hatte. Keine Ausgelassenheit und keine weiteren Scherze. Der Scharfschütze mit seinem abschätzenden Duellantenblick war zurückgekehrt. Stille erfüllte den Raum, die nur von ihrem schweren Atmen unterbrochen wurde. Ängstlich, daß sie ihn nicht noch ein weiteres Mal herausforderte, schwieg sie. Das hätte sie besser nicht getan, denn sein Blick fiel wieder auf ihre Brüste, und dann spürte sie, wie sich sein volles Gewicht auf sie legte.

»War ein weiter, weiter Weg, Schätzchen.«

»Nein.«

Wieder hörte er nicht zu, denn sein Knie schob sich an der Innenseite ihres Schenkels entlang und drückte ihre Beine auseinander.

Voller Angst war sie hin- und hergerissen zwischen dem Wunsch, um Hilfe zu rufen, oder der Notwendigkeit, daß ihre Verkleidung sie nicht verriet. Er schaffte es, ihre Beine zu spreizen, und legte sich dazwischen.

»Nein, Mylord. Sie haben doch gesagt, Sie rühren keine Dienstboten an, und ich will es auch nicht.«

»Doch, du willst.« Mit einer Hand hielt er ihre Handgelenke umklammert, mit den Fingerspitzen der anderen berührte er ihre Lippen. »Eine Sache, die du im Westen lernst, ist die, daß Liebe rar ist. Du mußt mitnehmen, was du kriegen kannst.«

»Nein!«

Seine Hand wanderte zu ihrer Hüfte und strich dann hinunter zu ihrem Oberschenkel. Als seine Hand unter ihren Rock glitt, befanden sich dort leider keine Polster, die sie hätten schützen können. Seine warme Hand liebkoste ihren Knöchel. »Du hast aber zierliche Fesseln für ein so plumpes kleines Ding.«

Sie trat nach seiner Hand, aber wieder schien er keine Notiz von ihrem Widerstand zu nehmen. Dann war ihr auf einmal alles klar. Er würde nicht aufhören. Er hatte vergessen, wer er war und wo er war. Sie bemerkte es an seinem schleppenden Tonfall und den Bewegungen seines Körpers, er war wie eine Schlange — geschmeidig, aber entschlossen.

»Mylord, Sie müssen aufhören«, erhob sie ihre Stimme.

»Warum?«

Ihre Blicke trafen sich, und sie begegnete einer Skrupellosigkeit, die von etwas so Schrecklichem und Unbekanntem genährt wurde, daß seine Haut glühte und seine Hüften sich ihrem Körper anschmiegten, wie sie es noch nie zuvor erfahren hatte. In diesem Augenblick erkannte sie, daß diesem Mann keiner ihrer Beweggründe, ob Ehre oder Anstand, etwas bedeuteten. Wenn es ihr nicht gelang, ihn mit anderen Waffen zu schlagen, würde er sich nehmen, was er haben wollte. Das hatte er dort, wo Zivilisation noch ein Fremdwort war, bereits oft genug getan.

»Sie ... Sie können das nicht tun.« Wo war ihre Schlagfertigkeit geblieben?

»Doch, das kann ich. Sei jetzt still. Dein Jammern wird bald lustvollem Stöhnen weichen. Dann kannst du ruhig laut sein.«

»Ach ... so.«

Plötzlich hörten sie Geräusche. Jocelin Marshall sprang zur gleichen Zeit auf wie sie, griff an seine Hüfte, wo eigentlich das Halfter hätte sitzen sollen, und stand Loveday gegenüber. Liza kletterte vom Sofa herunter. Loveday hielt einen Zylinder und eine Bürste in den Händen und musterte seinen Dienstherrn ruhig. Liza starrte mit gemischten Gefühlen von dem jüngeren zu dem älteren Mann hinüber. Der Vicomte blickte mit gerunzelten Brauen seinen Diener an.

»Unsere neue Abendgarderobe wurde soeben vom Schneider angeliefert, Mylord. Für unsere Abendeinladung am Grosvenor Square müssen wir den korrekten Sitz des neuen Anzugs überprüfen.«

»Grosvenor Square«, wiederholte der Vicomte, als hätte er diese Worte noch niemals zuvor gehört.

»In der Tat, Mylord. Lady Georgiana und Ihre Hoheit haben Ihnen Einladungen geschickt. Lady Georgiana hat mich sogar persönlich darauf angesprochen und mich ausdrücklich darum gebeten, daß Sie nicht so spät eintreffen, denn sie hat Ihre Lordschaft sehr vermißt.«

»Lady ... meine Schwester.«

Der Vicomte hatte mehrmals verwundert geblinzelt, als Loveday sprach, und dann heimlich zu Liza hinübergeblickt. Seine Hand ballte sich zur Faust. Er richtete sich kerzengerade auf, als wolle er militärische Haltung annehmen, und versteckte die geballte Faust hinter seinem Rücken.

»Danke, Loveday. Ich werde nicht zu spät kommen.«

»Ich nehme an, Miss Gamp kann sich wieder anderen Betätigungen zuwenden?« fragte Loveday.

»Ja, natürlich.«

Liza blieb vor Überraschung beinahe der Mund offenstehen, als sich der kämpferische Liebhaber plötzlich wieder hinter der Maske des gelangweilten Ehrenmannes versteckte. Ohne sie noch einmal anzusehen, drehte sich der Vicomte um und ging zu seinem Schreibtisch. Als sie den Raum verließ, war er eifrig damit beschäftigt, einen Stapel von Einladungen durchzusehen, da es auf einmal wieder sein größtes Problem zu sein schien, ob er noch Zeit für seinen abendlichen Clubbesuch haben würde.

4

Jocelin hatte das plumpe und mürrische Mädchen vergessen. Seine Familie hatte diese Meisterleistung vollbracht, die er sogar den Marshalls noch wenige Stunden zuvor nicht zugetraut hätte. Nun saß er also hier, hörte das leise Rascheln des Kleides seiner Mutter, die gerade das Speisezimmer verließ, gefolgt von Georgianas Stiefelklappern auf dem Parkett.

Als sich die Türen schlossen, löste er sich aus seiner Offiziershaltung. Er setzte sich lässig auf den Stuhl, öffnete sein Jackett, schlug die Beine übereinander und vergrub die Daumen im Hosenbund.

Er räusperte sich und bedachte seinen Vater mit einem schiefen, durchtriebenen Lächeln, doch dieser blieb ruhig, da der Butler ihm soeben einen Portwein servierte.

Als ihm die Karaffe angeboten wurde, schüttelte Jocelin den Kopf. »Vincent, für mich bitte einen Whisky.«

Als Vincent den Raum verlassen hatte, stürzte der Vicomte sein Glas in einem Zug herunter.

»Ein Teufelszeug«, meinte der Herzog angewidert.

Jocelin goß sich ein weiteres Glas ein und prostete seinem Vater zu. »Auf dein neuerwachtes Feingefühl, daß du Yale heute abend nicht eingeladen hast.«

»Ich wollte mit dir sprechen und nicht darüber diskutieren, wie du meinen eigenen Bruder in meiner Gegenwart umbringst.«

»Wie ich schon sagte, du besitzt Feingefühl.«

Der Herzog schüttelte sein weißhaariges Haupt und starrte Jocelin an. Er hatte die gerade Nase der Marshalls, die sich so hervorragend eignete, um auf andere herabzusehen. Jetzt betrachtete er hochnäsig seinen Sohn.

»Ich habe keine Lust, mich mit dir auseinanderzusetzen. Ich habe nach dir geschickt, weil ich genug von deinen elenden Eskapaden habe. Nachdem … nachdem Charles tot ist,

ist es jetzt an dir, eine Frau zu nehmen und einen Erben zu zeugen.«

Jocelin hob eine Braue. »Du hast nach mir geschickt?«

»Sei nicht spitzfindiger als unbedingt notwendig«, erwiderte der Herzog. »Ich habe dir bereits vor Monaten einen Brief geschickt.«

»Glaubst du wirklich, daß ich nach Hause gekommen bin, weil du darum gebeten hast?« Jocelin grinste über die Betroffenheit seines Vaters. »Ich bin nach England zurückgekehrt, weil meine Geschäfte in Amerika erledigt waren und es hier in London mehr für mich zu tun gibt.«

»Du willst damit sagen, daß du keine Lust mehr auf weitere Schießereien mit Banditen und Rothäuten hattest.«

Jocelin nahm einen Schluck Whisky und beobachtete seinen Vater über den Rand des Glases hinweg. Langsam setzte er das Glas auf dem Tisch ab und berührte mit den Fingerspitzen die Kristallverzierungen.

»Ich hatte Geschäftliches zu erledigen, das meine Anwesenheit hier erforderlich machte«, sagte er, »und ich werde nicht heiraten, Sir.«

Der Herzog erhob sich, ging am Eßtisch vorbei und baute sich vor Jocelin auf. Seine Hand griff nach der Stuhllehne, dann beugte er sich über seinen Sohn.

»Ich dachte mir, daß du das sagen würdest.«

Nervös über den seltsam entschlossenen Gesichtsausdruck seines Vaters umfaßte Jocelin sein Whiskyglas fester.

»Ich habe darauf allerdings nur eine Antwort«, meinte der Herzog. Er hielt inne, und die Spannung im Raum verstärkte sich. Schließlich fuhr er fort. »Wenn du deiner Pflicht nicht nachkommst, erbt Yale den Titel.«

Wieder wurde es im Raum totenstill. Jocelin senkte seine Lider und zwang sich zur Ruhe. Eiseskälte legte sich über den brennenden Zorn in seiner Brust. Er versuchte, einen klaren Kopf zu behalten. In seinem Haß auf Yale hatte er niemals darüber nachgedacht, was passieren würde, wenn sein Onkel den Titel erbte und — damit verbunden — den gesamten Besitz und alle Ansprüche. Yale würde diesen Reichtum und diese Macht darauf verwenden, unschuldige Menschen zu quälen. Angewidert von der Skrupellosigkeit seines Vaters versuchte er, sich hinter seiner Rolle als hartgesottener Kämpfer zu verbergen. Der Herzog hatte ihn jedoch so empfindlich getroffen, daß es ihm kaum gelang.

Den Blick seiner fahlgrünen Augen auf sein Gegenüber gerichtet, flüsterte er: »Gott soll dich in die ewige Verdammnis schicken.«

»Es freut mich, daß du deine Situation verstanden hast.«

Jocelin nahm einen weiteren Schluck Whisky und grinste seinen Vater ironisch an. »Ich verstehe sie, aber du scheinbar nicht. Ich werde mir also eine aussuchen.« Er verfiel wieder in seinen breiten Tonfall. »Du kannst dich schon darauf freuen, was ich dir nach Hause bringe, Vater.«

Der Herzog nahm Haltung an und betrachtete seinen Sohn von oben herab. »Für den heutigen Abend bin ich mit einem Sieg zufrieden.«

Jocelin antwortete ihm nicht. Er sprang auf, schnappte sich sein Glas und lief zur Tür.

»Mutter und Georgiana warten.«

»Du wirst heiraten, Jocelin.«

Er wandte sich dem Herzog zu, der bei dem Gesichtsausdruck seines Sohnes einen Schritt zurückwich.

»Du bist ein solch gottesfürchtiger alter Dummkopf. Hast du denn keine Angst davor, was der Allmächtige mit dir anstellen wird, wenn du eine Frau zur Eheschließung mit mir zwingst?«

»Du übertreibst.«

Jocelin lachte. »Wirklich?« Er senkte seine Stimme zu einem gefährlichen Zischen. »Ich bin die Verkörperung von Verderbtheit, mein Lieber. Das sagt selbst die Königin. Hinterhältigkeit und Laster sind meine Gefährten.« Er legte eine Hand auf den Arm seines Vaters und kam ihm vertraulich nahe. »Wenn du mir nicht glaubst, frag doch Yale.«

Als der Herzog daraufhin wahrhaftig keine Erwiderung wußte, verbeugte sich Jocelin und ließ sich von seinem Vater in den Salon begleiten.

Er ging auf seine Mutter zu, die sich gerade ein Riechfläschchen unter ihre Nase hielt und die Augen mit einem

Spitzentaschentuch abtupfte. Mit zitternder Hand berührte sie ihn.

»Mein lieber Junge, ich habe dich so vermißt.«

»Du hast mir auch gefehlt, Mutter.«

Sein Blick streifte sie. Sie pflegte ihren hellen Teint, so daß eine Beurteilung, ob ihre Blässe von ihrer Zartheit herrührte oder aus dem Pudertiegel stammte, schwierig war. Es tat ihm leid, daß er sie allein gelassen hatte, denn sie brauchte jemanden, der es mit dem Herzog aufnehmen konnte. Obwohl sein älterer Bruder bereits seit drei Jahren tot war, trauerte sie immer noch um ihn.

»Du mußt mir helfen, sonst werde ich mit deiner Schwester nicht mehr fertig«, meinte die Herzogin.

Jocelin warf einen Blick auf Georgiana, die die *Times* mit einer Entschlossenheit durchblätterte, die ihm nichts Gutes verhieß. Dann hob sie den Kopf und betrachtete ihn über den Goldrand ihrer Brille hinweg. Sie hatten beide das schwarze Haar und die faszinierenden grünen Augen der Marshalls geerbt.

»Starr mich nicht so an, du kleine Gaunerin«, sagte er. »Was hast du angestellt?«

»Nichts, Jos, wirklich gar nichts.«

»Ihr Debüt wird mein Tod«, sagte die Herzogin mit Grabesstimme und hielt wieder ihr Riechfläschchen unter die Nase.

»Mutter, sie ist noch viel zu jung, um in die Gesellschaft eingeführt zu werden.«

Der Herzog erhob seine Stimme. »Unsinn. Nächstes Jahr wird sie achtzehn. Das perfekte Heiratsalter. Nicht zu jung, um eine gewisse Urteilsfähigkeit zu haben, und nicht zu alt, um sich einem Ehemann unterzuordnen.«

»Es ist nicht ihr Alter«, meinte die Herzogin mit tränenfeuchten Augen. Sie führte ihr Taschentuch an die Lippen. »Es sind ihre Pläne.«

Der Herzog goß eine Tasse Kaffee ein und brachte sie seiner Frau. »Schon gut, schon gut, Delia, hör ihr doch einfach nicht zu. Sie sagt das doch nur, um dich aufzuregen.«

Jocelin schlenderte zu seiner Schwester und setzte sich zu

ihr auf das Sofa. Er entriß ihr die Zeitung und warf sie zu Boden.

Ihr Gesicht zu sich herüberziehend, sagte er: »Laß gut sein. Was ist denn los, du kleine Ganovin?«

»Ich möchte nicht in die Gesellschaft eingeführt werden, Jos. Ich möchte nicht heiraten und irgendeinem fremden Mann gehorchen müssen, mit ihm gehen müssen, wohin er will, tun müssen, was er mir befiehlt, und zu Hause sitzen, während er sich in Clubs amüsiert und sich mit ...« Georgiana blickte ihre Mutter an. »Anderen Frauen abgibt.«

Jocelin starrte seine Schwester verdutzt an. »Wer hat dir denn das erzählt?«

»Jocelin Paul Marshall, versuch mir jetzt nicht mit deinem übermännlichen Geschwätz zu kommen.« Wütend schob Georgiana ihre Brille wieder zurück auf den Nasenrücken. »Verheiratete Frauen haben keine Rechte. Sieh dir doch bloß Mutter an. Sie kann doch nur etwas kaufen, wenn unser Vater zustimmt, und lesen, was er für richtig hält.«

»Aber es ist doch nur recht und billig«, fiel ihr Jocelin ins Wort, »daß sie auf sein Urteil vertraut. Sie wäre doch gar nicht in der Lage, etwas selbst zu entscheiden. Sie würde in Ohnmacht fallen, wenn sie sich mit geschäftlichen oder politischen Angelegenheiten befassen müßte. Das weibliche Gemüt ist empfindsam und daher überhaupt nicht belastbar.«

Georgiana sah ihn niederschmetternd an. »Ich habe mein Problem ohnehin schon gelöst.«

»Welches Problem?«

»Das Problem mit meiner Eheschließung. Ich werde einen alten Mann heiraten.«

Jocelin grinste. »Wie alt? Fünfundzwanzig? Dreißig?«

»Nein, du Einfaltspinsel. Achtzig oder neunzig.«

»Acht ... du scherzt.«

»Nein, ich mache keine Scherze«, erwiderte Georgiana, während sie sich vorbeugte und nach der verstreuten Zeitung griff.

Jocelin beobachtete sie, wie sie die Bögen gelassen zwischen ihren Händen glattstrich. Er kannte Georgiana. Wenn sie sich einmal etwas in den Kopf gesetzt hatte, war sie kaum davon abzubringen. Er dachte immer noch mit Schrecken daran, wie sie seinerzeit hartnäckig darauf bestanden hatte, mit seinem Kavalleriepferd in die Kirche zu reiten. Weiber! Frauen waren eines der wenigen Themen, bei dem er und sein Vater die gleiche Meinung vertraten. Er wollte nicht darüber nachdenken, was diese kleine Übereinstimmung für ihn bedeutete. Schon sehr früh hatte Jocelin die Abhängigkeit seiner Mutter gegenüber dem Vater bemerkt, ihre Hilflosigkeit, wenn sie mit der Außenwelt konfrontiert wurde. Sie mußte beschützt werden. Frauen brauchten im allgemeinen Schutz, manchmal sogar vor ihrem eigenen aufbrausenden Temperament, so wie Georgiana. Es war eine Sache, wenn ein Mann die Konventionen überschritt, eine andere, wenn eine Frau das tat. Mißtrauisch beäugte er seine Schwester.

»Und warum hast du dir in den Kopf gesetzt, einen Mann zu heiraten, der jede Minute sterben kann? Hm?«

Georgiana blickte von ihrer Zeitung auf. »Genau deshalb. Solange er noch lebt, wird er mich verehren und mir alles geben, was ich mir wünsche, bis er schließlich stirbt. Dann bin ich seine Witwe und kann tun und lassen, was ich will und brauche nicht mehr die Sklavin irgendeines Ehetyrannen zu spielen.«

»Du sorgst dafür, daß deine Mutter wieder einen Herzanfall bekommt.«

»Mutter kriegt ihre Anfälle, wann immer es ihr paßt. Sie sind nützlich, um Vater dazu zu bringen, ihren Wünschen nachzugeben.«

»Unsere Mutter ist nicht so.«

»Ach nein?« Sie hob ihre Brauen und funkelte ihn an.

Er hatte Georgianas Zynismus gegenüber ihren Eltern immer gehaßt. Als Vater ihm die Sache mit Yale nicht geglaubt hatte, hatte ihn seine Mutter getröstet. Obwohl sie gegenüber ihrem Mann nicht in der Lage war, sich für ihn einzusetzen, verstand Jocelin sie sehr gut.

Mit gerunzelter Stirn betrachtete er Georgiana. »Frauen sind sensibel, Georgiana. Du kannst dir nicht die Blöße geben, dich mit einer solch hartherzigen Geste zu entwürdigen.«

Mit dieser Bemerkung handelte er sich einen weiteren vernichtenden Blick ein. Seufzend entschied er sich dafür, jeden weiteren Gedanken besser für sich zu behalten, statt mit Georgiana zu streiten. Vielleicht sollte er einfach abwarten. Sie war noch nicht in die Gesellschaft eingeführt worden. Er kannte einige intelligente junge Männer, die ihr im nächsten Jahr eher zufällig begegnen konnten. Ja, diese Strategie war vermutlich wesentlich ratsamer. Mit Georgiana zu diskutieren, erwies sich im allgemeinen als ziemlich fruchtlos. Die Stimme seines Vaters unterbrach seine Träumereien.

»Jocelin ist zur Vernunft gekommen, Delia, also brauchst du dich nicht weiter zu beunruhigen. Er wird sich in der nächsten Saison einmal bei dem jungen Gemüse umschauen. Er kann mit Hauspartys anfangen. Der alte Clarendon wohnt zur Zeit auf seinem Anwesen im Norden. Er hat drei Töchter, jede erbt 50 000 Pfund und hat gute Erbanlagen.«

»Ich dachte eher an Lucy Lyttleton«, meinte Jocelin.

Die Herzogin schnappte nach Luft und wedelte aufgeregt mit ihrem Taschentuch. Errötend drückte der Herzog den Arm seiner Frau und brüllte seinen Sohn an.

»Überleg dir im Beisein deiner Mutter und deiner Schwester gefälligst, was du sagst.«

Grinsend stand Jocelin auf und knöpfte sein Jackett über dem blütenweißen Smokinghemd zu. Lucy Lyttleton war die skandalumwitterte Witwe von Lord Lyttleton. Sie hatte ihn verführt, als er sechzehn war. Meinte sie zumindest. In Wahrheit hatte er sie irgendwo aufgelesen und sich ihre Annäherungsversuche gefallen lassen, denn er war in Sandhurst gewesen, frustriert und dankbar um jede Zerstreuung.

Er ging zu seiner Mutter hinüber und küßte sie auf die Schläfe. »Ich muß gehen. Eine Verabredung in der Stadt, Mutter.«

Georgiana küßte seine Wange. »So, mein Lieber, jetzt sind wir beide im Angebot für den Ausverkauf.«

»Georgiana!« entfuhr es der Herzogin.

Lachend verbeugte sich Jocelin vor seinem Vater, dann

verließ er sie. Als er das Foyer betrat und Vincent um seinen Mantel bat, geleitete ein Diener gerade mehrere Männer ins Haus.

»Jos, ich bin ja so froh, daß wir dich gefunden haben.«

Freudestrahlend begrüßte Jocelin Asher Fox, der seinen Mantel dem Diener zuwarf. Dann schüttelte er Alex Stapleton und Lawrence Winthrop die Hände. Stapletons Nase war wie üblich rot vom Saufen. Winthrop, Lord Winthrop, verzog seine Lippen und nickte Jocelin wie ein Richter zu, der seine Untergebenen zur Arbeit anweist. Er führte die Gruppe in die Bibliothek, wo Stapleton geradewegs auf die Hausbar zustrebte. Als wäre es sein Vorrecht, nahm Winthrop den Stuhl, der dem Kamin am nächsten war. Asher Fox war jedoch zu aufgeregt, um sich hinzusetzen. Er klopfte Jocelin auf den Rücken.

»Palmerston hat sich schließlich doch noch zu mir bekannt, alter Junge.«

»Hervorragend«, meinte Jocelin, der sich auf einer Ecke des väterlichen Schreibtisches niedergelassen hatte. »Wenn er jetzt auch noch damit aufhört, die Königin herauszufordern, ist er ein sehr guter Mann.«

Asher stützte sich mit seinen Armen neben ihm auf dem Schreibtisch auf. Sie besaßen beide den hohen, muskulösen Körperwuchs, der sie als Mitglieder der Schweren Kavallerie auswies, nur daß Asher Jocelin noch um zwei Zentimeter überragte. Mit seinen brauen Locken, den dicken Augenlidern und seinem Kampfgeist hatte er den Vicomte immer an die Royalisten auf alten Gemälden erinnert. Asher schien über Jocelins Worte nachzudenken, dann warf er ihm einen Seitenblick zu, der Jocelin eine Gänsehaut verursachte. Wenn Asher Fox ihn so ansah, konnte das nur bedeuten, daß er wieder etwas tun sollte, was ihm absolut zuwider war.

»Was?« fragte Jocelin.

»Da du gerade die Königin erwähnst ...«

»Oh, nein.«

»Als Sohn eines Herzogs kannst du um eine Audienz ersuchen.«

Kopfschüttelnd sprang Jocelin von der Schreibtischkante.

Stapleton schwenkte ein Cognacglas vor seiner Nase. »Hör ihm doch erst mal zu, alter Junge.«

»Ja«, meinte Winthrop sachlich von seinem Thronsessel. »Hör ihm zu.«

»Das letzte Mal, daß sie mir eine Audienz gewährte, diente dazu, mich für meinen ausschweifenden Lebenswandel zu tadeln.« Jocelin fuhr sich mit der Hand durchs Haar. »Sie hält mich für einen Satyr im Smoking.«

»Bist du ja auch«, erwiderte Stapleton mit tief im Cognacschwenker versunkener Nase.

»Sie drohte mir, mich nicht mehr zu empfangen«, erklärte Jocelin händeringend.

»Nun, Jos«, grinste Asher, »sie muß doch ihren Thron verteidigen, verstehst du. Und da kann sie Sittenverfall einfach nicht dulden, unsere brave deutsche Hausfrauenkönigin.«

»Da. Siehst du es nun ein?« Jocelin durchsuchte die Hausbar nach Whisky.

»Feigheit steht dir nicht«, sagte Asher.

Jocelin betrachtete seinen Freund und goß sich einen Whisky ein.

»Ich hätte dich nicht darum gebeten, wenn mir nicht klar gewesen wäre, daß du es kannst«, fuhr Asher fort. Er trat zu Jocelin und legte seinem Freund eine Hand auf den Arm. »Ihre Königliche Hoheit will es zwar nicht zugeben, aber sie fühlt sich zu dir hingezogen. Ich habe es bemerkt. Denk mal darüber nach, Jos, wie es für sie sein muß, mit diesem selbstgefälligen Stoffel von Mann verheiratet zu sein. Ihr ist es vielleicht nicht bewußt, aber manchmal wünscht sie sich doch einen kleinen Nervenkitzel, einen winzigen Vorgeschmack dessen, was sie nie bekommen wird — Anbetung und Leidenschaft.«

»Sie lehnt mich ab«, entgegnete Jocelin und schüttelte Ashers Hand ab.

»Weit weniger, als du annimmst.« Asher senkte seine Stimme, daß nur Jocelin ihn hören konnte. »Ich allein kenne die ganze Geschichte, mein Freund. Nur ich allein.«

Jocelin sah seinen Freund nur kurz an, denn er konnte dessen mitfühlenden Blick nicht ertragen.

»Du spielst nicht mit offenen Karten, Ash.«

»Ich verstehe nicht, wie du das meinst.«

»So, wie ich es gesagt habe.« Jocelin lächelte stillvergnügt vor sich hin und sagte dann zu den anderen: »Vincent hat euch sicherlich bereits angekündigt, und Mutter wird sich fragen, wo ihr geblieben seid.«

Winthrop wartete, bis Stapleton ihm die Tür aufhielt, dann waren die beiden verschwunden. Den Blick starr auf Jocelin gerichtet, blieb Asher hinter ihnen.

»Wirst du es tun?« fragte er.

Jocelin zuckte mit den Schultern. »Wenn es sein muß. Wir brauchen Leute wie dich im Parlament. Aber jetzt mußt du mich entschuldigen. Ich habe noch eine Verabredung.«

»Aber doch nicht mit diesem widerlichen Ross. Großer Gott, ich dachte, nach deiner Rückkehr aus diesem Blutvergießen seist du von diesem Bedürfnis geläutert.«

»Nick Ross ist mein Freund.«

»Was ihr tut, hat mit Freundschaft nichts zu tun.«

Asher kam ihm noch näher. Jocelin verbarg seine Überraschung, als der ältere Mann ihm das Whiskyglas aus der Hand schlug.

»So kannst du nicht weitermachen«, sagte Asher. »Es ist unvorstellbar gefährlich, nicht nur für deinen Körper, auch für deine Seele.«

Jocelin wandte sich von Asher ab. »Die kenne ich schon lange nicht mehr. Ich lebe mit der dunklen Seite meiner Seele. Ich bin unverbesserlich, Ash. Laß mich gehen.« Er läutete nach Vincent.

»Du wirst dich noch selbst ans Messer liefern.«

»Aber ich gehe nicht allein«, meinte Jocelin, als ihnen Vincent mit seinem Mantel, Hut und Handschuhen entgegenkam.

Als er den Mantel angezogen hatte, begleitete ihn Asher zur Tür, und Jocelin verpaßte ihm einen freundschaftlichen Klaps mit den Handschuhen.

»Schau mich nicht so sentimental an«, sagte er. »Wenn mir

die Armeen des Zaren schon nichts anhaben konnten, werde ich wohl auch in London sicher sein.«

Er verließ Asher, der ihm mit kummervollem Stirnrunzeln nachblickte, dann rannte er die Eingangstreppe hinunter und bestieg seine Kutsche, ohne sich noch einmal umzusehen. Er haßte Ashers Art, der, ohne Fragen zu stellen, bereits über alles im Bilde zu sein schien, wenn er ins Londoner East End fuhr. Er verabscheute es, wenn sich sein Freund wegen ihm Sorgen machte.

Asher hatte ihm vor 15 Jahren Unterschlupf gewährt, als er aus Yales Haus geflohen war. Er hatte ihn aufgenommen, sein Geständnis gehört und ihn trotzdem akzeptiert. Trotz aller Widrigkeiten, die darauf folgten, war Asher sein Freund geblieben. Asher war auch sein Regimentskommandeur gewesen und hatte Jocelin mehr abverlangt als den meisten anderen Rekruten.

Die Kutsche hielt vor einem Stadthaus von riesigen Ausmaßen. Gedankenverloren verharrte Jocelin noch einige Minuten in seiner Karosse. Das Innere war dunkel, nur eine Straßenlaterne zeichnete sich mit gelblichem Schimmer vor dem Nebel ab. Er hörte das Trappeln von Hufen, als eine zweirädrige Kutsche an ihm vorüberzog. Sie wurde langsamer, beschleunigte dann jedoch wieder und bog um eine Ecke.

Ein Blumenmädchen schlenderte vorbei, doch Jocelins warnender Gesichtsausdruck hielt es davon ab, ihm seine Waren anzubieten. Seufzend griff er nach dem Türknauf. Eine Frau ging vorbei, nach ihrer Kleidung zu urteilen ein Dienstmädchen, denn er erhaschte einen Blick auf Schürze und Haube.

Als er ausstieg, hätte er schwören können, daß es nach Zitronen roch. Er wirbelte herum, verfolgte die Frau ein paar Schritte, doch dann hielt er inne. Seine Fantasie hatte ihm einen Streich gespielt. Er mußte sich mäßigen. Loveday hatte ihn wie ein mißfälliger Lehrer über Miss Gamp aufgeklärt. Hör endlich auf damit! Er konnte keine fünf Minuten allein sein, ohne diese Frau zu begehren, obwohl er sie noch nie richtig bei Tageslicht betrachtet hatte.

Jocelin tadelte sich im stillen, als er vor die Eingangstür des Stadthauses trat und läutete. Eine Empfangsdame öffnete ihm, erkannte ihn sogleich und führte ihn in einen Salon, in dem ein Kaminfeuer prasselte. Er hörte, wie jemand nach unten gerannt kam, und dann betrat Nick Ross in festlicher Abendgarderobe das Zimmer. Angefangen von seinem Mantel aus feinstem Tuch bis hin zu seinem blütenweißen Seidenoberhemd hätte man Nick glatt für einen Edelmann halten können.

»Du bist spät dran, Hoheit.«

»Asher hat mich aufgehalten.«

»Du hättest dir diese Kotzbrocken ruhig ersparen können, die lassen deinen Kadaver noch früh genug in der Themse schwimmen.«

»Du bist nur sauer, weil du nicht gerne wartest.«

Nick warf seinen Mantel über und griff in seine Innentasche. Er holte eine kleine Pistole hervor und untersuchte sie.

»Ich glaub, der Kerl isses.«

»Verdammt«, meinte Jocelin leise. »Bist du sicher?«

»Nee, aber sobald ich meine Pfoten an ihm dran' ab.«

»Dran hab', Nick. Deine H's, denk daran.«

»Ja, H-H-Hoheit. Komm, mein Bester. Meine Kutsche steht vor dem Hintereingang.«

Jocelin strich sich über den Mantel und fühlte seine eigene Waffe. Sie stieß ihm gegen die Rippen, so daß er sie in seine Jackentasche steckte. Sobald er die Kutschentür hinter sich geschlossen hatte, setzte sich die Karosse hinter Nicks Stadthaus in Bewegung.

Er lehnte sich zurück, denn es war ein langer Weg in den östlichen Stadtteil St. Giles. Sie fuhren durch Notting Hill, Kensington und den Hyde Park, dann überquerten sie die Oxford Street. Die Gegend wurde zersiedelter, und der Duft des frischen Grüns im Hyde Park wich dem Gestank der Kanalisation.

Je näher sie St. Giles kamen, um so mehr Kneipen lagen am Wegesrand, bis schließlich die Straßen nur noch aus Wirtshäusern zu bestehen schienen. Die Kutsche wurde langsamer, weil sich der Passantenstrom verdichtete. Fleischpasteten wurden feilgeboten, Händler verkauften Früchte und Gemüse an eilige Fußgänger.

Sie bogen in eine Straße mit löchrigem Kopfsteinpflaster ein, in der es drei Tavernen und mehrere Pensionen gab. Jocelin verdeckte mit seinem weißen Seidenschal die untere Hälfte seines Gesichts, und Nick tat es ihm nach. Die Kutsche wurde langsamer, als sie sich der Straßenecke näherte. Das rechte Hinterrad war in den Morast gesunken und konnte sich erst langsam wieder befreien.

Jocelin blickte aus dem Fenster. Die Pension an der Ecke sah genauso aus wie die beiden auf der gegenüberliegenden Straßenseite. Prostituierte schlenderten vorbei, wurden aber von einem Türsteher mit gewaltigen Ausmaßen verscheucht. Zwei Geschäftsleute stolperten aus der gegenüberliegenden, lärmenden Kneipe und wankten auf den Eingang zu. Eine Hand in der Manteltasche beobachtete der Türsteher sie, bis sie im Haus verschwunden waren.

Ihre Kutsche hielt vor der Pension an. Jocelin starrte den Türsteher an, der auf das Kopfsteinpflaster spuckte und ihn mit zahnlosem Mund angrinste.

Jocelin sah Nick flüchtig an und murmelte: »›Mein Gott! Daß Brot mir sei so teuer, und Fleisch und Blut so nichtig!‹ Es wird Zeit, sich um Fleisch und Blut zu kümmern, alter Junge.«

5

Voller Ungeduld, die verfolgte Kutsche endlich einzuholen, zappelte Liza auf ihrem Sitz in der zweirädrigen Droschke hin und her. Neben ihr lehnte sich Toby Inch zur Seite und verrenkte seinen Hals, um die Straße besser sehen zu können, die nur von einer einzigen Gaslaterne beleuchtet wurde.

Sie zupfte ihn an seinem Mantel. »In welche Richtung sind sie gefahren?«

»Sind zur Wigs Lane hin abgebogen.« Plötzlich gellte Toby: »Weg da, aus dem Weg!«

Liza wagte es, vorsichtig aus dem Fenster zu spähen. Aus Furcht, vom Fuhrmann der anderen Kutsche erkannt zu werden, hatte sie sich bislang zurückgehalten. Zwei Männer torkelten an den Hufen ihres Kutschpferdes vorbei, die von einer aufgebrachten Frau als Taschendiebe beschimpft wurden.

Toby sprang aus der Kutsche und mischte sich in die Auseinandersetzung ein, während Liza sich zurücklehnte und ein Stofftäschchen in ihren Händen zerknüllte. Ihr war kalt, und sie war müde und niedergeschlagen. Morgen war ihr freier Tag, der einzige Tag in der Woche, an dem sie tun und lassen konnte, was sie wollte. Nachdem Jocelin Marshall sie auf seinem Sofa überwältigen wollte, hatte sie den Plan gefaßt, diesen Vorfall als Grund für ihr Verschwinden aus seinem Haus zu benutzen. Das war allerdings vor ihrer Verfolgungsjagd durch St. Giles gewesen. Nachdem sie den Vicomte an diesem Abend seit seinem Verlassen des elterlichen Hauses beobachtet hatte, wollte sie ihn jetzt nicht wegen eines Diebes aus den Augen verlieren.

Sie vernahm ein lautes Krachen, dann das Geräusch schlurfender Füße. Toby kehrte zurück und richtete seinen Hut und den Schal. Dann sprang er in die Kutsche, und sie setzten ihren Weg fort. Liza sah ihn dankbar an. Er hatte sich immer um sie gekümmert, mehr als ihr eigener Vater sogar. Sie erinnerte sich nur zu gut an die Umstände, die sie zueinander geführt hatten. Voller Zorn darüber, daß sie sich nicht zum Inbegriff der Weiblichkeit — mit wenig Verstand und viel Figur — entwickelt hatte, erboste es ihren Vater um so mehr, als sie sich weigerte, sich wie eine Dame zu benehmen und einen Ehemann von Stand zu wählen. Liza hatte gewußt, daß dieses Ansinnen für sie unmöglich war. Als er ihr drohte, hatte sie sich geweigert, ihm nachzugeben. Einschüchtern war nie ihre Sache gewesen, das hatte sie eher noch bestärkt.

Schließlich hatte er doch noch ihren Widerstand brechen wollen. Er hatte sie enterbt, vor die Tür gesetzt und gespottet, daß sie binnen einer Woche wieder zu ihm zurückgekrochen käme. Aber Papa hatte nicht mit Lizas Intelligenz und ihrem strategischen Geschick gerechnet. Bevor sie ihr Zuhause verließ, hatte sie Mama dazu überredet, ihr eine Referenz als Hausmädchen mitzugeben. Mit ein paar Wertsachen, die sie von ihrer Großmutter geerbt hatte, war sie dann nach London gezogen.

In London hatte ihr Toby eine Anstellung im gleichen Haus verschafft, in dem er als Butler arbeitete. Ein großer, eher dünner Mann, der weitaus schmächtiger wirkte, als er eigentlich war. Diese Erfahrung mußte der älteste Sohn seines Dienstherrn machen, nachdem Toby herausgefunden hatte, daß der junge Mann seine Tochter geschwängert hatte.

Liza dachte nur ungern an jene Zeit zurück. Gegen Toby war Anklage erhoben worden, weil er den jungen Mann belangt hatte, und seine Tochter war der Prostitution bezichtigt worden. Der Haushalt wurde aufgelöst und das Personal entlassen.

In ihrer Verzweiflung, eine sichere Anstellung zu finden, hatte sie die Pennant's Personalvermittlung gegründet, die erstklassige Dienstboten für Notfälle bei gesellschaftlichen Anlässen bereitstellte, wenn beispielsweise der Küchenchef vor einem Bankett ausfiel oder die Zahl der benötigten Serviermädchen auf einem der Debütantinnenbälle nicht ausreichte. Nach seiner kurzen Haftstrafe war Toby zu ihr zurückgekehrt und als Hugo Pennant aufgetreten, weil sie bald feststellen mußte, daß die gesellschaftlichen Konventionen es verboten, ihr als Frau, dazu noch einer sehr jungen Frau, Aufträge zu erteilen.

»Hier«, knurrte Toby sie an, als die Tür der Kutsche hinter ihnen ins Schloß fiel, »hältst du gefälligst deine kleine Nase aus allem heraus. Ich gehe nicht zu Pennant's zurück und erzähle den anderen, daß unsere Chefin in St. Giles eine auf die Rübe gekriegt hat.«

»Toby, dort ist es! Kutscher, das ist er, der gerade diese Pension verläßt.«

Als sie an dem Gebäude vorbeigingen, reckte Liza ihren Hals, um einen Blick ins Innere zu erhaschen. Die Tür wurde gerade geschlossen, so daß sie nur ein leeres Foyer zu sehen bekam. Der Türsteher, der die Tür zugeworfen hatte, fletschte die Zähne. Liza sprang wieder in die Kutsche.

»Was war das für ein Haus, Toby?«

Toby verschränkte seine Arme vor der Brust und starrte auf das Hinterteil des Pferdes.

»Ach so«, meinte Liza. Sie hatte Tobys nachdenkliche Haltung bereits verstanden. »Eines dieser Häuser. Warum sind sie denn nicht dort geblieben? Du kannst mir ruhig antworten. Sonst frage ich den Kutscher.«

»Sie sind nicht dort geblieben, Fräulein Naseweis, weil sie bereits gefunden hatten, was sie suchten, und jetzt gehen sie irgendwohin, wo es gemütlicher ist.«

»Aber hast du mir nicht erzählt, daß es, nun ja, nette Orte sind, an denen feine Herren ihre Sünden begehen?«

»Manche ziehen Schmuddelgegenden vor, um es einmal so zu sagen.« Das war alles, was Toby darauf entgegnete.

Liza dachte einen Augenblick nach und sah dann nach draußen. »Wir fahren in den Westteil der Stadt zurück.«

Ihre Neugier wuchs, als sie der Kutsche durch den Hyde Park folgten. Dann änderte das Fahrzeug plötzlich seine Richtung und fuhr nach Norden zum St. Mary's Hospital. Der Verkehr nahm sichtlich ab, und Liza befürchtete schon, daß man sie bemerken würde. Sie wies den Kutscher an, langsamer zu fahren, und als die Karosse in eine schmale, unbeleuchtete Seitenstraße einbog, bat sie ihn anzuhalten.

Der Kutscher sollte auf sie warten, und sie und Toby, der die ganze Zeit vor sich hin grollte, wollten zu Fuß weitergehen.

»Paß auf«, zischte er sie an. »Laß mich vorgehn.«

Es war bereits sehr spät. Nur wenige Passanten waren unterwegs, die, in Mäntel und Umhänge gehüllt, keine Notiz von ihnen nahmen, sondern nur rasch der ungemütlichen Kälte entfliehen wollten. Toby und Liza erreichten die Ecke und spähten vorsichtig in die Straße hinein, die kaum breiter als ein Pfad war. Die Kutsche hatte angehalten. Als Liza über Tobys Schulter schaute, öffnete sich die Tür.

Ein Mann in Abendgarderobe stieg heraus. Sein Gesicht wurde von einem weißen Seidenschal verdeckt, aber Liza erkannte ihn an seiner Haltung. Er stand kerzengerade auf der Straße und hatte seine Fäuste auf dem Rücken verborgen, als sich eine Tür in dem Haus neben der Kutsche öffnete. Er wandte sich wieder der Kutsche zu.

Liza erschien es, als unterhielte er sich mit jemandem in der Kutsche. Er hatte sich vorgebeugt, und obwohl sie nicht verstehen konnte, was er sagte, hörte sie doch den rauhen Klang seiner Stimme. Er streckte seine behandschuhte Hand aus. Langsam und nur zögernd erschien eine nackte Hand, die die behandschuhte ergriff.

Liza runzelte die Stirn, denn der Arm, der zu dieser Hand gehörte, war in geflickten Mantelstoff gehüllt. Schließlich schien es dem Vicomte gelungen zu sein, seinen Gast zum Verlassen der Kutsche zu bewegen.

Sie starrte Toby an und flüsterte: »Ist es ein Junge?«

Er sagte nichts, sondern nickte nur.

Verwirrt beobachtete Liza, wie der Vicomte dem Jungen aus der Kutsche half. Obwohl er zerschlissene Wollsachen trug, hatte man ihm ein seidenes Cape über die Schultern gelegt. Liza konnte seine Gestalt aufgrund der Kutschenbeleuchtung erkennen.

Kräftiges, gewelltes blondes Haar, eine makellose Gesichtshaut, hohe energische Wangenknochen. Der Junge befreite seine Hand, versuchte wegzulaufen und stieß dabei gegen die Kutsche. Liza konnte seine Furcht förmlich spüren.

Der Vicomte redete beruhigend auf ihn ein, aber der Junge

war völlig außer sich, als eine Silhouette in Hut und Cape in der Tür erschien. Die Gestalt blieb auf der Schwelle stehen und bewegte sich nicht auf den Jungen zu, trotzdem sackte dessen ganzer Körper plötzlich in sich zusammen, und er schlug seine Hände vors Gesicht.

Da bewegte sich der Vicomte, legte dem Jungen einen Arm um die Schultern und zog ihn näher zu sich heran. Der Junge war so verängstigt, daß er keinen Widerstand leistete, als der Vicomte ihn dieser Person aushändigte. Liza warf Toby einen fragenden Blick zu, doch der deutete mit seinem Kopf unmißverständlich in Richtung Kutsche.

Ein weiterer Mann in Abendgarderobe sprang aus der Kutsche. Er hielt ein Mädchen in seinen Armen. Sie trug ein Rüschenkleid und dazu grellfarbene Halbschuhe, und auch ihre Lippen schimmerten in einem viel zu grellen Rot. Auch sie wurde der Person im Umhang übergeben, umschlang jedoch im Augenblick ihrer Befreiung den jungen Mann und vergrub ihren Kopf an seiner Schulter.

Der Vicomte redete wieder auf den Jungen ein und berührte dabei dessen Schulter. Der Junge schrak zurück, nickte aber dennoch. Mutlos ließ er den Kopf hängen, dann ließ er sich mit einem letzten furchtsamen Blick auf den Vicomte von der verhüllten Person ins Hausinnere führen.

Der Vicomte stand da und starrte auf die verschlossene Tür. Sein Begleiter sagte irgend etwas, worauf er den Kopf schüttelte, sich abrupt abwandte und in die Kutsche kletterte.

»Schnell«, rief Liza, als sie und Toby zu ihrer Droschke zurückeilten.

Die Türen waren kaum geschlossen, als schon die Kutsche um die Ecke kam und sie überholte. Und wieder ging es los, diesmal aufs Land in Richtung Fulham.

»Was ist denn da eigentlich passiert?« fragte Liza.

»Mir gefällt das Ganze nicht«, meinte Toby mit verkniffenem Mund. »Und wir können ihnen nicht mehr viel weiter aus der Stadt folgen, ohne bemerkt zu werden. Mensch, Mädchen, diese Sache stinkt gewaltig. Paß auf!«

Liza wurde nach vorn geworfen, als der Fahrer ruckartig

bremste, doch Toby hatte schützend einen Arm vor sie gelegt.

»Ich glaub, die haben schon wieder angehalten. Wir können aber nicht weiter, ohne gesehen zu werden.«

Toby öffnete die Kutschentür und starrte in die Dunkelheit. »Sie haben angehalten.«

Es vergingen einige Minuten, in denen Liza gespannt auf ein Zeichen von Toby wartete. Selbst wenn sie aufstand, war sie nicht groß genug, um irgend etwas zu erkennen, denn die Landstraße fiel steil ab und war von Bäumen umsäumt.

»Mensch!« Ohne Vorankündigung ließ sich Toby auf seinen Sitz zurückfallen. »Sie kommen zurück. Wende die Droschke und laß uns verduften, Junge.«

Sie galoppierten dem vermeintlichen Feind davon, und es gelang ihnen, in eine belebte Straße von Fulham einzubiegen, ohne von der Kutsche überholt zu werden. Umgeben von weiteren Mietdroschken, Kutschen und Landauern beobachtete sie, wie die Kutsche verschwand.

Liza ließ sich zurück auf ihren Sitz fallen. »Laß uns nach Hause fahren, Toby.«

Es war weit nach Mitternacht, als sie die Droschke bezahlten und das Haus betraten, das die Büros der Pennant's Personalvermittlung beherbergte. Da es zwischen Kings Cross und Shoreditch lag, war es einerseits in der Gegend der Reichen, andererseits aber nicht so weit von East London entfernt, daß die Beschäftigten es nicht bequem erreichen konnten. Pennant's war das dritte in einer Reihe von Häusern, die im klassischen Stil erbaut waren.

Im Haus war es völlig dunkel. Toby entzündete in dem ansprechenden Vorzimmer eine Lampe, bevor er die Rezeption durchquerte und dann zu Lizas Büro, dem eigentlichen Zentrum der Agentur, gelangte. Kunden hatten hier, wo sie dem eigentlichen Inhaber hätten begegnen können, keinen Zugang. Tatsächlich wußten noch nicht einmal alle Beschäftigten, wer Liza wirklich war.

Liza betrat das Büro, nachdem Toby ein weiteres Licht entzündet hatte. Sie entledigte sich ihres Umhangs und rieb sich mit der Haube übers Gesicht. Ihre Augen taten so weh, als hätte jemand Sand hineingestreut, und gewisse Muskelpartien ihres Rückens schmerzten aufgrund der Tatsache, daß sie versucht hatte, Jocelin Marshall abzuwehren.

Seufzend ließ sie sich auf ein Sofa fallen. »Finde heraus, was es mit dem Haus in St. Giles auf sich hat.«

»Entsetzlich war's.« Toby stand mit verschränkten Armen vor ihr.

»Er führt irgendwas im Schilde«, meinte sie. »Verdammt. Ich konnte in seinem Haus nichts finden.«

»Du weißt, daß er das Mädchen und diesen Jungen in St. Giles aufgegabelt hat.« Toby räusperte sich. »Mädchen, es gibt Dinge, die solltest du besser nicht wissen. Damen sollten manches ...«

»Mach dir keine Sorgen«, schnappte Liza zurück. »Dumme Frauen sind hilflose Frauen, hilflos und machtlos. Mittlerweile solltest du doch wissen, daß ich nicht so empfindsam bin. Frauen sind gar nicht so zerbrechlich, Toby, sonst könnten sie nicht die Geburt ihrer Kinder, das Leben in den Elendsvierteln oder Ehemänner, die sie mit ihren Kindern sitzenlassen, überleben. Ach, mach dir nichts draus. Ich bin zu müde zum Streiten. Tu einfach, was ich dir sage.«

»Das ist nicht richtig«, murrte Toby.

»Geh schlafen.«

»Ich geh ja schon. Mann, wer hätte gedacht, daß eine junge Dame mit einem Vater so reich wie König Salomon sich in einen widerspenstigen Blaustrumpf verwandelt.«

Gähnend erhob sich Liza vom Sofa, durchquerte das Zimmer und machte es sich auf einer etwas größeren Couch bequem. Sie legte ihren Kopf auf ein spitzenverziertes Kissen und kuschelte sich in ihren Mantel. Dann starrte sie auf ein Gemälde über dem Sofa, das einen schottischen See zeigte.

Was führte Jocelin Marshall da im Schilde? Unabhängig von Tobys Bemühungen, sie zu beschützen, hatte sie doch schon einiges erfahren, seit sie in London arbeitete. Sie wußte, daß sich viele Männer mit Prostituierten vergnügten, über das junge Mädchen und den Jungen war sie jedoch schockiert gewesen. Doch wenn der Vicomte die beiden Kinder aus dieser vermeintlichen Pension herausgeholt hatte, hatte er es nicht aus den gleichen Motiven wie andere Männer getan. Warum hatte er sie sonst wie kleine Goldbarren weit weg von ihrem Kuppler versteckt, wenn er sie doch eigentlich hätte zurückbringen müssen?

Solche Fragen verlangten nach einer Antwort. Liza drehte sich auf die Seite und stöhnte, als sie ihren schmerzenden Rücken spürte. Ja, Rücksichtslosigkeit hatte sie von Vicomte Marshall erwartet, aber nicht, daß er eine Leidenschaft für ihre rußgeschwärzte pummelige Erscheinung hegen würde.

Kein Mann hatte ihr jemals so nachgestellt. Und was noch unvorstellbarer war: sie hatte fast den Verdacht, daß sein Interesse ihr schmeichelte. Warum sonst war sie nicht einfach weggelaufen, als er sich ihr näherte, zumal er vielleicht sogar ein Mörder war? Selbst wenn das nicht stimmte, hätte sie fliehen sollen.

Elizabeth Maud Elliot, wie unweiblich. Was für ein indiskutables Verhalten. Wie unangebracht, töricht und riskant. Seufzend drehte Liza sich wieder auf den Rücken zurück und starrte an die Decke. Sie war wirklich ein armes Wesen. Wenn sie sich diesem Adligen hingab, hätte sie auch gleich zu Hause bleiben und einen von Vaters ungehobelten, eigennützigen und bornierten Junkern heiraten können. Aber da war es ihr nie schwergefallen, irgendeine Abneigung zu empfinden.

Jocelin Marshall, nun ja, das war etwas anderes. Er brauchte nur in ihrer Nähe aufzutauchen, und schon war sie fasziniert. Sie hätte nicht beschwören können, daß ihr Interesse aufgrund seiner Nachstellungen entstanden war. Denn schon als die Kutsche an jenem Abend geöffnet wurde und sie in den Reihen der Dienerschaft wartete, hatte sie sich zu ihm hingezogen gefühlt. Gütiger Himmel, seine Stiefel hatten es ihr angetan!

Sie konnte sich allerdings beherrschen. Sie mußte sich beherrschen. Herrgott, sie durfte schon der eigenen Sache willen ihr Mißtrauen nicht vergessen. Und sie besaß Disziplin. Sie war unerschütterlich wie ein Fels in der Brandung, wenn es um ihre Entschlossenheit ging. Deshalb bestand auch überhaupt keine Veranlassung, daß sie den Haushalt des Vicomte so überstürzt verließ. Außerdem fühlte sich jede Frau zu einem Mann wie ihm hingezogen. Mit seiner exotischen, raubtierhaften und abenteuerlichen Erscheinung stellte er jede der ihr bekannten gesellschaftlichen Größen in den Schatten.

Sie mußte nur noch vorsichtiger sein, wenn sie zurückkehrte. Nicht mehr versuchen, seine Räume zu säubern oder ihm im Treppenhaus zu begegnen. Er schien die Fähigkeit zu besitzen, sie überall aufzuspüren und dann abzufangen. Sie würde nächstes Mal besser achtgeben. Das war alles.

Nachdem sie damit den größten Teil ihres Dilemmas geklärt hatte und nur noch der mysteriöse Tod ihres Bruders übrigblieb, stand sie auf. Am nächsten Morgen ging sie mit Toby und seiner Tochter Betty, die während ihrer Abwesenheit die Geschäfte von Pennant's weiterführten, die Aufträge durch.

Liza saß auf ihrem Ledersessel hinter einem großen Kirschbaumschreibtisch, den sie auf einer Versteigerung entdeckt hatte. Betty schlug das in Leder gebundene Auftragsbuch auf, in dem sie ihren Wochenplan notierten. Während Liza an ihrem Federhalter nagte, überprüfte sie die Einträge der vergangenen vierzehn Tage.

»Und nächste Woche findet das Bankett des Herzogs von Lessborough statt?« fragte sie.

»Ja, und sein Sekretär will unbedingt Monsieur Jacques. Das habe ich ihm bereits versprochen, aber er gibt keine Ruhe.«

Monsieur Jacques — eigentlich Elihu Diver, Exmatrose und Schiffskoch — erfreute sich großer Nachfrage. Diese Beliebtheit war Liza mit Hilfe ihrer Mutter gelungen, die das Gerücht verbreitete, daß seine Kochkunst auf den Küchenchef der Königin Marie Antoinette zurückzuführen sei.

»Sehr gut«, meinte Liza und blätterte den Terminplan durch. »Toby, schreib einen Brief mit Pennant's Siegel, in dem du dem Sekretär zusicherst, daß er Monsieur Jacques bekommt.«

Sie blickte auf die Uhr, die an der Schulter ihres Kleides befestigt war. Zehn Uhr. »Zeit für den Publikumsverkehr, Toby.«

Der Rest des Tages verging in Windeseile, denn es mußten Rechnungen bezahlt und neue Leute eingestellt werden. In den drei Jahren, seit sie Pennant's eröffnet hatte, war die Agentur recht bekannt geworden. Nachdem Papa sie aus ihrem einstigen Zuhause verbannt hatte und sie in das von Toby geführte Stadthaus gelangt war, war sie zuversichtlich gewesen, jede Arbeit erledigen zu können. Doch wie schwierig konnte das werden? Sie hatte schon bald erfahren, daß Staubwischen mehr erforderte, als nur mit einem Lappen über Möbel zu gehen, oder Servieren nicht einfach hieß, ein Tablett auf einen Tisch zu knallen. An ihrem ersten Arbeitstag hatte sie bei dem Versuch, ein Trockenblumengesteck zu reinigen, selbiges gleich zerstört.

Toby hätte sie sofort wieder entlassen können, aber sie hatte ihm in ihrer Unwissenheit und Verzweiflung leid getan.

Liza hatte eine Menge lernen müssen. Sie konnte keine Nachttöpfe entleeren. Unter seiner Anleitung lernte sie es, ebenso wie Stiefel putzen, staubwischen, fegen, Feuer machen, Bäder einlassen, Silber polieren und bei Tisch servieren. Und das hatte sie alles aus Zorn über ihren Vater gemacht.

Wenn sie über ihr Leben vor ihrer Berufstätigkeit nachdachte, konnte sich Liza an eine Zeit erinnern, als sie noch nicht zornig und verletzt gewesen war. Vor langer, langer Zeit, als sie ein kleines Mädchen und William Edward ein Baby gewesen war, hatte sie noch keine Vorstellung von Zurückweisung und Feindseligkeit gehabt. Ihre Weltanschauung änderte sich jedoch im Alter von ungefähr sieben Jahren.

William Edward war an Diphtherie erkrankt. Die Tage vergingen, und ihre Eltern verließen sein Zimmer so gut wie nie. Sie war besorgt und verwirrt. Weil sie helfen wollte und Angst hatte, sie würde vielleicht auch ihre Eltern verlieren, wenn sie das Haus verließe, war sie ihrer Gouvernante entwischt und in William Edwards Krankenzimmer gegangen. Sie schlich zu seinem kleinen Bett, schaute über das Gitter und starrte ihre Eltern an.

Ihre Mutter weinte, aber Mama weinte so häufig, daß sie dieser Anblick nicht ängstigte. Was sie verwirrte, war das

Schluchzen von Papa. Sie zögerte, hatte Angst zu bleiben, traute sich aber auch nicht, das Zimmer wieder zu verlassen. Dann legte sie ihre Hand auf Papas Schulter. Er warf seinen Kopf hoch und sah sie an. Als sie seinem Blick begegnete, zog sie ihre Hand zurück, denn sie erkannte zum ersten Mal seine unverhohlene Abneigung und seinen Zorn.

»Warum?« fragte er und wischte sich seine Tränen mit dem Handrücken fort. »Warum nimmt mir der Allmächtige meinen hübschen kleinen Jungen und nicht dich?«

Als sie ihn fassungslos anstarrte, schlug er die Hände vor sein Gesicht. »Geh mir aus den Augen! Großer Gott, warum mußte es ein Mädchen werden?«

An jenem Tag lernte sie, daß sie kein Wunschkind war. Mama hatte Papa jeden Wunsch erfüllt und bedauerte aufgrund seiner Beeinflussung ihr Versagen, ihm keinen erstgeborenen Sohn geschenkt zu haben, zutiefst. Nicht, daß er sie deshalb vernachlässigte. Er hatte ihr das Leben einer richtigen Dame von Stand ermöglicht. Das war für Papa, den Sohn eines Fleischers, Ehrensache gewesen. Doch Papa, dem für seinen Sohn, den er beinahe verloren hätte, nichts zu teuer war und den er nach Eton, auf Europareise und später nach Cambridge schickte, war im Hinblick auf die Versorgung seiner Tochter nicht so großzügig gewesen.

Da ihr seine zwiespältige Einstellung bewußt war, hatte sie sich nie beklagt. Sie litt nur unter dem Wissen, daß sie von einer Erziehung, wie William Edward sie genoß, vermutlich mehr profitiert hätte. Also brachte sie sich mit Hilfe ihrer Gouvernante, die ein ähnliches Schicksal durchlitten hatte, vieles selbst bei.

Sie hatte sich nicht beklagt. Bis zu dem Tag, als Papa William Edward eine Europareise ermöglichte. Der Junge war gerade vierzehn und ein mittelmäßiger Schüler. Daraufhin hatte sie ihren ganzen Mut zusammengenommen und ihren Vater um das gleiche gebeten. Er hatte nur gelacht. Als sie hartnäckig blieb, wurde er zornig und tat ihr Begehren ab, ohne ihr überhaupt richtig zuzuhören. Und so war sie zu Hause geblieben.

Als sie im darauffolgenden Jahr siebzehn wurde, hatte ihr

Vater endlich Interesse an ihr entdeckt. Weil sie ihm plötzlich sehr nützlich zu sein schien. Nachdem er sein ganzes Leben damit zugebracht hatte, Reichtum und Wohlstand anzuhäufen, strebte er jetzt nach Höherem. Er wollte Ansehen. Er wollte von der Gesellschaft akzeptiert werden. Rastlos wie er war, wollte er das wenig reputierliche Erbe seines Bürgertums endlich abschütteln. Papa wollte, daß sein Sohn eine gute Partie machte und seine Enkelkinder Titel erbten. Und das wollte er noch vor seinem Tod erleben.

Aus diesem Grund mußte er für William Edward eine passende Braut erkaufen. Ein solches Manöver würde Jahre in Anspruch nehmen, denn die englische Oberschicht hatte kein Interesse daran, ihre Töchter Fleischersöhnen feilzubieten — selbst dann nicht, wenn sie extrem vermögend waren. Seine Tochter würde ihm mit entsprechend hoher Mitgift allerdings leichter den Weg in die gehobenen Gesellschaftskreise ebnen. Er hatte ein Vermögen mit seiner durchtriebenen Bauernschläue gemacht. Und er würde dafür sorgen, daß sie auch im Hinblick auf seine Tochter Wirkung zeitigte.

Er hatte nur den einen Fehler begangen, Liza falsch einzuschätzen. Er kannte sie ja kaum, sah sie nur gelegentlich bei Tisch oder am Abend. Soll heißen, er wußte, daß es sie gab. Er nahm lediglich von ihr Notiz und bezahlte ihre Rechnungen, ihre Erziehung hatte er jedoch seiner Ehefrau überlassen. Was war schon dabei, einem Mädchen Klavierspielen und einen guten Geschmack bei der Auswahl seiner Garderobe beizubringen? Er führte sie zunächst in den Landadel ein, so wie er einen der von ihm finanzierten Dampfer vorgestellt hätte, und dachte überhaupt nicht darüber nach, daß seine Tochter vielleicht etwas gegen seine Pläne haben könnte. Sie hatte.

Während er sich ausgiebig damit beschäftigt hatte, seinen Sohn zu erziehen und zu verwöhnen, war Liza häufig auf sich allein gestellt gewesen. Auch Mama kümmerte sich rührend um William Edward, wenn sie es denn ermöglichen und sich von ihrem einzigen Lebensinhalt — ihrer eigenen Person — loslösen konnte.

Völlig allein erkundete Liza die Welt durch Lernen, denn sie durfte keine Schule besuchen. Von ihrem Taschengeld kaufte sie Bücher sowie andere Druckerzeugnisse und las Zeitungen und Magazine.

Hätte ihr Vater sich der Mühe unterzogen zu erfahren, was sie tat, hätte er sicherlich nicht zugestimmt. So machte er die unliebsame Entdeckung, daß sich seine Tochter zu einem Blaustrumpf entwickelte, mitten auf ihrem ersten Ball. Liza überkam jedesmal wieder eine schauderhafte Genugtuung, wenn sie an jenen Abend zurückdachte. Puterrot war Papa angelaufen, als er hörte, wie seine Tochter mit dem vorzeigbaren Sohn eines Ritters der Königin über die Gleichheit der Frau in der Ehe und die Notwendigkeit der Ehescheidung diskutierte.

Nun, das geschah ihm ganz recht. Doch dann nahte für sie die Zeit der Debütantinnenbälle heran und damit der Zwischenfall, der ihr ohnehin nur mäßiges Interesse für junge Edelmänner zum Erliegen brachte.

Im großen und ganzen hatte sie nichts gegen Männer. Sie glaubte auch nicht, daß alle Männer so sparsam mit ihren Gefühlen umgingen und so unnahbar wie ihr Vater waren. Ihr gefiel einfach nicht, daß keiner von ihnen dafür Verständnis aufbrachte, daß eine junge Frau mehr wollte, als ihnen zu Füßen sitzen und sie bewundernd anzuhimmeln.

Papa war stinksauer auf sie gewesen. Er hatte sie als ›klug‹ beschimpft. Und das bedeutete für ein Mädchen soviel wie der soziale Abstieg. Trotzdem war und blieb es sein Fehler. Wenn er ihr nur ein wenig Zuneigung geschenkt hätte, hätte sie vielleicht nicht gleich auf ihrem ersten Ball insgesamt fünf junge schmachtende Männer vor den Kopf gestoßen und sich damit den Zugang zur Oberschicht verbaut. Es war eindeutig Papas Fehler gewesen. Schließlich hatte er damit gedroht, sie zu enterben. Wenn sie darüber nachdachte, wie leicht ihm das gefallen war, verspürte sie wieder diesen stechenden Schmerz in ihrer Brustgegend. Ja, das ganze Unglück war Papa zuzuschreiben, aber dieses Wissen war nicht unbedingt befreiend.

6

Er beobachtete, wie Jocelin Brandy in Kaffeetassen goß. Jocelin, der Kultivierte, der Attraktive und der Gefährliche. Er wäre heute abend besser nicht gekommen. Er fühlte die Bestie, schnaubend und Krallen wetzend wollte sie aus ihm heraus. Während der Fahrt in der Kutsche hätte er beinahe den Kopf aus dem Fenster gestreckt und wie ein Wolf geheult. Und jetzt sprachen sie umwölkt vom Qualm ihrer Verdauungszigarren über Stapletons Tod. Stapleton hatte zwei Flaschen Brandy auf einmal gesoffen. Niemand war in der Lage, das zu überleben, und das war der Punkt.

Die Bestie rollte sich knurrend und schnüffelnd in ihm zusammen. Wenn ihn dieses Gefühl beschlich, meinte er, auf allen vieren zu hocken, und sah jeden als Raubtier oder als Beute. Seine Finger krümmten sich zu Krallen, seine Gedanken schweiften zu elementaren Instinkten, zu blitzartigen Eindrücken von Kampfszenen und dem elenden Laufen über das Schlachtfeld, Laufen, um sich in Sicherheit zu bringen. Sein Pferd war weg. O Gott, er hatte kein Pferd mehr.

Zu Fuß war er ein toter Mann. Um ihn herum detonierten Granaten. Die Eingeweide seiner Männer wurden auf seinen Mantel geschleudert. Er schrie. Leutnant Cheshire ritt auf ihn zu. Cheshire war verwundet und hing nur noch im Sattel. Er packte den Reiter und riß den schreienden Mann von seinem Pferd. Er stieg auf. Cheshire umklammerte sein Bein und flehte ihn an. Er trat nach ihm, und Cheshire fiel geradewegs in die Lanze eines herannahenden Russen.

Er gab dem Pferd die Sporen und galoppierte los. Er hörte Cheshires Todesschreie in den Armen von Feldwebel Pawkins und sah, wie Jocelin seinen Säbel gegen einen russischen Kavallerieoffizier zückte. Er galoppierte weiter und weiter, bis er sich sicher fühlte. Aber er konnte niemals sicher sein, denn außer Cheshire hatte vielleicht noch jemand seine Hinterhältigkeit beobachtet. Es gab vielleicht noch jemanden, der wußte, was er war ...

Die Bestie hob den Kopf und richtete ihre Schnauze heulend gen Himmel. Er vernahm ein leises Geräusch in seiner Kehle — ein grollendes Wimmern, das ihn zurück in die Gegenwart versetzte.

Jocelin hatte den Brandy eingeschenkt. Niemand schien seinen Lapsus bemerkt zu haben. Er schnippte die Zigarrenasche auf den Rand seines Desserttellers. Wegen Leutnant Cheshire war er gekommen. Die meisten seiner alten Truppe waren hier versammelt, sofern sie überlebt hatten. Deshalb war er hier, und deshalb unterstützte er ihre politischen Ziele. Auf diese Weise konnte er sie beobachten, besonders Jocelin, der alles in allem unberechenbar war.

Jocelin hatte im Krankenhaus von Scutari neben Pawkins gelegen. Jocelin hatte Pawkins im Fieber verteidigt. Er konnte sich an nichts mehr erinnern. Und wenn sich sein Freund doch jemals erinnerte, würde er bei ihm sein, an seiner Seite und ihn unaufhörlich beobachten.

Liza raffte ihre Röcke und ging auf Zehenspitzen zur Hintertreppe. Entschlossen, dem Vicomte aus dem Weg zu gehen, hatte sie ihre Stelle wieder angetreten. Da sie ihn fast zwei Tage nicht gesehen hatte, hatte sie sich dafür entschieden, noch ein letztes Mal seine Räume zu durchsuchen. Er war gerade mit seinem politischen Treffen beschäftigt.

Sie hatte die Gäste und ihren Gastgeber hinter einer Tür belauert, als Choke und zwei Lakaien ihnen ihre Garderobe abgenommen hatten. Es machte den Eindruck, als wären alle zur selben Zeit gekommen, und sie hatte noch nie eine solche Anzahl attraktiver junger Männer gesehen. Sie waren vermutlich ihren Kavalleriepferden sehr ähnlich: alle schlank, mit durchtrainierten Muskeln und schneller Reaktionsfähigkeit.

Sie ging zum Arbeitszimmer des Vicomte und schlüpfte hinein. Dann horchte sie, doch Loveday schien in seinem Zimmer in die Abendzeitung vertieft. Das einzige Licht im Raum war das prasselnde Kaminfeuer. Wo war sie gerade gewesen, als sie der schreckliche Mann ertappt hatte? Ach ja, am Kaminsims.

Liza ging zum Kamin und streckte ihr Hände aus, um sie zu wärmen. Steife Finger ließen Dinge fallen, und sie durfte es nicht riskieren, daß ihren Händen kostbares Wedgwood-Porzellan oder ähnliches entglitt. Nachdem sie ihre Hände einen Augenblick vor dem Feuer gerieben hatte, griff sie nach dem Wedgwood-Gefäß. Leer, genau wie damals. Der Nautiluspokal war ebenfalls leer, blieb also nur noch das antike blaue Stück mit dem langgezogenen Hals. Sie nahm das Gefäß in beide Hände und hob es vom Kaminsims herunter.

Eine zarte Goldkette verlief vom Deckel bis zum Hals des Flakons. Sie öffnete den Verschluß und schaute hinein, aber es war einfach zu dunkel. Vorsichtig feuchtete sie ihren Zeigefinger an und langte dann langsam in den Flaschenhals, allerdings nicht so tief, daß sie hätte steckenbleiben können. Ihr Finger berührten etwas. Sie zog ihren Zeigefinger heraus und probierte es mit ihrem kleinen Finger. Er ertastete das Objekt, und sie zog es heraus.

Eine dünne Papierrolle. Endlich. Vor lauter Aufregung hätte sie beinahe den blauen Flakon fallen lassen. Sie hielt den Atem an, biß sich auf die Oberlippe und setzte das Gefäß ganz vorsichtig zurück auf den Kaminsims. Dann entrollte sie das Papier und las den Inhalt.

Was für eine Enttäuschung. Aber was hatte sie denn erwartet, ein Geständnis? Trotzdem mußte die Liste von Bedeutung sein, andernfalls hätte der Vicomte sie nicht versteckt. Sie las die fünf Namen. Sie waren in zwei Gruppen unterteilt, eine enthielt drei, die andere zwei Namen. Sie las sie immer wieder, damit sie sie behalten konnte: Griffin Poe, Nappie Carbuncle, Frank Fawn; Sir Morris Harter, Dr. Lucius Sinclair. Leise murmelnd bewegten sich ihre Lippen. Später würde sie Toby diese Namen mitteilen, damit er sich in seinem weitverstreuten Bekanntenkreis aus Kriminellen und rechtschaffenen Bürgern einmal umhören könnte.

Sie steckte die Papierrolle wieder in die blaue Flasche und stellte sie zurück auf den Kaminsims. Dann ging sie auf Zehenspitzen zur Tür und öffnete sie einen Spaltbreit. Der

Flur war menschenleer. Hatte sie den Mut, sich in dem Zimmer zu verstecken, das neben der Bibliothek lag? Der Vicomte und seine politischen Freunde hatten sich dort aufgehalten, und vielleicht konnte sie irgend etwas Wichtiges belauschen. Jocelin Marshall war nicht der einzige, der in enger Verbindung zu ihrem Bruder gestanden hatte, er war in ihren Augen allerdings der Hauptverdächtige.

In der Nacht, als William Edward starb, war er bei einem dieser politischen Treffen gewesen und hatte eine Auseinandersetzung mit dem Vicomte gehabt. Wenn man der Polizei Glauben schenken wollte, hatte er die Versammlung voller Verärgerung verlassen und sich dann in Whitechapel betrunken. Der snobistische Wiliam Edward sollte sich in Whitechapel betrunken haben? Niemals!

Airey, der andere Mann, war auf die gleiche Weise ums Leben gekommen. Solche Zufälle waren doch unglaubwürdig. Und jetzt war auch noch dieser Stapleton, Sir Alex Stapleton, der Ehrenmann, tot. Auch er war ein Mitglied dieser Elitetruppe von Ex-Kavalleristen und Polit-Aspiranten gewesen. Stapleton hatte sich allerdings zu Tode gesoffen. Die Zeitungen berichteten, daß er zuviel Alkohol im Blut gehabt hatte. Aber ein Gewohnheitstrinker wie er wußte doch sicher, wann er aufzuhören hatte? Drei seltsame Todesfälle. Dieser Gedanke erinnerte sie an einen Kindervers: *Drei blinde Mäuse, drei blinde Mäuse. Sieh, wie sie laufen.* Sie mußten laufen oder bekamen ihre Schwänze abgeschnitten.

Es war bereits spät. Eigentlich hätte sie dem Spülmädchen beim Abwasch helfen müssen, aber sie hatte schon zwei Abende lang sorgfältig vorgearbeitet, so daß ihre Abwesenheit nicht auffiel.

Liza schlich durch den Flur und zur Vortreppe hinunter, nachdem sie sich vergewissert hatte, daß niemand in der Halle war. Dann schloß sie vorsichtig die Tür des Salons hinter sich und strebte auf die Tür zu, die zum Raum neben der Bibliothek führte. Sie hatte noch am Morgen den Türknauf und die Scharniere geölt.

Sie hielt den Atem an, drehte den Knauf und öffnete vorsichtig die Tür, bis ein dünner Lichtstrahl hindurchfiel.

Langsam ausatmend wartete sie noch einen Moment, bis sie einen Blick durch den Türspalt wagte. Ihre Tat war unentdeckt geblieben, also vergrößerte sie die Öffnung noch ein wenig.

Alle fünf waren dort, einschließlich Jocelin Marshall. Als ihr Blick über die Gruppe schweifte, fiel ihr Asher Fox auf, der sich augenscheinlich über ein Gesprächsthema aufregte. Seine Nasenlöcher waren geweitet, seine Augenlider voller Abscheu zusammengekniffen, so wie es bei adligen Damen der Fall war, wenn sie ihr Personal beim Ausleeren der Nachttöpfe überraschten. Fox entstammte einer Familie von Kriegshelden, sein Großvater war der alte General Lord Peter Bingham Fox gewesen, der sich schon in der Schlacht von Waterloo verdient gemacht hatte. Sein Vater, der gegenwärtige Lord Peter, hatte der berittenen Garde mit Auszeichnung gedient. Ein entfernter Ahnherr hatte sogar für die Restauration gekämpft.

Liza sah den Mann, der seinen Platz direkt am Kaminfeuer gewählt hatte. Lord Winthrop, dessen Haupthaar und Stirn sich im Wettstreit zu befinden schienen. Selbst Liza, die kein Interesse am Gesellschaftsklatsch hatte, wußte, daß seine Mutter aus einer Liaison zwischen einer Nichte der Königin und dem Earl of Mumford hervorgegangen war. Winthrop starrte auf Arthur Thurston-Coobes, der nur dem Bürgertum entstammte. Der letzte im Bunde war Reginald Underwood, Earl Halloway, Zuchtmeister auf dem Kasernenhof und dem Paradeplatz.

Der Graf hatte in einem Sessel gegenüber Winthrop Platz genommen. Halloway, der als Frauenverführer bekannt war, beugte sich in seinem Sessel vor und folgte jeder Bewegung Jocelins. Choke hatte in einem seiner seltenen Plaudermomente einmal verlauten lassen, daß Halloway Jocelins Anziehungskraft auf Frauen mißfiel, vor allen Dingen wohl deshalb, weil dieser ihm eine gewisse Miss Birch ausgespannt hatte.

Liza musterte die Gruppe und wunderte sich darüber, wie diese Männer unter dem Deckmantel ihrer Kultiviertheit persönliche Fehden und Abneigungen verbargen. Ihr Blick fiel wieder auf Lord Winthrop, der einen Laut der Ungeduld von sich gab.

»Verdammt, Coombes, muß jeder gleich sehen, woher du stammst? Nimm die Bauchbinde von deiner Zigarre, wenn du rauchen willst, Mann!«

Thurston-Coombes, der jüngste unter ihnen, errötete, zog ungeschickt an seiner Zigarre und blies den Rauch auf Winthrop. »Du warst schon immer ein Klugscheißer, verrückter alter Junge, aber hier sind wir nicht mehr beim Militär, also steck dir deine Weisheiten in den Hintern.«

Jocelin lachte leise. Halloway verließ seinen Platz und ging zu ihm hinüber. Er schwenkte einen Rest Portwein in seinem Glas.

»Ich habe dich gesehen, als du gestern durch den Park geritten bist«, sagte der Graf. Schweigend beobachtete die Gruppe die beiden. Jocelin musterte Halloway und nahm einen Schluck Whisky.

»Interessierst dich wohl für meine gesellschaftlichen Verpflichtungen, was?« fragte er.

Halloway stellte sein Glas unsanft auf dem Tisch ab. »Du hinterlistiger Bastard, ich habe dich mit ihr zusammen gesehen.«

Jocelin setzte sein Glas vorsichtig ab und wählte eine Zigarre aus der Kiste, die auf dem Tisch stand. »Mein lieber Hal, ich bin niemals hinterlistig, was Frauen angeht. Aber ich bin diskret. Und jetzt halt den Mund, denn wenn du den Wunsch hast, den Ruf einer Dame in den Schmutz zu ziehen, breche ich dir alle Knochen.«

»Bei Gott«, sagte der Graf mit hochrotem Gesicht. »Das möchte ich sehen.«

Arthur Thurston-Coombes lachte schallend. »Ich auch.«

»Ihr Idioten«, meinte Halloway, nahm einen Schluck von seinem Port und musterte Jocelin abschätzig.

Asher Fox trat vom Kaminsims vor, an den er sich gelehnt hatte. »Komm, alter Junge, sie wollen dich doch nur ärgern, und du läßt dir das gefallen. Sei nicht so empfindlich. Los, Leute, wir sind alle wegen Stapleton ein wenig aufgebracht.«

Halloway zuckte die Schultern und wandte sich mit dem Rücken der Gruppe zu.

»Merkwürdig, daß der alte Stapleton so von uns gehen mußte«, sagte Thurston-Coombes. »Er war die letzten Tage wegen irgendwas in Sorge. Er trank nämlich noch mehr als sonst.«

Seufzend wandte sich Halloway wieder ihnen zu, seine schlechte Laune schien verflogen. »Und im letzten Jahr verloren wir den alten Harry Airey und den jungen Elliot. Hätte nie gedacht, daß sie in so einem Sumpf enden würden. Mist, sowas.«

»Sie hatten einfach kein Gefühl für Anstand«, meinte Lord Winthrop und hielt Jocelin sein leeres Glas entgegen. »Airey war halb verrückt, und bei Elliot wußte doch jeder, daß seine Familie nichts taugt.«

»Mein Gott, du kannst ein solches Schwein sein«, schnauzte ihn Thurston-Coombes an.

Asher Fox legte seinen Arm um Coombes' Schultern. »Es reicht jetzt. Der Tod von Stapleton hat uns alle ein wenig erschüttert. Laßt uns nach Hause gehen, wir haben das Geschäftliche erledigt. Wenn wir Mitglieder anwerben wollen, liegt noch ein gutes Stück Arbeit vor uns. Und da ist es völlig überflüssig, aufeinander loszugehen. Denkt an die Krim. Wir wären alle tot, wenn wir uns so verhalten hätten.«

Thurston-Coombes richtete sein Glas auf den Vicomte. »Nur der alte Jos nicht. Er hätte sich mit Dreck beschmiert, sich in unsere Zelte geschlichen und unsere Kehlen aufgeschlitzt.«

Jocelin grinste den jungen Mann an.

»Deine als erstes, alter Junge.«

»Es wäre mir eine Ehre«, verbeugte sich Coombes.

Als die Männer aufstanden und sich anschickten, die Bibliothek zu verlassen, schlich Liza von ihrem Horchposten weg. Sie ging zu der Tür, die zum Foyer führte, um zu beobachten, wie sie das Haus verließen. Der Vicomte verabschiedete seine Freunde, entließ Choke und die Lakaien und rannte nach oben. Sie hörte, wie seine Zimmertür zuschlug. Sie raste nach unten und traf gerade rechtzeitig ein, um

Chokes Anordnung in Empfang zu nehmen, daß sie die Bibliothek aufräumen sollte.

Sie trottete wieder nach oben und sammelte Gläser, Flaschen und Aschenbecher ein. Während dieser Tätigkeit wiederholte sie leise flüsternd immer wieder die Namensliste. Als ihr auffiel, daß sie den letzten beinahe vergessen hätte, beschloß sie, die Namen aufzuschreiben. Ein Sekretär mit einer Glasvitrine enthielt Papier und Stifte. Sie nahm ein Blatt, tauchte eine Feder in die Tinte und kritzelte rasch die Namen auf den Bogen. Dann schloß sie das Schreibpult, faltete das Papier und stopfte es in den gefütterten Ärmel ihres Kleides.

Als sie den Ärmel wieder herunterzog, wurde die Tür geöffnet.

»Ich wußte doch, daß du wieder herauskommst, wenn ich nur lange genug warte.«

Der Vicomte baute sich im Türrahmen auf und steckte einen Daumen in seinen Kummerbund. Er hatte seine Krawatte gelockert und die Manschettenknöpfe abgelegt. Seit er wieder zu Hause war, hatte er sein Haar noch nicht schneiden lassen, und es fiel ihm tiefschwarz, weich und glänzend ins Gesicht. Seit er den Raum betreten hatte, hatte Liza sich nicht mehr bewegt. Im ersten Moment hatte sie befürchtet, er könnte gesehen haben, wie sie etwas aufschrieb und das Blatt Papier versteckte, doch er sprach sie nicht darauf an.

Statt dessen kam er ins Zimmer, schloß die Tür hinter sich und ging weiter. Das hatte sie befürchtet. Als er auf sie zukam, schlüpfte sie hinter einen Schaukelstuhl. Sie griff nach zwei Gläsern und stellte sie auf das Tablett. Als sie es hochheben und damit aus dem Zimmer eilen wollte, hielt er sie fest.

Ganz plötzlich stand er hinter ihr. Ein Arm griff an ihr vorbei und schob das Tablett wieder auf den Tisch. Liza ließ es los und versuchte, sich an ihm vorbeizuschlängeln. Er packte ihren Arm, umfaßte ihre Taille und zog sie nah an sich heran. Während Liza sich wehrte und auf seinen Brustkorb trommelte, wunderte sie sich darüber, daß menschliches Fleisch so fest und unnachgiebig sein konnte. Ob er wohl ahnte, daß sie spioniert hatte? Verzweifelt ging sie in die Knie, fiel hin und entzog sich seinem Griff.

Er verfolgte sie zur Tür und lehnte sich mit dem Rücken dagegen. Liza versuchte zu schlucken, aber ihr Mund war wie ausgetrocknet. Warum hatte er nur einen solch aufregenden Körper? Sie hatte nicht damit gerechnet, ihm zu begegnen. Er hatte sie vollkommen unvorbereitet angetroffen. Ihre Haut prickelte vor Anspannung, doch trotz ihrer Furcht vermittelte ihr ein animalisches, nicht zu unterdrückendes Gefühl eine verrückte Idee. *Lauf nicht davon. Laß dich von ihm berühren. Wenn er dich berührt, kannst du ihn auch berühren.* Heiliger Himmel, sie wollte ihre Finger in sein nacktes Fleisch bohren. Nein, wie verwerflich.

»Warum läufst du denn weg?«

»Ach, hmm.«

»Ach, hmm?« Seine Hand schnellte nach vorn und ergriff die ihre. »Du zitterst ja. Hör doch auf, Mädchen, ich will dich doch nur verführen und nicht verprügeln.«

Liza entwand ihm ihre Hand. »Ich bin ein ehrbares Mädchen, Mylord. Ich möchte Ihnen keinen Grund zum Zweifeln geben, also nehmen Sie bitte Ihre Hände weg.«

Fluchend verschränkte der Vicomte die Arme vor der Brust. »Ich habe noch nie ein solch streitsüchtiges Wesen kennengelernt.«

»Sie sind wütend auf mich.«

»Nein.«

»Sind Sie doch. Sie sprechen in einem Tonfall mit mir, als wollten sie mich wie diese Kerle in Amerika, diese Revolverhelden, abknallen.«

»Revolverhelden? Abknallen? Gütiger Himmel, Mädchen, ich will dich doch nur küssen.«

Liza schnaubte und wurde wieder mutiger, da er kein weiteres Mal versuchte, sie festzuhalten. »Dann küssen Sie mich doch.«

Sie hätte nicht so vorwitzig sein sollen. Mit zusammengekniffenen Augen musterte er sie von Kopf bis Fuß. Als er sprach, verspürte sie in dem sanften, kehligen Tonfall seiner Stimme eine erneute Gefahr.

»Hast du was dagegen, mich zu lieben, Schätzchen?«

Liza hielt bei ihrem Versuch, sich davonzustehlen, inne. Sie durfte ihn nicht wissen lassen, wie leicht er sie aus der Fassung bringen konnte. Wütend über den Gedanken, daß sie einen Mann begehren konnte, der Frauen wie Cocktailhäppchen vernaschte, hob sie trotzig den Kopf.

»Sie lieben, Mylord? Verzeihung, aber was Sie wollen, ist keine Liebe. Sie kennen mich ja gar nicht, also können Sie mich auch nicht lieben, was bedeutet, daß Sie nur ein Verhältnis mit mir haben wollen. Ich bin mir aber zu schade dafür, benutzt zu werden.«

Er antwortete ihr nicht direkt, sondern griff nach einem Ende seiner Krawatte, die ihm auf die Schulter gerutscht war, und hielt dabei weiterhin ihrem Blick stand. Die schwarze Seidenkrawatte glitt über sein Hemd und löste sich.

»Manchmal ist es einfach zwecklos, mit einer Frau zu diskutieren.«

Liza bemerkte, wie sie auf seine Krawatte starrte, die an seinem Finger baumelte. Dann stürzte er sich auf sie. Weil sie zu langsam reagierte, gelang es ihm, sie zu packen. Sie kreischte und versuchte, nach ihm zu treten, aber er hob sie hoch und drückte sie an sich. Ihr Brustkorb preßte sich gegen den seinen. Sie schnappte nach Luft, denn er zog sie noch fester an sich. Dann schlenderte er zu dem Schaukelstuhl am Kamin, nahm sie in seine Arme und setzte sich. Liza versuchte sofort, wieder hochzuspringen, aber er hielt ihre Taille mit einer Hand fest umklammert. Sie konnte sich diesem Griff nicht entziehen und brach alle Versuche ab, als er ihr die Krawatte um den Hals legte.

Trotzdem hielt sie den Blick starr auf sein Gesicht gerichtet. Sie saß mit dem Rücken zum Kaminfeuer, und das Licht spielte mit seinen Gesichtszügen. Trotz Abendgarderobe und Siegelring war der Vicomte in ihm verschwunden. Er hielt die Krawatte an beiden Enden fest und zog sie immer näher zu sich heran.

»Mylord.«

Er war ihr so nah, daß sie seinen Atem auf ihren Wangen spürte, und sie dachte nur noch an seine Lippen.

»Es gibt keinen Lord hier, Schätzchen, also reg dich nicht auf«, meinte er, als sein Mund ihre Lippen sanft berührte.

Wie erstaunlich. Im stillen redete Liza auf sich ein: spürst du seine Lippen, sie sind so weich; laß ihn aufhören; Gott, er schiebt seine Zunge in meinen Mund; laß ihn aufhören; mein Blut gerät in Wallung.

Er zog an den Krawattenenden und zwang sie auf diese Weise zu einem intensiveren Kuß. Liza verlor die Beherrschung über ihren Körper. Er lockerte die Krawatte. Mit einer Hand faßte er ihren Hinterkopf, mit der anderen umschlang er ihre Taille. Dann küßte er sie leidenschaftlich. Liza hörte, wie sie aufstöhnte und geriet in Panik.

Gütiger Himmel, was tat sie da eigentlich? Sie öffnete ihre Augen. Sie erinnerte sich gar nicht daran, sie geschlossen zu haben. Sie krallte eine Hand in das weiche schwarze Haar, riß daran und schoß aus dem Sessel. Der Vicomte jaulte auf und wollte sie packen. Sie krabbelte außer Reichweite, hielt schützend eine Hand über ihre verrutschte Haube und rannte zur Tür. Er erhob sich aus dem Schaukelstuhl, hielt jedoch inne, als sie die Tür öffnete und auf die Schwelle trat.

»Du kommst zu mir zurück.«

Wütend schüttelte sie den Kopf und schnappte nach Luft.

Sein Brustkorb hob und senkte sich gefährlich.

»Wenn du mich dazu zwingst, dich zu jagen, wird dir das noch sehr leid tun.«

»Sie benehmen sich wie ein Wilder.«

»Hör mir mal zu, Schätzchen. Ich bin gerade aus einer Gegend heimgekehrt, wo Frauen Mangelware sind. Ein Mann, der sich da nicht nimmt, was er will, kriegt gar keine ab.«

Fassungslos starrte Liza ihn an, als er ihre Schürze aufband. »Das hier ist nicht der Wilde Westen, Mylord. Ich habe einen Ruf zu verlieren ...«

»Pfeif auf deinen Ruf.«

Er ließ nicht von ihr ab, obwohl sie versuchte, ihre Schleife am Rücken wieder zuzubinden. Er umschlang sie, drückte seinen Mund wieder auf den ihren und liebkoste ihre Lippen, was ihr wie eine Ewigkeit erschien, während sie vergeblich versuchte, sich aus seinem Griff zu befreien. Dann löste sich sein Mund gerade soviel, daß er ihr zuflüstern konnte: »Verflucht, Schätzchen, vergiß die dumme Vorstellung, daß du deine Unschuld bewahren mußt. Gib sie mir, und ich werde dir irgendwo ein hübsches Plätzchen besorgen. Irgendwo, wo ich alle Kerzen entzünden und dich endlich einmal richtig anschauen kann.«

Das erzürnte sie zutiefst. Als er sie wieder küssen wollte, öffnete sie ihm bereitwillig ihre Lippen und biß zu. Als er aufschrie, stemmte sie sich mit aller Kraft gegen seinen Brustkorb. Er stolperte rückwärts, traf die Tür und strauchelte, während er eine Hand auf seinen Mund preßte. Liza wirbelte herum und rannte durch den Flur zur Hintertreppe, die zu den Wirtschaftsräumen führte. Während sie hinabeilte, lauschte sie auf seine Schritte, die sie auf dem Treppenabsatz über ihr vernahm.

Sie raste durch die dunkle Küche, kämpfte mit der Klinke an der Hintertür und schlüpfte ins Freie. Als sie in Windeseile die Stufen zum Hof nahm, hörte sie seine Stimme.

»Warte!«

Auf der obersten Stufe hielt sie inne und drehte sich zu ihm um. Er wischte Blut von seiner Unterlippe und grinste sie zu ihrer Überraschung an.

»Verdammt, aber diese Frau bringt mich zum Kochen.«

Sein englischer Akzent war wieder da. Liza entspannte sich und holte tief Luft.

Er schob sich eine lockige Haarsträhne aus der Stirn. »Weißt du eigentlich, wie lange sich mir schon keine Frau mehr verweigert hat?«

Liza schüttelte den Kopf.

»Ich auch nicht.« Er musterte sie von Kopf bis Fuß. »Ich wußte gar nicht, was ich versäumt habe. Nein, renn nicht wieder weg.«

»Wenn Sie mich anrühren, schreie ich nach Mr. Choke.«

Lachend setzte er einen Fuß auf die unterste Treppenstufe.

»Ich tu's wirklich«, sagte sie.

»Weiß ich.«

Er nahm die nächste Stufe. Sie hatte keine Chance, ihm zu entkommen.

»Ich schreie nach Loveday«, entfuhr es Liza voller Verzweiflung.

Er hielt inne und blickte sie an.

»Ich kann lauter schreien als eine Schiffssirene, und dann wird Loveday Sie hier draußen mit mir finden.«

»Du hinterlistiger Giftzwerg.« Seine Hand griff nach dem schmiedeeisernen Geländer. Wieder betrachtete er sie schweigend. Dann drehte er sich plötzlich um und stieg die Stufen wieder hinunter.

»Diesmal hat es funktioniert«, rief er ihr über seine Schulter hinweg zu. »Dieses eine Mal. Aber beim nächsten Mal nicht mehr.«

Er verschwand. Seufzend vernahm Liza, wie im Haus Türen knallten. Sie wartete, bis sie sich sicher sein konnte, daß er nicht zurückkehrte, dann schlich sie auf ihr Zimmer und packte ihre Sachen. Sie konnte nicht länger bleiben, denn wenn sie blieb, würde er ihr wieder auflauern. Irgendwie provozierte sie ihn zu Unverschämtheiten, die er gar nicht erst zu unterdrücken versuchte. Nein, sie mußte gehen, wenn sie im Grunde ihres Herzens auch beinahe vermutete, daß sie eigentlich bleiben wollte.

7

Liza goß sich eine weitere Tasse Tee aus der Porzellankanne auf ihrem Schreibtisch ein und las die Informationen, die Toby bislang herausgefunden hatte. Gähnend blickte sie aus dem Fenster in den Garten und beobachtete das Schneetreiben. Sie war am vorhergehenden Abend erst spät zu Pennant's zurückgekehrt und hatte vor Aufregung kaum schlafen können. Die Kaminuhr schlug viermal, es war Nachmittag, und sie wendete sich wieder ihren Unterlagen zu.

Diese Pension war natürlich ein Bordell gewesen. Gerüchte besagten, daß die dort einkehrenden Männer besondere Vorlieben pflegten. Es wurde ebenfalls gesagt, daß der Betreiber alles daransetzte, um diese Vorlieben zu erfüllen, kamen sie doch seinen eigenen Interessen ebenfalls sehr nahe. Sein Name lautete Frankie Fawn.

»Fawn.«

Liza durchwühlte die Papiere auf ihrem Schreibtisch, fand schließlich die Notiz, die sie am Vorabend gekritzelt hatte und deutete mit ihrem Zeigefinger auf einen der Namen.

»Frank Fawn. Gütiger Himmel.« Sie sprang hinter ihrem Schreibtisch auf und wanderte ruhelos auf und ab. »Toby!«

Toby, der gerade eine Gruppe von Bediensteten für ein gräfliches Militärbankett zusammengestellt hatte, schlurfte in seinen Gummistiefeln durchs Haus. Als er ihr Büro betrat, stemmte er seine behandschuhten Fäuste in die Hüften und sah sie fragend an.

»Du hast alles gelesen, nicht wahr?«

Liza wedelte ihm mit der Liste zu. »Dieser Mann, dieser Besitzer oder Kuppler oder was auch immer er ist, steht auf der Namensliste.«

»Das wird ja immer merkwürdiger«, meinte Toby. »Der alte Bill kommt gerade vom Hafen. Sagt, sie hätten wieder mal eine Wasserleiche gefunden.«

»Eine was?«

»Einen Körper, Mädchen. Der tot im Wasser schwimmt. Und das war leider Gottes unser Frankie.«

Liza umklammerte die Rückenlehne ihres Stuhls. »Frank Fawn.«

»Ein paar Kerle wollen gesehen haben, wie er mit einem feinen Herrn gekämpft hat. Sie sagen, daß unser Frankie aus dem Hinterhalt mit einem Messer auf ihn losgegangen ist. Hat sich wohl den falschen ausgesucht, denn der war stärker. Frankie stolperte und fiel rückwärts über die Kaimauer. Muß sich wohl den Kopf an einem Poller angeschlagen haben. War vielleicht der Gentleman, der unseren Frankie an die Bullen verpfiffen hat, denn die haben sein Etablissement gefilzt. Haben aber keine kleinen Jungs gefunden. Nur gewöhnliche Nutten.«

»Großer Gott.«

Lizas Stimme kam ihr selbst etwas brüchig vor. Sie sank auf den Stuhl und drückte ihre Hände vor den Bauch.

»Toby, es sterben so viele Leute. William Edward, Airey, Stapleton und jetzt dieser Kerl namens Fawn.«

»Naja ...« brummend legte Toby seinen dicken Wollschal ab. »London ist eine verdammt große Stadt. Und wo so viele Menschen sind, stirbt auch der eine oder andere, und so armselige Kreaturen wie Frankie erwischt's immer mal wieder.«

»Aber ihre Namen stehen nicht auf Listen, die in den Herrschaftshäusern von Herzogsöhnen versteckt waren.«

Toby hielt beim Aufknöpfen seines Mantels inne. »Da hast du recht, Mädchen. Gut, daß du verduften konntest, denn sonst wärst du vielleicht jetzt auch 'ne Wasserleiche.«

»Ich kann das nicht auf sich beruhen lassen.«

Murrend ging Toby auf sie zu und drohte ihr mit dem Zeigefinger. »Jetzt hörst du mir einmal gut zu. Du nimmst dir einen von diesen Herren, die auf eigene Kappe Verbrechen aufdecken.«

»Das haben wir schon diskutiert«, entgegnete Liza. »Sie sind zu teuer, und ich muß die Finanzlage von Pennant's im Auge behalten. Viele Frauen, die für uns arbeiten, haben Kinder, da will ich nichts riskieren.«

»Das ist nicht der Grund.«

»Ach nein?«

Kerzengerade stand Toby vor ihr und rieb sich mißfällig schnaubend die Hände auf dem Rücken. »Er ist es. Und guck mich nicht mit einem so unschuldigen Blick an. Seit du ihn zum ersten Mal gesehen hast, verhältst du dich merkwürdig. Ich kriege schon mit, wie schmachtend dein Gesichtsausdruck wird, wenn du nur an ihn denkst. Ich hab' auch eine Tochter, also glaub nicht, ich wüßte nicht, was das zu bedeuten hat. Er hat's dir angetan, und das weiß er auch, und deshalb bleibst du besser weg von ihm, wenn du nicht wie meine Betty dastehen willst.«

»Aber Toby, du sorgst dich um mich, und ich kann mir gar nicht vorstellen, wie du darauf kommst.«

Als Antwort erhielt sie ein weiteres Schnauben, gefolgt von der spöttischen Bemerkung: »Ach du meine Güte! Ich kann es mir gar nicht vorstellen.«

»Übrigens, ich habe mir einen anderen Plan ausgedacht.«

»Mensch, nicht noch ein Plan.«

Liza bedachte ihn mit einem strafenden Blick. »Ein wirklich guter Plan. Toby, schau, wir können jetzt nicht einfach aufhören. Verstehst du nicht – es sind doch Kinder mit im Spiel.«

»Die zwei, die wir gesehen haben, sind immer noch bei der alten Dame, zu der sie gebracht wurden. Sie brauchen unsere Hilfe nicht.«

»Woher weißt du denn, daß die alte Frau nicht auch eine Kupplerin ist? Und woher weißt du, daß sie sie nicht aus den gleichen Gründen wie Frank Fawn bei sich aufgenommen hat?«

»Weißt du, du machst mich krank mit deiner Hartnäckigkeit.«

»Dann haben wir uns also verstanden«, konterte Liza. Sie legte die Liste in den Schoß und glättete ihr Kleid. »Was gut ist, denn du mußt sofort einen Brief von mir weiterleiten. An meinen Vater.«

»Mensch!«

»Ich habe eine Möglichkeit gefunden, um in der Nähe von

Vicomte Radcliffe sein zu können, ohne daß er mir nachstellen kann.«

»Aber nicht, wenn du kein gepolstertes Kleid trägst.«

»Toby, ich werde wieder ich selbst sein, und das wird jedes weitere Interesse abflauen lassen.«

Toby fuchtelte mit den Händen. »Du bist unverbesserlich. Das macht ihm doch nichts aus. Weiber. Wenn so ein tollkühner Bursche wie er dir als plumpe Hausmagd nachstellt, gefällst du ihm auch schlank.«

»Papa möchte, daß ich eine gute Partie mache, besonders nachdem William Edward jetzt tot ist. Er will einen Enkel. Natürlich keine Enkelin, ich bitte dich, ein Enkel muß es schon sein. Ich werde vortäuschen, daß die Geschäfte von Pennant's nicht gut laufen und daß ich meine Lektion gelernt habe. Darauf wartet Papa nur. Ich werde mich bereit erklären, daß ich auf die Jagd nach einem Ehemann gehe, und bitte ihn, Jocelin Marshall zu einem Fest einzuladen. Wenn Papa erfährt, daß ich mich für den Sohn eines Herzogs interessiere, wird er mir vor lauter Freude alles verzeihen.«

»Er soll deinen Vater besuchen? Völlig unwahrscheinlich.«

»Er wird es tun, wenn Papa erwähnt, daß er Asher Fox bei den Parlamentswahlen unterstützen kann. Der Vicomte ist sehr stark an Mr. Fox' Karriere interessiert.«

Daraufhin fiel Toby vor ihr auf die Knie und bat sie leise: »Hör mir zu, Mädchen. Geh ihm aus dem Weg. Wenn dieser hochnäsige Kerl die Dreistigkeit besitzt, die ich ihm zutraue, begibst du dich in große Gefahr.«

Liza tätschelte beruhigend Tobys Arm und erhob sich.

»Wenn er meinen Bruder umgebracht oder die anderen Verbrechen begangen hat, die du hier erwähnst, kann auch ich ihm verflucht gefährlich werden.«

Neun Tage, nachdem er sich von seiner plumpen Dienstmagd eine Abfuhr eingeholt hatte, saß Jocelin an seinem Schreibtisch in der Bibliothek. Eine Woche lang hatte er mit seinem Gewissen gekämpft und diesen Kampf schließlich verloren. Das war der Grund, weshalb er jetzt die Haushälterin und Choke zu sich befohlen hatte. Die Haushälterin rutschte nervös auf der Stuhlkante hin und her, wobei ihre spitzenverzierte Haube leicht bebte. Choke stand neben ihr und wirkte trotz der plötzlichen Aufforderung recht gelassen.

»Und da ich mich mit dem Gedanken trage, meine zukünftige Frau auszuwählen, werde ich in Zukunft mehr Einladungen aussprechen«, sagte Jocelin. Ihm gefiel diese Begründung, mit der er sich eine Weile recht schwer getan hatte. »Deshalb brauche ich für die oberen Etagen mehr Personal. Ich möchte, daß ihr das neue Mädchen — diese Gamp — als Zimmermädchen einweist und eine andere für die Schmutzarbeiten einstellt.«

Die Haube der Haushälterin bebte leicht. Sie und Choke warfen sich vielsagende Blicke zu, bis der Butler sich schließlich räusperte.

»Hmhm, Ihre Lordschaft hat die Angelegenheiten der Haushaltsführung bislang uns überlassen.« Leicht verstimmt blickte Choke seinen Hausherrn an. »Und da Ihre Lordschaft sehr viele abendliche Verpflichtungen und politische Treffen hat, sahen wir keine Möglichkeit, gewisse Angelegenheiten mit Ihnen zu besprechen.«

»Welche Angelegenheiten?«

»Miss Gamp, Mylord. Sie hat das Haus verlassen. Ziemlich abrupt sogar, vor mehr als einer Woche. Sie hinterließ mir eine Nachricht, daß ihre Tante in Liverpool erkrankt ist und sie ihren Beistand braucht.«

Jocelin starrte mit verkniffenem Blick auf die vor ihm liegende Korrespondenz. »Sie ist fort, wirklich? Wo ist sie?«

»Ja, Mylord, und ich habe eine neue eingestellt«, meinte Choke. »Selbstverständlich finde ich auch umgehend ein neues Zimmermädchen. Die Pennant's Agentur stellt immer Personal zur Verfügung und ...«

»Ich habe gefragt, wo sie ist.«

»Das hat sie nicht gesagt, Mylord.«

»Dann vergeßt das Ganze.«

»Aber Mylord, wenn Sie beabsichtigen, weitere Feste zu geben, sollten wir uns bald um neues Personal kümmern.«

»Ich habe es mir anders überlegt. Danke, Choke.«

Nickend erhob er sich. Weil sie sich keinen weiteren Rat wußten, verließen Choke und die Haushälterin rasch das Zimmer. Als sie außer Sichtweite waren, haute Jocelin mit der Faust auf den Schreibtisch.

»Verflucht noch mal!«

Seine schmerzende Hand ignorierend stopfte er beide Hände in seine Jackentaschen und starrte auf ein Porträt von Georg III. das an der Wand neben dem Schreibtisch hing. Dann läutete er nach Loveday und trommelte ungeduldig mit den Fingerspitzen auf die Schreibtischplatte, bis sein Kammerdiener erschien.

»Was hast du mit ihr gemacht?« fragte Jocelin.

»Mit wem, Mylord?«

»Mit dem plumpen, mürrischen Mädchen, dieser Gamp. Hast du sie entlassen?«

Loveday runzelte fragend die Stirn. Dann begriff er und entspannte sich wieder.

»Ach so. Unsere Verführungskünste haben nicht gewirkt, und jetzt haben wir auch noch soeben Miss Gamps Verschwinden feststellen müssen.«

»Wir sind stocksauer, Loveday.«

»In der Tat, Mylord.«

»Ich dachte, sie hätte sich vor mir in den Gesinderäumen versteckt. Wo ist sie?«

»Ich weiß es nicht, Mylord. Aber vielleicht ist ihr Verschwinden ein glücklicher Zufall.« Loveday warf ihm einen bedeutungsvollen Blick zu. »Wenn ich so offen sein darf?«

»Sprich weiter. Das bist du ohnehin.«

»Seit wir Miss Gamp begegnet sind, mangelt es uns an Etikette. Wir gehen launisch mit Bediensteten um, was normalerweise nicht unserem gemäßigten Umgang mit dem Personal entspricht.«

Jocelin stand auf, legte seine Hände auf die Schreibtischplatte und beugte sich nach vorn. »Das ist mir egal. Falls du glaubst, ich sei launisch, dann warte erst mal ab, was passiert, wenn ich Miss Gamp nicht finde. Wir müssen sie haben, Loveday, und es ist uns egal, wie wir sie finden«, stieß er hervor.

»Wirklich, Mylord?«

Jocelin ließ sich auf seinen Stuhl zurücksinken und fuhr sich durchs Haar. »Wirklich, Loveday, ich bin verzweifelt. Ich meine, überall Zitronen zu riechen. Ich habe Lord Quays Hausmädchen auf der Straße nachgestellt, weil ich glaubte, sie wäre Gamp. Zum Teufel mit diesen verdammten Hauben! Sie bedecken den gesamten Kopf einer Frau.«

»Das paßt gar nicht zu Ihnen, Mylord.«

»Ich muß sie finden«, brauste Jocelin zornig auf und vergrub sein Gesicht in beiden Armen.

»Diese Besessenheit verträgt sich aber vermutlich nicht mit Ihren Bemühungen, eine Braut zu finden.«

Jocelin sprach in seine Armbeuge. »Ich kann einfach nicht denken, wenn ich so scharf bin wie eine Rasiermesser. Tut mir leid, Loveday.«

»Wie ich bereits erwähnte, Mylord, unsere Etikette hat seit der Bekanntschaft mit Miss Gamp Schaden genommen.« Loveday beugte sich über den Schreibtisch und sah dem Vicomte in die Augen. »Wenn ich einen Vorschlag machen darf, Mylord. Wir könnten uns der Nachforschungen eines Privatdetektivs bedienen. Eine solche Person würde den Aufenthaltsort von Miss Gamp herausfinden und uns in umsichtiger Form mit ihr in Verbindung bringen. Sobald das geschehen ist, besäßen wir jede Freiheit, uns mit der jungen Dame in unserer wie üblich diskreten Vorgehensweise zu vergnügen.«

»Du handelst scharfsinnig und überlegt, Loveday. Geh meinetwegen in den exquisiten Buchladen, der dich so anspricht, such dir dort ein paar gute Bücher aus und laß die Rechnung an mich schicken.«

»Ihre Lordschaft ist überaus großzügig.« Loveday verbeugte sich ergeben. »Da ist noch etwas. Wenn ich mich nicht irre, ist soeben Mr. Ross vorgefahren.«

»Dann schick ihn hoch zu mir.«

Jocelin setzte sich aufrecht hin, richtete seine Krawatte und fuhr sich mit den Fingern durchs Haar. Mit der Morgenzeitung bewaffnet stürmte Nick Ross in die Bibliothek. Der Vicomte grinste, doch sein Lächeln verschwand, als sein

Freund sprach. »*Delenda est Carthago*«, säuselte Nick. »*Morituri te salutamus.*«

»O Gott, du hast schon wieder einen neuen Lehrer engagiert.«

»*Fas est et ab hoste doceri.*«

»Ist es richtig, daß man auch von seinem Feind lernen kann?«

»Das bedeutet es also? Wie klug von mir.« Nick ließ sich auf die Couch fallen, legte die Beine hoch und warf Jocelin die Zeitung zu. »Schon gelesen?«

»Noch nicht.«

»Sie haben eine Liste mit Fawns möglichen Kunden gefunden.«

Jocelin wandte sich ab und starrte aus dem vereisten Fenster hinter dem Schreibtisch. Hinter den Schiebetüren lag die Terrasse und ein schneebedeckter Garten.

»Hat der Junge dir erzählt, wie viele es waren?«

»Nein. Er will nicht darüber sprechen. Gib ihm Zeit, Jos. Denk nicht mehr darüber nach. Du bist immer so ungehalten mit mir, nachdem wir einen unserer kleinen Ausflüge unternommen haben. Und mach dir nicht die Mühe, es abzustreiten, ich hab' doch dein Seufzen genau gehört.« Nick sprang vom Sofa und nahm eine dramatische Pose ein. »Denk nicht darüber nach. Hör mir einfach zu:

›*Lehr mich nur den Frohsinn,*
der dein Herz erfüllt,
Soviel schöner Wahnsinn,
uns dann bald umhüllt ...‹«

Sich zusammenkrümmend drehte sich Jocelin um und starrte Nick entsetzt an. »Das klingt ja beinahe wie Shelley. Du hast wohl auch einen englischen Literaten engagiert, du Verrückter.«

Nick warf sich in die Brust und starrte salbungsvoll zur Decke: »›Sein oder Nichtsein, das ist hier die Frage: Ob's ehrenwerter ist zu leiden, die Haken und Ösen frevelhaften Glücks ...‹«

»Hör endlich auf!«

Jocelin packte sich Nick und legte ihm eine Hand auf den Mund, die dieser unwillig abschüttelte.

»Paß auf, Jos.«

»Bitte, Nick. Hamlet ist in diesem Drama bereits einmal umgebracht worden. Versuch es nicht ein zweites Mal.«

Errötend wandte Nick seinen Blick von Jocelin ab. Dann erhob er sich, schlenderte zum Kamin, auf dessen Sims er einen Arm legte, und stocherte mit dem anderen im Feuer herum.

Reumütig setzte sich Jocelin neben ihn. »Tut mir leid, Nick, alter Freund.«

»Irgendwie muß ich das doch lernen. Du hast deinen Spaß in Eton und an der Militärakademie gehabt, aber ich?«

»Ich bin ein Esel, Nick. Wie kann ich das wieder gutmachen?«

»Überhaupt nicht.«

Jocelin sah Nicks gekränkten Gesichtsausdruck und beschloß, auf ein unverfänglicheres Thema umzuschwenken. Er ging zurück zu seinem Schreibtisch und durchwühlte einen Stapel Einladungen.

»Vater ist eifrig damit beschäftigt herauszuposaunen, daß ich dem Heiratsmarkt wieder zur Verfügung stehe. Mit der Morgenpost habe ich bereits diesen Stapel Einladungen bekommen.«

»Kriege keine Einladungen.«

Mit einem Grinsen quittierte Jocelin den bissigen Unterton in den Worten seines Freundes. »Hättest du denn gern welche?«

Nick sah ihn entgeistert an. »Deinesgleichen will mich nicht mal in seiner Scheune haben, geschweige denn in seinem Haus.«

»Doch, wenn ich es möchte.«

»Jos, nicht einmal du kannst mir den Dreck der Gosse von St. Giles abkratzen.«

»Dann werden wir dir einen neuen Mantel verpassen, der ihn bedeckt. Wir werden uns eine Herkunft für dich ausdenken. Nichts Außergewöhnliches. Vielleicht eine entfernte

Verwandtschaft zu einer schottischen Familie, die nach Amerika ausgewandert ist.«

Jocelin warf seine Einladungen auf den Tisch und blätterte sie rasch durch. »Dann mal los. Mr. Richard Elliot. Ein Fleischersohn, der es zu etwas gebracht hat. Bringt sich fast um, weil er in die feine Gesellschaft aufsteigen will. Wenn ich Elliots Einladung auf seinen Landsitz annähme, könnte ich sogar eine Ziege mitbringen. Außerdem bietet er uns politische Unterstützung an. Was hältst du davon?«

»Hm.«

»Komm, alter Junge.« Jocelin blickte stirnrunzelnd auf die Einladungskarte. »Ich brauche Unterstützung, wenn ich dort einen geschlagenen Monat lang den Fallen der Eheanbahnung eines Geschäftemachers und seiner zweifelsfrei einfältigen Tochter ausweichen soll, nur um Asher damit einen guten Dienst zu erweisen.«

»Der Herzog möchte, daß du der Enkelin eines Fleischers den Hof machst?« fragte Nick.

»Natürlich nicht. Ich habe von ihm eine Mitteilung erhalten, worin er mich warnt, nur ja kein Angebot unter dem Rang einer Grafentochter anzunehmen.«

»Willst also nur dahin, um ihn zur Weißglut zu bringen.«

»Kommst du mit?«

Nicks lächelte, denn sein frecher Übermut war zurückgekehrt. »Konnte doch noch nie einer Vergnügungsreise widerstehen, oder?«

»Und ich werde meinem Vater beibringen, was es heißt, seinen Sohn wie einen Zuchthengst anzupreisen.«

Kopfschüttelnd meinte Nick: »›Spart am Werk nicht Fleiß noch Mühe; Feuer sprühe, Kessel glühe!‹«

8

Die Prozession, die sich am Bahnhof von Little Stratfield-on-Willow in Bewegung setzte, übertraf alles, was der kleine Ort seit vielen Jahren gesehen hatte. An der Spitze fuhr der große schwarzgelbe Stratfield Court Landauer, der von vier edlen Schimmeln gezogen und von zwei berittenen Boten eskortiert wurde. Dann folgte eine kleinere Kutsche mit zwei Lakaien und dem Handgepäck, dem sich die Stallburschen mit zwei Reitpferden anschlossen. Ein Wagen voller Gepäckstücke rumpelte mit gewissem Abstand hinterher. Uniformierte Berittene trabten dem Zug voraus.

In dem Landauer saßen sich Jocelin Marshall, Vicomte Radcliffe, und sein Freund Nick Ross gegenüber und fuhren trotz der Kälte mit geöffnetem Verdeck. Nick saß in Fahrtrichtung und bemühte sich, seine Wangen vor dem eisigen Wind zu schützen.

Er versuchte, den Lärm der schlagenden Hufe und der klappernden Wagen zu übertönen, und fragte: »Reist du immer so?«

»Natürlich nicht«, antwortete Jocelin. Er legte einen Ellbogen auf sein Knie und deutete mit einem seiner Handschuhe auf den Troß, der sie begleitete. »Elliot möchte, daß die gesamte Grafschaft erfährt, wer sich die Ehre eines Besuches bei ihm gibt. Was hätte es für einen Sinn, wenn keiner wüßte, daß ich hier bin? So wird sich die Nachricht bald verbreiten. Darauf hoffe ich.«

»Also haben wir unsere Umzüge aufgegeben, damit du diesen Herrn besuchen kannst und deinen Papa vor den Kopf stößt.«

»Nicht ganz. Dr. Lucius Sinclair wohnt auch ganz in der Nähe.«

»Sinclair. Der Name steht auf der Liste.«

Jocelin nickte zustimmend.

Nick pfiff durch die Zähne. »Was hast du mit ihm vor?«

»Ich werde Maßnahmen gegen ihn ergreifen, Nick, alter Freund. Etwas unternehmen. Nicht so brutal, wie er es verdient, aber ihm trotzdem Einhalt gebieten. Selbstverständlich muß ich mit diesem Brautschau-Unsinn anfangen und mit Elliot über den alten Ash reden.«

Er erwähnte nicht, daß seine Bemühungen, die mysteriöse Miss Gamp zu finden, bislang gescheitert waren. Der Unmut nagte an ihm, denn er roch immer und überall den Duft von Zitronen, ob er morgens aufwachte, seinen Club besuchte oder im Bad war. Er litt unter einer unbefriedigten Lust, wie er sie nie zuvor verspürt hatte. Aufgrund dieser Qualen war er übellaunig und unruhig. Nur die Aussicht, daß er sich mit Elliot und seiner Zusage politischer Unterstützung ablenken konnte, besserte seine Laune etwas auf.

Er und Nick fuhren in leutseligem Schweigen, bis sie den Eingang von Stratfield Court erreichten. Kunstvoll verzierte, schmiedeeiserne Tore schwangen auf, und sie fuhren durch eine sorgfältig gepflegte Parklandschaft. Die Dauer der Zugfahrt nach Wiltshire hatte weniger als vier Stunden betragen, aber beide Männer waren froh, endlich in einer Kutsche zu sitzen. Jocelin blickte auf die kahlen, vom schwachen Licht der Nachmittagssonne beschienenen Bäume, als Nick ein unterdrücktes Pfeifgeräusch von sich gab. Er drehte sich um und erspähte in der Ferne ein riesiges Landhaus. Als er durch die Bäume über den Rasen sehen konnte, verstand er Nicks Verblüffung. Die Größe des Anwesens entsprach den Ausmaßen von Schloß Windsor.

Nick runzelte die Stirn, als er zu Stratfield Court hinüberblinzelte. »Irgendwas stimmt doch da nicht?«

Jocelin verzog seine Lippen.

»Kann es sein, daß es an den trostlosen dunkelroten Ziegeln liegt?«

Nick starrte verwirrt auf das Haus.

Jocelin hatte Mitleid mit ihm. »Beruhige dich, alter Junge. Das Haus da ist teilweise wie ein Schloß, teilweise wie ein französischer Landsitz und teilweise wie eine Kathedrale erbaut. Du bist es nicht gewohnt, alle diese Stilrichtungen in einem monströsen Gebäude vereinigt zu finden. Der alte Elliot konnte sich wohl nicht entscheiden, was er eigentlich wollte, und hat sich deshalb aus fünf oder sechs unterschiedlichen architektonischen Stilen das herausgesucht, was ihm am besten gefiel.«

Er deutete auf die Giebel, Türmchen, Kamine, die Erker und Treppchen, die verschiedenen Dachstrukturen und Bogenfriese. So überladen und asymmetrisch, wie Planung, Gestaltung und Ausführung des Hauses waren, schien es zu allem Überfluß auch noch von Wasserfontänen zu wimmeln. Sie fuhren auf den halbrunden Platz, der sich der Auffahrt anschloß.

»Jos!« Nick konnte nur noch flüstern.

Jocelin starrte auf das Paar und ihre Dienerschaft, die unter den Torbögen warteten, die das Portal der Kutschenauffahrt stützten. »Mach dir keine Sorgen, das ist nur der alte Elliot mit seiner Frau.«

Er entstieg der Kutsche und bedrängte Nick, sich vorzustellen. Elliot trug die Aura eines Landgrafen zur Schau, der den König zum Staatsbesuch empfängt. Er gehörte zu den wenigen Männern, die Jocelin nicht überragte, doch seine majestätische Ausstrahlung litt aufgrund seines Schnurrbarts, der im Gegensatz zu seinem Haupthaar bereits ergraut war, was einem das Gefühl vermittelte, sein Haar sei gefärbt. Seine Mundwinkel hingen herab, was zweifelsfrei auf eine permanente Gereiztheit schließen ließ.

Seine Gattin, Iphigenia Beaufort Elliot, stand im Schatten ihres beeindruckenden Gemahls. Gekleidet in der schmalgeschnittenen Empirelinie des vergangenen Jahrzehnts trug sie ihr schütteres blondes Haar in langen Löckchen, die sich zu beiden Seiten ihres Gesichts kringelten, und sie war kaum in der Lage, einen Satz zu Ende zu führen. Das brauchte sie auch nicht, denn normalerweise sprach ihr Ehemann für sie oder erklärte ihr, was sie sagen sollte. Er hatte sie nicht aus Liebe geheiratet, sondern weil sie die älteste Tochter einer der bekanntesten Familien der Gegend war.

Während Nick der Gastgeberin seinen Arm reichte, begann Jocelin ein Gespräch mit Elliot, und sie betraten alle das Haus. Der Vicomte bemerkte, wie Nicks Mund vor Staunen leicht offenstand, als sie durch ausladende gotische Bögen und lange Reihen von Marmorsäulen hindurchschlenderten. Hinter dem Aufgang verließen sie das Mittelalter, betraten die Eingangshalle und setzten ihren Weg über die Haupttreppe fort. Die tiefliegenden fächerartigen Deckenornamente warfen ihre Schatten auf Reihen riesiger Kristallspiegel.

Ein Lächeln glitt ihm übers Gesicht, als Nick über die wuchernden Schnitzarbeiten, die Vergoldungen auf beinahe jeder Oberfläche oder die pompöse Pracht jedes einzelnen Zimmers seufzte.

Der arme Nick hatte noch nie zuvor einen Landsitz gesehen. Sein Freund verabscheute steife und zugige Anwesen. Er selbst zog sein eigenes, wesentlich kleineres Haus aus dem 17. Jahrhundert vor. Seit dem letzten Jahrhundert war es baulich nicht mehr verändert worden und deshalb immer noch gemütlich und überschaubar. Schlösser und Paläste überließ er seinem Vater.

»Überaus erfreut, daß Sie zu uns kommen konnten, Radcliffe«, sagte Elliot gerade. »Wie ich schon sagte, ist mein Mädchen mit den anderen Gästen zum Eislaufen gefahren. Ah ja, hier ist Thurston-Coombes. Coombes, alter Junge, Sie sind wieder zurück.«

Jocelin begrüßte seinen Freund und machte ihn mit Nick bekannt.

»Ja, Sir«, sagte Thurston-Coombes. »Außer Miss Elliot sind alle zurückgekehrt. Sie wollte noch einen der Bewohner auf dem Anwesen besuchen. Sagte, daß sie der alten Dame Handschuhe und einen Schal gestrickt hat.«

Elliot starrte bedeutungsvoll zu Jocelin herüber. »Ein gutes Mädchen, meine Elizabeth. Sorgt sich um unsere Untergebenen. Nimmt meine Position so ernst, wie es sein sollte. Christenpflicht und Nächstenliebe. Sie kommt sicher bald. Coombes, ich habe Radcliffe und Ross gerade ihre Zimmer gezeigt. Sie wohnen im Stockwerk unter Ihnen.«

»Wenn es Ihnen nichts ausmacht«, unterbrach Jocelin Elliot, bevor dieser weiterreden konnte, »würde ich gern einen kurzen Ausritt machen, denn mein Reitpferd ist nach der langen Zugfahrt sichtlich nervös. Es reagiert sehr empfindlich auf den Lärm.«

Elliot bedachte ihn mit einem breiten Grinsen, das eher dem Zähnefletschen eines Löwen ähnlich war, der ein Zebrafohlen entdeckt hat.

»Selbstverständlich.« Er nickte seinem Butler zu. »Kimberley wird Ihnen die Stallungen zeigen.«

Jocelin sah Nick an. »Komm mit, alter Junge. Ein kurzer Galopp vor dem Essen wird uns guttun.« Er verbeugte sich vor Iphigenia Elliot. »Wenn Mrs. Elliot erlauben.«

»Mit Vergnügen, Mylord. Das Abendessen ist um . . .«

»Acht«, ergänzte Mr. Elliot.

Nach einigen weiteren Begeisterungsbekundigungen über ihre Räumlichkeiten wurden sie schließlich entlassen. Eine halbe Stunde später saßen sie auf ihren Pferden, trabten durch das hintere Gatter und folgten dem schmalen Pfad, der vom Schnee befreit worden war. Nachdem sie den Park, der Stratfield Court umgab, bald hinter sich gelassen hatten, ritten sie in einen Wald, der immer dichter wurde, so daß ihre Pferde hintereinander traben mußten.

Sobald sie die Stallungen verlassen hatten, hatte Nick seinen sorgfältig gewählten Tonfall wieder fallengelassen. »Blöder Angeber. ›Christenpflicht und Nächstenliebe‹, hat er gesagt und ›unsere Untergebenen‹.«

»Ein wichtigtuerischer Großgrundbesitzer, das ist er, unser Mr. Elliot«, meinte Jocelin mit einem Seitenblick auf Nick. »Es steht außer Frage, warum er einen Titel kaufen will.«

»Er ist ein Fleischersohn. Genauso bürgerlich wie ich«, knurrte Nick, als er sein Reitpferd über einen umgestürzten Baumstamm trieb.

»Er hat sein Geld damit gemacht, daß er schon von Anfang an in den Bau von Eisenbahnlinien investiert hat. Heute hat er seine Finger in vielen Geschäften — Wolle, Tee, Salzbergwerke, Guano.«

»Guano?«

»Die Exkremente der Seemöwe, mein Lieber. Dünger.«

»Er macht Geschäfte mit Vogelscheiße?«

»Unter anderem.«

»Abgeschmackt.«

»Lukrativ.« Jocelin hielt an. »Was ist das? Der Teich?«

Nick ritt an seine Seite, und gemeinsam betrachteten sie ein schneebedecktes Feld, das sich bis zum Wald hinzog. Mehrere Meter von ihnen entfernt reflektierte ein zugefrorener Teich die schwachen Sonnenstrahlen. An seinem Ufer stand eine Kutsche, deren Fuhrmann die Pferde im Zaum hielt. Eine Zofe schob etwas, das aussah wie Frauenunterröcke und Krinoline, in das Gefährt. Auf dem Eis drehte sich eine Frau in einem voluminösen burgunderroten Kleid mit passendem Umhang.

Jocelin legte seine Hand auf Nicks Arm und gebot ihm zu schweigen. Sein Blick folgte der Läuferin, die über das Eis glitt. Alle ihm bekannten Damen liefen Schlittschuh, sogar seine Mutter. Aber diese Dame glitt nicht einfach übers Eis, sie flog darüber. Im Gegensatz zu den meisten ihrer Artgenossinnen holte sie mit ihren Beinen ordentlich Schwung und beschleunigte, bis er das Gefühl hatte, sie würde die Beherrschung über ihren Körper verlieren und stürzen. Stattdessen drehte sie sich jedoch, lief rückwärts und holte noch mehr Schwung. Plötzlich sprang sie in die Luft, spreizte beide Beine und schloß sie wieder. Dann landete sie und glitt auf einem Bein rückwärts.

»Gütiger Himmel«, meinte Jocelin.

»Die kleine Verrückte wird sich noch umbringen.«

»Sieh doch!« Jocelin deutete auf die Frau.

Ihre weiten Röcke schwebten hinter ihr her, als sie ihre Beine kreuzte, um dann auf einem Fuß und mit dicht am Körper anliegenden Armen eine Pirouette zu laufen. Jocelin hielt den Atem an, als sie sich drehte. Immer schneller wirbelte sie herum, so daß ihre Röcke sich bauschten. Ihre Haube löste sich, und Kaskaden aschblonden Haars flatterten im Wind. So plötzlich wie sie begonnen hatte, verlangsamte sie nun und hielt inne, um dann wieder aufs neue loszulegen.

In kreisförmigen Bewegungen glitt sie am Rand des Teichs entlang, beugte sich dann nach vorn und hob ein Bein in die Luft. Wie eine Ballerina schwebte sie über das Eis, ein kleines dunkelrotes Schiffchen auf gefrorener See. Jocelin ließ Nicks Arm los, starrte jedoch weiter wie gebannt die Frau auf dem Eis an.

»Hast du schon jemals so etwas gesehen?«

»Hab' schon vorher Leute Schlittschuhlaufen gesehen.«

»Aber nicht so«, meinte Jocelin. »Nicht so, als würde sie durch einen Ballsaal schweben. Und Frauen springen nie, niemals, und sie drehen sich schon gar nicht solange, bis ihre Röcke hochgewirbelt werden und ihre Beine zu sehen sind.«

»Verflucht lange Beine. Ich würde gern ...«

»Vergiß es«, entgegnete Jocelin.

Nick sah Jocelin irritiert an. »Allmächtiger, du hast sie bereits für dich auserkoren.«

»Du wirst zu sehr damit beschäftigt sein, für mich um Miss Elizabeth Elliot zu werben.«

»Ich hab' Besseres zu tun, als einer alten Jungfer das Strickzeug zu halten. Verdammt, Jos, diese Elliot-Tochter ist vierundzwanzig, eine alte Schachtel. Vermutlich auch noch fett und unausstehlich.«

Schließlich wandte Jocelin seinen Blick von der Eisläuferin ab. »Komm, alter Knabe. Sei ein guter Junge und tu das für mich.« Als Nick mißfällig schnaubte, setzte er seine ganze Überredungskunst ein. »Tu es, und ich laß dich Miss Birch besuchen.«

»Du hast sie hierhergebracht?«

»Sie hat mir versprochen, sich in Little Stratfield-on-Willow einzuquartieren.«

Ohne eine Antwort von Nick abzuwarten, blickte er wieder auf das Objekt seines Interesses. Sie hatte das Eis verlassen und saß auf einem mit einer Decke versehenen Baumstumpf. Dort zog sie ihre Schlittschuhe aus, gab sie ihrer Zofe und zog Schnürstiefel an. Bald darauf hatte sie die wartende Kutsche bestiegen, und der Kutscher lenkte das Gespann auf den Weg, der zum Anwesen der Elliots führte.

Jocelin gab seinem Pferd die Sporen. »Los«, rief er Nick zu. »Wir können vor ihr dort sein und auf sie warten, wenn sie zum Abendessen erscheint.«

»Kannst du Frauen niemals in Ruhe lassen?«

»Nein.«

»Ich dachte, du wolltest diese Dienstmagd.«

Jocelin biß sich auf die Lippe, denn seine Verstimmung war noch gewachsen, seit er die Schlittschuhläuferin gesehen hatte. »Werde ich letztlich auch kriegen.« Er blieb weiterhin bockig. »Ich werde mich auch um diese hier kümmern.«

»Warum eigentlich?«

»Weil sie die erste Frau ist, die ich nicht mit Miss Gamp vergleiche.« Vornübergebeugt tätschelte Jocelin sein Pferd. »Wenn du das jemandem erzählst, bringe ich dich um.«

»Wem sollte ich das erzählen?«

»Nun, ich habe versucht, Miss Gamp zu vergessen. Schließlich hat ein Mann gewisse Bedürfnisse ... Vergiß es! Ich habe Miss Birch besucht und war zu nichts anderem in der Lage, als an ihr herumzunörgeln. Ihre Taille war zu schmal, ihre Brust nicht üppig genug, ihre Hüften nicht breit genug, und zu allem Überfluß duftete sie auch noch nach Rosen statt nach Zitronen.«

Nick ritt neben seinem Freund und blickte ihn an. »Es gab Zeiten, da waren Frauen Zwischenspiele für dich. Zwischenspiele bei unseren Umzügen, bei unseren politischen Aktivitäten.«

»Jetzt scheine ich nur noch zwischen meinem Grübeln und meinem Verlangen nach Miss Gamp zu existieren. Es ist verrückt, ich habe sie noch nicht einmal genau gesehen und kann sie trotzdem nicht vergessen. Sie verschlingt mich bei lebendigem Leib.«

Sie gaben ihren Pferden die Sporen und ritten auf Stratfield Court zu.

»Ich weiß«, sagte Nick nach einigen Minuten. »Es ist, weil du sie nicht haben kannst — noch nicht gehabt hast. Komm, mein Lieber. Wann hast du dich das letzte Mal für eine Frau ins Zeug legen müssen?«

»Kann mich nicht erinnern.«

»Verstehst du's jetzt?«

»Aber jetzt gibt es diese Eisläuferin«, seufzte Jocelin. »Vielleicht bin ich auf dem Weg der Genesung.«

»Dann kannst du auf mich zählen, daß ich dir die richtige Medizin verpasse, alter Junge. Dafür werd ich sogar diesem alten Reptil und seiner Frau den Hof machen.«

Als sie ihren Plan gefaßt hatten, ritten sie zurück nach Stratfield Court. Um acht Uhr betraten sie gemeinsam den Salon und trafen dort auf die übrigen Gäste Richard Elliots. Neben dem jungen Thurston-Coombes rundeten einige weitere vorzeigbare Herren und ein paar junge Damen den Kreis der Abendgesellschaft ab. Jocelin wurde den Verdacht nicht los, daß Elliot demonstrieren wollte, seine Tochter wäre begehrt.

Er führte ein höfliches Gespräch mit einer Grafenwitwe, deren Tochter gerade eine erfolgreiche Ballsaison hinter sich gebracht hatte, da ihr einer der Adjutanten von Prinz Albert den Hof gemacht und sie seinen Antrag angenommen hatte. Die Witwe hatte noch eine weitere Tochter zu vergeben und inspizierte Nick, der sie anlächelte und Shakespeare rezitierte. Als sie den Ursprung seines Feinsinns nicht erkannte, verlor Nick jegliches Interesse und setzte sich gemeinsam mit Jocelin in Richtung Thurston-Coombes in Bewegung.

Während sie sich unterhielten, betrat eine weitere Gruppe von Damen den Raum. Jocelin sah auf, als sie ihre Krinolinen über die Türschwelle manövrierten. Glücklicherweise waren es Doppeltüren. Die Frau, die als letzte den Raum betrat, entging der Gefahr überaus geschickt, indem sie ihre Arme auf die Lagen gestärkter Unterröcke und den Krinolinenrahmen legte. In der Tür drehte sie sich rasch um, und aufgrund dieser flinken Bewegung erkannte er sie wieder. Die Schlittschuhläuferin.

Er beobachtete, wie sie ging. Sie glitt beinahe, als befände sie sich noch immer auf dem Eis. Es erschien ihm unmöglich, den Blick von ihr abzuwenden, nachdem er sie an ihren geschmeidigen Bewegungen erkannt hatte. Sie hatte die Angewohnheit, beim Gehen plötzlich innezuhalten, rasch ihren Kopf zurückzuwerfen und über die Schulter hinweg die Anwesenden zu betrachten. Jocelin ertappte sich dabei, wie er die Rundungen ihres Oberkörpers über dem voluminösen Faltenwurf ihrer Röcke musterte. Viele Frauen, die in Lagen von Seide und gestärkter Unterröcke gehüllt waren, bewegten sich wie Karussellpferdchen. Sie jedoch bewegte sich mit der Anmut einer wirklichen Frau. Er konnte seinen Blick kaum von ihren wogenden Brüsten wenden.

Was tat er bloß? Es war ungehörig, auf den Busen einer Frau zu starren. Er war vollkommen durcheinander, daß er sich so verhielt. Die Frau sah über ihre Schulter und traf auf seinen Blick. Er blickte in große, goldbraun gesprenkelte Augen — faszinierende Augen. Aber sie sah nicht sofort weg, sondern schien ihn zu fixieren, und es erschien Jocelin, als würde er unter ihrem Blick dahinschmelzen. Er atmete schwer und seufzte. Zum zweiten Mal innerhalb weniger Wochen brachte ihn eine Frau aus der Fassung. Vergiß es. Er wollte sich nicht noch einmal einen Korb einfangen.

Errötend sah die junge Dame weg und erlöste ihn damit aus seiner wachsenden Unruhe. Zu seiner Überraschung beugte sich Richard Elliot über sie, ergriff ihre Hand und führte sie zu Jocelin und Nick.

Als er ihren Namen hörte, hätte er beinahe laut gelacht. Miss Elizabeth Maud Elliot. Die fette alte Jungfer. Nick feixte zu ihm herüber, so daß er seinen Freund mit einem warnenden Blick bedachte, als dieser sich über die Hand der Lady beugte. Dann verlor er fast den Verstand. Er roch Zitronen. Während Verlangen seinen Körper durchflutete und sein Gehirn auf Hochtouren arbeitete, plauderte er nett mit den Elliots.

Sie duftete nach Zitronen. Während er sie verstohlen musterte, fiel ihm auf, wie schlank sie war. Ihre langen Beine waren unter ihrem Kleid verborgen. Ihre Brust war flacher als die von Miss Gamp, und ihr Haar hatte eine andere Farbe. Vergiß es! Was dachte er sich bloß wieder?

Er beobachtete ihr glänzendes Haar von der Farbe reifer Weizenähren. Diese junge Frau, die den Blick schüchtern zu Boden senkte, wenn er sie ansah, war keine Miss Gamp. Sie war zu schlank, zu anmutig, zu adrett. Sein Blick fiel auf ihre Hände. Lange schlanke Finger mit kurzen Fingernägeln.

Er hatte ihren weichen Handrücken gespürt, als er ihre

Hand küßte. Aber den Zitronenduft hatte er sich nicht eingebildet. Mit absoluter Sicherheit hatte er Zitronen gerochen. Vielleicht benutzten sie das gleiche Eau de Toilette. Möglich. Schließlich war sie die Enkelin eines Fleischers. Vermutlich verwendete sie den gleichen Duft wie ein Dienstmädchen. Ja, das war eine Erklärung.

Er grinste über eine witzige Bemerkung Richard Elliots. Es gelang ihm, eine geistreiche Unterhaltung mit dem alten Herrn zu führen, während Miss Elliot ihnen schweigend zuhörte. Er mußte seinen ganzen Willen aufbringen, um sein unbotmäßiges Verlangen zu bezähmen und Haltung zu bewahren. In seinem Leben hatte er schon einiges angestellt, aber er war noch niemals in Gegenwart eines Gastgebers und dessen jüngferlicher Tochter so erregt gewesen. Das durfte einfach nicht passieren.

Schließlich gelang es ihm, seine Haltung wiederzugewinnen, als der alte Herr seine Tochter mit dem Sohn einer Baronin bekannt machte. In Wirklichkeit hatte ihr Vorstellungsgespräch nicht länger als fünf Minuten gedauert. Der alte Giftzahn war schlau. Elliot wußte ganz genau, daß er seine Tochter Jocelin nicht in die Arme werfen mußte.

Nick unterbrach seine Gedankengänge. »Schön, schön. Also ist Miss Elliot unsere Eisläuferin. Deshalb bin ich von meiner Aufgabe befreit.« Er stieß Jocelin einen Ellbogen in die Seite. »Akzeptabel, alter Junge. Ganz akzeptabel. Nicht unbedingt eine Schönheit, aber du sagtest ja, daß deine Ehefrau nicht schön sein muß.«

»Nein«, erwiderte Jocelin leise.

»Aber warum?«

Jocelin blickte zu Miss Elliot hinüber. Sie sah in seine Richtung und bemerkte seinen Blick. Statt seine Augen abzuwenden, hielt er ihrem Blick für einen kurzen Moment stand, dann lächelte er sie holdselig an. Sie errötete und sah weg. Er wandte ihr den Rücken zu. Es hatte keinen Sinn, zu interessiert zu wirken. Das wäre die falsche Strategie.

»Was sagtest du gerade? Warum sie keine Schönheit sein muß?« fragte er Nick.

Er mußte sich irgendwie ablenken, bevor sein Verlangen

wieder aufkeimte. »Weil schöne Frauen wie die kunstvolle Wedgwood-Vase auf meinem Kaminsims sind. Exquisit an der Oberfläche, alter Junge, aber ohne Inhalt. Sie lernen schon frühzeitig, daß nur ihr Erscheinungsbild von Bedeutung ist, und deshalb widmen sie ihr ganzes Leben nur der Pflege ihres Äußeren. Und tief in ihrem Inneren fürchten sie, daß sie ihre Attraktivität eines Tages verlieren. Und wer würde sie dann noch begehren? Geschieht ihnen natürlich ganz recht, denn niemand will seine Zeit damit vergeuden, eine Beziehung zu einem Kunstobjekt zu pflegen.«

»Und außerdem«, fuhr Nick atemlos fort, »fallen schöne Frauen häufiger auf Jungs wie dich rein.«

Jocelin nickte in Miss Elliots Richtung. »Wir sollen von den musikalischen Darbietungen der jungen Dame überrascht werden, und das alles noch vorm Abendessen.«

Miss Elliot nahm an einem Flügel Platz, der in einem Erker stand. Sie begann mit einem Stück von Chopin. Im Raum wurde es still. Sie spielte, wie sie Schlittschuh lief. Er fühlte die Leichtigkeit ihres Anschlags und genoß die Eleganz ihrer Interpretation. Er und Nick tauschten überraschte Blicke aus. Die meisten jungen Damen lernten Klavierspielen. Er hatte schon viele qualvolle Abende erlebt, an denen er die Bemühungen irgendwelcher ehrgeiziger Debütantinnen ertragen mußte.

Elizabeth Maud Elliots Klavierspiel strafte solchen Dilettantismus Lügen. Während er sie beobachtete, bemerkte er, daß sie das anwesende Publikum vergessen hatte. Getragen von ihrer Leidenschaft zur Musik glitt sie selbst über schwierigste Passagen. Als sie geendet hatte, ertappte er sich bei dem Wunsch, sie möge weiterspielen. Die Gäste scharrten sich um sie herum und machten ihr Komplimente. Er hielt sich zurück, denn er wollte nicht einer von vielen sein.

Nick rempelte ihn wieder an und meinte hinterhältig: »Denk nur, was würde dein Vater sagen, wenn du um die Hand von Miss Elizabeth anhieltest?«

»Ich habe nicht die Absicht, um ihre Hand anzuhalten, denn ich bezweifle, daß wir zueinander passen. Falls ich jedoch den irrwitzigen Wunsch verspürte, sie unbedingt heiraten zu müssen, würde ich mich nicht um Vaters Meinung scheren. Seit Vater mich zur Ehe zwingen will, habe ich darüber nachgedacht, und ich weiß, wie meine zukünftige Frau aussehen soll.«

»Tatsächlich? Du überraschst mich.«

»Wenn ich Yale davon abhalte, daß er das Erbe antritt«, meinte Jocelin, »dann nur zu meinen Bedingungen. Vater wird vielleicht darunter leiden, wenn ich eine Bürgerliche oder sogar eine Frau von niederer Herkunft in Betracht ziehe, aber ich bin kein Dummkopf. Ein Herzog hat zu viele Untergebene und muß sich deshalb sehr genau überlegen, wie sich die Wahl seiner Ehefrau auf diese auswirkt.«

Jocelin wandte seinen Blick von Miss Elliot und sah Nick bedeutungsvoll an. »Ich erwarte gewisse Eigenschaften von einer Ehefrau — Anmut, Feingefühl, Zurückhaltung. Eine Frau sollte sich um den Haushalt und die Kinder kümmern. Sie braucht sich nicht mit Dingen auseinanderzusetzen, die außerhalb ihrer Zuständigkeit liegen. Ich verlange keine großartige Intelligenz, aber sie muß mir zuhören können, wenn ich etwas sage, und sie muß mir folgen können. Und die ganzen anderen Fähigkeiten besitzen, die eine Frau haben muß, um zu unterhalten und mich zufriedenzustellen.«

»Und sie muß dich tun lassen, was du willst, ohne sich einzumischen«, schloß Nick.

»Natürlich. Im Gegenzug werde ich ihr nicht in ihre häuslichen Belange reinreden.«

In perfektem Einvernehmen nickten sie sich zu.

»Da kommen sie schon wieder«, meinte Nick. »Du mußt sie zu Tisch führen.«

Nick behielt recht. Jocelin bot Elizabeth Elliot galant seinen Arm an. Als Mr. Elliot über den Unterschied in ihrer Hautfarbe scherzte, weckte sie seinen Beschützerinstinkt, indem sie errötete und so verschüchtert wirkte, als wolle sie sich jeden Moment hinter einem der Sofas verstecken. Er roch wieder Zitronen, und es durchfuhr ihn in diesem Augenblick, daß er mit Miss Elliot das gleiche machen konnte, wenn er Miss Gamp nicht sofort bekäme.

»Es freut mich, Sie zu Tisch begleiten zu dürfen.« Er beugte sich zu ihr hinunter und flüsterte: »Und kümmern Sie sich nicht um Ihren Vater. Er ist eben sehr stolz auf Sie, nicht wahr? Und er hat recht, Miss Elliot.«

Die junge Dame sah zu ihm auf und dann zu Boden. Ihre Wangen erröteten wieder, und aus irgendeinem Grund erregte ihn diese rosige Gesichtsfarbe. Unsicher lächelnd blickte sie ihn wieder an.

»Danke, Mylord.«

Ihre Stimme war sanft, wie die ihrer Mutter, aber sie beendete ihre Sätze. Ihm gefiel ihre Art, wie sie mit einem leichten Beben in der Stimme ›Mylord‹ sagte.

»Es ist mir ein Vergnügen, Miss Elliot.«

Sie betraten den Speiseraum, und er schob einen Stuhl für sie zurück. Sie setzte sich und sah zu ihm auf. Dann bedachte sie ihn mit einem Lächeln, das ihm durch Mark und Bein ging.

»Liza, Mylord. Ich heiße Liza.«

9

Sie ahnte, daß ihn der Salon schockieren würde. Liza versuchte, ihn nicht anzustarren, beobachtete jedoch, wie sich der Vicomte bei seinem Eintreten um Haltung bemühte. Sie konnte es ihm nicht übelnehmen. Schließlich verkehrte er in Häusern, deren gotische Säulen wirklich aus dem Mittelalter stammten. Stratfield Court dagegen war neu erbaut. Er schaute zur Decke, und sie wand sich innerlich. Diese Stuckverzierungen gehörten in Kathedralen. Sie ließen den Salon eher wie eine geschmückte Höhle wirken, die von künstlerisch geschickten Zwergen ausgestattet worden war.

Warum regte sie sich eigentlich darüber auf, daß er Vaters Geschmack mißbilligen könnte? Sie sollte sich besser auf ihre damenhafte Ausstrahlung konzentrieren. Solange er nicht anwesend war, bereitete ihr das keine Schwierigkeiten. Doch seit dem Augenblick, als er den Raum betreten hatte, fühlte sie sich so schüchtern, wie sie es vorgegeben hatte. Und warum? Er verhielt sich wie der charmante, leicht halbseidene Aristokrat, der er ja auch war, doch wenn er sie anblickte, sah sie in ihm den Revolverhelden. Sie sah den Mann, der mit einem solchen Selbstverständnis eine Waffe bei sich trug wie ein feiner Herr seine Taschenuhr. Sie erkannte in ihm den Mann wieder, der genausowenig Rücksicht auf ihre Proteste nahm, wie er es in einem Duell gegenüber seinem Feind getan hätte.

Wenn er sie mit seinem gnadenlosen Blick verfolgte, konnte sie es nicht vermeiden, daß ihr die Stimme versagte, die Hände zitterten oder ihr das Blut in die Wangen schoß. Da man sie für eine schüchterne und sittsame Jungfrau hielt, verschafften ihr diese Schwächen jedoch ausschließlich Vorteile. Sie selbst ärgerte sich allerdings darüber, daß sie sich wie ein Schwächling aufführte, und sie beschloß, den Vicomte abzuweisen. Dieses ganze Täuschungsmanöver war ihr zuwider. Wenn sie ihn nicht des Mordes verdächtigt hätte, wäre sie gern zu ihrer alten Natürlichkeit zurückgekehrt.

Er ignorierte sie absichtlich. Trotzdem hatte er einen Fehler gemacht, denn sie wußte genau, daß er die Gesellschaft ihrer Mutter bestimmt nicht aufgrund deren Anziehungskraft gewählt hatte.

Mama interessierte sich für keines seiner Themen, weder Politik noch Armeereform oder Hygieneverbesserungen, um der Cholera Herr zu werden. Als er ihr den Rücken zuwandte, wünschte sich Liza, sie könnte sämtliche Etikette beiseite lassen. Sie hätte sich gern vor ihm aufgebaut und ihm auf den Kopf zugesagt, daß er gar nicht die Enkelin eines Fleischers heiraten wollte, sondern ausschließlich an Vaters politischer Unterstützung für seinen Freund Asher Fox interessiert war; und sie hätte ihn gefragt, warum er nicht die Wahrheit zugab und ob er vielleicht zufällig ein Mörder war?

Er kam auf sie zu! Jetzt, da es ihr gelungen war, ihn mit Verachtung zu strafen, wandte er sich ihr zu.

»Miss Elliot, die wenigen Minuten ohne Ihre Gesellschaft sind mir wie eine Ewigkeit vorgekommen.«

Liza sah zu Boden, zerknüllte ein Spitzentaschentuch in ihren Händen und wünschte sich, sie könnte ihm auf den Fuß treten, wie sie es als Miss Gamp getan hatte. »Wie, hm, wie galant von Ihnen, Mylord.«

Er überblickte den Raum und die Gäste, die in verschiedenen Gruppen beisammen standen. »Man läßt uns allein. Ihr Vater ist ein hervorragender Stratege. Wird er uns wieder in das Musikzimmer bitten, damit wir noch eine Kostprobe Ihres Könnens hören?«

»Oh, ich hoffe nicht.«

Verärgert über ihren Ausrutscher schlug Liza sich eine Hand vor den Mund. Sie verabscheute es, vor Publikum zu spielen. Sie verabscheute das Gefühl, wenn ihr jemand lauschte, denn sie haßte Beurteilungen. Dann wurde das Klavierspiel zu einer Prüfung, in der man versagte, eine Prüfung, wie sie ihr Vater durchzuführen beliebte. Sie hatte seine Prüfungen nie bestanden. Trotzdem sollte sie ihre Sinne beisammenhalten und sich nicht vor dem Vicomte bloßstellen. Jetzt grinste er sie auch noch an.

»Wir haben etwas Gemeinsames. Auch ich hasse es, mich zu produzieren.«

»Wie ... wie eine Preiskuh.« Sie hätte sich auf die Zunge beißen können.

Er schmunzelte. »Ich bitte darum, den Vergleich korrigieren zu dürfen. Wie ein Preisbulle.«

Während er sprach, war sein Blick über ihr Gesicht, von ihrem Dekolletè zu den Brüsten und dann zu ihren Hüften gewandert. Diesmal mußte sie sich nicht dazu ermahnen, zu erröten und den Blick zu senken. Dieser Lüstling! Sie fühlte sich benutzt und hätte ihm vor lauter Zorn beinahe vors Schienbein getreten. Statt dessen entschloß sie sich jedoch, etwas zu tun, womit er garantiert nicht rechnete. Mama verabschiedete sich gerade von den Gästen. Sie ging immer früh schlafen, weil sie gewöhnlich unter Schwermut oder Kopfschmerzen litt.

»Ich sehe gerade, daß sich meine Mutter zurückzieht, Mylord. Auch ich bin sehr erschöpft und werde mich von allen verabschieden.«

»Sie verlassen uns? Jetzt schon?«

Seine Verwirrung war Balsam für ihre aufgewühlte Seele. »Ja, Mylord.«

Als Mann von Welt faßte sich der Vicomte schnell wieder und wünschte ihr eine angenehme Nachtruhe. Sie schloß sich ihrer Mutter an, die sogleich der Gedanke verunsicherte, wie ihr Ehemann das gemeinsame Verlassen und die Niederlegung ihrer Pflichterfüllung wohl auffassen könnte. Liza blieb jedoch wie eine Klette im Schlepptau ihrer Mutter und verabschiedete sich von ihren Gästen. Doch sobald sich die Türen des Salons hinter ihnen geschlossen hatten, tätschelte sie ihrer Mama den Arm, raffte ihre Röcke und rannte entlang der Bildergalerie in den Flur, der zum Treppenhaus der jungen Damen führte.

Papas Etiketteverständnis hatte entschieden, daß junge Damen und junge Herren in verschiedenen Flügeln des Hauses untergebracht werden mußten. Mit unterschiedlichen Treppen, Eingängen und Fluren mußten sie sich niemals ohne Begleitung begegnen.

Sie bog nach rechts in den Flur ein und wäre beinahe auf dem Marmorboden ausgerutscht. Als sie ihre Balance wiedergewonnen hatte, stürmte sie auf die Damentreppe zu. Sie hörte, wie eine Tür geschlossen wurde und spähte hinter sich. Loveday, der Kammerdiener, stand in der Tür, die zum Dienstbotentrakt führte. Liza blickte ihn an, und er verbeugte sich vor ihr. Sie ließ ihre Röcke fallen und bemühte sich, ihn nicht merken zu lassen, daß sie außer Atem war. Langsam wandte sie sich ab und stieg die Treppen mit damenhafter Anmut hinauf.

Aufgebracht erreichte sie schließlich ihr Zimmer. »Mist. Mist. Mist.«

»Miss?«

Ihre Zofe Emmeline, die sie über Pennant's angeworben hatte, legte ihr Nachtgewand zurecht.

»Ach nichts«, meinte Liza, als sie ihre Handschuhe ablegte.

»Oha, Miss, ich bin noch nie in einem solchen Haus gewesen.«

Liza nickte, hörte jedoch kaum zu.

»Ich habe noch nie soviel Personal und so viele Zimmer gesehen.« Emmeline zählte sie mit Hilfe ihrer Finger ab. »Da gibt es den Waschraum, den Putzraum, den Aufenthaltsraum, die Waffenkammer, die Rumpelkammer, das Besteckzimmer, und, nicht zu vergessen, das Anrichtezimmer des Butlers. Das sind bloß die Zimmer auf der Männerseite. Dann gibt es noch die Frauenseite mit Arbeitsräumen, Stillzimmer, Abstellraum, Haushälterinnenzimmer, Küche und Speisekammer, Servierzimmern, Wäscherei, und das ist noch lange nicht alles.«

»Emmeline, worauf willst du eigentlich hinaus?«

»Das Haus, Miss, ist ein Palast, ja, das ist es.«

Liza seufzte, weil ihr Emmelines Verschlag in St. Giles einfiel, und wollte die Illusionen des jungen Mädchens nicht zerstören. »Es ist schon spät, geh zu Bett.«

»Danke, Miss.«

Allein gelassen in ihrem riesigen Schlafzimmer betrachtete Liza das mit Quasten und Deckchen geschmückte Mobiliar, die mit Nippes vollgestopften Ecken und Winkel, den ausladenden Baldachin über dem Bett. Wieder seufzte sie. In ihrem Zimmer bei Pennant's gab es keine einzige Porzellanfigur, und die Möbel trugen auch keine Kleider. Sie ging zu einem Schreibtisch, der neben dem Kamin stand, und las noch einmal den letzten Brief von Toby. Er und Betty führten Pennant's während ihrer Abwesenheit.

Nach dem Tod von Frankie Fawn waren weitere Bordelle entdeckt worden. Wie üblich fehlten auch dort die Listen mit den Kunden. Ihre Betreiber waren in Gewahrsam genommen worden, aber ein solches Mißgeschick zog normalerweise lediglich einen Personalwechsel nach sich. Merkwürdigerweise hatte diese neuerliche Entdeckung dazu geführt, daß die Eigentümer ihre Häuser entweder schlossen und als Kneipen wieder eröffneten oder sie verkauften.

Liza wendete den Briefbogen, und der Name Dr. Lucius Sinclair fiel ihr ins Auge. Toby hatte die Namensliste überprüft, die sie im Arbeitszimmer des Vicomte gefunden hatte. Sie ließ das Blatt sinken und trommelte mit den Fingern darauf herum. Dr. Lucius Sinclair war ein renommierter Arzt in der Harley Street, der ein Haus auf dem Land besaß — in Wiltshire, um genau zu sein. Dr. Lucius Sinclair, so schien es, lebte momentan in seinem Haus im Zentrum von Willingham und damit keine zehn Meilen von Stratfield Court entfernt.

»So«, murmelte Liza vor sich hin, »so, Mylord, vielleicht gibt es ja noch andere Gründe für Ihr Hiersein, als sich in der Gesellschaft der Elliots zu amüsieren.«

»Elizabeth Maud!«

Liza fuhr zusammen, weil ihr Vater in den Raum stürmte, ohne angeklopft zu haben. Sie versuchte den Brief zu verbergen und rang ihre Hände. Papa stampfte auf sie zu, starrte sie für Sekundenbruchteile an und dann brach es aus ihm hervor.

»Du wirst dich nie anständig benehmen, verstehst du mich?«

»Papa, er hat mich die meiste Zeit ignoriert. Ich habe ihm nur deutlich gemacht, daß ich nicht an seinen Lippen hänge und seine Präsenz über alles setze.« Liza lehnte sich in ihrem Sessel zurück. »Aber wie ich seine Lordschaft einschätze, hat er zweifelsfrei geglaubt, ich wäre von seiner beeindruckenden Erscheiung so fasziniert, daß ich mein aufgewühltes Innenleben erst einmal zur Ruhe kommen lassen muß.«

Er hatte sich die Hände am Feuer warm gerieben, hielt plötzlich inne und zeigte mit dem Finger auf sie. »Jetzt hörst du mir einmal gut zu, junge Dame. Diesen hier läßt du dir nicht durch die Lappen gehen. Wenn du noch einmal von Gleichberechtigung sprichst oder ... oder ...«

»Scheidungsrechten?«

Richard Elliot wurde rot vor Zorn. »Du bist so undankbar. Großer Gott, wenn ich denke, daß mein William tot ist und mir nur noch eine undankbare, unweibliche Kreatur wie du geblieben ist.« Elliot schritt mit vor Wut bebenden Mundwinkeln auf sie zu. »Aber ich warne dich. Ich will diesen Jungen als Schwiegersohn. Er ist der Sohn eines Herzogs. *Ein Herzogssohn*, verstehst du mich? Dazu noch Armeeoffizier.«

»Wie deine Augen leuchten, Papa.«

Er hatte sie nicht gehört, sondern drehte sich um und starrte nachdenklich in das Kaminfeuer.

»Mein Enkel wird ein Herzog sein.«

»Das ist noch nicht sicher«, sagte Liza. »Ich werde es versuchen, Papa, aber sicher ist es noch nicht.«

Er streckte sich, dann betrachtete er sie, als würde ihm plötzlich einfallen, daß er nicht allein im Zimmer war. »Da bin ich mir ganz sicher. Egal wie, mein Enkel wird ein Herzog sein.«

So plötzlich wie er gekommen war, verließ er ihr Zimmer wieder. Liza schaute ihm nach. Auf einmal wurde ihr kalt. Es war sicherlich kein Zufall gewesen, daß ihr Vater vom kleinen Angestellten in einer Provinzbank zum wohlhabenden, einflußreichen Handelsherrn aufgestiegen war. Durch fragwürdige Praktiken hatte ihr Vater bekommen, was er wollte. Sie wußte zwar wenig über die Einzelheiten, aber sie kannte Papa. Seine christlichen Prinzipien endeten dort, wo sein Geschäftsinstinkt einsetzte. Natürlich gab es nichts, das sie hätte tun können, um Papa zu bremsen. Wenn sie Glück hatte, würde sie den Vicomte als Mörder entlarven, lange bevor ihr Vater irgend etwas Schreckliches anstellen konnte. Wenn sie Glück hatte.

In jener Nacht lag sie lange wach. Am nächsten Morgen schlief sie lange, obwohl für diesen Tag eine Jagdgesellschaft vorgesehen war. Als sie in den Frühstücksraum kam, waren außer ihrer Mutter schon alle gegangen. Es war ein diesiger Tag, und nur schwaches Sonnenlicht fiel durch die dicken Glasscheiben.

Mama hockte mit einer Näharbeit neben dem Kamin. Obwohl das Frühstückszimmer weniger pompös gestaltet war als der Salon, bestach es trotzdem durch ein Deckengewölbe und Säulenarkaden an drei Seiten des Raums. Liza ließ sich gegenüber ihrer Mutter nieder und griff nach einer Stickerei für eine Kissenhülle. Während sie sich mit der feinen Arbeit beschäftigte, überlegte sie, wie sie Jocelin Marshall beobachten lassen konnte. Schließlich besaß sie nicht die Möglichkeit, ihn ständig zu verfolgen, wenn er von der Jagd zurückkam.

»Ich mag deinen Vicomte, Liebes.«

Ganz aus ihrem Konzept gebracht sagte Liza: »Das freut mich, Mama.«

»Er ist so charmant. Er kannte sogar meine Familie. Das war natürlich zu erwarten, weil ...«

»Weil die Beauforts zu einer der bekanntesten Familien der Grafschaft zählen?«

»Aber ich mache mir Sorgen um dich. Große Sorgen. Ich könnte den Gedanken nicht ertragen, daß meine Tochter eine ...« Iphigenia senkte ihre Stimme, als spräche sie von einer abgrundtiefen Verfehlung. »Eine alte Jungfer würde. Was wäre denn, wenn mein geliebter Richard plötzlich dahinschiede, was der Allmächtige verhindern möge! Wer würde dann für mich sorgen? Wer würde ...«

Stirnrunzelnd betrachtete Liza ihre Mutter.

»Wer für dich sorgen würde? Mama, du bist eine erwachsene Frau.«

»Ich weiß, aber ...«

Es war zwecklos, ihr noch länger zuzuhören. Mama gehörte zu den Frauen, die sich endlos beklagen und bedauern konnten. Wenn ihr ein Zuhörer Lösungen vorschlug oder ihr einen Rat anbot, lautete ihre ausweichende Antwort regelmäßig: »Ich weiß, aber ...« Nachdem sie zeitlebens ihr Klagen und Jammern ertragen hatte, hatte Liza beschlossen, daß Mama ihr Leiden und ihre Hilflosigkeit genoß, vor allen Dingen ihre Hilflosigkeit, denn Unfähigkeit bedeutete ja auch, daß sie weder für sich noch für einen anderen Verantwortung zu tragen brauchte. Wenn sie deshalb die Worte »Ich weiß, aber ...« hörte, stellte Liza das Zuhören ein.

Bei dem Gedanken, daß ihre Mutter nun auch noch den fehlenden Ehemann für ihre Tochter in ihre Klagelitanei aufgenommen hatte, drehte sich Liza der Magen um. Aufgebracht stieß sie ihre Nadel in die Stickerei und stach sich in den Finger.

Sie ließ die Arbeit sinken, steckte ihren Finger in den Mund und saugte daran. Zu ihrem Leidwesen betrat Jocelin Marshall genau in diesem Augenblick den Raum. Mit ihrem Finger im Mund schaute sie ihm fassungslos zu, wie er ihre Mutter begrüßte. Dann wandte er sich zu ihr um, und sein Blick hing wie gebannt an ihrem Mund. Hastig versteckte sie ihren Finger. Er betrachtete ihre geröteten Wangen, dann wanderte sein Blick wieder zu ihren Lippen. Sein Mund öffnete sich leicht. Plötzlich erkannte sie, daß er an Miss Gamp erinnert wurde. Noch verwirrter griff sie wieder zu Nadel, Faden und Stoff.

Sie war so aufgebracht, aber es war bereits zu spät, Mama am Verlassen des Zimmers zu hindern und sie beide allein zurückzulassen. Erzürnt blickte sie ihrer Mutter nach und war sich sicher, daß Papa ihr diese Verletzung des Anstands befohlen hatte. Man ließ eine junge Dame in Gegenwart eines Mannes einfach nicht allein, schon gar nicht, wenn er den Ruf dieses Vicomte hatte.

Vorsichtig blickte sie zu Jocelin Marshall auf und ertappte

ihn dabei, wie er sie amüsiert betrachtete. »Hm, Mama ist ...«

»Sie fangen doch nicht auch schon damit an, Ihre Sätze nicht mehr zu beenden, oder?«

Liza blickte auf ihre Fußspitzen und schüttelte den Kopf. Als er plötzlich neben ihr kniete und einen emaillierten Fingerhut aufhob, schrak sie in ihrem Sessel zurück.

»Sie haben etwas fallen gelassen«, meinte er.

Zu ihrer Überraschung nahm er ihre Hand, öffnete sie und legte den Fingerhut auf ihre Handfläche. Als er ihre Finger wieder geschlossen hatte, bedeckte er sie mit seiner Hand. Im Gegensatz zu ihrer war seine Hand warm. Er stellte ihr schon wieder nach. Kein Mann hatte sich ihr jemals so genähert. Niemand hatte auch nur das leiseste Verlangen gezeigt, in ihrer Nähe zu sein. Liza war vor Verwirrung erstarrt. Versuchten alle Männer so schamlos, Frauen zu verführen?

Sie entzog ihm ihre Hand. Diese Bewegung hätte für den Vicomte als Signal gelten müssen, sich ihrer unmittelbaren Nähe zu entziehen. Er reagierte nicht darauf. Sie konnte die Wärme seines Körpers spüren. Gütiger Himmel, er hatte keinen Ton gesagt, hatte nicht versucht, erneut nach ihrer Hand zu greifen, und doch erwachte in ihr der Wunsch, ihm ganz nah zu sein.

»Ich habe noch nie jemanden kennengelernt, der so schüchtern war.«

Liza schluckte, sah ihn verstohlen an und blickte dann wieder auf ihre Hände. Ihr kurzer Augenaufschlag hatte sie in noch größere Verwirrung gestürzt. Sie hatte nicht damit gerechnet, daß er sie verfolgen würde. Jetzt wußte sie, was sein Blick zu bedeuten hatte. Er beobachtete ihren Mund. Wenn sie ihn nicht davon abhielt, würde er sie küssen oder sogar noch mehr als das.

»Sie sind nicht bei der Jagdgesellschaft«, sagte sie.

»Sie auch nicht.«

Ihr Stickreifen lag auf ihrem Schoß. Er berührte mit seinem Finger ihre Arbeit und sie fuhr hoch. Seine Hand war an einer Stelle in der Nähe ihrer Schenkel, und das kitzelte sie plötzlich. Sie blickte in die glühenden Kohlen im Kamin, aber er nahm seine Hand nicht weg.

Seine Finger wanderten über die gestickten Blätter und Blüten auf dem Kissenbezug. Sie drückten den Reifen sachte gegen ihren Körper, so daß sie errötete. Sie schnappte nach Luft und wollte aufspringen, aber seine Hand drückte sich unterhalb ihrer Brustgegend auf ihren Bauch. Als sie wieder in ihren Sessel zurücksank, um seiner Berührung zu entgehen, glitt ihr Stickrahmen zu Boden.

»Laufen Sie doch nicht weg«, meinte er sanft. »Sie sind viel zu ängstlich.«

Die ängstliche Liza schrie warnend auf. Die natürliche Liza, die sich zu dem Revolverhelden in ihm hingezogen fühlte, beschloß, den Mund zu halten. Also hielt sie den Mund.

Er hatte seine Hand nicht von ihrem Brustbereich weggezogen. Sie wand sich, doch er preßte seine Hand weiter fest auf ihren Rippenbogen. Weitere Annäherungsversuche unternahm er nicht, und so blieben sie bewegungslos sitzen.

Schließlich flüsterte er ihr zu: »Lieber Himmel, Miss Elliot, Miss Liza Elliot, wie gelingt es Ihnen, mich so in Wallung zu versetzen, obwohl wir doch nur mit Ihrer Stickerei in einem Zimmer sitzen?«

Liza hatte es vermieden, ihn anzusehen. Jetzt blickte sie ihn überrascht an und ertappte ihn dabei, wie er sie mit hungrigem Blick unverhohlen beobachtete. Der kühle, elegante Aristokrat war verschwunden.

»Ich habe Sie erschreckt?«

Sie nickte.

»Dann bleiben Sie ruhig. Ich werde Sie noch ein wenig mehr erschrecken.«

Sie hielt den Atem an, denn seine Hand glitt hinauf zu ihren Brüsten. Sie wollte ihn abwehren, doch er hielt ihre Hände mit seiner freien Hand fest, während die andere auf ihrer Brust ruhte. Lieber Gott, wenn sie atmete, bewegte sich seine Hand. Sie versuchte, nicht zu atmen.

»Haben Sie keine Angst«, murmelte er. »Hören Sie mir zu, liebste Liza. ›Sie war der reinste Freudenquell, wir tauschten holde Blicke schnell, ihr Liebreiz hat mich so entzückt, daß er den Augenblick geschmückt‹.«

Ihre ganze Aufmerksamkeit galt seiner Hand, deren Hitze durch den Stoff ihres Kleides glühte.

»Den … den Augenblick?«

»Eine ganze Ewigkeit.«

Ihre Lungen schmerzten. Sie atmete tief aus, und er zog sie lächelnd zu sich heran, daß sich ihre Lippen berührten. Ihre Lippen waren sich ganz nah, als er flüsterte: »Lesen Sie Sonette, meine reizende Miss Liza?«

Sie machte den Fehler, zustimmend zu nicken, und dabei strich ihr Mund über seine Lippen. Seine Zunge schnellte vor, berührte ihre Lippen und verschwand, bevor sie reagieren konnte. Mit dem Druck seiner Hand und der Berührung seiner Lippen hielt er sie immer noch an ihren Platz gefesselt.

»›Was soll ich tun, da ich dein Sklave bin‹«, zitierte er Shakespeare und strich mit seinen Lippen sanft über ihr Ohr, »›Als deines Rufes harren stillgeduldig?‹«

Sein Atem an ihrem Ohr kitzelte sie und entflammte ihren Körper, wie Liza es nie zuvor kennengelernt hatte. Fasziniert von diesem neuen Gefühl nahm sie kaum wahr, wie er sie umschlang. Irgendwie besaß sie auch gar nicht die Kraft, ihn daran zu hindern. Auf seine rauchige Stimme, den heißen Körper und seine streichelnden Hände zu verzichten, wäre ein unmögliches Opfer gewesen. Noch unmöglicher sogar, als er an ihrem Ohr knabberte und mit seiner Handfläche sanft über ihre Brüste strich.

»Weißt du, wie ich mich fühle?« fragte er sie. »Wie John Keats' Porphyro.«

Sie antwortete ihm nicht, aber das hatte er wohl auch nicht erwartet, denn er fuhr fort:

»›Fall ganz bedingungslos in meine Hand!
Dies Schönsein und dies Auge golderhellt,
Dein Kuß, der Liebe süßes Unterpfand,
Der Brüste blendend ragendes Gezelt …‹«

Als er die letzte Zeile rezitiert hatte, erwachte sie aus ihrer Verzauberung.

»Blendend!« Liza schoß nach vorn und schob ihn von sich. Sie preßte beide Hände auf ihre Wangen und starrte ihn an.

Er stützte sich mit einem Ellbogen auf ihrer Sessellehne auf und lächelte sie holdselig an. »Sie sind schockiert.«

»Sie sollten nicht ... Damen tun so etwas nicht ... es ist ungehörig, unanständig.«

»Was ist unanständig an Poesie? Ah, Ihre Mama hat Ihnen beigebracht, daß man über alles, was mit Körperfunktionen zu tun hat, nicht spricht.« Wie ein Verschwörer lehnte er sich über sie, spähte durch den Raum und flüsterte: »Wir Damen haben keine Beine, Liebes, wir haben Gliedmaßen, und auch das möglichst nicht.«

Weil er beinahe wie ihre Mutter klang, vergaß sie ihren Zorn und mußte lachen. Auch er grinste sie an, ein ehrliches, unverfängliches Grinsen, was ihn ihr so sympathisch machte, daß sie ihre Skepsis vergaß. Zu spät erinnerte sie sich, wer er war, was über ihn gemunkelt wurde und was er vielleicht getan hatte. Zu spät, denn er hatte sie angelächelt und ihr klargemacht, wie sie ihre eigenen Gefühle akzeptieren konnte, ohne Scham zu empfinden. Rasch griff sie nach ihrer Stickarbeit, um nicht in diese grünen Augen schauen zu müssen.

»Ich muß nach Willingham. Ich habe dort einen Termin mit der Schneiderin.« Sie hörte, wie sie vor sich hin schwatzte, konnte sich aber nicht bremsen. »Ich möchte die örtlichen Schneidereien unterstützen. Ihr Überleben ist sehr wichtig. Wenn Sie mich jetzt entschuldigen wollen?«

Der Vicomte starrte sie an, als wäre ihm vollkommen klar, wie gern sie ihm entkommen wollte. Er erhob sich, als ihre Mutter geräuschvoll den Raum betrat.

»Ah, meine liebe Mrs. Elliot. Ich wollte Ihrer Tochter gerade anbieten, sie in die Stadt zu begleiten.«

»Wie reizend von Ihnen, Mylord.«

Bestürzt fing Liza an zu stottern, bis es ihr gelang, wieder Haltung anzunehmen. »Sehr nett von Ihnen, Mylord, aber ich habe meine Zofe.«

»Wir lehnen solche großzügigen Angebote nicht ab, Elizabeth Maud«, tadelte ihre Mutter. »Die anderen werden noch lange nicht zurückkehren, und ich bin sicher, daß Lord Jocelin erfreut sein wird ...«

»... über die entzückende, unterhaltsame Gesellschaft«, beendete Jocelin den Satz.

Er lächelte Liza an, neigte den Kopf und bot ihr seinen Arm. In die Falle gegangen hatte sie keine andere Wahl, als ihm ihre Hand zu reichen. Schon nach kurzer Zeit saß sie in ihren Umhang gehüllt in einer Kutsche. Die Tür wurde geschlossen, und sie war allein mit dem Vicomte. Liza blickte aus dem Fenster und winkte ihrer Mutter zum Abschied zu. Wie in aller Welt konnte sie sich das antun? Das letzte, was ihr vorschwebte, war mit Jocelin, Vicomte Radcliffe, allein in einer Kutsche zu fahren.

10

In der Kutsche war Jocelin ein Muster an Anstand, und das teilweise, weil Miss Liza Elliot ihm den Eindruck vermittelte, daß sie sich ansonsten ohne weiteres aus dem Gefährt gestürzt hätte. Größtenteils verhielt er sich jedoch so, um sie zu verwirren und ihre Ängste zu zerstreuen. Sie erschien ihm so unsicher, so zurückhaltend. Er hatte gedacht, daß seine anerzogene zurückhaltende Höflichkeit längst wieder seinen Urinstinkten, die er mit Begeisterung pflegte, gewichen war. Zu seiner Überraschung erweckte Liza Elliot eine längst vergessene Ritterlichkeit in ihm. Zu ihrem Leidwesen jedoch auch ein heftiges Verlangen. Es gelang ihm allerdings, dieses während der halbstündigen Fahrt nach Willingham erfolgreich zu unterdrücken. Statt dessen übte er sich in höflicher Konversation.

Trotzdem dachte er immer wieder an die Form ihrer Brüste und ihren Zitronenduft, während Liza ihm die Schönheit der Landschaft beschrieb. Sein Problem rührte aus der Zeit, als er vor Kriegsbeginn in Amerika gelebt und jegliche gesellschaftliche Konvention außer acht gelassen hatte. Deshalb erregte Liza seine tiefsten Urinstinkte, und er fühlte sich wie ein Schwarzbär in den Rocky Mountains.

Als er Liza bei ihrer Schneiderin absetzte, überkam ihn ein Gefühl der Erleichterung. Er entschuldigte sich unter dem Vorwand, Willingham zu erkunden, und versprach, sie in einer Stunde wieder abzuholen. Dann machte er sich auf die Suche nach Dr. Lucius Sinclair. Er hatte nur auf einen Vorwand gewartet, in die Stadt zu kommen, hatte aber nicht damit gerechnet, daß sich dieser so rasch bot. Liza war für einige Zeit beschäftigt. Er konnte erledigen, was er erledigen mußte und, ohne Mißtrauen zu erwecken, wieder zu ihr zurückkehren.

Die Villa des Arztes lag an einem Weg namens Park Lane in den Randbezirken von Willingham. Obwohl der Schnee schmolz und der Weg durchweicht war, ließ er die Kutsche warten. Der Kutscher sollte nach ihrer Rückkehr nicht irgendwelche Geschichten von seinem Besuch bei einem obskuren Mediziner verbreiten. Das Haus war von einer stuckverzierten Mauer umgeben. Um diese Zeit war der Arzt vermutlich in seiner Bibliothek, oder, falls er mutig war, auf einem Spaziergang.

Jocelin entschied, das Haus von der Rückseite zu betreten, und schlüpfte durch das Hintertor. Nachdem er rasch einen schneebedeckten Weg passiert hatte, stand er vor einem riesigen Baumstamm, der einen freigeschaufelten Gang vom Garten abgrenzte. Eine Weile beobachtete er das Haus, konnte aber hinter den Spitzengardinen keine Bewegung feststellen. Er wollte schon zum Vordereingang umkehren und dort seine Karte abgeben, als ein Mann auf die Terrasse trat und seinen Mantel zuknöpfte.

Er war mittleren Alters und von gediegener Erscheinung — mit Maßanzug, Seidenweste und Stiefeln, die ihn vermutlich mehr gekostet hatten als ein Jahresgehalt für sein Hausmädchen. Seine untadelige Frisur und sein Schnurrbart wiesen ihn als das aus, was er war: erfolgreich im Beruf, Kirchgänger, eine Stütze der Gesellschaft. Ein Engländer von Gottes Gnaden. Angewidert verzog Jocelin den Mund.

Dr. Lucius Sinclair schwenkte seine Arme, nahm tiefe Atemzüge und atmete dunstig in die kalte Luft aus, dann betrat er den Steinpfad und ging durch seinen Garten. Jocelin wartete, bis er ihm näher kam, dann rief er seinen Namen.

»Dr. Lucius Sinclair?«

Der Mann drehte sich abrupt um und trat schnaubend auf ihn zu. »Das hier ist Privatgelände, mein Herr.«

»Sind Sie Lucius Sinclair?«

Nickend nahm der Mann Haltung an.

»Ich bin gekommen, um Ihnen mitzuteilen, daß Mr. Frank Fawn tot ist.«

Nichts deutete darauf hin, daß der Arzt Bescheid wußte, aber Jocelin kannte diese Sorte Mensch.

»Deshalb werden Sie weder Millie noch ihren Cousin James weiterhin treffen können.«

Sinclairs Gesicht lief tiefdunkelrot an und er brüllte: »Verschwinden Sie! Verschwinden Sie von meinem Grundstück!«

»Seien Sie still, Sinclair, oder ich werde das, was ich Ihnen zu sagen habe, vor Publikum erzählen.« Jocelin blickte zum Haus und dann zurück zu Sinclair. Der Arzt preßte seine Lippen zusammen. »Hervorragend. Ich habe wenig Mitgefühl mit Bestien wie Ihnen, Sinclair, deshalb fasse ich mich kurz. Ich weiß, daß Sie sich die Zuneigung von James Pryne und der kleinen Millie erkauft haben.«

Mittlerweile war die Zornesröte aus Sinclairs Gesicht gewichen. Je länger Jocelin sprach, um so mehr glich der Arzt einer drei Wochen alten Leiche. Schließlich unterbrach er Jocelin.

»Sie ... sie hätte sich mir verweigern können«, sagte er. »Es war ihr Fehler. Auch der Junge hätte ablehnen können.«

Jocelin hatte den Blick gesenkt, doch als er den Arzt wieder ansah, trat dieser einen Schritt zurück, soviel Verachtung lag in seinen Augen.

»Ja«, meinte Jocelin leise, »ich verstehe. Wie alt sind Sie, Doktor? Neunundvierzig? James ist gerade vierzehn geworden. Millie ist zehn Jahre alt. Neunundvierzig, vierzehn, zehn. Trotzdem sollen diese Kinder für ihren Mißbrauch verantwortlich sein? Was meinen Sie, wie oft ich so etwas schon von Männern wie Ihnen gehört habe?«

»Aber ...«

»Noch ein Wort, und Sie werden es bereuen.«

Unruhig blickte der Arzt um sich, als suchte er in seinem verschneiten Garten nach einer Waffe.

»Nun, Doktor, um es auf den Punkt zu bringen. Es interessiert mich nicht, ob Sie die Verantwortung für Ihr Verbrechen übernehmen wollen, denn es ist ein Verbrechen, soviel steht fest, Sir. Ein ebensolches Verbrechen wie Mord. Schlimmer noch, denn Sie töten die Seelen unschuldiger Kinder. Nein, Ihre Reue oder Ihre Ausflüchte interessieren mich nicht. Ich bin nur hier, um Sie darüber zu informieren, daß mit der morgigen Post an Ihren gesamten Patientenkreis hier und in London Briefe verschickt werden, in denen Ihre Vergehen geschildert werden.«

Als er Sinclairs unterdrückten Aufschrei hörte, hielt er inne. Jocelin hatte wenig Mitleid mit dem Arzt, der auf einmal zu schwanken begann.

»Ich bin froh, daß Sie mir glauben. Und weil Sie mir glauben, gebe ich Ihnen den guten Rat, daß ein angesehenes Mitglied der englischen Gesellschaft in einer solchen Lage an seine Familie denken muß. Entscheiden Sie sich für die ehrenhafte Lösung, Sinclair. Dann werden diese Briefe niemals abgeschickt.«

Jocelin wartete nicht erst auf eine Antwort, sondern ließ den Arzt in seinem verschneiten Garten stehen und verschwand wieder durch das Hintertor. Als die schmiedeeiserne Tür hinter ihm zuschnappte, kam es ihm vor, als nähme er aus seinem Augenwinkel eine Bewegung in der Larch Lane wahr. Aber als er sich umdrehte, sah er nichts. Vielleicht ein Kaninchen auf Futtersuche, ja, zweifellos. Jocelin ging durch den nassen, schmutzigen Schnee zur Stadt zurück. Schon nach wenigen Schritten hörte er einen Schuß aus der Richtung des Sinclairschen Hauses. Er wartete, als das Geräusch in den Bäumen widerhallte, dann ging er leise pfeifend und schnellen Schrittes weiter.

Kurze Zeit später traf er wieder in Willingham ein und machte sich umgehend auf den Weg zur Schneiderei. Als er dort ankam, war seine Stimmung aufgrund der unvermeidlichen Konsequenzen, die seine häßliche Aufgabe ausgelöst hatte, auf den Nullpunkt gesunken. Gegen ein wachsendes Gefühl der Hoffnungslosigkeit ankämpfend fragte er nach Miss Elliot.

Sie war nicht da. Man verwies ihn zur Hutmacherin gegenüber, wo Miss Elliot gerade eine neue Haube aufsetzte. Als er das Geschäft betrat, versuchte sie, die grünen Seitenbänder am Kinn zu schließen. Er wartete und beobachtete nachdenklich, wie sie sich im Spiegel betrachtete. Ihre Hand zupfte an dem steifen Spitzenrand, der von rosafarbenen Rosen umsäumt war. Plötzlich hellte sich sein Gemüt wieder auf.

Als er Sinclair verließ, hatte er sich schäbig gefühlt; selbst nachdem er den Schuß gehört hatte, war er sich schmutzig vorgekommen. Als er Miss Elliot jetzt ansah, legte sich sein Unmut vorübergehend. Sie hatte ihren Umhang abgelegt und enthüllte ein Kleid, das ihren wohlgerundeten Hüften schmeichelte. Wenn sie ging, raschelten ihre Spitzenunterröcke bei jeder Bewegung. Er verhielt sich ruhig, lauschte diesen weiblichen Geräuschen und genoß die zarten, schnellen Bewegungen ihrer Hände, die Hüte, Hauben, Spitzen und Rosenbordüren begutachtete.

Hier befand er sich in einer Welt, die fernab von all dem Übel lag, das Lucius Sinclair und seinesgleichen verursachten. Liebste Miss Liza Elliot. Verschont von aller Häßlichkeit verband diese junge Frau mit ihrer Spitzenhaube und den raschelnden Röcken den Zauber von Frieden, Anmut und Weiblichkeit. Sie zog an den Enden des Seidenbands, das sie unter dem Kinn befestigt hatte. Der Stoff gab nach, und sie setzte die Haube von ihrem Kopf. Ein Verkäufer nahm sie ihr ab, und sie strich einige ihrer Locken wieder an ihren Platz zurück.

Dann wählte sie eine andere Haube aus, die auf der Theke stand. Blaßblaue Seidenbänder flatterten herum, als sie die Haube auf Armeslänge von sich hielt und sich im Kreis drehte — und sein Herz drehte sich mit ihr. Er wandte seinen Blick von ihr ab und betrachtete seine nassen Stiefel. Seide, Spitze und Miss Liza Elliot, die sich im Kreise drehte.

Großer Gott, was war das für ein Gefühl? Warum wollte er, daß diese kleine Episode kein Ende nehmen sollte? Er atmete schwer. Es hatte mit dieser Bestie Sinclair zu tun. Die Nähe solcher Menschen machte ihn immer rasend. Ja, das war es. Reine Nervensache. Im amerikanischen Westen wäre ihm das nicht passiert. Er hätte Sinclair den Comanchen ausgeliefert und dann ein Zwölf-Gänge-Menü verspeist.

»Mylord, ich habe Sie gar nicht gesehen.«

»Was? Ach ja, nun, ich wollte Sie nicht stören, Miss Elliot.«

»Ich bin fertig.«

War es Einbildung? Sie sah ihn fest und mit unbeirrbarem Blick an, was für sie vollkommen untypisch war. Und sie hatte diesen sonderbaren Ausdruck auf ihrem Gesicht, als hätte sie gerade entdeckt, daß er ein Heiliger war. Vielleicht dachte sie auch daran, was im Frühstücksraum geschehen war. Schließlich war sie die unschuldigste junge Dame, die er jemals kennengelernt hatte. Er durfte seine Höflichkeit nicht vergessen.

Er half ihr in die Kutsche, und das Geräusch schwingender Röcke befreite ihn aus seiner Niedergeschlagenheit. Dann sah er ihre Stiefel. Sie waren durchnäßt. Sofort Verdacht schöpfend, da er stets mißtrauisch war, überlegte er kurz, ob sie ihm etwa zu Sinclairs Haus gefolgt war. Schließlich hatte er auf der Larch Lane undeutlich eine Bewegung wahrgenommen.

»Ihre Stiefel, Miss Elliot.«

Als er sich ihr gegenüber setzte, blickte sie nach unten und seufzte. »Ja, Mylord. Ich muß gestehen, daß ich unachtsam war, weil ich einfach über die Straße gerannt bin, um eine Bekannte zu begrüßen, die ich lange nicht mehr gesehen habe. Bevor ich mich versah, stand ich schon mitten im Schnee.«

Er hätte sich doch gleich denken müssen, wie lächerlich sein Mißtrauen war. Er konnte sich gut vorstellen, daß Miss Elliot vor Aufregung in eine Schneewehe getreten war. Es war wesentlich schwieriger, sich vorzustellen, daß diese anmutige Gestalt sich dazu herabließ, einen Mann zu verfolgen.

Jocelin lehnte sich in seinen Ledersitz zurück. Als sich seine Muskeln entspannten, fiel ihm auf, wie schnell seine Ruhe einer unangenehmen Anspannung gewichen war, wie schwankend seine Gefühlswelt überhaupt geworden war. Diese Gegensätzlichkeit zeigte ihm, welchen Tribut seine selbstauferlegten Rachefeldzüge von ihm forderten. Er hatte schon lange nicht mehr über die Konsequenzen nachgedacht, aber in der Gegenwart von Miss Liza Elliot, einer reizenden, verständnisvollen Zuhörerin, sehnte er sich nach mehr von dieser Ruhe.

Sie hatte sein Schweigen gar nicht bemerkt, denn sie war damit beschäftigt, sich eine Decke über die Beine zu legen. Dann nahm sie eine zweite und reichte sie ihm. Er beugte sich vor, um sie entgegenzunehmen, und roch einen Hauch von Zitronen. Sein Blick streifte von der Spitze ihrer Haube zu ihren winzigen Handschuhen. Sie bewegte sich, und wieder raschelten ihre Röcke. Sein Blick nahm das dunkelblaue Kleid mit dazu passendem Umhang wahr. Ihre Augen strahlten in einem Blaugrünton, obwohl er hätte schwören können, daß sie im Hutgeschäft braun gewesen waren. Ja, haselnußbraun waren sie gewesen.

»Ist irgend etwas nicht in Ordnung, Mylord?«

Er blinzelte sie verwirrt an. Was machte er bloß?

»Nein, nein. Ich habe bloß gerade darüber nachgedacht, daß ich nur wenige Frauen kenne, die bei den hiesigen Schneidern und Hutmachern arbeiten lassen.«

»Ja, aber sie brauchen doch meine Hilfe«, sagte Miss Elliot. »Beide Frauen müssen ihre Familien unterstützen, Mylord. Die feinen Herren denken nicht darüber nach, wie viele Frauen für ihre Kinder und sich selbst sorgen müssen. Das kommt gar nicht so selten vor, wissen Sie.«

Sie sprach weiter, aber er hörte nicht zu. Er war viel zu sehr damit beschäftigt, sich selbst zu tadeln. Was stimmte mit ihm nicht? Er hatte einer Frau nachgegeben. Einer Frau! Er saß hier, schmachtend und vollkommen hingerissen, wie einer dieser Trottel in den Gedichten von Byron. Fürchterlich. Das war Sinclair zuzuschreiben. Ja, das war es. Er war noch nie so schnell nach Beendigung einer seiner Aufgaben mit einer Frau zusammengewesen, und Liza Elliot war schließlich eine wundervolle Ablenkung. Ja, es war wirklich kein Wunder, daß er so hin- und hergerissen war. Er wollte sie. Das war es, ein weiteres Symptom für sein Begehren. Zweifellos hatte er die Kontrolle über sich verloren, weil er Miss Gamp nicht hatte bekommen können.

Lächelnd sah Jocelin zu Miss Elliot hinüber und dachte an den Duft von Zitronen. Vielleicht brauchte er eine Ablenkung.

Nachdem er sich von seinen Verwundungen aus dem Krimkrieg erholt hatte, war er mit dieser Bestie Tapley nach Amerika gegangen. Er hatte sich keine Ruhe gegönnt. Offensichtlich brauchte er wirklich eine Ablenkung. Das sagte Nick. Und das behauptete auch Loveday, dessen Empfehlungen meist noch ernstzunehmender waren als die seines Freundes.

Miss Birch hatte sich in einem Gasthaus in der Stadt einquartiert, aber irgendwie widerstrebte ihm der Gedanke an diese Frau im Moment. Er war Octavia und all der anderen überdrüssig geworden. Jocelin beobachtete Miss Elliots Lippen, als sie leise mit ihm sprach. Sie waren von einem blassen Rosa.

Ihm fiel plötzlich ein, daß er noch nie mit einer unerfahrenen Frau zusammengewesen war. Früher hatte er immer die Abwechslung geschätzt und mußte sich selbst beweisen, daß das, was Yale von ihm behauptete, nicht stimmte. Seit er jedoch von der Krim zurück war, hatte er begriffen, was Nick und seine anderen Freunde ihm schon seit Jahren predigten. Es war sinnlos, daß er versuchte, Frauen zu verführen, denn sie umschwärmten ihn wie die Fliegen in einer heißen texanischen Sommernacht.

Seit er das erkannt hatte, war das Spiel nicht mehr spannend für ihn. Er fühlte sich immer häufiger unzufrieden, ruhelos und hatte kein Interesse an den Frauen, die ihn zu betören versuchten. Manche begehrten seinen Körper, manche seinen Titel; aber keine interessierte sich für sein Herz. Nein, das war nicht ganz richtig. Diejenigen, für die seine Gefühle wichtig gewesen wären, hatte er abgewiesen und sich statt dessen für die anderen entschieden — die Raffgierigen. Also mußte er einzig sich selbst für sein Unglück die Schuld geben. Vielleicht hatte ihn seine Gedankenlosigkeit an diesen Punkt gebracht, an dem er schließlich die einzigartige Miss Elliot zu schätzen begann.

Schätzen. Das war der passende Ausdruck. Es bestand keine Veranlassung, sich betont gefühlsmäßig auszudrücken. Obwohl er noch nie mit einem Menschen zusammengewesen war, der ihm das Gefühl vermitteln konnte, er schwebe auf einer Wolke und schwanke zwischen Ruhe und heftigem Begehren hin und her, bis ihm von dem raschen Wechsel ganz schwindlig wurde. Vielleicht hatte er sich geirrt, als er behauptete, sie paßten nicht zueinander. Was stimmte eigentlich nicht mit ihm? Er war doch sonst nie so wankelmütig. Wenn er eine Frau begehrte, nahm er sie sich, ohne auch nur einen Gedanken an die Zukunft oder gar an eine Eheschließung zu verschwenden. Und doch ... vielleicht paßten sie ja zusammen. Er wußte, wie er es herausfinden konnte.

»Miss Elliot, mögen Sie die Gedichte von Baudelaire?«

Er mochte ihre Art, überrascht zu werden und dabei zu erröten.

»Was?«

»Kommen Sie, Sie brauchen sich nicht zu schämen, daß Sie undamenhaft erscheinen könnten.«

Sie zögerte, dann setzte sie sich aufrecht hin und blickte ihn vorwurfsvoll an. »Wo bleiben Ihre Manieren, Mylord.«

Kichernd setzte er sich neben sie. Sie zankten um ihre Wolldecke. Liza war die Verliererin, und er schlüpfte darunter. Sie kauerte sich in einen Winkel der Kutsche, doch er rutschte näher heran.

»Mylord, Sie vergessen sich.«

»Ich versichere Ihnen, daß ich das nicht tue.«

Er legte einen Arm um ihre Taille und zog sie zu sich heran. Als er sie auf seinen Schoß hob, wollte sie protestieren und sprach so laut, daß er ihr eine Hand auf den Mund legte.

»Pst. Wollen Sie den Kutscher auf uns aufmerksam machen?«

Hinter seiner behandschuhten Hand sah sie ihn finster an und schüttelte den Kopf. Er senkte seine Hand, jedoch nur, um sie durch seine Lippen zu ersetzen. Sie japste nach Luft und hauchte ihm ihren süßen Atemhauch zwischen seine Lippen. Sie hatte ihm bereits einmal nachgegeben und ihm damit ihr Begehren offenbart, weil ihre Unwissenheit sie benachteiligte. Zu ihrem Leidwesen besaß er keine Skrupel, wenn es darum ging, eine von ihm begehrte Frau zu verführen, selbst wenn sie noch unschuldig war, so schien es jedenfalls. Und wie hätte er auch sonst feststellen können, ob sie gut zueinander paßten?

Er spielte mit ihrer Zunge, während sie ihm auf den Brustkorb trommelte. Es gelang ihm, ihre beiden Hände zu umfassen, doch sie wand sich auf seinem Schoß. Er spürte die Bewegungen ihrer Hüften in seiner Leistengegend. Sie wand sich immer heftiger, hin und her, vor und zurück, bis er das Gefühl hatte, sein Geschlecht müßte zerspringen.

Er hob seinen Mund. »Beweg dich nicht!«

Er küßte sie wieder und ließ ihr damit keine Gelegenheit zu einer Antwort. Diesmal wanderten seine Lippen von ihrem Mund zu ihren Schläfen, und dann hauchte er in ihr Ohr. Dabei krümmte sie sich und stöhnte. Lächelnd glitt seine Hand zu ihrem Busen. Auf der Rückseite ihres Kleides befanden sich Tausende winziger Knöpfe. Während er sie öffnete, liebkoste er ihr Ohr und flüsterte ihr Komplimente zu. Als er sprach, erstarrte sie und blickte ihn an, als hätte noch nie jemand so etwas zu ihr gesagt. Vielleicht war es ja auch so. Er lenkte ihre Aufmerksamkeit auf seine Worte, erzählte ihr, wie weich und sanft ihre Haut war und wie sehr sie sich von ihm unterschied.

Er legte ihre Hand auf seinen Brustkorb und flüsterte: »Spürst du mich? Spürst du, wie fest dieses Fleisch ist?« Er strich über ihre Brüste. »Und du bist so weich, so unvergleichlich weich.«

Er streichelte über ihren Busen, berührte ihre Brustwarzen, und schließlich schloß sie ihre Augen. Sie atmete jetzt sehr schnell. Er lockerte ihr Kleid, schlüpfte mit seiner Hand hinein und streifte es beiseite. Um sie abzulenken küßte er sie, aber sie versuchte immer noch, ihn abzuwehren.

Dann also eine weitere Ablenkung, ihre Beine. Er fuhr mit seiner Hand unter ihre Röcke und berührte ihre Fesseln. Sie schnappte nach Luft und wand sich, und dabei glitt ihr Kleid über die Schultern. Ihre Hände fuhren nach oben zu ihren Brüsten. Er strich mit seinen Fingern über ihr Knie. Ihre Hände fuhren zurück zu den Beinen. Er machte sich wieder an den Knöpfen ihres Kleides zu schaffen. Als sie ihn abwehrte, wanderten seine Hände zurück zu ihrem Knie. Sie versuchte ihn dort zu verscheuchen, mit dem Ergebnis, daß sie spürte, wie sein Mund sich an ihrem Nacken festsaugte.

Jetzt lag sie unter ihm, ihr Brustkorb hob und senkte sich;

und während sie sich zur Wehr setzte, versuchte sie, kein Geräusch zu machen. Sie hatte entschieden, daß ihre Beine eine weitaus größere Gefahrenzone darstellten als ihre Brüste, und deshalb hielt sie mit beiden Händen sein Handgelenk umschlossen, damit er ihre Schenkel nicht berühren konnte. Er flüsterte ihr beruhigende Worte zu, küßte ihr Dekolleté und bahnte sich mit seiner Zunge einen Weg bis zum Ausschnitt ihres Kleides, dann schob er den Stoff beiseite und fand ihre Brüste. Als sein Mund sie berührte, schrie sie auf und umklammerte die Hand, die versuchte, über ihren Schenkel zu streicheln. Doch als er ihre Brustwarze liebkoste, lockerte sie ihren Griff.

Siegessicher fuhr Jocelin mit seiner Zunge um ihren Warzenhof, bis sie vor Wollust seufzte. Er nutzte ihre Verwirrung und saugte fester, während seine Hand immer höher an ihrem Schenkel entlangstrich. In wenigen Augenblicken würde sie ihn nicht mehr abwehren wollen. Dieses Wissen machte das Verlangsamen der Kutsche für ihn nur um so schlimmer. Sie bemerkte nichts, aber er wußte genau, daß sie sich bereits auf der Straße befanden, die zum Anwesen von Stratfield Court führte.

Er hob seinen Mund von ihren Brüsten. Dann setzte er sie aufrecht, streichelte dabei weiter ihre Schenkel und flüsterte ihr ins Ohr: »Liza, süße Liza, komm heute nacht zu mir.«

Er konnte ihre Stimme kaum wahrnehmen.

»W-was?«

Als er sie von seinem Schoß herunterhob, streichelte er mit der Hand zart über ihre Brust. Während er sie küßte, sprach er auf sie ein und hielt sie fest, damit sie nicht wieder zusammensinken konnte.

»Liza, ich brauche dich. Hörst du mir zu, mein Liebling? Ich brauche dich.«

Ihr Blick war abwesend. Er zog ihr Kleid hoch und fing an, es zuzuknöpfen. Als sie bemerkte, daß der Stoff ihre Brust wieder verhüllte, blinzelte sie verwundert und sah ihn dann unverhohlen an. Er hielt ihrem Blick stand, wohlwissend, daß er die neue Macht, die er über sie gewonnen hatte, nicht preisgeben durfte.

»Ich brauche dich, Liza.«

»Ich verstehe nicht, Mylord.«

Er war gerade bei ihrem letzten Knopf angelangt, legte ihr den Umhang über und küßte sie. Als er den Kopf zurückzog, strich er mit der Daumenspitze über ihre Unterlippe, liebkoste ihr Ohr und flüsterte ganz leise, um den Zauber zwischen ihnen nicht zu zerstören: »Ich brauche dich, süße, kleine Liza.«

Voller Verwirrung runzelte sie die Stirn, und so berührte er mit seiner Zunge ihre Lippen, befeuchtete sie und drückte ihren Körper fest an den seinen.

Dann flüsterte er: »Hör mir zu. Ich brauche dich, Liza, dich, deine bezaubernde Süße, deinen weichen Körper. ›Betörende Nacktheit, du Quell aller Freuden; enthüllte Seelen, enthüllte Körper, für die vollendeten Freuden‹.«

Er hätte wissen müssen, daß sie nur ein einziges Wort hören würde. Sie schoß kerzengerade nach oben.

»Nacktheit!« Sie entriß sich seinen Armen und stürzte sich auf den Sitzplatz gegenüber, wo sie sich ihren Umhang bis zum Kinn hochzog und ihn anfunkelte. »Sie ... Sie ... Sie ...«

Grinsend nickte er. »Ja?«

»Sie, Sie ...«

»Lüstling?«

»Nein, Sie ...«

»Ganove?«

»Bestie!«

Er lachte. Sie war so aufgebracht über diese kleine Verfehlung. Er hat seit Jahren nicht mehr soviel Unschuld vor sich gehabt. Er konnte sich nicht erinnern, daß er jemals eine Frau kennengelernt hatte, deren Wangen ein solch dunkles Rosarot annehmen konnten. Er fing an zu glauben, daß sie ganz gut zueinander paßten. Während sie ihn beschimpfte, ergriff er ihre Hände. Als die Kutsche vor dem Haus langsam zum Halten kam, mußte er lachen, als er mit ihr sprach.

»Bitte, Liza, nun beruhigen Sie sich doch, liebste Liza, oder Sie werden sich vor den Dienstboten und allen anderen Leuten zu erkennen geben. Man muß nur in Ihr hübsches gerötetes Gesicht sehen, und der Kutscher wird noch sein übriges tun, um das Gerücht zu verbreiten, daß ich Ihnen während unserer Heimfahrt die Unschuld geraubt habe. Pst!«

Sie wand sich unter seinem Griff und versuchte, ihn zu treten.

»Gütiger Himmel«, meinte er und hielt grinsend ihren Fuß fest. »Und ich dachte, Sie wären ein verzogenes, kleines Ding.«

»Sie sind eine Bestie! Rühren Sie mich nicht an.«

»Sie müssen sich daran gewöhnen, liebste Liza. Ich werde Sie berühren, immer wieder berühren, und Sie werden es zulassen.«

Als sie ihn sprachlos anstarrte, küßte er sie.

»Sie werden es zulassen, meine süße Liza. Wenn Sie nach diesem kleinen Vorgeschmack nämlich glauben, daß ich jemals mit weniger zufrieden sein könnte, als Sie ganz zu besitzen, dann sind Sie wirklich noch unschuldiger, als ich dachte.«

11

Liza spielte Klavier, und einer der weiblichen Gäste, Lady Honoria Nottle, sang dazu. Liza kümmerte sich nicht besonders um Honoria, denn der Sprachfehler dieses armen Mädchens würde sie sonst wahnsinnig machen. Honoria war nicht in der Lage, den Buchstaben *l* auszusprechen. Schon seit zwei Wochen nannte Lady Honoria sie immer ›Wiza‹.

Honoria Nottle gehörte zu den Frauen, die Lizas Geduld aufs äußerste strapazierten. Für Honoria war ein Sommerabend, an dem sie nicht durch den Garten streifen und ›wustige Schmetterwinge‹ suchen konnte, ein verlorener Abend. Ihr Leben bestand nur aus Gefühlen, duseligen, kitschigen Gefühlen. Wenn Liza sie nicht als Schutz gegen Vicomte Jocelin gebraucht hätte, hätte sie Honoria einen Tritt versetzt für ihre unerträgliche Sentimentalität. Im Augenblick brauchte sie sie jedoch, denn der Vicomte war gerade von einer Schießübung zurückgekehrt und würde sich zum Tee zu ihnen gesellen.

Seit zwei Wochen litt sie nun schon unter ihrer Rolle als gehorsame Tochter. Zwei Wochen, in denen sie jedes ihrer Worte sorgsam gewählt hatte, um die Entdeckung, die sie hinsichtlich Jocelin Marshalls gemacht hatte, nicht preiszugeben. Am Tag ihrer gemeinsamen Kutschfahrt war sie ihm in die Larch Lane gefolgt, weil sie wissen wollte, was er dort vorhatte. Sie hatte sich zitternd hinter einem Baum verborgen, während er an Lucius Sinclair herangetreten war. Voller Überraschung und Entsetzen hatte sie Jocelins Beschuldigungen vernommen. Als sie das Ausmaß von Sinclairs Perversion begriff, hatte sich ihr Entsetzen in Abscheu und Zorn verwandelt. Aber was war mit Jocelin Marshall?

Sie hatte immer geglaubt, daß der Vicomte kein unbeschriebenes Blatt war. Die Gerüchte von seiner Lebensweise in Amerika drehten sich um Spelunken, Alkoholexzesse und Schießereien. Aber niemals fiel ein Wort über das, was er in England trieb, und das schien ihr weitaus gefahrvoller. Sie war immer noch verwirrt über das Gespräch, das sie belauscht hatte. Offensichtlich hatte Jocelin Marshall in der sogenannten Pension einen Hexenkessel aufgetan und machte sich nun auf, die Welt von dieser Heimsuchung zu befreien.

Er war zweifellos entschlossen, diese Kinder zu retten und ihre Sicherheit wieder zu gewährleisten, indem er ihre Peiniger möglichst zur Strecke brachte. Aber damit ließ er das Gesetz außer acht. Welches Gesetz? Liza wußte nur allzu gut, daß die Leute über Verfehlungen an den unglückseligen Kindern aus den Elendsvierteln gern hinwegsahen. Darüber hinaus waren viele der Häuser, in denen solche Perversionen ausgeübt wurden, laut Toby im Besitz gesellschaftlich angesehener Leute.

Sie spürte immer noch das Entsetzen, das sich ihrer bemächtigt hatte, als sie begriff, was Jocelin Marshall tat. Sie fühlte sich, als hätte man ihren Kopf in eine Schneewehe getaucht. Dieser Mann, der Kinder rettete und Lumpen wie Sinclair beseitigte, dieser Mann war kein Mörder. Und so hatte sie schließlich, ohne daß sie es beabsichtigte, die Wahrheit herausgefunden. Zu ihrem Leidwesen hatte sie dieses Wissen aber auch angreifbar gemacht. Der Vicomte gab einen ungewöhnlichen Rächer ab. Und als Verführer war sie nicht auf ihn vorbereitet gewesen. Man konnte ihr das kaum als Fehler vorwerfen. Schließlich hatte ihre erste Ballsaison nur ein paar Wochen gedauert. Natürlich hatten sich junge Männer für sie oder häufig auch für ihre Erbschaft interessiert, aber sobald sie den Mund geöffnet hatte, hatte sie alle in die Flucht gejagt wie einen Schwarm lästiger Fliegen. Nein, sie war nicht auf den Vicomte vorbereitet gewesen, denn bislang hatte niemand versucht, sie zu verführen. Eigentlich sollte sie sich dafür schämen, daß es ihr so gut gefiel.

Sie schämte sich. Der Vicomte hatte sie beinahe in ihrer eigenen Kutsche verführt. Lizas Finger glitten über die Tasten, als sie an den Zwischenfall im Frühstücksraum und an die Rückfahrt von Willingham dachte. Jocelin Marshall mochte ja ein verdienter Retter von Kindern sein, wenn es um seine Befriedigung ging, war er allerdings unberechenbar. Dieses

Bewußtsein war der Grund dafür, daß sie sich seit zwei Wochen wie ein Schattenwesen hinter den anderen weiblichen Gästen verbarg. Ihre Auswahl war allerdings begrenzt, denn außer ihr und ihrer Mutter waren nur noch zwei weitere Damen der Hausgesellschaft erhalten geblieben. Honoria war eine der beiden, und bei der anderen handelte es sich um Lady Augusta Fowell, die Witwe von Lord Watkin Fowell. Die Witwe war noch in Trauer um ihren verblichenen Gatten und empfahl Liza pausenlos Lektüre zu deren Erbauung.

In der Zusammenstellung seiner Einladungsliste hatte Papa ganz offensichtlich seine Absichten dokumentiert. Wenn sie einer der geladenen Herren gewesen wäre, hätte sie nach Begutachtung der trostlosen Damengesellschaft das Haus schleunigst wieder verlassen. Daß das nicht der Fall gewesen war, zeugte wohl mehr von Papas Reichtum und Einfluß als von Lizas Attraktivität. Dessen war sie sich ganz sicher. Die Tatsache, daß in der vorangegangenen Woche noch weitere Herren eingetroffen waren, machte alles noch schlimmer. Unter ihnen war auch Asher Fox, der politische Favorit und Freund des Vicomte. Sie vermutete, daß Papa ihn auf Marshalls Drängen hin eingeladen hatte, denn die drei Männer führten bei ihrem Portwein häufig ausgedehnte Gespräche in der Bibliothek.

Was auch immer sich hinter Vaters Absichten verbarg, die Anwesenheit von Asher Fox ermöglichte es ihr, ihn im Hinblick darauf zu beobachten, ob er vielleicht ein Mörder war. Nachdem sich Jocelins Schuldlosigkeit erwiesen hatte, hatte sie ihre Liste der Verdächtigen revidiert. Arthur Thurston-Coombes, Halloway und Lord Winthrop standen allerdings noch immer unter Verdacht. Den charismatischen Fox und den charmanten Coombes hatte sie jedoch nur widerwillig auf ihre Liste gesetzt. Je länger sie die beiden beobachtete, um so weniger glaubte sie, daß einer von ihnen ein Mörder war. Trotzdem konnte sie sie unter logischen Gesichtspunkten nicht ausschließen. Lieber Gott, was wäre sie froh, wenn sie dieses schreckliche Geheimnis endlich gelüftet hätte!

Liza spielte den letzten Akkord des Liedes, als Arthur Thurston-Coombes und Nick Ross den Raum betraten. Honoria verbeugte sich, als man ihnen applaudierte, und Liza versuchte, unbemerkt zu entfliehen. Nick war allerdings schneller als sie. »Miss Elliot.«

Er verbeugte sich vor ihr. Liza seufzte, denn Mr. Ross neckte sie, wann immer er ihr begegnete. Was alles noch schlimmer machte, war die Tatsache, daß Ross beinahe genauso ansprechend wie sein Freund, der Vicomte, war, nur von einfacherem Naturell. Und mit einem Mann zu scherzen, der dem sagenumwobenen Tristan ohne Isolde ähnelte, aber nicht dessen Schwermut verbreitete, verwirrte sie zutiefst.

»Miss Elliot«, wiederholte Nick Ross ihren Namen, »meine schüchterne Miss Elliot, wissen Sie, daß Sie in diesem Haus großes Leiden heraufbeschwören?«

Liza erhob sich von ihrem Klavierschemel, und Mr. Ross, diese Klette, reichte ihr seinen Arm. Er geleitete sie durch das Zimmer. »Ich?«

»Ja, Sie, Miss Elliot.«

Mr. Ross lächelte auf sie herab, und Liza fiel ein, daß sie den Blick senken mußte. Man hielt sie schließlich für ein geziertes, jungferliches Wesen.

»Kann es sein, daß Sie nicht bemerkt haben, wie der alte Jocelin darunter leidet, daß Sie ihm Ihre Gesellschaft verwehren?«

Liza erstarrte. »Ich glaube, seiner Lordschaft jede Höflichkeit erwiesen zu haben.«

»Natürlich haben Sie das, aber der arme alte Jos hat mehr erwartet. Er schmachtet nach Ihnen, ein trauriger Ritter, krank vor Liebe nach der Dame seines Herzens.«

»Wirklich, Mr. Ross, Sie klingen wie Sir Walter Scott.«

»Haben Sie kein Mitleid mit dem armen Jos?«

»Ich werde alles nur Mögliche tun, damit meine Gäste sich wohl fühlen.«

»Wie nett von Ihnen.« Nick blickte über ihre Schulter. »Dann haben Sie jetzt die beste Gelegenheit dazu.«

Liza wandte sich um und sah Jocelin Marshall in die Augen. Ein Blick in sein entschlossenes Gesicht reichte schon, um sie nach einer gestammelten, an Nick gerichteten Entschuldigung aus dem Raum zu vertreiben. Sie stob an dem

Vicomte vorüber, der daraufhin mit verwirrtem Blick zögernd zu Nick herübersah.

Liza rannte beinahe aus dem Musikzimmer. Sie konnte nichts dafür. Jocelin Marshall ängstigte sie. Mama und Papa waren sicherlich furchtbar zornig, aber das machte ihr nichts aus. Sinn und Zweck ihres Aufenthalts im elterlichen Haus waren erfüllt. Ein weiterer Nachmittag, an dem Papa und seine männlichen Gäste sich über Politik ausließen und sie nur zuhören und kritiklos zustimmen sollte, wäre für sie unerträglich. Und natürlich war da auch noch der Vicomte, der sie mit versteckten Blicken durchbohren und ihre Wangen zum Erröten bringen würde.

Er besaß die Fähigkeit, ihren Blick festzuhalten und auch ohne Worte alles zu sagen. Er konnte meterweit von ihr entfernt im Raum stehen und doch vermittelte ihr sein Blick: ›Ich will dich küssen‹ oder ›Weißt du noch, wie ich dich berührt habe? Ich will es wieder tun.‹ Jeder seiner unausgesprochenen Sätze ließ sie gleichzeitig erzittern und erröten. Das konnte sie nicht länger ertragen. Die bloße Vorstellung allein machte sie bereits nervös. Schlittschuhlaufen auf dem See würde sie sicherlich zur Ruhe bringen.

Liza hinterließ die Mitteilung, daß sie die Armen besuchen gegangen war, und machte sich mit Emmeline und einem Ponywagen auf den Weg zum Teich. Während sie ihre Zofe mit heißem Tee und Obsttörtchen zurückließ, glitt Liza in ihrem wollenen Kostüm über das Eis. Nach einigen Minuten des Aufwärmens begann sie, Sprünge und Pirouetten zu vollführen. Die Konzentration, die sie dafür benötigte, löste schon bald die in ihrem Körper aufgebauten Spannungen.

Mit weit gegrätschten Beinen drehte sie eine schwindelerregende Spirale und es schien, als könnte sie über ihren eigenen Körper hinauswachsen. Als sie langsamer wurde, lächelte sie und kratzte mit ihrem Schuh sachte über das Eis. Dann nahm sie noch einmal Schwung. Emmeline beobachtete sie aus dem Ponywagen, und Liza winkte ihr zu. Das Mädchen winkte zurück, rief irgend etwas und deutete hinter Liza.

Als Liza sich umsah, bemerkte sie gerade noch rechtzeitig

die riesige rabenartige Gestalt, die sich ihr von hinten näherte. Jocelin Marshall kam auf sie zu, verbeugte sich und nahm sie in seine Arme. Sie schnappte nach Luft und umklammerte die Revers seines langen schwarzen Mantels.

»Lassen Sie mich sofort runter.«

»Ach, der Schneeschwan hat mehr Elan als der kleine Hausspatz.«

Sie wagte es nicht, nach ihm zu treten, weil sie befürchtete, er würde sie fallen lassen. Seine Körperspannung wuchs und sie bemerkte, daß er in eine Pirouette glitt.

»Wagen Sie es nicht!«

»Pst. Vertrauen Sie mir.« Ohne jegliche Anstrengung drehte er sich und sprang eine schwungvolle Pirouette. Das Gefühl des Schwebens ließ sie seinen Hals umschlingen und ihren Kopf an seine Schulter betten. Als befände sie sich mitten in einem Wirbelsturm, biß Liza die Zähne zusammen und umklammerte ihn. Schließlich bremste er ab. Als sie den Kopf hob, grinste er sie an. Wütend starrte sie zurück und strampelte mit ihren Füßen.

»Na, na, Miss Elliot«, meinte er. »Ich werde jetzt wieder Schwung holen.«

»Lassen Sie mich runter!«

»Sie haben ja gerötete Wangen.« Sein Blick streifte ihr Gesicht und blieb an ihren Lippen hängen. »Und Ihr Herz klopft wie rasend.«

»Lassen Sie mich runter, Sie ... Sie ...«

Er ließ den Arm sinken, der ihre Beine umschlungen hatte, und sie sank wie eine Dame zu Boden. Gleichzeitig zog er sie mit seinem anderen Arm näher zu sich heran. Während sie sich bemühte, ihr Gleichgewicht zu halten, legte er ihr seine Hand aufs Herz. »Ich kann es eigentlich gar nicht fühlen«, sagte er in gespielter Überraschung. Dann glitt seine Hand unter ihren Umhang. Liza kreischte, hielt jedoch inne, weil sie an Emmeline dachte. Seine Hand strich über ihre Brüste und verschwand wieder. Sie kochte vor Wut, als er ihre Hände ergriff. Zornig darüber, wie eines ihrer Ponys behandelt zu werden, rieß sie ihre Hände weg und entwand sich ihm. Er konnte sie gar nicht so schnell festhalten, aber er verfolgte sie. Seine Schritte waren wesentlich größer als die ihren. Sie blickte über ihre Schulter und sah, daß er aufholte, als sie in fieberhafter Hast über den Teich raste. Plötzlich überkam sie das unbändige Verlangen, es ihm heimzuzahlen. Sie drehte sich um, holte Schwung und fuhr in die entgegengesetzte Richtung. Dann sauste sie haarscharf an ihm vorbei und grätschte abrupt zur Seite aus. Die Kufen ihrer Schlittschuhe kratzten über das Eis, wirbelten es auf und geradewegs ins Gesicht des Vicomte.

Sie spürte, wie er hörbar den Atem einzog, als das verharschte Eis auf seinen Kopf und seine Schultern prasselte.

Lachend rief sie: »Nicht atmen!«

Zu spät. Er wankte, inhalierte entsetzt eine Fuhre Eiskristalle und begann zu würgen. Mit weit aufgerissenen Augen hustete er und spuckte das Eis wieder aus. Dann schüttelte er den Kopf, und eine Woge von Eisregen ging auf die ihn umkreisende Liza hernieder. Ihr Gesicht mit den Armen schützend kicherte sie, während Jocelin keuchte und hustete. Wütend blickte er sie an und rieb dabei seinen Mantel, Haar und Gesicht ab. Eisklumpen bedeckten seine Schultern, klebten an den Brauen und ein Stück hing sogar an seiner Nase. Sie glitt zu ihm hin und entfernte das Eis von seiner Nase. »Sie haben noch etwas vergessen.«

»Zum Teufel mit Ihnen!« Er rieb sich mit seiner behandschuhten Hand übers Gesicht.

»Auf Ihren Schultern ist noch mehr.«

»Glauben Sie, ich weiß das nicht, junge Frau?« Er schlug die Revers seines Mantels übereinander und ließ die Eiskruste auf seinen Schultern dabei völlig außer acht.

Liza bemühte sich, über sein Verhalten nicht laut loszulachen. Er wußte sicher nicht, daß er zornesrote Wangen hatte. Und er vermutete mit Sicherheit auch nicht, daß er sie an einen Jungen erinnerte, dessen Bemühungen, ein Mädchen zu umgarnen und auf sich aufmerksam zu machen, den Wunsch nach Rache und nicht Anbetung ausgelöst hatten. Als er schauderte, empfand sie eine Mischung aus Reue, Spaß und Genugtuung. Schließlich geschah es ihm ganz recht, auch einmal aus der Fassung gebracht zu werden.

Während er sich wieder herstellte, hatte sie die Gelegenheit, ihn zu beobachten. Das Haar war ihm in die zornig gerunzelte Stirn gefallen, die festen dunklen Brauen hatte er zusammengezogen. Seine Lippen, die normalerweise zwei üppige Kurven bildeten, waren zu einer schmalen Linie zusammengepreßt und das Kinn energisch vorgeschoben.

Einzeln betrachtet war jeder seiner Züge attraktiv. Nahm man den gesamten Gesichtsausdruck, dann wirkte er wie ein sinnlicher, gefallener Engel mit schmollenden Lippen und funkelnden grünen Augen. Das paßte zu seinem unsteten Temperament. Er konnte betören und schmeicheln und im selben Atemzug in Rücksichtslosigkeit und Rachsucht verfallen.

Seufzend schlug er seinen Mantelkragen hoch. Er spähte zu ihr hinüber, und seine Augen bildeten einen reizenden Kontrast zu der unberührten, ihn umgebenden weißen Schneelandschaft. Dann verschränkte er die Arme vor seiner Brust.

»Sie sind ein hinterhältiges kleines Wesen«, meinte er.

»Wie bitte, Mylord?« lächelte sie ihn an.

»Jocelin, Miss Liza. Nachdem Sie mich beinahe unterkühlt und zu Tode erschreckt haben, können Sie mich ruhig Jocelin nennen.«

Er schauderte und sie grinste ihn an. »Geschieht Ihnen ganz recht.« Seine Augen waren beinahe geschlossen und wirkten wie Mondsicheln, als er sie taxierte.

»Es war Ihr Fehler«, sagte sie. »Sie haben mich angefaßt.«

»Verflucht will ich sein, aber hier draußen sind Sie eine völlig andere Frau.«

Augenblicklich senkte sie den Blick auf ihre Schuhe und ihre Stimme zu einem Flüstern. »Allmächtiger, gütiger Himmel, ich bin so verwirrt.«

»Ich glaube Ihnen nicht mehr, Liza.« Er klang irritiert. »Nein, meine süße Liza. Ich glaube nicht, daß Sie auch nur halb so empfindlich und furchtsam sind, wie ich einmal angenommen habe. Oder habe ich etwa die Schlange in Ihnen zum Leben erweckt?«

Er näherte sich ihr. Sie bemerkte es zu spät. Als sie ihm ausweichen wollte, ergriff er ihre Hand, drehte sie im Kreis und nahm sie in seine Arme. Dann faßte er ihren Haarknoten am Hinterkopf und zwang sie, zu ihm aufzusehen.

»Großer Gott, Liza, Sie entfachen das Feuer in mir. Ich wußte nicht, wie erregend es sein kann, ein unschuldiges Wesen zu verführen.«

»Mylord, Sie vergessen sich.«

»Kaum. Mein ganzer Körper bäumt sich vor Schmerzen auf, und das ist Ihr Werk.«

»Wenn Ihnen kalt ist, sollten Sie mich loslassen und zum Haus zurückkehren.«

Er blinzelte sie verwundert an. »Kalt?« Grinsend glitt er mit einer Hand bis zu ihren Hüften und zog sie fest an seine Lenden. »Ein wirklich unschuldiges Wesen. Von Kälte kann hier nicht die Rede sein.«

Daraufhin geriet ihr Zorn außer Kontrolle. Schreiend kämpfte sie sich frei und versuchte, ihn von sich zu stoßen. Er glitt auf seinen Kufen rückwärts und schnappte nach ihrem Handgelenk, als sie versuchte, ihn zu boxen. Herumwirbelnd zog er sie mit sich, und bevor sie ihn noch stoppen konnte, drehten sie sich auch schon mit atemberaubender Geschwindigkeit im Kreis. Kreischend hing sie in seinen Armen. Ihr Körper wirbelte immer schneller herum, und sie ließ sich von der Geschwindigkeit mitreißen, war aber wütend darüber, daß er sie vollkommen überrumpelt hatte.

Der schneidende Wind jagte durch ihr Haar, und Jocelin schaute sie lachend an. Nach Luft schnappend brüllte sie ihn schließlich an.

»Halten Sie endlich an!«

»Wenn Sie mir dafür etwas versprechen!«

»Bitte!«

»Versprechen Sie es.« Während sie sich im Kreise drehten, zog er sie noch näher zu sich heran, als wollte er sie küssen.

»Ich verspreche es Ihnen!«

Sie fühlte ein Zerren an ihren Armen. Jocelin bremste und zog sie an sich. Atemlos und immer noch aufgebracht rempelte sie gegen ihn. Dann wandte sie ihm den Rücken zu und strich ihr zerzaustes Haar und ihren zerknitterten Rock glatt. Ihr Versuch, ihn zu ignorieren, schlug jedoch fehl, denn er glitt herum und baute sich so vor ihr auf, daß sie ihn beinahe spüren konnte, obwohl er sie nicht einmal berührte. Sie wandte sich unter dem Vorwand ab, ihren Schlittschuh befestigen zu müssen. Sie fuhr sich über ihre Lippen, die genauso trocken waren wie ihre Kehle. Ihr Unmut wuchs bei dem Gedanken, welches Versprechen sie wohl einzulösen hatte. Wollte er etwa, daß sie ihn küßte? Aber doch bestimmt nicht in Gegenwart ihrer Zofe? Fragend sah sie zu ihm auf, aber er schien sich auf etwas anderes zu konzentrieren. Schließlich musterte er sie. Ihr Zorn wuchs, denn plötzlich betrachtete er ihr Gesicht verlangend und besitzergreifend.

»Ihr Versprechen, Liza, süße kleine Liza. Sie haben mir ein Versprechen gegeben, und ich habe entschieden, was ich haben möchte.«

»Ich werde Sie nicht küssen.«

Lachend griff er nach ihrer Hand. »Schande über Sie. Eine richtige Dame bricht niemals ihr Wort.«

»Lassen Sie mich los, Sie ... Sie ...«

»Ich hatte gehofft, daß Sie in dieser Hinsicht niemals das Erbe Ihrer Mutter antreten und Sätze nicht beenden würden.«

»Ich werde mein Versprechen nicht einlösen. Sie ... Sie Wüstling. Gütiger Himmel, ich verabscheue die Art, wie Sie mich behandeln. Als hätte ich den Verstand eines Schafs.«

Er ließ so plötzlich ihre Hand los, wie er sie ergriffen hatte, und Liza verlor das Gleichgewicht. Mit einem Krachen fiel sie auf ihre Kehrseite. Mühsam rutschend versuchte sie, sich wieder aufzurichten, aber sie trat mit ihren Kufen auf ihre Unterröcke. Ihr blieb nichts anderes übrig, als ihn wütend anzufunkeln.

»Liza Elliot, Sie sind eine hinterhältige Schlange.« Er hob einen Fuß und setzte ihn über sie. »Sie halten Ihre Versprechen nicht ein. Und belügen sich auch noch selbst.«

»Tue ich nicht«, stieß sie zwischen zusammengebissenen Zähnen hervor.

Jocelin verschränkte die Arme und ließ seinen Blick über ihren Körper schweifen. »Ich möchte Ihr Pfand, und ich werde es bekommen«, sagte er mit sanfter Stimme.

»Werden Sie nicht. Ich bin kein Kind mehr, das dumme Spielchen mitspielt.«

Überrascht schnappte sie nach Luft, als er plötzlich neben ihr auf die Knie fiel. »Sie haben mir einen Vorgeschmack gegeben, Liza, und dann lassen Sie mich leiden. Bei jeder anderen Frau würde ich denken, daß sie mich zu verführen versucht. Ich habe nicht vor, noch länger zu leiden.«

Seine behandschuhten Finger berührten ihre Wange.

Sie entzog sich ihm. »Ich weiß nicht, was Sie damit sagen wollen.«

Jocelin war über sie gebeugt und fixierte sie mit einem langen, magnetisierenden Blick.

»Weiß Ihr Vater eigentlich, daß Sie hier auf dem Eis laufen?«

Ihr blieb der Mund offenstehen.

»Ich glaube nicht. Und ich wette, er würde es verbieten, wenn er von Ihren Abenteuern erführe. Was meinen Sie?«

»Ist mir egal«, schnappte Liza zurück. »Wenn Sie wollen, erzählen Sie es ihm ruhig.«

»Wenn ich das tue, werden Sie noch mehr Zeit mit der faszinierenden Honoria Nottle und Lady Augusta verbringen müssen. Wie aufregend für Sie, *Wiza*!«

Innerlich wand sie sich. Sie sollte noch zwei weitere Wochen in Stratfield Court verbringen. Wie konnte sie das ertragen, wenn sie diese mit Honoria und Lady Augusta zubringen mußte? Sie konnte nicht plötzlich abreisen und damit vielleicht die Aufmerksamkeit auf ihre Nachforschungen lenken. Wenn sie umgehend verschwand, war sie nicht mehr in der Lage, Asher Fox oder Arthur Thurston-Coombes nachzuspionieren. Mist. Mist. Mist!

»Ich warte auf Ihre Antwort.«

»Das ist Erpressung, Sir«, funkelte sie ihn an.

»Antworten Sie mir.«

»Ich werde mein Versprechen einlösen und hoffen, daß Sie sich eine Erkältung einfangen.«

Lächelnd hob Jocelin ihr Kinn zu sich hoch. »Sie werden für Ihr schlechtes Benehmen teuer bezahlen müssen, süße kleine Schlange.«

»Bringen wir es hinter uns.« Sie hatte ihre Schlacht geschlagen und sah keinen Grund mehr, zimperlich zu bleiben. »Was wollen Sie von mir?«

»Kommen Sie heute nacht ins Gewächshaus.«

Sie starrte ihn an, doch er schien weder Gewissensbisse noch Schuldbewußtsein zu empfinden. »Nein.«

»Dann komme ich in Ihr Zimmer.«

»Nein!«

»Ein Uhr.«

Er stand auf und reichte ihr seine Hand. Als sie nicht darauf reagierte, verbeugte er sich vor ihr, umschlang mit seinen Armen ihre Taille und half ihr hoch.

»Ich komme nicht. Es ist unschicklich, und Sie versuchen, mich ...«

»Sie wissen gar nicht, was ich versuchen werde«, sagte er und strich ihr eine ihrer vorwitzigen Locken aus dem Gesicht. »Seien Sie ein gutes Mädchen und halten Sie Ihr Versprechen. Ich warte zehn Minuten. Wenn Sie dann nicht da sind, werde ich zu Ihnen kommen.« Er beugte sich zu ihr herunter und flüsterte ihr ins Ohr: »Ich kenne den Weg zu den Frauengemächern, und ich weiß, welches Ihr Zimmer ist.«

Sie schob ihn beiseite. »Wagen Sie es ja nicht, Sie, Sie ... meine Mutter hat das Zimmer nebenan.«

Er lachte leise. »Um so mehr Grund für Sie, zu Ihrem Versprechen zu stehen.« Zweifelsfrei glaubte er wirklich, er könnte sie verführen. Vielleicht bedurfte er einer Lektion, daß nicht alle Frauen nach seiner Pfeife tanzten. Und sie wollte gern die Frau sein, die ihm das übermittelte. Sie bedachte ihn mit einem festen Blick, von dem sie hoffte, daß er ihr Erstaunen und ihren Unwillen verbarg.

»Ich werde mein Versprechen halten, wenn Sie mir dafür versprechen, sich anständig zu verhalten.«

In wohlerzogenster und ritterlichster Manier bot Jocelin Marshall ihr seinen Arm. »Das werde ich, Miss Elliot.«

Als er fortfuhr, bereute sie ihren Entschluß allerdings.

»Ich werde mich vorbildlich verhalten.« Er hielt inne und bedachte sie dann mit seinem Revolverhelden-Blick. »Schätzchen, ich werde mich benehmen. Solange Sie wollen, darauf können Sie sich verlassen.«

12

Er spürte die Bestie wieder, denn er kroch am Boden, witterte und sog die Luft der Gefahr ein, während die anderen rauchend und plaudernd um ihn herumstanden. Er konnte sich nur mühsam zur Beherrschung zwingen, während die Bestie schnaufte und fauchte, sich wand und nach außen drängte. Er mußte ein Wimmern unterdrücken, als er im Raum umherschlenderte.

Die Bestie hob ihre Schnauze. Sie nahm Witterung auf. Ihre Lefzen zitterten in der Luft, dann deuteten sie in die Richtung von Jocelin. Ahnte er etwas? Hörte er das furchterregende Schnauben und Zähnefletschen? Erinnerte er sich noch?

O Gott, es dauerte nicht mehr allzu lange, und er würde den Kopf in den Nacken werfen und heulen. Er wäre besser nicht gekommen. Elliot hatte die meisten Offiziere aus ihrer Gruppe eingeladen. Wenn sie alle zusammen waren, wurde die Bestie fast wahnsinnig. Sie fletschte ihre gelben Zähne vor Jocelin, und Speichel floß aus ihrem Maul. Sprungbereite Krallen scharrten über das Parkett. Er mußte die Bestie bezähmen, denn diese Krallen konnten sich in menschliches Fleisch bohren, Knochen zerbersten und seinem Freund das Herz aus der Brust reißen.

Jocelin fuhr mit einer Fingerspitze am Rand seines Kristallglases entlang. Seine Hände zitterten. Sie zitterten schon seit Tagen immer dann, wenn er sich wieder zu intensiv mit Miss Liza Elliot beschäftigte. Verflucht! Wenn der Detektiv doch nur diese Miss Gamp aufspürte. Dann besäße er wenigstens eine Frau, die nach Zitronen duftete.

Zwei Wochen. Zwei Wochen lang hatte er nun schon Interesse an diesem nächstenliebenden Ehrenmann, Richard Elliot, geheuchelt. Noch nie war er so weit gegangen, um eine Frau zu besitzen, und diesmal hatte er Zeit und Geld in die vergebliche Suche nach der einen sowie in die fruchtlose Jagd nach der anderen investiert. Zum Teufel mit Liza Elliot! Zum Teufel mit ihr, die ihn aus seiner dunklen Melancholie herauslockte und dann zurückwies. Aber Gott sei Dank hatte er an diesem Nachmittag die Geduld verloren und war ihr gefolgt. Und je häufiger er sie sah, um so überzeugter war er davon, daß sie zueinander paßten, vielleicht genug, um — nein, soviel sicherlich nicht.

Heute nacht würde sich das Blatt wenden. Wie er sich nach der Erlösung sehnte, Liza Elliot zu besitzen. Es kam ihm wie eine Ewigkeit vor, seit er sich in fieberhafter Anspannung befand, wann immer er nur ihr aschblondes Haar sah, das Rascheln ihrer Unterröcke hörte und den Duft ihres Zitronenparfüms einatmete. Gott, war er ein Nervenbündel.

Als wollte der alte Elliot seine Geduld noch länger auf die Probe stellen, hatte er zusätzlich weitere Armeefreunde Jocelins eingeladen. Jetzt strotzte Stratfield Court vor Ex-Offizieren wie Winthrop, Fox und Halloway. Er konnte es Elliot nicht verübeln, denn der Mann wollte diese einmalige Chance nutzen, endlich alle Militärkameraden seines toten Sohnes unter seinem Dach zu wissen. Unglücklicherweise brachte er Jocelin mit seinen Geschichten über die Tapferkeit William Edwards beinahe um den Verstand. Da Jocelin gezwungen gewesen war, William Edward aus mehreren tödlichen Situationen herauszuhauen, fiel ihm das Zuhören und zustimmendes Nicken verdammt schwer. Er tat es für Asher, denn Elliot besaß großen Einfluß bei den liberalen Parlamentsmitgliedern.

Er nahm einen Schluck Whisky und blickte sich im Rauchsalon um. Hier und in dem sich daran anschließenden Billardzimmer standen die Männer in Gruppen zusammen, nachdem sich die Damen üblicherweise zurückgezogen hatten. Er verabscheute diese Abende, denn letztlich drehten sich ihre Männergespräche dann nur noch um infantile exotische Abenteuer.

Sein einziger Trost war, daß Winthrop an seinem Hemdkragen zerrte. Verflucht, wie der Kerl schwitzte. Aber trotzdem Hochachtung! Er hatte etwas von Prinz Alberts Aufrichtigkeit. Der arme alte Winthrop schien einfach nicht in der Lage zu sein, sich von seiner halbseidenen Adelsherkunft zu lösen.

Nick hatte soeben eine Partie Billard mit Asher beendet und trat neben Jocelin. »Wie lange noch, alter Junge?«

»Wir können vor elf Uhr nicht zu Bett gehen. Also noch eine Stunde.«

Mürrisch zog Nick an einer Zigarre und blickte dann auf deren glimmende Spitze. Gelächter unterbrach ihn. Als sie sich umdrehten, sahen sie, wie Asher Fox seinen Billardqueue auf den Tisch legte und die Hände erhob. Nick bedachte Jocelin mit einem vielsagenden Blick.

»Asher versucht, mit geschlossenen Augen genau zu treffen. Er wettet immer, daß er die Kugel auf diese Weise versenkt, und verliert jedes Mal.«

Über den Tisch hinweg warf Winthrop ein: »Verliert immer gegen mich. Selbst im Krimkrieg hat er ein Vermögen an mich verloren. Der schlechteste Spieler im ganzen Regiment. Wißt ihr noch ...«

Jocelin verfiel in Schweigen, als sich die Unterhaltung um Balaklava drehte. Er haßte aufgewärmte Erinnerungen. Immer wenn sie alle zusammen waren, lenkte Winthrop das Gespräch auf Balaklava. In wenigen Monaten würden er, Jocelin, und Asher das neue Viktoriakreuz verliehen bekommen. Jocelin hatte kein Interesse daran. Er wollte Reformen, der Schacherei mit Offizierspatenten ein Ende setzen und die Armee modernisieren, damit Offiziere im Sturm auf die Artillerie auf dem Schlachtfeld nicht weiterhin zu Brei geschossen wurden.

Er konnte sich an eine solche Begegnung mit der russischen Kavallerie erinnern, kurz vor dem Angriff der leichten Brigade. Er erinnerte sich an die Schreie, sie hatten ihn fast ein Jahr später noch im Traum verfolgt. Er fühlte immer noch das Schrapnell, das sich ihm durch Brust und Arm bohrte. Sah immer noch das Gesicht jenes russischen Offiziers mit dem goldblonden Schnurrbart vor sich, der kaltlächelnd versuchte, ihn zu erledigen. Als dessen Säbel an seiner Kehle ansetzte, glänzte er im Licht.

»Jos? Jos?«

Abwesend blickte er Nick an, als dieser ihn leise ansprach.

»Alles in Ordnung. Nur ein paar böse Erinnerungen.« Jocelin zwang sich zu einem schwachen Lächeln. »Balaklava, weißt du. Ich dachte, ich hätte es überwunden, aber manchmal träume ich immer noch davon, was passierte, als ich verwundet war.«

Als Jocelin zu erzählen begann, hatten sich Arthur Thurston-Coombes und die anderen zu ihnen gesellt. Kopfschüttelnd schwenkte Asher sein Portweinglas.

»Tu's nicht, alter Junge.«

»Ich kann nicht anders«, meinte Jocelin. »So viele von uns sind damals gestorben. Mir hätte es doch ebenso ergehen müssen. Ich denke noch an Sergeant Pawkins. Er lag neben mir im Lazarett von Scutari, war zur gleichen Zeit verwundet worden wie ich. Ich dachte, er würde es packen, aber eines Nachts schlief er einfach ein und erwachte nicht mehr. Und dann Cheshire. Er schrie und warnte mich, so daß ich mich noch herumwerfen konnte, bevor dieser Russe mich durchbohrte. Ich weiß noch, wie er in meine Richtung geritten kam, und frage mich einfach, was mit ihm passiert ist.«

Asher war noch näher herangekommen. Winthrop und Thurston-Coombes ließen ihre Köpfe hängen. Jocelin bemerkte, daß sämtliche Farbe aus Halloways Gesicht gewichen war, während Ashers starre Haltung seine eigenen Alpträume widerspiegelte.

»Du solltest dem nicht nachhängen, Jos«, meinte Asher. »Vermutlich wirst du nie erfahren, was geschah, als du zu Boden gingst. Du wärst fast getötet worden, und so etwas führt oft zu einer Verwirrung des Geistes.«

Jocelin verzog sein Gesicht und grinste grimmig. »Willst du damit sagen, ich wäre verrückt?«

»Natürlich nicht.« Asher klopfte ihm freundschaftlich auf die Schulter und sah Nick an. »Wie steht's mit Ihnen, Ross? Auch in der Kavallerie gedient?«

»Ich, hm ...«

»Nick war in den Kolonien. Nicht wahr, alter Freund?« Jocelin prostete Nick zu. »Leute, ihr steht vor einem Mann, der in Texas eine vierzig Quadratkilometer große Ranch sein eigen nennt. Er ist hier, weil er familiäre Interessen wahrnehmen muß. Vierzig Quadratkilometer, könnt ihr euch das vorstellen? Und ihr müßtet im Juli über den Besitz reiten. Die Sonne brennt so heiß, daß Eis sogar im Schatten im Handumdrehen schmelzen würde. Trocknet dich aus wie eine Rosine und macht dich dann einfach zu Staub. Überall Klapperschlangen, Kröten und Büffel. Stimmt's, Nick?«

Nick blinzelte ihn an. »Hm, ja.«

Winthrop zog seine Nase kraus. »Wirklich, Jos, wie erschreckend unzivilisiert. Man braucht doch seinen Club, einen Reitstall und die Oper. Aber kommen wir noch mal zu Cheshire. Du hast recht. Er verschwand, kurz bevor du zu Boden gingst. Verstehe ich auch nicht. Ich meine, mich erinnern zu können, daß er verwundet war und sich zurückzuziehen versuchte, und dann war er plötzlich nicht mehr da. Seltsam.«

»Wir können uns sowieso nicht an alles erinnern«, sagte Jocelin. »Vielleicht sollten wir es gar nicht erst versuchen.«

»Ich habe keine Lust, darüber nachzudenken«, meinte Thurston-Coombes. Er hob sein Glas. »Auf die Toten, meine Herren. Sie starben ehrenhaft, für Ihre Majestät.«

»Ehrenhaft, für Ihre Majestät«, stimmten auch die anderen ein und tranken.

Dann wechselte das Gesprächsthema und drehte sich um Frauen, aber Jocelins Melancholie blieb und war durch die schrecklichen Erinnerungen sogar noch verstärkt worden. Der Rauchsalon tat noch ein übriges hinzu. Elliot hatte diesen Raum sowie das Billardzimmer im maurischen Stil mit viel dunklem Holz, häßlichen düsteren Wandkacheln und Messing gehalten.

Jocelin gefiel die Atmosphäre nicht, und er teilte auch nicht die Vorliebe seines Gastgebers, das Haus in männliche und weibliche Bereiche zu unterteilen. Die Herrenseite umfaßte den Rauchsalon und das Billardzimmer, das Jagd- und Trophäenzimmer, Elliots Bibliothek, sein Büro und die Gästezimmer für alleinreisende Herren.

Es war wirklich idiotisch, sich in seiner Freizeit mit toten

Dingen, Qualm und Trophäen zu umgeben. Da zog er sein eigenes Landhaus vor. Gütiger Himmel, wie gern wäre er jetzt in Reverie. Sir Christopher Wren hatte es für einen von Jocelins Vorfahren erbaut.

Je länger er in Stratfield Court weilte, um so mehr sehnte er sich nach der ausgeglichenen Schönheit Reveries. Er wollte Reverie besuchen, sobald es ihm gelungen war, Elliot zu überzeugen, Asher seine Unterstützung zuzusichern — und sobald er sich im Hinblick auf Liza Klarheit verschafft hatte. Er hatte nie damit gerechnet, sich jemals entscheiden zu müssen. Er hatte so unverhofft eine Frau kennengelernt, die ihn faszinierte, daß es ihn selbst erstaunte. Deshalb traute er seinen Gefühlen nicht. Vielleicht begehrte er diese Frau nur einfach mehr als die meisten anderen. Das würde er bald herausfinden, aber er hatte bereits den Verdacht, daß Liza ihm mehr bedeutete als bloße Leidenschaft. Aber wie konnte er ganz sichergehen? Er hatte noch niemals eine Frau wie sie kennengelernt. Wie auch immer, er konnte noch nicht abreisen, denn er mußte einfach wissen, wie es um sie beide stand.

Er und auch Nick waren froh, als sich die hartnäckige Rauchergesellschaft schließlich auflöste. Sie wünschten den anderen eine gute Nacht und verschwanden in Jocelins Zimmer, um dort noch einen letzten Schlummertrunk einzunehmen.

»Großer Gott, du ahnst ja nicht, wie froh ich bin, wenn ich von hier wieder verduften kann«, sagte Nick und goß sich einen Whisky aus der Flasche ein, die neben Jocelins Bett stand. »Ich mußte noch nie so lange aufpassen, wie ich mir ausdrücke. Wie bei diesem Abendessen. An so große Anlässe bin ich nicht gewöhnt, und ich hatte doch nur drei Tage zum Üben.«

Jocelin lockerte seine Krawatte und schlüpfte aus seinem Jackett. »Zitier nicht so oft Shakespeare. Ein richtiger Engländer interessiert sich mehr für die Jagd als für Literatur.«

»Du aber nicht.«

»Nun ...« Jocelins Gesichtsausdruck wurde ernst. »Aber ich bin auch anders als die anderen. Das weißt du doch.«

»Besser als alle anderen. So, und jetzt grab nicht schon wieder in der Vergangenheit. Diesmal bist du schlimmer dran als sonst. Hör mir mal zu. Vergiß es, mein Lieber. Bring mir besser noch mal was Benehmen bei.«

Seufzend ließ sich Jocelin in einen Sessel fallen und zählte auf: »Ein Herr trägt keine Handschuhe bei Tisch. Und auch nicht zum Tanz.«

»In Ordnung.«

»Ein Herr raucht nicht in Gesellschaft einer Dame, es sei denn, sie gestattet es ihm.«

»Auch klar.«

»Wenn du rauchst und einer Dame begegnest, mußt du deine Zigarre ausmachen.«

»Was für eine Verschwendung.«

»Und außerdem«, fuhr Jocelin fort, »wenn du mit deiner Geliebten ausfährst, sollte sie zu deiner Linken sitzen, dann weiß jeder, daß sie nicht deine Ehefrau ist.«

»Hab' doch gar keine Frau.«

»Bekommst du aber noch, und wenn du dann eine hast, dann müssen die Briefe deiner Geliebten an deinen Club adressiert werden. Die Dienstboten werden sie dir verdeckt übergeben, so daß niemand die Handschrift erkennen kann.«

Nick zuckte die Schultern. »Was geht mich das an?«

»Falls irgendein Lump beschließt, deine Frau zu informieren, du Dummkopf.«

»Hör auf, Alter. Sie weiß es doch sowieso.«

»Ja, aber wenn sie es von jemandem erzählt bekommt, kann sie es nicht mehr ignorieren.«

»Bescheuert.«

»Da stimme ich dir zu, aber so ist das gesellschaftliche Leben nun einmal, alter Freund.« Jocelin warf einen Blick auf seine Taschenuhr.

Nick stellte sich neben ihn und starrte ihn an, und Jocelin begann sich unter diesem bohrenden Blick sichtlich unwohl zu fühlen.

»Ist irgend etwas?« fragte er.

»Du siehst nicht gut aus. Ich mach mir Sorgen um dich.

Du hast wieder deinen Melancholischen, hab' ich recht? Die Sache mit Sinclair hat dich wohl ziemlich geschafft.«

»Mir geht es gut.«

»Tut es nicht. Ich seh doch, wie du stundenlang aus dem Fenster starrst. Glaubst wohl, ich hätte nichts mitgekriegt.« Nick legte seinen Arm auf die Lehne von Jocelins Sessel, beugte sich zu ihm hinunter und blickte ihn fest an. »Du glaubst, ich weiß nicht, was Sache ist, hm? Hab' doch deinen Gesichtsausdruck bemerkt, als du aus Willingham zurückkamst. Der gleiche Ausdruck wie mit den Kerlen da im Rauchsalon, als die über den Krieg faselten. Ich hab' doch gesehen, wie du in den Schnee gestarrt hast, als du von Willingham zurück warst. Als ob du dich reinlegen wolltest und nie wieder aufstehen.«

Jocelin wandte seinen Blick von Nick ab und starrte in sein Whiskyglas. »Du liegst ganz falsch.«

»Tu ich nicht, Alter, und du gibst vielleicht besser unsere kleinen Ausflüge auf. Sie sind nicht gut für dich, denn im Gegensatz zu mir hast du noch ein Herz.«

Aufgrund von Nicks Anschuldigungen waren seine Gedanken wieder abgeschweift. »So viele aus unserer alten Gruppe sind tot, verstehst du.«

»Ja?«

»Zuerst Cheshire, dann Pawkins, Airey und Elliots Sohn William und jetzt auch noch Stapleton.«

Nick pfiff leise durch die Zähne. »Aber es war ja auch Krieg.«

»Aber nicht bei den letzten drei.« Jocelin kühlte sich seine Stirn mit dem Whiskyglas. »Ich dachte, das Sterben hätte nach meiner Heimkehr endlich ein Ende.«

»Diese Scheißkerle hätten nicht wieder davon anfangen müssen. Sieh dich nur an.«

Jocelin bemerkte Nicks besorgten Gesichtsausdruck und mußte lächeln. »Mach dir keine Sorgen wegen mir, alter Bursche. Morgen geht's mir wieder hervorragend.«

»Fährst du zu Miss Birch?«

»Nein. Besuch du sie doch.«

»Sie ist ziemlich sauer, weil du nicht kommst. Hat mir gesagt, daß sie nicht in einer verkommenen Spelunke versauern will.«

»Ich hatte zu tun.«

Nick fixierte ihn mit durchdringendem Blick und grinste ihn dann an. »Mit Miss Zimperliese, nicht wahr? Hoppla! Wie kommst du denn so voran?«

»Ein Herr spricht nicht so von einer Dame, alter Junge.«

Nick leerte sein Glas in einem Zug, setzte es ab und marschierte in Richtung Tür. »Stimmt. Wieder eine Verhaltensregel, die ich behalten muß. Wann können wir dieses Gemäuer hier verlassen und nach London zurückkehren?«

»Oh, ich würde sagen, in ungefähr drei Tagen. Ich glaube, die Dame ist immerhin drei Tage wert, und außerdem müssen wir am Freitag an Elliots Abendgesellschaft teilnehmen. Sollen wir den Zug am Samstagnachmittag nehmen?«

Nick blieb auf der Schwelle stehen. »Du überlegst dir besser, was du tust, mein Bester. Miss Zimperliese hat mehr als Seide und Spitze.«

»Ich weiß, Nick, und wenn sie keine Dame wäre ... Nun, wer weiß, vielleicht ...« Er dachte immer noch darüber nach, was vielleicht nach Nicks Aufbruch passierte.

Sein Freund hatte recht gehabt, als er ihn auf seine Verfassung angesprochen hatte. Die Sache mit Sinclair, der armen Millie und Jamie hatte ihn mitgenommen. Es gab so viele weitere Millies und Jamies, denen er nicht helfen konnte und die in diesem Augenblick weinten und litten.

Jocelin kniff die Augen zusammen. Er konnte nicht darüber nachdenken und es mit Gleichmut hinnehmen. Er wollte jetzt an Liza denken. Großer Gott, wie lange dauerte es noch, bis er sie sehen konnte? Nicht mehr lange.

Er ertappte sich bei dem Gedanken, wie sie sich bei Tisch verhalten hatte. Sie war wütend auf ihn gewesen, hatte ihn während des gesamten Abendessens kaum angeschaut. Er dachte an ihr goldblondes Haar, das sie aus dem Gesicht frisiert im Nacken zu einem Knoten gebunden hatte.

Ihr Kleid, eine mitternachtsblaue Abendrobe mit unzähligen raschelnden Seidenunterröcken, die über den Boden zu schweben schienen. Ihm gefiel es, dem Geräusch zu lauschen und sich vorzustellen, sie ihr vom Körper zu streifen. Vor langer, langer Zeit hatte er gelernt, zwischen den vielfältigen Arten von Unterröcken, Hemdchen, Spitzen, Seide und Bändern zu unterscheiden. Man brauchte beispielsweise Geschick, um einer Dame ihre Handschuhe auszuziehen, falls sie nicht selbst dazu bereit war. Sie mußten aufgeknöpft und gewandt von den Armen gezogen werden.

Jocelin brach seine Überlegungen hinsichtlich Unterröcken und Handschuhen ab und warf einen Blick auf die Uhr. Es war an der Zeit, endlich. Er schlüpfte wieder in sein Jackett und verließ sein Zimmer. Stratfield Court lag still und dunkel. Die Dienstboten waren längst zu Bett gegangen, denn sie mußten bereits vor Sonnenaufgang wieder aufstehen, um sich um die Kaminfeuer zu kümmern. Familie und Gäste hatten sich zurückgezogen, wobei die Männer genug getrunken hatten, um bis in den späten Vormittag im Bett zu liegen.

Er benutzte das Treppenhaus für die männlichen Bewohner, durchquerte die Halle und einen Verbindungsgang zu Elliots Bibliothek. Der Wintergarten grenzte an Bibliothek, Frühstücks- und Musikzimmer an und war folglich — wie üblich für Elliots architektonischen Geschmack — größer als notwendig. Die Decke ruhte auf dünnen, weiß angemalten Eisenstäben wie eine Imitation des berühmten Kristallpalastes.

Jocelin betrat den Raum durch die Verbindungstür zur Bibliothek und schloß die Tür hinter sich ab. Dann machte er einen Rundgang durch den Wintergarten, vorbei an Gummibäumen, Palmen, Farnen und Efeu. Elliot beheizte den Raum mit Dampf, und bald darauf war Jocelin froh, daß er nicht auch noch einen Mantel übergezogen hatte.

Er wartete in der Nähe der Tür zum Musikzimmer, denn Liza würde aus dieser Richtung kommen. An eine mit Efeu überwucherte Säule gelehnt betrachtete er das Mondlicht, das durch das Glasdach einfiel und die Orchideen in ein silbriges Licht tauchte. Seine Stiefel sanken in eine Kiesschicht. Loveday wäre wieder außer sich, weil er sie verkratzte. Die Minuten vergingen. Der schwere betörende

Duft tropischer Blüten war ihm unangenehm, er sehnte sich nach dem Geruch von Zitronen.

Er griff nach einer Orchideenblüte, deren Name von dem griechischen Wort *orchis,* den Hoden, abgeleitet wurde, eine passende Anspielung, wenn er darüber nachdachte, was gleich passieren sollte. Er öffnete seine Taschenuhr und warf einen Blick darauf. In der Dunkelheit konnte er die Zeit kaum erkennen.

»Verdammt.« Sie kam nicht. »Verdammt, verdammt, verdammt.«

Seit er an sie dachte, war sein Körper angespannt. Gütiger Himmel, er würde wegen ihr eine weitere qualvolle Nacht durchstehen müssen.

Verdammt, sie wußte ganz genau, daß er nicht in ihr Zimmer kommen würde. Sie wußte, daß er nicht der Typ Mann war, der so etwas fertigbrachte, und sie hatte sein Täuschungsmanöver durchschaut. Dumme, arrogante kleine Ziege. Sie provozierte und erregte ihn, und dann lief sie einfach weg.

»Gott, wie ich die Frauen hasse.«

Er entfernte sich zwei Schritte von der Säule, sein Fuß stieß auf Kies und dann auf etwas Spitzes und Hartes. Er hörte ein pfeifendes Geräusch, dann traf ihn ein Stock aus dem Nichts mitten vor den Kopf.

Mit einem Aufschrei stolperte Jocelin zurück. Der Stock fiel zu Boden. Er griff sich mit der Hand an die Stirn und stöhnte auf. Dann hörte er ein Kichern und sah, wie ein behandschuhter Arm nach dem Stock griff. Mit weit gespreizten Beinen dastehend rieb er sich fluchend den Kopf.

Liza Elliot kam kichernd auf ihn zu und hielt einen Schürhaken in der Hand. Jocelin rieb sich über seine schmerzende Nase und fauchte sie hinter seiner vorgehaltenen Hand wütend an.

»Das hat weh getan, Sie gefühllose Hexe. Und Sie lachen auch noch darüber.«

In der Zwischenzeit hatte Liza den Schürhaken an einen Gummibaum angelehnt und bedeckte ihren Mund mit den Händen. Hinter ihren Handschuhen stieß sie immer noch unterdrückte Gluckser hervor. Schließlich gelang es ihr, die Fassung wiederzugewinnen.

»Oh! Oh, mein Lieber, hast du dir weh getan?« Sie blickte ihn mit leichtem Bedauern, aber trotzdem voller unbändiger Schadenfreude an. Als sie von einem weiteren Lachanfall geschüttelt wurde, bedeckte sie den Mund rasch wieder mit einer Hand.

Jocelin starrte sie an. Er betastete seine Nase und seine Stirn und biß die Zähne zusammen, als ihr Gekichere in schallendes Gelächter umschlug.

»Sie meinen, das war lustig, nicht wahr?« murmelte er. »Ich werden Ihnen beibringen, mich auszulachen, Sie hinterhältiges kleines Biest.«

Sie unterdrückte ihr Lachen und wirbelte zurück ins Musikzimmer. Er hechtete hinter ihr her und hatte sie nach drei Schritten eingeholt. Sein Arm umschlang ihre Taille. Er packte sie auf seine Hüfte, drehte sich um und trug sie dann zurück in den Wintergarten.

»Lassen Sie mich runter!«

»Pst, sonst wecken Sie alle auf. Man möchte bestimmt nicht Zeuge sein, wenn Sie wie ein Sack Kartoffeln durch die Gegend geschleppt werden.«

Sie trat gegen seine Beine, aber er ließ sich nicht beirren.

»Ganz schlechte Manieren sind das, Miss Elliot, über einen verletzten Mann zu lachen. Und schlechte Manieren müssen ausgemerzt werden, finden Sie nicht auch?«

13

Liza rang empört nach Luft, als Jocelin sie noch energischer hochhievte. Ihr war der Spaß in dem Moment vergangen, als er sie hochgehoben hatte, und jetzt drohte er auch noch damit, sie wie ein kleines Kind zu behandeln. Ihr reichte ein Vater, der sie aufgrund ihres Geschlechts auf dem geistigen Stand eines Dreijährigen ansiedelte. Deshalb hatte sie wenig Verlangen, sich das von seiner hochwohlgeborenen Lordschaft gefallen zu lassen. Sie schlug nicht mehr länger wild um sich, sondern trat ihm gezielt in die Kniekehlen.

Mit einem Aufschrei ließ er sie los. Zu Boden stürzend rempelte sie gegen ihn, als er gerade auf einem Bein hüpfte und das andere Knie umklammert hielt. Daraufhin verlor er sein Gleichgewicht und fiel auf sie. Sie stießen sich die Köpfe. Gleichzeitig faßten sich Liza und Jocelin nach ihrer Stirn. Beide kreischten auf und saßen dann Seite an Seite, um ihre Beulen zu betasten.

»Verflucht!« flüsterte Jocelin wütend. »Nur wegen Ihnen habe ich jetzt Kopfschmerzen.«

»Die Sie sich redlich verdient haben. So lasse ich mit mir nicht umspringen, Mylord. Von niemandem. Und wie können Sie sich erlauben, mich dazu zu zwingen, Sie ... Sie ...«

»Ach, schaffen wir es wieder nicht, unsere Sätze zu Ende zu bringen?« Er betrachtete sie im Licht des Mondes, dann legte er stöhnend wieder seine Handflächen an die Schläfen. »Gütiger Himmel, warum kann ich bloß jede Frau bekommen, nur nicht die, die nach Zitronen duften? Miss Gamp war genau wie Sie, als ich sie umarmen wollte. Ich kann Ihnen versichern, daß Sie mir beide schlaflose Nächte bereiten.«

Liza hielt in ihrer Bewegung inne und blinzelte ihn an. »Was haben Sie gesagt?«

Jocelin starrte sie an, dann blickte er schnell in das dunkle Laub eines Gummibaums.

»Ach, nichts.«

»Sie haben den Namen Gamp erwähnt?«

»Das hat nichts zu bedeuten.«

»Sie können es mir ruhig sagen, denn ich lasse so etwas nicht einfach auf sich beruhen.«

»Was ist mit der schüchternen Miss Elliot geschehen?«

»Sie haben dafür gesorgt, daß ich sie abgelegt habe.«

Seufzend versuchte Jocelin, seine Kleidung zurechtzurücken. »Ich habe eine dicke und mürrische junge Frau namens Gamp kennengelernt. Ich kann sie einfach nicht vergessen. Sie ist wie die Malaria, sie kommt immer wieder. Und jetzt ist sie verschwunden.« Er starrte die Mondsichel an und flüsterte: »Vermutlich hat alles sein Gutes. Ich bin genauso verrückt nach ihr wie nach Ihnen.«

In Lizas Kopf wirbelten die Gedanken. Er hatte sie nicht vergessen. Er hatte es nicht geschafft, sie zu vergessen, obwohl er sie noch nie richtig gesehen hatte. Ihr Herz klopfte wie wild, und dann verspürte sie eine unendliche Leichtigkeit.

»Deshalb habe ich einen Mann damit beauftragt, diese Frau zu finden, aber bislang war alles erfolglos. Sie ist weg, und jetzt habe ich auch noch Sie verärgert, obwohl Sie die einzige Frau sind, die mich vergessen läßt ...«

Noch nie in ihrem Leben hatte ihr jemand gestanden, daß sie für ihn wichtig war, so wie es dieser Mann jetzt tat. Das konnte er natürlich nicht wissen, aber das war auch nicht der Punkt: Er hatte sie nicht vergessen; er hatte sie gewollt und wollte sie immer noch.

Zum ersten Mal kam Liza der Gedanke, daß Jocelin Marshall vielleicht mehr für sie empfand als ein auf Langeweile beruhendes bloßes Verlangen. Jetzt mußte sie sich eingestehen, daß sie immer Angst davor gehabt hatte, er könnte sich mehr für eine erträglichere Gestaltung dieser stumpfsinnigen Einladung interessieren als für ihre kleine Person. Sie hatte falsch gelegen, als sie ihn des Mordes für fähig hielt, und sie schien sich auch im Hinblick auf seine Gefühle ihr gegenüber zu irren. Plötzlich schien der Mond heller zu leuchten, und die Luft füllte sich mit einem betörenderen Duft.

Jocelin brummte irgend etwas von niederen Gefühlen und Spitzen. Den Rest überhörte Liza. Sie legte ihm ihren Zeigefinger auf die Lippen. Er wandte sich ihr zu, um sie aus dem Dunkel heraus anzuschauen. Einen langen Augenblick blieb er ganz ruhig und hielt den Atem an. Dann küßte er ihren Finger und ergriff ihre Hand.

»Süße Liza, werden Sie mir vergeben?«

»Vielleicht.«

»Soll ich Sie davon überzeugen, daß Sie mir vergeben müssen?« Er blickte wieder in das Mondlicht, dann berührte seine Wange die ihre. »Sehen Sie«, sagte er mit dem Finger deutend. »›Der Mond ist wie ein Blütenkelch, am weiten Firmament, und wacht in stiller Andacht ...‹«

»›Lächelnd über die Nacht‹«, schloß Liza.

Er sah sie an, und sie erahnte ein Lächeln.

»Sie kennen Blake?«

»Ich bin diejenige, die überrascht sein sollte, Mylord.«

Er wurde ernst. »Ich bin kein richtiger Mörder.«

»Wie bitte?« Hatte er etwa ihre Schnüffeleien bemerkt?

»Die Kavallerie, meine stürmische Zeit im Wilden Westen, das ist es gar nicht, was ich eigentlich will.«

»Was wollen Sie dann?«

Er schmiegte sich an sie und bedeckte ihr Gesicht mit vorsichtigen Küssen. »Ich möchte Liebe, Liza.« Seine Lippen berührten beinahe ihren Mund. »Nimm mir die Fesseln, Liza, tu es mir zuliebe.«

Liza konnte ihm nur mit Mühe zuhören, so überrascht war sie von der prickelnden Erwartung auf seine Küsse. Sie spürte, wie seine Hand unter ihrem Rock ihre Fesseln streichelte, so warm und vertraut. Gleichzeitig kamen seine Lippen ihrem Mund immer näher, und schließlich küßte er sie.

Sie kämpfte nicht dagegen an, sondern genoß die Erfahrung, daß ihr Mund sich wie ein heißer Freudenquell anfühlte. Während er ihre Lippen und ihre Zunge liebkoste, erwiderte sie seinen Kuß. Sie war so beschäftigt mit seinem Mund, daß sie gar nicht bemerkte, wie er sie mit langsamen Schritten zu dem großen Sofa geleitete, das zu einer Sitzgruppe im Raum gehörte.

Statt sie jedoch sanft auf die Sitzgelegenheit zu drücken, blieb er mit ihr küssend davor stehen. Sie achtete nicht darauf, was er tat, denn er hielt sie innig umschlungen und verzehrte sie mit heftigen Küssen. Zaghaft glitten ihre Arme um seine Schultern.

Als hätten ihre Bewegungen ihn elektrisiert, begann Jocelin, sich mit Küssen seinen Weg zu ihrem Dekolletè zu bahnen. Das Gefühl seiner Lippen über ihrem Brustansatz brachte Liza zum Stöhnen, und er fing an, sanft in ihr zartes Fleisch zu beißen.

Plötzlich befand sie sich auf dem Sofa, und seine Hand glitt zurück zu ihren Fußknöcheln. Während er wieder ihren Mund mit Küssen bedeckte, streichelten seine Finger über ihre schlanken Fesseln. Ihr Bein war angewinkelt, und sie spürte, wie seine Hand entlang ihrer Wade strich. Er flüsterte ihr etwas zu, aber ihr Interesse galt einzig dem Gefühl seiner streichelnden Hand, die ihren Brüsten und Schenkeln ein angenehmes Prickeln verursachte.

Allmächtiger, sie würde es nicht ertragen können, wenn er jetzt aufhörte. Während sie sich Sorgen darüber machte, daß er innehalten würde, liebkosten seine Lippen immer heftiger ihre Brüste, und seine Hände glitten entlang der Innenseiten ihrer Schenkel. Sie glühte und ihr Inneres war so aufgewühlt wie die tosende See. Als er sich dem Dreieck zwischen ihren Schenkeln näherte, steigerte sich diese Spannung, bis sie das Gefühl verspürte, schreien zu müssen. Als er sie dort berührte, sog sie den Atem ein, doch er küßte sie sogleich wieder. Mit jeder Liebkosung wuchs ihre Körperspannung, und ihre Hüften begannen zu vibrieren.

»Weiter, bitte, Liza«, flüsterte Jocelin zufrieden seufzend.

Voller Verwirrung hörte sie ihm kaum zu. Die Anspannung machte sie fast verrückt, und sie schmiegte sich fester an ihn. Als sich ihre Hüften rhythmisch bewegten, lächelte er und flüsterte ihr Liebkosungen ins Ohr. Aber jetzt war es Liza vollkommen gleichgültig, was er empfand. Seine Hand zuckte und sie schrie auf. Er legte ihr seine freie Hand auf den Mund, als sie versuchte, sich ihm zu entwinden. Er versuchte sie festzuhalten und sie geriet in Ekstase.

Als sie in seine Handfläche schrie, richtete er sich auf. Nur vage bemerkte sie in ihrem Freudentaumel, wie etwas Großes und Heißes zwischen ihre Schenkel drängte. Er stieß in sie hinein und sie öffnete sich ihm. Als er tief in sie hineinglitt, schrie sie auf, dann war er für Bruchteile von Sekunden regungslos.

Als er sich wieder bewegte, wurde ihr Körper erneut von Verlangen durchzuckt. Zunächst war er ganz sanft, aber sie klammerte sich an seine Hüften und Lenden. Ein angenehmer Schmerz umfing sie, als er sich bewegte, aber er verblaßte neben dem Gefühl, ihn so nahe bei sich zu spüren. Lizas Arme glitten unter sein Hemd und zu seinem Rücken. Sie spürte die Kontraktion seiner Muskeln, während er sanft in ihrem Körper auf und nieder glitt.

Plötzlich wurde er schneller. Überwältigt von der Unnachgiebigkeit seines Körpers riß Liza die Augen auf, als ihr Schmerz abebbte. Sie schrie laut auf und vergrub ihre Zähne in seiner Halsbeuge. Wild vor hemmungslosem Begehren stieß er in ihren Körper, und dann, als sie nach Atem rang, schrie auch aus ihm die Lust heraus.

Liza spürte, wie er auf ihr zusammensank. Er hatte sein Gesicht zwischen ihren Brüsten vergraben, und seine harte Männlichkeit bäumte sich in ihr auf. Sie lag ganz still, denn sie wollte jede kleinste Bewegung seines Körpers spüren. Ihre Hände suchten nach seinem Gesäß, gruben sich in sein Fleisch; und endlich konnte sie sich ihren langgehegten Wunsch, einmal seinen Körper zu erkunden, erfüllen. Als sie mit ihren Fingernägeln über seine Haut fuhr, zogen sich seine Gesäßmuskeln zusammen, und sie kicherte leise. Bei diesem Geräusch hob er vorsichtig den Kopf und sah sie an.

»Oh, Liza ...«

»Ja, Mylord.«

»Liza, Liza, Liza.« Durch seinen ungebändigten Lockenschopf blickte er sie an. »Liza, weißt du, was Opium ist?«

Sie nickte.

»Nein, weißt du nicht«, flüsterte er. »Das bist du, Liza.« Er berührte ihre Stirn mit seiner Schläfe. »O Gott, Liza. Ich war noch nie mit einer Jungfrau zusammen. Habe ich dir weh getan?«

Er hob seinen Kopf und betrachtete sie fürsorglich. Das machte ihn so liebenswert, daß sie alles vergaß, was er ihr in dieser Nacht an Schmerzen zugefügt hatte. Sie lächelte ihn an.

»Nein. Können wir das noch einmal machen?«

Verwirrt starrte er sie an. »Noch einmal?«

»Natürlich, Mylord. Immer und immer wieder.«

»Aber du müßtest doch jetzt ganz außer dir sein.«

»Das weiß ich, aber du kannst ... du kannst das so gut. Ich werde später außer mir sein. Jetzt will ich wissen, ob wir das noch mal machen können.« Sie sah ihn mißtrauisch an. »Oder willst du nicht mehr?«

Er wandte seinen Blick gen Himmel. »Dem Herrn sei Dank.« Dann küßte er sie. »Und dir auch, meine süße Liza.«

Als er sich von ihr erhoben hatte, setzte er sich hin. Liza tat es ihm nach. Irgendwie hatte sich ihr Kleid gelockert und war bis zu ihren Hüften heruntergerutscht. Während sie sich bewegte, spürte sie die warme, klebrige Feuchtigkeit zwischen ihren Beinen, sie war jedoch zu aufgewühlt, um sich darüber Gedanken zu machen.

»Du willst nicht mehr«, sagte sie mit hängenden Schultern.

Unvermittelt hob Jocelin sie hoch und setzte sie auf seinen Schoß. Dann nahm er ihr Gesicht in seine beiden Hände und küßte sie.

»Dummes Gör, wie kannst du so etwas behaupten? Schließlich kannst du heute nacht nicht mehr.«

»Ach.«

»Verstehst du, warum?«

Er hatte seinen Kopf soweit gesenkt, daß sie ihm direkt in die Augen blickte.

»Ich hätte nicht gedacht, daß es unangenehm ist, noch einmal mit dir zusammenzusein«, meinte sie.

Als er sie anlächelte, wuchs wieder diese Spannung in ihrem Körper, und sie küßte ihn. Als ihre Lippen miteinander verschmolzen, stöhnte er und spielte mit ihrer Zunge. Sie krallte ihre Finger in sein Haar, zog ihn eng an sich und erwiderte seinen Kuß voller Leidenschaft. Er schrie auf und löste sich von ihren Lippen. Keuchend wehrte er sie ab.

»Nein!« Er ergriff ihre Hände. »Wenn du so weitermachst, bin ich nicht mehr in der Lage, mich zu bremsen, und dann werde ich dir weh tun. Bring mich nicht soweit, Liza.«

»Dann versprich mir, daß wir es später wiederholen, bitte. Morgen früh.«

»Aber das ist vielleicht zu früh.«

Er verstand sie nicht, sie konnte es ihm nicht erklären. Sie bemerkte wieder diese prickelnde Anspannung in ihrem Körper, und dieses Gefühl wuchs, wenn sie seine rauchige Stimme hörte und seine festen Muskeln unter ihren Händen spürte. Sie konnte die Enttäuschung nicht verwinden, die er ihr bereitet hatte.

»Mylord, entweder morgen früh oder jetzt sofort.«

Er betrachtete sie. »Du meinst es wirklich ernst.«

Als sie nicht darauf antwortete, grinste er sie an. »Zu Ihren Diensten, Miss Elliot. Können Sie noch einmal einen Besuch bei den Armen arrangieren?«

»Ich würde Friedhöfe besuchen, wenn ich dafür bei dir sein kann.«

»Das Gasthaus in Willingham wäre sicher ein angenehmerer Aufenthaltsort.«

»Ist mir auch recht«, meinte sie.

Lachend drehte er sie um, so daß er ihr Kleid wieder schließen konnte. »Du bist eine außergewöhnliche Frau.«

»Ich weiß. Das war ich mein ganzes Leben lang.«

»Wie kommt das?«

Sie hatte ihm zuviel gesagt und konnte ihm keine weiteren Erklärungen geben, denn sonst hätte sie zuviel verraten. Er sollte glauben, daß sie ein spätes Mädchen war.

»Nun, ich bin doch eine alte Jungfer.«

Er hatte ihr Kleid geschlossen und reichte ihr die Handschuhe. »Wofür ich keinen vernünftigen Grund sehen kann.«

Liza spielte mit ihren Handschuhen und wandte den Blick ab. »Ich ... ich wollte nicht in dem Wissen heiraten, daß mein Ehemann für mich gekauft worden war. Nach meiner ersten Ballsaison, nun, ich ...« Sie räusperte sich. »Verstehst du, ich wollte die Wahrheit wissen, deshalb machte ich auf einem meiner ersten Bälle die Bekanntschaft verschiedener Herren, die keine Ahnung von meinem Vermögen hatten.«

Sie mußte schlucken, denn ihr versagte die Stimme vor Schmerz. Es bestand kein Anlaß, diesem Mann, den sie kaum kannte, zuviel zu enthüllen.

»Man hat dich ignoriert«, schlußfolgerte er.

Auf ihre Handschuhe starrend nickte sie.

»Ich bin so froh darüber«, sagte er, »denn du hast es wirklich nicht nötig, wie ein Erdbeertörtchen auf dem Jahrmarkt verschachert zu werden.«

Überrascht blickte sie zu ihm auf und bemerkte seine gerunzelte Stirn.

»Jetzt bist du wütend«, sagte sie.

»Über sie, diese Kerle, die die Sensibilität einer Speckschwarte besitzen.«

Sie lächelte ihn an. »Ich mag dich, Mylord.«

»Wirklich?«

»Warum klingst du nur so, als glaubtest du mir nicht?«

Jetzt mußte er wegsehen. »Meine Erfahrungen haben mich gelehrt, daß Frauen von mir etwas anderes wollen als Freundschaft.«

Sie legte ihre Hand auf seine Wange und strich ihm mit dem Daumen über die Lippen. »Kann ich verstehen.«

»Und ich habe das so satt, bei Gott«, sagte er so leise, daß sie es kaum mitbekam.

Sie umklammerte seine Hand mit bebenden Fingern. »Dann . . .« Vor lauter Nervosität versagte ihre Stimme. »Dann können wir vielleicht Freunde werden, wenn wir beide so wenig Menschen kennen, denen wir vertrauen. Ich meine, regt es dich nicht auf, wenn du dich immer fragen mußt, ob die Dame an deiner Seite vielleicht nur deinen Titel will?«

»Freundschaft? Mit einer Frau?«

Sie richtete sich auf, stemmte ihre Hände in die Hüften und funkelte ihn an. »Du weißt doch, daß das möglich ist.«

»Aber nicht, wenn ich dich nicht besitzen kann«, entgegnete er. »Nicht, wenn Freundschaft bedeutet, daß ich dich nicht haben kann.«

»Warum sollte es das bedeuten?«

Er atmete tief aus. »Du machst mir angst.« Er küßte ihre Hand. »Ich hatte noch niemals Freundschaft mit einer Frau. Du bist ein seltsames kleines Wesen, Liza Elliot. Und übrigens kannst du dir die Anrede ›Mylord‹ sparen, wenn wir allein sind.«

»Ich versuche es ja, aber du kannst dir gar nicht vorstellen, wie schwierig das bei deiner Ausstrahlung ist, Mylord.«

»Soll ich dich zu deinem Zimmer begleiten?« fragte er und half ihr beim Aufstehen.

Sie warf einen Blick auf sein offenes Hemd. Wenn sie seine nackte Haut berührte, würde sie wieder diese irrsinnige Lust verspüren, und wenn er noch sehr viel länger in ihrer Nähe blieb, würde sie diese nackte Haut berühren. Sie betrachtete die Muskeln oberhalb seiner Brust, und ihr wurde heiß und kalt.

»Mylord«, sagte sie in festem Ton. »Mylord, ich glaube nicht, daß es sinnvoll wäre, das zu tun. Tatsächlich wäre es sicherlich besser, wenn du bald verschwinden würdest, denn sonst befindest du dich gleich wieder auf dem Fußboden.«

Ihre eigene Offenheit ließ sie erröten. Als er sie mit dem Lächeln eines unschuldigen kleinen Engels bedachte, legte sich ihre Erregung.

»Du bist eine wahre Freude«, meinte er.

Sie erwiderte sein Lächeln und er küßte sie zärtlich, bevor er hinter einem Busch aus Farnkraut verschwand. Als er sich entfernte, hörte sie ihn noch flüstern: »Ich werde nicht schlafen können, meine Geliebte, und du allein trägst dafür die Schuld.«

Entseelt lächelnd legte sie den ganzen Weg zu ihrem Zimmer auf Zehenspitzen zurück. Dort wusch sie sich in einer Porzellanschüssel und streifte ihr Nachtgewand über. Ihre verschmutzten Kleidungsstücke versteckte sie in einem alten, wenig genutzten Koffer. Emmeline würde sich diskret darum kümmern.

Sie kletterte in ihr Bett und deckte sich bis zum Kinn zu. Ihre Anspannung war verflogen. Jetzt, da Jocelin Marshall nicht mehr in ihrer Nähe weilte, meldete sich plötzlich ihr Gewissen. Sie hatte gesündigt. Als es passierte, hatte es ihr nichts ausgemacht, aber jetzt erkannte sie das Ausmaß ihrer Tat. Sie hatte sich mit einem Mann vergnügt. Gute Christinnen taten so etwas nicht. Aber sie hatte bereits vor langer Zeit herausgefunden, daß sie keine gute Christin war.

Gesündigt. Mama und Papa wären außer sich, wenn sie erführen, was sie getan hatte. Aber sie hatten sich zeit ihres Lebens für Liza geschämt. Sie sollte Jocelin Marshall aus ihren Gedanken streichen, damit ihre Eltern und die Gesellschaft keinen schlechten Eindruck von ihr bekämen. Liza lachte verbittert. Ihn aufzugeben würde nichts an deren Meinung ändern.

Warum sollte sie die Sache beenden? Sie wußte doch ganz genau, daß sie nie wieder die Gelegenheit haben würde, sich einem so attraktiven und faszinierenden Mann wie Jocelin hingeben zu können. Seine Leidenschaft und Zärtlichkeit machte sie willenlos.

Ohne Zweifel würde er wie Quecksilber durch ihr Leben streifen und dann verschwinden. Wenn sie ihn jetzt nicht bekam, dann niemals. Dieses Wissen hatte sie beflügelt, als er sich in sie verliebte. Nein, eine Frau von unspektakulärer Erscheinung und nicht akzeptablen Prinzipien, so wie sie, eine solche Frau mußte nehmen, was ihr geboten wurde.

Eigentlich war sie in den Wintergarten gekommen, weil sie die Verführungspläne des Vicomte durchkreuzen wollte. Und dann hatte er den Namen Gamp erwähnt. Kein Mann hatte sich je an sie erinnert. Wer sie anläßlich der Ballsaison kennengelernt hatte, hatte ohnehin keine Probleme damit, sie zu vergessen. Außer vielleicht diejenigen, denen es Spaß gemacht hatte, sie wegen ihrer frauenrechtlerischen Einstellung zu foppen. Zweifelsohne würde auch Jocelin ihre diesbezügliche Einstellung ablehnen.

Sie würde nicht mit ihm darüber sprechen. Egal, wie sehr sie sich auch nach einem Verbündeten sehnte, der sie und ihre unweiblichen Prinzipien akzeptierte, sie wußte genau, sie würde ihn nicht finden. Zu ihrer Bestürzung bemerkte sie, daß sie Jocelin so sehr verehrte, daß sie sogar bereit war, ihre wahre Einstellung zu verdrängen oder sie zumindest nicht zu erwähnen. Schließlich blieb ihnen auch wenig Zeit, höchstens ein paar Wochen.

Liza kuschelte sich noch tiefer in ihre Kissen. Nach dieser erniedrigenden Debütantinnensaison in London hatte sie sich entschlossen, jeglichen Heiratswunsch sowie die Hoffnung, daß irgend jemand sich in sie verlieben könnte, aufzugeben.

Ihre schlimmsten Befürchtungen hatten sich bewahrheitet. Sie war zu verschieden von den anderen jungen Frauen, und deshalb hatte kein Mann auch nur das geringste Interesse an ihr. Um sich selbst weitere Peinlichkeiten und Schmerzen zu ersparen, hatte sie entschieden, daß Liebe und Heirat nichts für sie waren. Sie ermahnte sich dazu, nicht darüber nachzudenken und war so gut damit gefahren, daß der Gedanke an einen Mann sie eher kaltließ — bis auf Jocelin.

Jocelin konnte sie einfach nicht aus ihrem Gedächtnis verbannen. Er hatte es nicht zugelassen. Seine Verfolgungsjagd kam für sie so unerwartet und war so unberechenbar, daß er sich unbemerkt in ihre Gedanken eingeschlichen hatte. Sie hätte nie damit gerechnet, daß ein so zauberhafter Mann sie begehren könnte. Und dieses unvorhergesehene Ereignis in ihrem Leben hatte sie verletzbar gemacht.

So verzweifelt sie ihn auch begehrte, Selbstbetrug war nicht ihre Sache. Er wollte sie vielleicht für eine gewisse Zeit, aber nicht für immer. Und wenn sie ihm ihr wahres Ich enthüllte, würde seine Zuneigung vermutlich noch schneller erkalten und seinem Abscheu weichen.

Sie würde sich nehmen, was sie bekommen konnte, jeden Augenblick nutzen, um mit ihm zusammenzusein. Er würde ihrer müde werden, vermutlich sogar schon bald, denn sie stand in keinem Verhältnis zu den Frauen, die ihn sonst verehrten. Ihr fielen auf Anhieb mindestens drei Namen gesellschaftlicher Schönheiten ein, von denen bekannt war, daß sie ihm Avancen machten, ob mit oder ohne Trauschein. Vielleicht hatte er ihnen bereits ihre Wünsche erfüllt. Schließlich war er ein großzügiger Mensch.

Nein, wenn sie Vergleiche zog, war sie das häßliche Entlein unter den Schwänen. Deshalb wollte sie auf der Hut sein. Wenn er den Wunsch äußerte abzureisen, war sie darauf vorbereitet. Sie würde ihm sogar vorschlagen, noch eher abzureisen, damit ihr Schmerz und auch ihr Schamgefühl geringer wären. Wenn sie ihn mit Haltung und scheinbarer Gleichgültigkeit verabschiedete, bliebe ihr zumindest eine Schande erspart.

Er würde den Preis dafür niemals erfahren, niemals vermuten, daß sie sich eigentlich nach so viel mehr sehnte. Sie würde zu ihrem gewohnten Leben zurückkehren. Schließlich mußte sie einen Mörder finden. Sie konnte sich nicht einfach verlieben und Jocelin Marshall nachstellen. Er fände es sicherlich geschmacklos, wenn er ihre Träume erriete, daß sie ihn für immer haben wollte. Und sie würde es nicht ertragen können, wenn er sie abwiese. Um das zu verhindern, wollte sie ihm nur geben, was er anzunehmen bereit war, und ihn nie, niemals mit dem Wissen um ihre Sehnsucht und ihre Liebe belasten.

14

Jocelin lag zwischen Wachen und Träumen, als ihn ein Lebensmüder an den Schultern packte und ihn heftig schüttelte. Er schnaubte, riß sich los und setzte sich kerzengerade im Bett auf. Seine Hand traf auf etwas Festes und drückte zu.

»Laß sofort los!«

Während er sich seine schwarzen Haarsträhnen aus den Augen wischte, spähte Jocelin aus dem Bett und sah Nick beschwörend auf dem Fußboden liegen. Dieser richtete sich auf und boxte zurück.

»Langschläfer«, sagte er. »Es ist fast neun Uhr.«

Jocelin warf sich die Bettdecke über den Kopf. »Schieb ab. Ich will heute morgen nicht ausreiten.«

Er reckte und streckte sich und warf einen Blick aus dem Fenster, als Nick die Vorhänge beiseite zog und fluchte. Dann sprang er aus dem Bett, läutete nach Loveday und warf sich einen Hausmantel über. Nick beobachtete, wie er hastig durch das Zimmer auf eine Kommode zustrebte, die oberste Schublade aufriß und ein Hemd nach dem anderen daraus hervorzerrte.

Nick, der bereits ausgehfertig war, sah ihm interessiert von seiner Chaiselongue aus zu. »Hab' Neuigkeiten.«

»Nicht jetzt«, murrte Jocelin. »Ich komme zu spät zu einer Verabredung.«

»Scheiß auf deine Verabredung. Unser Freund und der Freund aller Kinder weit und breit, der gute alte Nappie Carbuncle, nun, er ist verschwunden.«

Auf der Suche nach einer passenden Krawatte hielt Jocelin plötzlich inne. Mit sanfter Entschlossenheit schob er eine Schublade zu und verrückte eine Daguerreotypie von Mr. und Mrs. Elliot, die auf der Kommode stand. Nicks Stimme holte ihn aus seiner Betäubung.

»Du wirst den Rahmen noch zertrümmern.«

Er lockerte seinen Griff um das Bild und straffte die Schultern. »Dann waren deine Vorkehrungen also erfolgreich.«

»Klar. Der arme Nappie. ›Er war ein Mann, nehmt alles nur in allem; ich werde nimmer seinesgleichen sehn.‹«

»Verflucht, Nick, mir ist nicht zum Scherzen zumute.«

Nick sprang von seinem Sitzplatz auf und ging auf Jocelin zu. Er packte ihn an den Schultern und drehte ihn zu sich um, so daß sie sich in die Augen sehen mußten.

»Du mußt lachen oder sterben, alter Junge. Das ist der Grund, warum du so nicht weitermachen kannst.«

Nick faltete seine Hände und beobachtete Jocelin, der auf seine am Boden verstreuten Hemden starrte.

»Wie oft hast du dir schon überlegt, deinen Onkel umzubringen?« fuhr Nick leise fort. »Ich sehe, wie du dich mit dem Gedanken quälst, alter Junge. Vielleicht ist es wirklich besser, wenn du Yale einfach umbringst.«

Jocelin wandte sich von Nick ab und stellte sich ans Fenster, um auf die reifbedeckten Dachfirste zu sehen. »Glaubst du, das hätte ich nicht schon versucht?« Er hob seine rechte Hand und starrte sie an. »Ich hatte die Waffe schon einmal auf ihn gerichtet. Entsicherte sie. Er schwitzte und flehte, und ... ich weiß nicht.« Er ließ seine Hand nach unten sinken.

Nick gesellte sich zu ihm und stieß ihm in die Rippen. »Du hirnloser Idiot, er ist genau wie alle anderen. Man kann ihm nie trauen, daß er es nicht wieder versucht.«

»Ich habe ihn beobachten lassen.«

»Die ganze verfluchte Zeit über?« stieß Nick zwischen den Zähnen hervor. Jocelin nickte. »Es wäre billiger gewesen ...«

Jocelin wandte sich abrupt zu Nick um. »Ich kann es nicht, verdammt noch mal!« Er schluckte und senkte die Stimme. »Ich kann nicht. Er ist der Bruder meines Vaters, und es gab eine Zeit, da habe ich ihn wie einen Vater geliebt. Ich kann es nicht tun.« Mit einem bitteren Lächeln fuhr er fort. »Yale weiß, daß ich ihn beobachten lasse, deshalb begnügt er sich mit denen, die bereits erwachsen sind.«

Schulterzuckend ging Nick zu der Chaiselongue zurück. »Ich kann nur sagen, so kannst du nicht weitermachen, aber deshalb komme ich nicht. Ich hab' ein eigenes Leben, weißt du. Es ist nur, daß ich zwei deiner Kavalleriekumpels streiten gesehen hab', als wär'n sie noch im Krieg.«

»Wer?«

»Asher und der eifersüchtige Graf, wie heißt er noch gleich, Halloway. Halloway hat die Brocken geschmissen. Ist abgereist.«

Jocelin ging zur Garderobe und wählte ein Jackett aus. »Halloway hat immer Streit mit irgend jemandem, es überrascht mich nur, daß er sich mit Asher angelegt hat.«

»Warum?« fragte Nick. »Der alte Asher ist auch nicht unbedingt mein Fall, will sich aber immer bei allen beliebt machen.«

»Asher ist der richtige Mann für das britische Parlament.«

»Asher ist sich selbst der Nächste«, erwiderte Nick.

Jocelin griff nach einem Mantel und warf ihn über seinen Arm. »Verschwinde, Nick. Ich habe eine Verabredung.«

»Nun, vergiß nicht, wir wollten Samstag abreisen.«

»Hab' ich nicht, aber alter Freund, vielleicht doch nicht schon am Samstag.«

»Ich werd am Samstag aus dieser Grabkammer abhauen«, entgegnete Nick, »egal, ob du mitkommst oder nicht.«

»Ja, Mylord.«

Grinsend verabschiedete sich Jocelin von seinem Freund. Mit einem Tablett bewaffnet betrat Loveday den Raum, den Nick im selben Moment verließ. Jocelin zog die Nase kraus und sog den Duft frischen, heißen Tees ein. Loveday setzte das Frühstückstablett auf einem Tisch neben der Chaiselongue ab.

»Guten Morgen, Mylord.«

»Großartiger Morgen, Loveday. Ich werde gleich ausgehen.«

»Sehr gut, Mylord. Werden wir ausreiten?«

»Ja, und ich benötige meine beste Reitausrüstung.«

Jocelin leerte eine halbe Tasse Tee in einem Zug, stopfte sich Toast in den Mund und schluckte ihn hastig hinunter. Als Loveday auf Anweisungen wartend neben ihm stehenblieb, warf er diesem einen flüchtigen Blick zu. Loveday trug eine verärgerte Miene zur Schau, was Jocelin zu einem Seufzen veranlaßte.

»Warum bleibt dir keines meiner kleinen Vergehen verborgen?«

»Wenn wir ein Geheimnis wahren wollen, Mylord, sollten wir besser auf unsere Kleidung achtgeben, Mylord. Das Abendjackett, das wir gestern abend trugen, riecht nach Zitronen und ist entsetzlich zerknittert.«

»Ach.«

»Wenn ich so frei sein darf, Mylord.«

»Bleibt mir eine Wahl?«

Lovedays Brauen hoben sich.

»Leg los«, meinte Jocelin, während er Schinken und Eier verschlang.

»Bislang haben sich unsere Kavaliersdelikte nicht auf unschuldige junge Mädchen erstreckt. Bislang waren wir sehr darum besorgt, die Reputation derjenigen zu wahren, denen wir ansonsten Schande bereiten könnten. Bislang haben wir uns, wie soll ich sagen, als ritterlicher Ehrenmann gezeigt.«

Jocelin legte seine Gabel beiseite und starrte auf die Teeblätter in seiner Tasse. Nach wenigen Sekunden schüttelte er den Kopf. »Ich kann nichts dafür. Nein, sag jetzt nichts.« Er winkte kraftlos mit einer Hand ab. »Ich habe es versucht, Loveday. Ich bin zerrissen, seit ich sie auf diesem Teich Eislaufen sah. Ich habe nachts wachgelegen und mit mir gekämpft. Ich habe verloren. Und jetzt habe ich den Eindruck, daß die Dame mich genauso will wie ich sie, also schweig. Zuerst habe ich gedacht, es wäre nur ein simples Verlangen auf beiden Seiten, aber jetzt bin ich mir nicht mehr sicher. Wir scheinen recht gut zusammen zu passen. Wir können sogar hervorragend miteinander streiten. Aber was wäre, wenn es doch nur reine Lust ist? Gott, ich hasse meinen Vater, der mir solche Qualen auferlegt. Ich hasse Ungewißheit. Wie kann ich wissen, daß sie die Richtige für mich ist?«

Er brach ab und spähte zu Loveday hinüber. »Ich hoffe nur, daß ich meine Entscheidung gefällt habe, bevor sie wirklich enttäuscht ist.«

»Ich fürchte, Mylord, Sie sind bereits zu spät dran.«

Loveday zog einen versiegelten Umschlag aus seinem Jackett. Er war an Jocelin adressiert und trug Lizas Handschrift. Dieser wechselte einen verständnisvollen Blick mit seinem Kammerdiener, riß den Umschlag auf und las: »Zehn Uhr im Gasthaus. Nimm ein Zimmer und ich werde dir folgen.«

Er atmete erleichtert aus. »Kein Grund zur Sorge.« Er gab die Nachricht an Loveday zurück, der sie im Kaminfeuer verbrannte. »Kein einziges Wort der Anbetung, keine Gefühlsduselei, leidenschaftliche Prosa oder herzzerreißende Verse. So kann ich wenigstens eine vernünftige Entscheidung treffen.«

Lovedays skeptischer Blick machte ihn rasend.

»Ich kann es«, betonte er nochmals.

»Wie Sie meinen, Mylord.«

Während Loveday sein Bad einließ, goß er sich eine weitere Tasse Tee ein. »Eine vernünftige Entscheidung. Genau das brauche ich. Sorgfältige Überlegung, was bedeutet, daß ich mich zunächst einmal von dieser irrsinnigen Begierde befreien muß.«

Nachdem er Stratfield Court verstohlen durch den Dienstbotentrakt und das Anrichtezimmer des Butlers verlassen hatte, galoppierte er in Windeseile nach Willingham. Er reservierte ein Zimmer und ging darin solange auf und ab, bis er aufgrund seines angespannten Zustands schon fürchtete, graue Haare zu bekommen. Schließlich öffnete er auf ein Klopfen an der Tür, doch im Türrahmen stand nur eine trauernde Witwe.

»Tut mir leid, Sie haben sich wohl im Zimmer geirrt, Madam.«

Die Witwe stürmte an ihm vorbei, und er nahm Zitronenduft wahr.

»Liza, du kluges Mädchen.« Er grinste, als sie im Zimmer umhersprang und ihren schweren Schleier lüftete. Meterweise schwarzer Satin glänzten im Sonnenlicht. Er griff nach einem der schwarzen Bänder und riß ihr die Haube vom Kopf. Er schob den Hut beiseite und drückte sie fest an sich. Unzählige kleine Knöpfe drückten ihn durch seinen Hemdstoff auf der Brust. Als sie etwas sagen wollte, preßte er seine Lippen auf ihren Mund. Sie öffnete ihre Lippen und spielte mit seiner Zunge. Als sie mit ihren Händen unter seinen Mantel fuhr und seine Hüften massierte, wurde er fast wahnsinnig. Er vergaß all die Jahre, in denen er seine Verführungskünste perfektioniert hatte.

»Mylord?«

»Jocelin«, sagte er und versank in einem Strudel von Verlangen.

Er preßte sie an sich und ließ sich in die Kissen sinken. Sie schien nicht in der Lage zu sein, seine Küsse zu unterbrechen und ihm ihre Fragen zu stellen. Er hätte ihr auch nicht antworten können. Seine Fingerspitzen brannten, als sie durch ihre seidigen Locken fuhren. Er löste seinen Mund von ihren Lippen, denn er wollte sie nicht erschrecken, so völlig von Sinnen war er. Als sie ihn anblickte, war er erleichtert, weil er ihre aufflackernde Leidenschaft erkannte.

Dieses Gefühl erregte ihn und enthob ihn jeder Zurückhaltung. Während er sie streichelte und sich seinen Weg zu ihrem verborgenen Dreieck bahnte, ließ er sie nicht aus den Augen. Als sie wollüstig stöhnend ihre Augen schloß, drang er tief in sie ein und bewegte sich solange, bis sie aufschrie. Dann war es um ihn geschehen, und er ließ sich von einer heftigen Woge der Begierde verschlingen.

Ein langer Augenblick verging, bevor er erkannte, daß er vollständig bekleidet auf ihr lag und sich immer noch in ihr befand. Verunsichert hob er den Kopf und betrachtete sie. Liza schaute verwirrt zu ihm auf. Sie berührte seine Lippen mit ihren Fingerspitzen, dann küßte sie ihn. Er spürte, wie aufgewühlt er innerlich war. Nach Luft schnappend kicherte sie.

»Verflucht, Fräulein. Lach nicht.«

»Warum denn nicht?«

Dieses dumme Gör brachte ihn doch wahrhaftig zum Erröten. Das war ihm seit Jahren nicht mehr passiert. Seit Jahren!

»Einfach so«, sagte er mit zusammengebissenen Zähnen. »Ich erkläre dir das später einmal.«

Er stand auf, rückte seine Kleidung zurecht und saß dann da, brütend den Kopf auf beide Hände gestützt, während sie mit sich selbst beschäftigt war.

»Ich bin ein Ungeheuer«, meinte er. »Ich habe dich vergewaltigt. Dich, eine Unschuldige.« Er warf ihr einen schnellen Seitenblick zu, als sie sich ihres zerrissenen Schlüpfers entledigte und diesen als Wischlappen benutzte. »Habe ich dich erschreckt?«

»Ein bißchen«, sagte sie lächelnd. »Zuerst schon, aber als ich deine Lippen spürte, vergaß ich alles andere. Weißt du, ich hatte seltsame Träume letzte Nacht. Ich muß ganz schön sündig sein, daß ich solche Träume von dir habe. Aber jetzt bist du da, und ich kann sie ausleben.«

Sie zerknüllte ihren Schlüpfer und packte ihn in ihr Handtäschchen. Er beobachtete sie, wie sie die Tasche energisch zuklappte und ihn dann unsicher anschaute. Er nahm ihre Hand, führte sie zu dem unbenutzten Bett und setzte sich neben sie.

»Du bist wirklich die ungewöhnlichste junge Dame, die ich je kennengelernt habe, Miss Elizabeth Maud Elliot«, meinte er und faßte ihr unters Kinn.

Sie wand sich. »Bitte nicht, ich hasse den Namen Maud. Er ist einfach gräßlich.«

»Maud war der Name einer Königin, und du bist die Königin meiner Leidenschaft.«

»Bin ich das wirklich?«

»Warum erstaunt dich das?«

»Ach, ich weiß nicht.«

Fieberhaft mit seinen eigenen Gedanken beschäftigt bohrte er nicht weiter nach. »Wirst du im Frühling nach London kommen?«

Sie spielte wieder mit seinen Lippen. Auf seine Frage ließ sie ihre Hand sinken und wandte den Blick ab.

»Ich glaube nicht.«

»Aber dein Vater will dich doch unbedingt verheiraten, nicht wahr? Und das ist die einzig vernünftige Jahreszeit dafür.«

Sie starrte ihn verbittert an. »Mich verheiraten. Ja, wie

dummm von mir zu vergessen, daß dir das klar sein müßte. Ja, ich muß noch einmal auf dem Markt feilgeboten werden.«

»Treffen wir uns dann also in London?«

Als sie ihn fassungslos anblinzelte, hatte er plötzlich das Gefühl, daß sie ihm kaum zuhörte. Etwas an ihr verhieß Alarmbereitschaft. Vielleicht war es zu schnöde von ihm gewesen, ihre ungewöhnliche Affäre so sachlich zu erwähnen. Frauen schwelgten gern in großartigen Fantasien, wenn es um ihre Amouren ging. Es verlangte sie nach Liebesschwüren und lebenslanger Anbetung. Nun, das konnte sie von ihm noch nicht erwarten. Er brauchte seine Zeit.

Während er nachdachte, übermannte seinen Körper erneute Lust. Sie saß neben ihm, war von Kopf bis Fuß in tiefschwarze Seide gehüllt, die keinen Zentimeter ihres Körpers unbedeckt ließ, und er spürte, wie seine Männlichkeit erwachte und sich gegen seine Hose preßte. Gott, er wollte Liza, er wollte sie noch einmal besitzen, wie er sie nur Minuten zuvor besessen hatte.

Während er sich darum bemühte, nicht ein weiteres Mal hemmungslos über sie herzufallen, erkannte er, daß er nicht einmal in einer Woche genug von ihr bekäme. So wie sich sein Geschlecht anfühlte — steif wie ein Zaunpfahl — brauchte er Liza noch eine lange Zeit. Er mußte sie immer wiedersehen. Aber der alte Elliot wollte sie verheiraten. Er erschrak bei dem Gedanken, Liza könnte das Bett mit irgendeinem langweiligen, stumpfsinnigen Lord teilen. Dieser Widerwille schlug sich in seinem scharfen Ton nieder, als er seine Frage wiederholte.

»Wollen wir uns in London treffen?«

»Vielleicht.«

Sie mied seinen Blick. Plötzlich wurde er mißtrauisch. Warum diese Zurückhaltung?

»Stimmt irgend etwas nicht?«

Abrupt sprang sie vom Bett auf und wandte sich mit einem strahlenden Lächeln ihm zu. »Nein, bestimmt nicht, mein schöner Lord. Kann es sein, daß du gar nicht weißt, wie umwerfend allein deine Gegenwart ist? Du liebst mich, verwandelst mich in eine schreiende Verrückte, und dann erwartest du, daß ich auch noch logisch denke.« Zögernd fügte sie hinzu: »Mylord — Jocelin, meine ich — darf ich dich berühren?«

Er sah sie stirnrunzelnd an, aber sie betrachtete ihn voller Verlangen. Sein Mißtrauen schwand, und er legte sich hin. Sie kam zu ihm und fing an, seine Hemdknöpfe zu öffnen. Dann entblößte sie seine Brust und glitt mit ihren Handflächen über seine nackte Haut. Sie spürte die Vertiefung, die von seiner Kehle bis zu seinem Rippenbogen verlief.

Während sie ihre Hand unterhalb des Nabels auf seinen flachen Bauch preßte, zog sie an seiner Hose und entblößte seine Hüften. Sie entdeckte die Vertiefung zwischen seinen Hüften und seinem Gesäß. Sie strich mit ihren Nägeln über sein nacktes Fleisch und kratzte ihn. Er biß sich auf die Unterlippe, gab aber keinen Laut von sich. Errötend hielt sie inne und musterte ihn, bevor sie ihn seiner übrigen Kleidung entledigte. Als sie jedoch neben dem Bett stand und ihre Hände auf seinen Hüften lagen, brach sie plötzlich ab. Sie schlug ihre Hände vor die flammendroten Wangen und begann zu flüstern.

»Oh, du wirst denken, daß ich eine ... du wirst denken, daß ich schamlos bin.«

Er lächelte sie an. Wenn er ihr erzählte, daß ihm ihre unbefangene Zuneigung mehr Vergnügen bereitete als jedes berechnende Kompliment irgendeiner Geliebten, würde er sie vermutlich noch mehr verunsichern. Statt dessen setzte er sich auf und nahm ihre Hand. Er legte sie auf seinen Oberschenkel und blickte sie fest an. »Großer Gott, Liza, wenn du mich zu deinem Sklaven machen willst, könntest du dir keine schlimmere Bestrafung als diese ausdenken.«

Mit einem unsicheren Lächeln starrte sie ihn an. Ihr Blick wanderte zu seinen Hüften. Zu seiner Freude und Überraschung glitt ihre Hand nach oben, und sie berührte ihn. Er atmete schwer, verlor die Beherrschung über sich und schmiegte sich an sie. Liza zog ihre Hand weg, verbarg sie hinter ihrem Rücken und blickte ihn an. Er ergriff ihre Hand und legte sie wieder auf seinen Körper.

»Großer Gott, Liza, hör jetzt nicht auf.«

Sie schüttelte nur den Kopf, und er bemerkte ihre Verwirrung. Seufzend setzte er sich aufrecht hin und hob sie auf seinen Schoß.

»Ich habe etwas vergessen«, meinte er. »Es tut mir leid, meine kleine Unschuldige. Laß mich es dir erklären.«

Sie verbrachten eine vergnügliche Unterrichtsstunde, bis er sich schließlich wieder beherrschen und dem ein Ende bereiten konnte. Als sie sich wieder angekleidet hatte, ging sie als erste. Das Zimmer bot einen Blick auf die Hauptstraße der Stadt, und als er sein Hemd zuknöpfte und sich mit den Fingern durchs Haar fuhr, konnte er sehen, wie sie das Gasthaus verließ. Lächelnd beobachtete er, wie sie sich ihren Weg über das Kopfsteinpflaster und vorbei an einigen alten, in der Sonne dösenden Männern bahnte. Vor einem roten Ziegelgebäude blieb sie stehen, las die Messingnamensschilder neben der Tür und betrat die Vordertreppe.

Jocelins Hände erstarrten beim Binden seiner Krawatte. Als Liza die Eingangstür erreicht hatte, trat ihr ein junger Mann entgegen. Er verbeugte sich und sprach mit ihr. Sie antwortete ihm, und er bot ihr seinen Arm. Plaudernd gingen sie die Treppe hinunter und weiter die Hauptstraße entlang.

Sein Verstand raste ihm davon. Jocelin griff nach dem Fensterkreuz und beobachtete, wie seine Geliebte und ihr Begleiter in der Ferne verschwanden. Ein Mann. Vor Überraschung kniff er die Augen zusammen, denn er hatte sich bislang nie gefragt, ob seine Geliebten ihm treu waren. Daran hatte sich jetzt etwas geändert. Er bemerkte plötzlich, wie sehr es ihn erzürnte, daß Liza die Gesellschaft eines anderen Mannes suchte. Sie hatte ihn verlassen, um einen anderen Mann zu treffen. Bei Gott, er konnte es nicht fassen. Wie konnte sie es wagen, mitten in der Stadt einen fremden Mann zu treffen?

Eifersucht zermürbte sein Hirn und ließ jeden sinnvollen Gedanken im Keim ersticken. Er schnappte seinen Hut, die Handschuhe und die Reitgerte. Innerhalb von Sekunden war er über die Treppe, durch das Gasthaus und auf die

Straße gerast. Während er sich seinen Weg durch die Passanten bahnte, den Blick immer auf die schwarze Haube und den Umhang von Liza Elliot fixiert, rempelte er auch noch gegen den Angestellten eines Gemüseladens, der Getreidesäcke schleppte.

Sie änderten ihre Richtung. Er holte auf und kam gerade um die Ecke, als die beiden ein neueres Gebäude betraten, das von einem schmiedeeisernen Zaun umgeben war. Die Mahagonitür mit den eingelassenen Glasfenstern schloß sich hinter ihnen. Das Gefühl seiner ungewohnten und erniedrigenden Eifersucht ließ ihm keine Möglichkeit, einen klaren Gedanken zu fassen. Er hastete durch das Tor, flog beinahe die Treppe hinauf und riß dann die Tür auf. Im Inneren des Hauses wandte sich ein Empfangsmädchen gerade zum Gehen. Sie drehte sich um und schnappte nach Luft, als sie ihn sah.

»Wo sind die beiden?« Sein Kopf drohte vor lauter Zorn zu zerspringen.

Das Mädchen war eingeschüchtert. »Bitte, mein Herr. Sie können nicht ...«

Jocelin ergriff ihr Handgelenk. »Wo sind sie?«

»Der Chef und Miss Elliot?«

»Ja, verflucht.«

»Sie sind im Sprechzimmer, Sir.«

Das Mädchen senkte den Blick und deutete auf eine verschlossene Tür auf der rechten Seite der Eingangshalle. Er wandte sich von ihr ab, drehte den Türknauf und riß die Tür auf. Sie knallte gegen eine Wand.

Die beiden Menschen im Zimmer hatten mit gesenkten Köpfen nahe beieinander gestanden. Bei dem Geräusch machten sie einen Schritt zurück und drehten sich alarmiert zur Tür. Jocelin stapfte ins Zimmer auf Liza zu.

Gefährlich leise fragte er sie: »Wer ist das?«

»Mylord!«

»Zum Teufel mit deinen ›Mylords‹«, stieß er wütend hervor. »Wer ist das? Und lüg mich nicht an. Ich erkenne genau, ob man mir die Wahrheit sagt.«

Der junge Mann kam auf sie zu, so daß Jocelin ihn genauer betrachten konnte. Blaß, dünn und von unscheinbarem Äußeren besaß er trotzdem genug Courage, Jocelin anzuschnauzen.

»Sieh mal einer an, mein Herr. Wer sind Sie denn eigentlich?«

Jocelin warf einen Blick auf seinen Widersacher, bemerkte dessen seidige, wenn auch schütteren goldblonden Locken und eine Aura der Feinsinnigkeit, die ihn umgab. Seine Augen verengten sich zu Schlitzen. Manche Frauen liebten einfach diese künstlerisch asketischen Typen, die sich gerne intellektuell gaben.

»Gütiger Himmel«, war alles, was Jocelin dazu einfiel.

Er spürte wieder die heiße Sonne von Texas und hörte das Geräusch der Klapperschlange. Er hakte seine Daumen in den Hosenbund ein und stakste in einem Kreis um den jungen Mann herum. Aufgrund der veränderten Stimmlage Jocelins warf der Fremde Liza einen verwunderten Blick zu.

»Na, was haben wir denn hier, Liza, Schätzchen?« Jocelin zog weiter seine Kreise. »Einen weibischen kleinen Halunken, würde ich sagen.«

Er zupfte mit seiner Reitgerte an einer der blonden Locken und sah Liza an. »Ja, ein kleiner Halunke.« Dann fuhr er mit der Reitgerte über die Westenknöpfe des jungen Mannes. »Du umgarnst die falsche Frau, Junge. Ich glaube, wir müssen mal miteinander reden. Wirklich ernsthaft miteinander reden.«

Die Augen des jungen Mannes bekamen die Größe riesiger Stachelbeeren, als ihn Jocelin mit seinem kalten Revolverlächeln bedachte.

»Ja«, wiederholte er. »Wirklich ernsthaft miteinander reden.«

15

In diesem Moment beschlich sie das Gefühl, daß Jocelin beschlossen hatte, den armen Ronald eiskalt umzubringen. Er spielte mit seinen Worten, zog sie in die Länge und verlieh ihnen damit einen bedrohlich schnurrenden Unterton, geschmeidig bewegte er sich wie ein in der Sonne dösender Puma und fixierte den Anwalt, der ihn ruhig und fest ansah, aus grünen Augenschlitzen.

Sie war sich nicht sicher, wie lange Ronald noch standhalten würde, wenn sie dem nicht ein Ende bereitete. Also stieß Liza einen Schrei aus, der die Bilderrahmen an den Wänden erschütterte.

»Mylord!«

Ungerührt starrte Jocelin Ronald weiterhin an; erst als er sprach, atmete Liza auf, denn sein schleppender Revolverhelden-Akzent war verschwunden.

»Verflucht, Mädchen, misch dich nicht ein. Um dich werde ich mich kümmern, wenn ich mit diesem Schurken hier fertig bin.«

Liza schloß die Augen, flehte, daß ihr Temperament nicht mit ihr durchginge und setzte die Leidensmiene einer Königin auf, deren Lieblingshündchen gerade in einen Tümpel gefallen ist.

»Mylord.« Die Bilderrahmen klapperten erneut. »Das ist mein Anwalt.«

Jocelin blickte sie durchdringend an. Sie beobachtete, wie seine Kinnmuskulatur arbeitete und ihm die Röte ins Gesicht schoß. Erst als er die Reitgerte fallen ließ, wechselte seine Gesichtsfarbe wieder. Mit einem leisen Pfeifton sank die Gerte nach unten und blieb neben seinem Stiefel liegen. Er trat auf den Anwalt zu und hielt den Kopf schief.

»Ich habe einen schwerwiegenden Fehler begangen, Sir. Darf ich Sie höflich um Entschuldigung bitten?« Er streckte seine Hand aus, die Roland widerstrebend ergriff.

Liza mischte sich abrupt ein. »Jocelin, Vicomte Radcliffe, darf ich vorstellen, und Mr. Ronald Varney, mein Anwalt.«

Varney begann zu stottern, als er Jocelins Titel hörte. Während er an seinen Jackenaufschlägen zupfte, starrte er verunsichert zwischen den beiden hin und her. Schließlich beschloß er, sich nützlich zu machen und Tee zu bestellen. Er eilte auf die Glocke zu, die neben der Tür angebracht war.

»Ach, ich vergaß«, meinte er, »sie ist defekt. Wenn Sie mich bitte entschuldigen wollen, Miss Elliot, Mylord?« Daraufhin verließ Varney hastig das Sprechzimmer und machte sich auf die Suche nach der Küche.

Liza saß kerzengerade auf der Kante eines mit Brokatsamt überzogenen Sofas. Jocelin sah Varney nach, dann legte er seinen Hut, die Handschuhe und die Reitgerte beiseite. Liza, die sich in ihrer Position ziemlich sicher vorkam, beobachtete ihn, als er sich ihr näherte.

»*Du* hast einen Anwalt?« entfuhr es ihm. »Warum, in drei Teufels Namen, brauchst du einen Anwalt?«

»Wenn du dich mit mir unterhalten willst, solltest du auf deine Wortwahl achten.«

Er hätte sie beinahe angefahren, doch dann biß er sich auf die Lippen. »Liza, du bringst mich um den Verstand. Wer ist dieser Bast ... wer ist dieses kleine Ekelpaket?«

Mittlerweile war es ihr in den Sinn gekommen, daß der vielumschwärmte Jocelin Marshall eifersüchtig war, und diese Einsicht brachte sie in Verzückung. Mit zusammengezogenen Brauen sah er sie wutschnaubend an. Als sie ihn angrinste, fluchte er, woraufhin ihr ein leises Kichern entfuhr. Als er sich neben sie auf das Sofa fallen ließ, hob sie abwehrend die Hand.

»Keine schlechten Manieren bitte, Mylord.«

»Wenn du mir nicht sofort sagst, wer das ist, dann ... dann ...«

»Schau dir das an.« Liza entnahm ihrem Handtäschchen ein zusammengefaltetes Schriftstück und reichte es ihm. Während er las, sprach sie weiter. »Das ist von Miss Burdett-Coutts, mit der du und die Königin ja befreundet seid, wenn ich mich recht erinnere. Wir beide wollen so etwas wie eine

Armenschule für die umliegenden Dörfer und Gemeinden von Stratfield Court gründen.«

Er besaß die Gabe, reuemütig zu wirken. Als er ihr den Brief zurückgab, sank er leise fluchend tiefer in das Sofapolster.

Lizas Mundwinkel zuckten. »Miss Burdett-Coutts und ich beabsichtigen, den Kindern armer Leute Geld dafür zu geben, wenn sie diese Schule besuchen. Wir wollen ihnen mehr bezahlen, als sie auf den Feldern oder in den Mühlen bekämen. Bildung, Mylord, ist der Weg aus der Armut. Interessiert es dich, einen Beitrag zu diesem Thema zu lesen?«

Er schüttelte den Kopf.

»Was sagtest du?« fragte sie.

»Ich sagte, daß es mir leid tut.« Er stand auf, nahm ihre Hand und küßte sie. »Ich habe dir bereits gesagt, daß du mir den Verstand raubst. Ohne Zweifel werde ich heute nacht den Mond anheulen. Lach mich gefälligst nicht aus, Mädchen. Ich gehe wieder zurück ins Gasthaus und warte dort auf dich.«

»Es kann aber eine Weile dauern.«

»Auch gut. Ich brauche Zeit zum Nachdenken.«

Er verließ sie, als Ronald Varney aus der Küche zurückkehrte. Sie hörte noch, wie er sich von ganzem Herzen entschuldigte. Als er schließlich gegangen war, grinste sie der Anwalt selbstgefällig und mit zart geröteten Wangen an.

Eine Stunde später trottete Tessie, das Reitpferd des Vicomte, hinter Lizas Kutsche her. Sie und Jocelin hatten es sich in der Kutsche gemütlich gemacht. Seit seiner Verabschiedung von Varney hatte sie Zeit gehabt, sich von dem Schock zu erholen, von einem rachsüchtigen, verlangenden Mann verfolgt zu werden. Himmel, war das eine erschreckende Erfahrung gewesen! Jetzt konnte sie sich vor Lachen allerdings kaum noch halten.

Liza hielt ihr Täschchen fest in der Hand. Den Schleier hatte sie in der Tasche ihres Umhangs verschwinden lassen, damit zu Hause niemand Verdacht schöpfte. Jocelin hatte sein inneres Gleichgewicht wieder hergestellt, trotzdem starrte er schwermütig auf die Landschaft, die am Fenster vorüberzog. Der Schnee war geschmolzen, und der März war so sonnig, als hielte der Frühling Einzug. Plötzlich wandte er sich ihr zu und sah sie an.

»Eigentlich hätte dich deine Zofe begleiten müssen.«

Sie verdrehte die Augen. »Falls du dich erinnerst, Mylord, ich habe Emmeline wegen dir weggeschickt, damit sie Botengänge erledigt.«

»Oh.« Ungerührt fuhr er fort. »Du hättest diese Anwaltsverhandlungen deinem Vater überlassen sollen.«

Mit vor der Brust verschränkten Armen warf Liza ihm einen verärgerten Blick zu. »Mein Vater wäre damit nicht einverstanden. Mein Bruder hätte mir sicher geholfen, aber er ist tot.«

»Wenn dein Vater nicht einverstanden ist, solltest du dich nicht auf solche Dinge einlassen. Und wie ich deinen Bruder kannte, wäre auch er nicht begeistert gewesen, daß du dich mit solch profanen Angelegenheiten beschäftigst.«

Hochfahrend schnappte Liza nach Luft. »Wäre er doch.«

»Sprechen wir über William Edward Elliot?«

Als sie den Namen ihres Bruders hörte, legte sich Lizas Verärgerung. Ihre Augen füllten sich mit Tränen, die sie nicht zurückhalten konnte. In den Falten ihres Kleides suchte sie nach einem Taschentuch und drückte es auf ihre Wangen. Jocelins feste warme Hand bedeckte die ihre und führte sie an seine Lippen.

»Vergib mir. Das war gefühllos von mir.«

Durch seine Sanftheit war es um sie geschehen. Hemmungslos schluchzte sie in ihr Taschentuch. Seufzend hob sie Jocelin auf seinen Schoß. Sie weinte solange in seinen Mantelstoff, bis sie sich die Nase putzen mußte. Schließlich sprach sie mit ihm und zerknüllte dabei ihr Taschentuch.

»In der Nacht, als er starb, habe ich ihn noch getroffen. Ich besuchte ... hm ... gerade Freunde in London, und er hat mich aufgesucht.«

Sie fuhr fort und erzählte Jocelin soviel von der Wahrheit, wie sie für sinnvoll hielt. Er starrte wie gebannt auf ihr Gesicht, ohne sie zu unterbrechen.

»Aber ich werde niemals glauben können, daß sein Tod

nicht beabsichtigt war. Ich gebe mich nicht mit dem zufrieden, was die Polizei behauptet. Er hätte sich niemals in Whitechapel aufgehalten. Du kanntest ihn doch auch. So sehr ich ihn auch geliebt habe, William Edward war ein Prinzipienreiter. Er wäre noch nicht einmal zu einem Schneider gegangen, den er nicht für standesgemäß gehalten hätte. Er verurteilte Menschen, die die richtigen Weine nicht kannten oder die entsprechende Garderobe für Sport und Freizeit nicht auseinanderhalten konnten.«

Sie warf Jocelin einen traurigen Blick zu, und er drückte sie an sich.

»Liza, süße Liza.« Er hielt inne, dann seufzte er. »Liza, es gibt bestimmte Gewohnheiten, die ein Junge vor seiner Schwester zu verbergen sucht.«

»Er hätte sich keine Geliebte in Whitechapel gehalten!«

»Liza!«

Seine Betroffenheit verärgerte sie, so daß sie von seinem Schoß hinunterrutschte und heftig den Kopf schüttelte.

»Nein, hätte er nicht!«

Er nahm sie bei den Schultern. »Was weißt du denn schon von solchen Dingen?«

Liza entwand sich seinem Griff. »Wirklich, Mylord. Auch Damen sind weder blind noch taub.«

»Nun, bei diesen Themen sollten sie das aber sein«, erwiderte er.

»Mein Bruder wurde getötet, nachdem er dein Haus verlassen hatte, und ich weiß, daß er jemanden verdächtigte, der diesen Airey umgebracht haben könnte«, sagte Liza. »Aber mittlerweile hat es noch weitere Tote gegeben. Stapleton zum Beispiel.«

Jocelin rieb sich für Sekundenbruchteile das Kinn. »Es sind leider schrecklich viele Todesfälle aufgetreten.« Dann schwieg er und schlug mit den Handschuhen gegen seine Handflächen. »Ich muß überlegen, Liza. Ich war in letzter Zeit durch … hm … andere Geschäfte abgelenkt. Ich werde darüber nachdenken, was du gesagt hast.«

»Bitte.«

Er betrachtete sie. »Und du läßt die Finger von der Geschichte. Nein, sag jetzt nichts. Es ist meine Sache, mich darum zu kümmern.«

Da ihnen nur noch wenig Zeit blieb und sie nicht mit ihm streiten wollte, stimmte Liza widerwillig zu. Natürlich würde sie seine Freunde weiterhin ausspionieren, aber das konnte sie ihm wohl kaum erzählen. Statt dessen lächelte sie ihn schweren Herzens an.

»In Ordnung, Mylord.«

»Das ist mein voller Ernst, Liza.«

»Ja, Mylord.«

Mißtrauisch beobachtete er sie, während die Kutsche das Portal von Stratfield Court erreichte. Dort hatte sich eine Menschenmenge versammelt, die zusah, wie sie die Kutsche verließen. Verunsichert spürte Liza, wie ihr Mund bei dem Gedanken, daß man sie ertappt hatte, ganz taub wurde, doch dann schoß ihr Vater auf sie zu und zerstreute ihre Bedenken.

»Ach, Radcliffe, Elizabeth, mein liebes Kind! Dem Himmel sei Dank, daß ihr so schnell zurückgekehrt seid. Es ist ein schrecklicher Unfall passiert. Der arme Halloway wurde getötet. Seine Kutsche fuhr durch ein Schlammloch und dabei brach die Achse. Die Kutsche prallte gegen eine Mauer, und der arme Kerl brach sich das Genick. Die Pferde mußten notgeschlachtet werden. Ein tragischer Unfall.«

Liza sah über die Schulter ihres Vaters zu Jocelin hinüber. Er erwiderte ihren Blick mit vor Entsetzen starrem Gesichtsausdruck. Ihre Mutter war vollkommen aufgelöst, so daß Papa sie beschützend in seine Arme nahm. Nick kam auf Jocelin zu, und sie nutzte die Aufregung ihrer Mutter, um sich auch zu ihnen zu gesellen.

»Nick, alter Junge«, sagte Jocelin gerade, als sie näher kam. »Miss Elliot und ich haben gerade über die Vielzahl von Todesfällen in meinem Bekanntenkreis geredet. Du erinnerst dich, wie wir beide auch schon über dieses Thema gesprochen haben?«

»Scheinbar nur was für Lebensmüde, Offizier in deinem Regiment gewesen zu sein«, meinte Nick. »Kommen Sie, Miss Elliot, Sie stehen im Durchzug.«

Die Elliots und ihre Gäste hatten sich unter der gewölbten Decke des Musikzimmers versammelt. Liza läutete nach Tee, dem englischen Allheilmittel. Honoria und Lady Augusta hatten sich zu ihr gesellt. Augusta betrachtete zustimmend Lizas Garderobe und versuchte, sie in ein Gespräch über die Beerdigung zu verwickeln, von der sie gerade zurückgekehrt war. Trauerfeiern waren Augustas Lieblingsbeschäftigung. Liza stellte es so geschickt an, daß sich die Frau um ihre Mama kümmern mußte, die sich gerade am Rande einer Ohnmacht bewegte. Honoria lief eilig weg, um das Riechfläschchen von Mrs. Elliot zu holen, so daß es Liza auf diese Weise wieder gelang, sich an Jocelin und seinen Freund heranzupirschen.

»Verdammter Mist«, knurrte Nick. »Ich bin noch ein Stück neben der Kutsche hergeritten, verstehst du. Das muß kurz darauf passiert sein, nachdem ich mich von ihm verabschiedet hatte.«

Als Arthur Thurston-Coombes Nick darum bat, auch ihm die ganze Geschichte zu erzählen, ließen sie Liza und Jocelin allein. Liza nickte der Gruppe um Nick zu, der sich auch Lord Winthrop und Asher Fox zugesellt hatten.

»Du und Mr. Ross, ihr seid sehr gute Freunde.«

»Ja, Nick ist der beste Freund, den man sich vorstellen kann.«

»Irrwitzig, daß sich seine Lordschaft, kurz nachdem Nick ihn verließ, das Genick gebrochen hat.«

Jocelins Kopf schnellte herum, und er funkelte sie an. »Vermutest du etwa, daß Nick irgend etwas mit Halloways Tod zu tun hat?«

Während der Tee serviert wurde, schwiegen sie. Erst als das Dienstmädchen gegangen war, fuhr Liza fort.

»Deine Freunde werden immer weniger. Wo war Nick eigentlich, als mein Bruder ermordet wurde?«

Jocelins Augen weiteten sich vor Empörung. »Nicht in seiner Nähe. Wirklich, Liza, du solltest dich nicht in solche haltlosen und schwachsinnigen Vorstellungen verbohren.«

»Jemand bringt deine Freunde und Weggefährten um.« Liza rührte bedächtig in ihrer Teetasse und betrachtete die

Männergruppe. »Mr. Ross, Lord Winthrop, Mr. Thurston-Coombes, Mr. Fox und du. Fünf Männer sind noch übriggeblieben, Mylord.«

»Das glaube ich einfach nicht«, sagte Jocelin. »Du behauptest wirklich, daß jemand alle meine Freunde ins Jenseits befördert, einen nach dem anderen? Und warum, verrätst du mir das auch? Welchen Grund könnte ein Mensch haben, solche abscheulichen Verbrechen zu begehen? Das weißt du nicht, oder?«

»Mein Bruder ...«

»... wurde getötet, weil ein Dieb hinter seiner Brieftasche her war. Gott, warum entwickeln Frauen immer solche Hirngespinste? Wahrscheinlich, weil sie sonst so wenig zu tun haben. Nick Ross ein Mörder. Was für ein Unsinn! Eine Einbildung deines unterentwickelten Spatzenhirns, meine Liebe.«

Lautstark stellte Liza Tasse und Untertasse auf dem Tisch ab. »Unterentwickeltes Spatzenhirn?«

»Nick hat mir einmal das Leben gerettet.«

»Unterentwickeltes Spatzenhirn?« spie sie ihm förmlich ins Gesicht.

»Ich schätze Asher aus Gründen, die du niemals verstehen würdest.«

Liza war so aufgebracht, daß sich ihr Brustkorb heftig hob und senkte. »Unsinn. Du hast gesagt, ich rede Unsinn.«

Zu spät erkannte Jocelin, was er angerichtet hatte. Hastig setzte auch er sein Teegedeck ab.

»Nun, Liza, vielleicht war ich ein wenig zu direkt.«

»Direkt?« Nervös trat sie von einem Fuß auf den anderen, wobei sie sich jedoch bemühte, eine aufrechte Haltung zu bewahren. »Du nimmst also deine beleidigenden Worte nicht zurück, sondern bedauerst nur, daß du mir gegenüber zu offen deine wahre Meinung geäußert hast?«

Jocelin schüttelte heftig den Kopf. »So habe ich das nicht gemeint.«

Liza drehte sich auf dem Absatz um und stakste in einem Meer aus schwarzem Satin aus dem Musikzimmer. Sie stürmte durch die Galerie, marschierte das Treppenhaus für junge Damen hinauf und achtete gar nicht darauf, sich auch wie eine Dame zu verhalten. Als sie schließlich ihre Gemächer erreichte, war sie mehrmals mit den Stiefelspitzen auf ihren Rocksaum getreten.

Dieser Heuchler. Sie stolperte durch ihre Räume und war viel zu aufgebracht, um sich zu setzen. Unterentwickelt, in der Tat. Er war genau wie ihr Vater, wie ... wie ein Mann! Solange man ihren Interessen entgegenkam, ihnen angenehme Stunden bereitete und Babywäsche strickte, war man ihr Liebling und wurde vergöttert. Aber wehe, man ließ erkennen, daß es mehr gab als Kuchenrezepte und die neueste Mode, dann wurde man sofort auf das Niveau eines kleinen Idioten reduziert.

»Zum Teufel mit ihm!«

Zornig klammerten sich Lizas Hände um eine Porzellanfigur, die auf dem Damensekretär in ihrem Salon stand. Wie gern hätte sie diese gegen die Wand geschleudert, aber Damen taten so etwas nicht. Damen hatten keine heftigen Gefühle, noch nicht einmal erotische ... ja, geschweige denn erotische Gefühle! Und im Moment war sie von ganzem Herzen verbittert, daß sie heftige und erotische Gefühle für Jocelin Marshall gehegt hatte. Was ging er sie an? Dieser Heuchler.

Da sie keine Möglichkeit sah, ihren Ärger loszuwerden, verfolgte sie dieser Zustand noch bis in den Abend hinein. Dem Beispiel ihrer Mutter folgend gab Liza starke Kopfschmerzen vor und nahm das Abendessen auf ihrem Zimmer ein. Sie blätterte *Eliza Cook's Journal* durch, las Mary Carpenters Artikel über Schulreformen und schrieb dann einen Brief an Caroline Chisholm, die Auswanderer für Australien suchte. Nachdem sie diese Aktivitäten hinter sich gebracht hatte, kehrte ihr alter Sinn für Humor wieder zurück. Was konnte sie schließlich von Jocelin erwarten, der doch immerhin ein Adliger war?

Entschlossen, nicht länger über die Vorurteile ihres Geliebten bezüglich der Geschlechter nachzudenken, ging sie zu Bett und schlief bald darauf ein. Irgendwann wachte sie aus tiefstem Schlaf auf, weil ihre Nase juckte. Sie kratzte sich, drehte sich auf den Bauch und zerknüllte das Kissen unter ihrer Wange. Wieder kitzelte sie etwas an der Nase, und sie schlug sich mit der Hand vors Gesicht.

»Meine süße Liza«, hörte sie Jocelins Flüstern.

Als sie verwundert die Augen öffnete, kniete er neben ihrem Bett und spielte mit den Locken ihres Haars. Neben dem Bett hatte er eine kleine Kerze angezündet.

»Mylord!«

»Pst.« Er legte einen Finger auf seine Lippen und zog an einer ihrer Locken. »›Ich erwache aus meinen Träumen von dir, aus dem ersten süßen Schlaf der Nacht ...‹«

Liza schüttelte ihre Haarpracht und setzte sich im Bett auf. »Was willst du hier?«

Jocelin schwang sich neben sie auf das Bett.

»Ich komme, um zu Kreuze zu kriechen.« Er faltete seine Hände und senkte den Kopf. »Vergib mir, ich bitte dich, oh, du Geliebte meines Lebens.«

»Dummkopf.« Liza mußte sich beherrschen, um nicht zu lächeln, und warf einen Blick durch das Zimmer, als befürchtete sie, er hätte den ganzen Hausstand mitgebracht.

Jocelin sank wieder zu Boden und streckte ihr seine gefalteten Hände flehend entgegen. »Ich bin es nicht wert, den Saum deines Kleides oder deine rosigen Zehen zu küssen.«

»Still. Was für ein Wahnsinn. Man wird dich hören.«

»Ich höre nicht auf, bis du mir vergeben hast.« Seufzend senkte er den Kopf so tief, daß er ihre Schenkel berührte. »Ich werde leiden und an meiner Trauer sterben, wenn ich nicht um deinen guten Willen weiß, Geliebte meines Herzens.«

»Ich bin eine Jungfer und geistig unterentwickelt. Vergiß das nicht!«

»Die lieblichste, reizendste Jungfer, die diese sterbliche Hülle je gesehen hat.« Jocelin nahm Haltung an, legte eine Hand auf sein Herz und gestikulierte mit der anderen. »›Sie geht in Schönheit, wie die Nacht; so wolkenlos und sternenklar; und alles was sie strahlend macht, ist für mich wunderbar ...‹«

Er betrachtete sie mit einem solch schiefen Seitenblick,

daß Liza in heftiges Kichern ausbrach. Jocelin stürzte sich auf sie und legte ihr eine Hand auf den Mund. Sie versuchte, seine Hand wegzuschlagen, aber er hielt sie fest, bis er auf das Bett geklettert war und sie durch seinen Mund ersetzen konnte. Liza kicherte immer noch, aber als sie seine Zunge in ihrem Mund spürte, ging der Anfall bald vorüber. Aufgrund seiner launigen Verse war ihr richtig warm ums Herz, und sie fühlte sich bald noch wohler, doch diese wohlige Gefühl strahlte von ihrem Körper aus und nicht von ihrem Geist.

Während er sie küßte, spürte sie, wie er zu ihr unter die Decke schlüpfte. Ihre Hand glitt über einen seidenen Morgenmantel, der die Wärme seines Körpers abstrahlte. Seine Hände begannen, den Mantel abzustreifen. Nackte Haut preßte sich gegen ihren Körper, als er sich von ihren Lippen löste.

»Ist mir verziehen?«

Liza berührte seine Lippen mit ihrem Mund und fragte sich, ob es ein berauschenderes Gefühl als deren warme Sanftheit geben könnte.

»Liza.«

Sie liebte das Gefühl, wenn seine Lippen beim Sprechen ihre Haut berührten. »Frag mich noch einmal.«

»Wirst du mir verzeihen?«

Sie fühlten sich auf ihren Wangen an wie die Flügel eines Schmetterlings.

»Noch einmal.«

Er glitt über ihren Körper, bis er ihr ins Gesicht sehen konnte. »Du kleiner Teufel, du hörst mir gar nicht zu.«

Liza nagte an ihren Lippen. »Dann mußt du dir etwas anderes überlegen, damit ich dir verzeihen kann.«

»Das werde ich, wenn du mir versprichst, mir dann nicht so rasch zu vergeben.«

16

Jocelin mußte die Zähne zusammenbeißen, um nicht zu gähnen. Mrs. Elliots Vorstellung von Unterhaltung nach einem Galadiner bestand darin, über zwei Stunden lang einem Londoner Tenor zu lauschen. Er betrachtete die Frau, die ungerührt den beleibten Tenor anstarrte, dessen Stimme vom Deckengewölbe des Musikzimmers widerhallte. Liza saß mit gesenkten Lidern zu seiner Rechten. Auch sie quälte sich, und er bemerkte, daß sie beinahe eingedöst wäre. In der vorangegangenen Nacht hatten sie beide nicht viel geschlafen. Das Zwölf-Gänge-Menü hatte noch sein übriges dazu beigetragen, ganze Hummer und Gänsepasteten. Frustriert sackte er in sich zusammen.

Neben ihm flüsterte Liza: »Wie lange dauert das wohl noch?«

Als er sich gerade kopfschüttelnd überlegte, welche Auswirkungen ein Nickerchen wohl auf die feine Landgesellschaft um ihn herum haben könnte, beendete der Tenor seine Darbietung, und tosender Beifall erfüllte den Raum. Erleichtert gesellte er sich zu den anderen, sagte aber nichts, bis Mrs. Elliot auf den Sänger zueilte.

Er verbeugte sich vor Liza und flüsterte: »Heute nacht?«

Sie antwortete ihm mit ihrem strahlendsten Lächeln.

»Paß auf, da kommt dein Vater.« Jocelin nickte dem herannahenden Richard Elliot zu.

»Der Himmel möge mich davor bewahren«, seufzte Liza und sah ihn flehend an. »Macht es dir etwas aus, wenn ich verschwinde?«

»Geh schon. Ich lenke ihn ab.«

Er beobachtete Liza, die hinter Lady Augustas schwarzer Seidenrobe Zuflucht suchte, und schnitt ihrem Vater den Weg ab.

»Ah, Elliot, großartiges Menü. Ihr Küchenchef ist ein guter Mann.«

»So sollte es sein«, erwiderte Elliot, hielt einen seiner Lakaien an und griff nach einem Glas Rotwein. »Hab' ihn aus Paris geordert, wissen Sie.«

»Hervorragend.«

Elliot legte eine Hand auf Jocelins Arm. »Mein guter Radcliffe, gewähren Sie mir ein Gespräch von Mann zu Mann?«

»Mit Vergnügen.«

Er folgte Elliot vom Musikzimmer quer durch das Haus bis in sein Privatbüro. Burgunderfarbenes Leder und Mahagonipaneele verliehen dem Raum einen Hauch von Männlichkeit. Sie ließen sich in zwei Armlehnstühlen am Kamin nieder. Elliot bot ihm eine Zigarre an, aber Jocelin lehnte ab. Elliot zündete sich eine an, paffte daran, bis sie brannte, und betrachtete die glimmende Spitze.

»Sie haben meine Tochter bereits ziemlich intensiv begutachten können, Radcliffe.«

»Miss Elliot ist eine reizende junge Dame.«

»Ziemlich intensiv«, wiederholte Elliot.

Jocelin sah seinen Gastgeber nur an. Er hatte wahrlich schon beeindruckenderen Männern als Richard Elliot gegenübergesessen, die versucht hatten, ihn zu einer Entscheidung zu drängen. Ungerührt ließ er die Stille auf sich wirken. Er hatte nicht vor, sich in eine Ehe hineinmanövrieren zu lassen, auch wenn es hier um Liza ging. Schließlich fuhr Elliot fort.

»So intensiv, daß ich den Zeitpunkt für gekommen halte, mich nach Ihren Plänen zu erkundigen, Mylord.«

Jocelin goß sich ein Glas Whisky aus der Karaffe ein, die neben seinem Sessel stand. »Im Augenblick habe ich keine.«

Zu Jocelins Überraschung nickte Elliot nur.

»Dachte mir, daß Sie das sagen würden. Weiß um Ihren Ruf.«

»Sie sind ein scharfsinniger Mensch, Elliot.«

»Scharfsinniger, als Sie vermuten«, erwiderte Elliot. Er blies einen Rauchring in die Luft und beobachtete, wie dieser in Jocelins Richtung driftete. »Darf ich ehrlich sein?«

Jocelin nippte an seinem Whisky. »Es würde mich interessieren, Ihre Meinung zu hören.«

Elliot paffte einige Augenblicke an seiner Zigarre und verfolgte die aufsteigenden Rauchwolken. Nach einer Weile sah er wieder zu seinem Gast. Jocelin fühlte sich plötzlich sehr unwohl, denn in dem hinterhältigen Blick seines Gegenübers spürte er den Wucherer, den harten Geschäftemacher, den Pfennigfuchser.

»Sie haben mit meiner Tochter gespielt«, sagte Elliot auf einmal. »Ich nehme an, Sie werden die Sache richtigstellen.«

Der übliche Vorwurf, allerdings gefolgt von einer ungewöhnlichen Forderung. Dieser Bastard hatte ihm das Mädchen vor die Füße geworfen, wie Leber einem Hund. Bei Gott, er ließ sich doch nicht von einem neureichen Fleischer zur Rechenschaft ziehen.

»Ihre Annahme entspricht nicht der Wahrheit. Miss Elliot ist eine Dame, die eine gewisse Reife erreicht hat. Sie weiß, was sie will.« Jocelin lächelte Elliot ironisch an. »Das hat sie mir gesagt.«

Er hatte erwartet, daß Elliot scharlachrot anlaufen und wie ein Tiger, dem man die Beute weggenommen hatte, losbrüllen würde. Statt dessen nickte der alte Mann, als hätte Jocelin seine Annahme bestätigt. Er kaute bedächtig an seiner Zigarre, bevor er endlich antwortete.

»Ich schätze Sie, Radcliffe. Sie haben Schneid. Ich kenne nicht viele Männer, die das überlebt hätten, was Sie durchgemacht haben. Den Krieg, die Kämpfe in Amerika.« Elliot suchte Jocelins Blick und fixierte ihn. »Unter anderem.«

Ruhig erwiderte Jocelin den Blick seines Gegenübers. Der Bastard wollte ihm wohl drohen. Zu schade für den alten Sack, daß er ihm finanziell nichts anhaben konnte und daß er auch sonst nicht leicht einzuschüchtern war. Das Beste war, wenn Elliot selbst erkannte, daß er ihn nicht ins Bockshorn jagen konnte, bevor er sich auf irgend etwas einließ. Er begnügte sich damit, fragend eine Braue zu heben und einen weiteren Schluck Whisky zu nehmen. Sollte Elliot doch die Fehde eröffnen.

»Nun gut«, murmelte Elliot. »Dachte, ich biete Ihnen einen Ausweg, mein Junge, aber Sie sind ein hartnäckiger junger Bursche. Dann sag ich Ihnen jetzt mal was. Nicht viel, denn was ich herausgefunden habe, ist äußerst delikat. Deshalb brauche ich Ihnen gegenüber nur zu erwähnen, wie mir zu Ohren gekommen ist, daß Sie und Ihr Onkel eine Zeitlang ziemlich vernarrt ineinander waren.«

Es war totenstill. Er wußte, daß er Elliot ansah, dennoch hatte er das Gefühl, sich im luftleeren Raum zu befinden. Genau diese Drohung hatte er nicht erwartet.

»Vielleicht ist ›vernarrt‹ nicht der richtige Ausdruck, oder sagen wir, Ihr Onkel war vernarrt in Sie. Ich schätze, Sie haben dieses Gefühl nicht erwidert. Wie alt waren Sie eigentlich?«

Jocelin vernahm seine eigene Stimme wie die eines Fremden — dünn und kraftlos. »Vierzehn.«

Er setzte sein Glas ab und hoffte nur, daß nicht jegliche Farbe aus seinem Gesicht gewichen war. Dann blickte er auf einen Baumwollfaden, der aus seiner Armlehne hervorlugte.

»Das funktioniert nicht, Sie verfluchtes altes Ekel. Mir ist es nämlich egal, wenn Sie das weiter verbreiten.«

Elliot lachte leise, so daß Jocelin ihn entsetzt anstarrte.

»Wußte, daß Sie Schneid besitzen. Verflucht will ich sein, wenn ich Sie dafür nicht bewundere. Trotzdem wäre es unangenehm, wenn die Sache ans Licht der Öffentlichkeit gelänge. Unangenehm für Ihre jüngere Schwester und auch für Ihre Mutter.«

Elliot zog an seiner Zigarre, doch Jocelin schwieg. Seine Gedanken überschlugen sich bei dem Versuch, einen Ausweg zu finden. Er hörte das Knistern des Kaminfeuers. Elliot vollführte obszöne Sauggeräusche an seiner Zigarre, Geräusche, die Jocelin an Yale erinnerten. Er schloß die Augen, seine erste Bewegung, seit sein Gastgeber schwieg. Georgiana, liebste kleine Georgiana. Und seine Mutter. Er konnte nicht zulassen, daß sie diese Schande ertragen mußten. Als er seine Augen wieder öffnete, begegnete er dem scheinheiligen Blick seines Widersachers.

»Schachmatt, mein lieber Junge.«

»Hat sie es die ganze Zeit über gewußt?«

»Elizabeth Maud? Wo denken Sie hin. Diskutiere doch solche Angelegenheiten nicht mit Frauen. Nein, nein, und das wissen Sie auch. Wir brauchen auch nie mehr über dieses Thema zu sprechen. Vorausgesetzt, und das ist mein Anliegen, Sie stimmen für morgen einer Zeremonie in unserer Pfarrkirche zu.«

Jocelin nahm einen großen Schluck Whisky. Er hatte sich gerade von seinem Schock erholt, nur um herauszufinden, daß er vor einem Zornesausbruch stand, wie er ihn noch nie zuvor erlebt hatte. Zumindest war Liza nicht schuld daran.

»Bei Gott, Sie haben das die ganze Zeit über geplant.«

Elliot fuchtelte mit seiner Zigarre. »Nicht die ganze Zeit, aber seit mehreren Wochen. Nun, bekomme ich Ihr Wort, mein Junge?«

Jocelin nahm den Kopf zwischen die Schultern und war unfähig, sich für eine Antwort zu entscheiden.

»Dann sprechen Sie mit meiner Tochter.« Elliot erhob sich. »Ich werde sie umgehend zu Ihnen schicken. Seien Sie ein gewandter Redner — in eigener Sache. Möchte dem lieben Mädchen nicht irgendwann von unserer kleinen Abmachung erzählen müssen, verstehen Sie?«

Jocelin antwortete ihm gefährlich ruhig. »Verschwinden Sie, bevor ich mich entschließe, Sie umzubringen, statt Ihren Preis zu zahlen, Sie Sohn einer ... verschwinden Sie.«

Als Elliot den Raum verlassen hatte, goß er sich noch einen Whisky ein und schüttete ihn in einem Zug hinunter. Er stöhnte bei dem Gedanken an Georgianas Gesicht, falls sie das je über ihn erführe. Er sprang von seinem Sessel auf und warf das Glas in den Kamin. Es traf den Kaminsims und zerschellte. Kristallscherben flogen in alle Richtungen, und eine zerschnitt seine Wange. Er strich den Splitter von seiner Haut, schenkte der Schramme jedoch keine Beachtung.

Er bemerkte gar nicht, wie er in das Feuer starrte. Den Kaminsims umklammernd zwang er sich dazu, wieder ruhig und gleichmäßig zu atmen. Seine Hände zitterten vor Wut. So konnte er Liza nicht gegenübertreten. Er bedeckte sein Gesicht mit beiden Händen und zwang sich, nicht mehr an das Entsetzliche zu denken.

Schon vor langer Zeit war es ihm gelungen, häßliche Gedanken und Erinnerungen auszuschalten. Wie ein Chirurg sondierte er sie nun und verdrängte sie aus seinem Bewußtsein. Dann vergrub er all das Gräßliche so tief in seiner Seele, daß es selbst ihm nicht mehr möglich war, diese Gedanken wiederzubeleben. Als er schließlich ein Klopfen an der Tür vernahm, wirkte er gelassen, sachlich und außerordentlich ruhig. Als er sich Liza zuwandte, um sie zu begrüßen, war er wieder zuversichtlich, die Rolle eines aufrichtigen Werbers glaubhaft spielen zu können. Als sie auf ihn zuging, konzentrierte er sich auf den Schwung ihrer seidenen Röcke und ihren leicht geneigten Kopf, so als hörte er eine weit entfernte Melodie. Sie sank in seine Arme, und er nahm nur noch den Duft von Zitronen und Liza wahr.

Er küßte sie. Plötzlich erschien ihm das auferlegte Versprechen gar nicht mehr so schrecklich. Elliots Taktik war zwar skrupellos, aber trotz alledem würde er Liza bekommen. Liza, die ihn von seinen Alpträumen befreien konnte und die ihn genauso begehrte wie er sie. Sein letzter Zweifel, ob sie zueinander paßten, verschwand, als er sie in seinen Armen hielt. Wenn sie ihm Trost in seiner Not spenden konnte, durfte er ihre Beziehung nicht aufs Spiel setzen.

Außerdem konnte er seine Entscheidung logisch rechtfertigen, oder etwa nicht?

Er brauchte eine Frau, die seinem Temperament entsprach, die ihre Pflichten kannte und sich ihm anpassen würde, wie es sich für eine Dame von Stand gehörte. Er brauchte auch eine Frau, deren bloße Existenz das Herz seines Vaters erweichte und deren Kinder Yale jede Hoffnung auf die Besudelung des Familientitels nahmen, indem Jocelin ihn erbte. Ja, er war sachlich und vernünftig mit seiner Entscheidung vorgegangen, Liza für immer an sich zu binden. Er würde sie heiraten und mit Elliot später abrechnen.

Er löste seinen Mund von Lizas Lippen, trug sie zu einem Sessel und kniete sich vor ihr nieder. Liza war nicht dumm. Er mußte ihr einen Teil der Wahrheit gestehen. Er begann, ihr einen ihrer langen Handschuhe abzustreifen.

Sie beobachtete ihn mit ernster Miene. »Vater schickt mich.«

Seine Finger zogen an dem Stoff, der über ihrem Ellbogen klemmte.

»Er hat versucht, dich dazu zu bewegen, mir einen Antrag zu machen, nicht wahr?« fragte sie.

Er nickte und zog den Handschuh über ihren Unterarm.

»Du brauchst dich nicht zu beunruhigen«, meinte sie. »Ich lasse nicht zu, daß er dich zu etwas zwingt.«

Der Handschuh rutschte von ihrer Hand. Er warf ihn auf den Boden und fuhr in zarten Linien von ihrer Hand bis zu ihrem Ellbogen.

»Aber meine süße Liza, ich bin keineswegs beunruhigt.«

Bei seinen Berührungen erbebte sie. »Ach?«

»Nein, ich bin dankbar.« Er küßte ihren nackten Arm unterhalb der Schulter, und sie erzitterte wieder. »Weißt du, dein Vater hat mich aus meiner Lethargie herausgeholt und mir bewußt gemacht, wie dumm ich gewesen bin.«

Sie wandte ihren Blick von ihm ab. »Ich wußte, daß unsere Beziehung nur von kurzer Dauer sein würde.«

»Was?« Er umfaßte ihr Kinn und zog ihr Gesicht zu sich heran. »Was soll das denn? Willst du damit sagen, du hast erwartet, daß ich dich wieder verlasse?«

Liza schloß die Augen und nickte. Jocelin ließ sich auf seine Hacken zurückfallen und stemmte die Hände in die Hüften.

»Ist das so? Du hast gedacht, daß ich mir einen kleinen Vorgeschmack hole und dann wieder verschwinde?« Er hob seine Stimme. »Und das hast du zugelassen! Elizabeth Maud Elliot, verhält man sich so? Wo sind deine Tugend und dein Anstand geblieben?«

»Letzte Nacht scheinst du sie nicht vermißt zu haben«, schnappte sie zurück und funkelte ihn an.

Er versuchte, ruhiger zu werden und seine Wortwahl genau zu überdenken. »Oh. Ja, nun. Hm ... Hmhm.« Dann aber brach es wieder aus ihm hervor: »Aber ich bin anders als die anderen. Du kannst mir vertrauen. Ich möchte dich heiraten.«

Sie umklammerte die Sessellehne und starrte ihn schweigend an. Er fiel wieder auf die Knie und schalt sich für seine Tolpatschigkeit. Deshalb versuchte er es noch einmal.

»Liza, süße Liza, du bist für mich Brot und Wein. Ich wache auf und sehne mich danach, dein Gesicht zu sehen und dein Haar zu streicheln. Am Tag warte ich auf das Rascheln deiner Röcke und in der Nacht träume ich davon, wie du über den Teich geradewegs in mein Bett gleitest. Du machst mich glücklich, und ich kann mir nicht vorstellen, daß das ein Ende nimmt. Liebste Liza, mach mich ein Leben lang so glücklich.«

Sie sagte immer noch nichts. Während er sprach, hatten sich ihre Augen geweitet und waren mittlerweile größer als seine Jackenknöpfe. Das Schweigen gefiel ihm gar nicht, und er entschied, es auf andere Art zu versuchen. Während sie ihn verwirrt ansah, stand er auf, beugte sich über sie und küßte sie. Er spielte mit seiner Zunge in ihrem Mund und biß ihr sanft auf die Lippen. Lange ruhte seine Hand in ihrem Nacken, dann glitt sie unter den Ärmel ihres Kleides und berührte ihre Schulter. Er strich mit seinem Mund über ihre Wange zu ihren Schläfen und flüsterte ihr dann ins Ohr.

»Sag ja.«

»Aber wir ...«

Er küßte sie wieder. »Sag ja.«

»Ja.«

Sie schlang ihre Arme um seinen Hals, und er küßte sie voller Leidenschaft. Dann richtete er sich auf und zog sie zu sich hoch, bis sie beide standen. Seinen Körper gegen den ihren gepreßt spürte er, wie ihre Hand zu seinem Gesäß glitt. Sein Blut geriet in Wallung. Seine Haut fühlte sich an, als würde sie verglühen. Seine Finger vergruben sich in das nackte Fleisch ihres Nackens und suchten nach den Knöpfen ihres Kleides.

Das Klopfen an der Tür hätte beinahe dazu geführt, daß er einen der Verschlußknöpfe abgerissen hätte. Liza zuckte zusammen. Fluchend umarmte er sie noch einmal, bevor er sie losließ und den Eindringling hereinbat. Er schlenderte von Liza weg, starrte in das Kaminfeuer und versuchte, wieder zu sich zu finden. Richard Elliot schoß ins Zimmer. Jocelin verbarg seine zur Faust geballte Hand hinter dem Rücken und nahm Haltung an.

Elliot winkte mit seiner Zigarre. »Nun, nun, das sind ja wundervolle Neuigkeiten. Wundervolle Neuigkeiten.«

Er küßte Liza auf die Wange. Sie ließ sich seine Umarmung gefallen, bedachte ihren Vater allerdings mit einem mißfälligen Blick. Jocelin versuchte, Elliot zu unterbrechen, aber der schlug ihm auf den Rücken.

»Großartige Neuigkeiten, mein Junge, und ich habe für morgen abend schon alles in der Pfarrkirche arrangiert. Sondergenehmigung vom Erzbischof, Sie wissen schon.«

Jocelin sah Elliot verwundert an und warf dann einen Blick auf Liza, die stirnrunzelnd ihren Vater betrachtete. Sie hatte einen Arm auf den Sesselrücken gelegt und trommelte mit ihren Fingerspitzen auf das Leder.

Er eilte ihr zur Seite, um sie von ihren Spekulationen abzubringen, und legte einen Arm um ihre Taille. »Dein Vater hat Amor gespielt. Ich gestand ihm, daß ich es kaum erwarten kann, dich zu meiner Frau zu machen, und er überrascht uns jetzt mit diesen Vorbereitungen.« Er beobachtete Elliot aus Luchsaugen. »Wie aufmerksam von Ihnen, Elliot.«

»Papa!«

Beide Männer schraken zusammen.

»Papa«, meinte Liza, entzog sich Jocelins Umarmung und schritt auf ihren Vater zu. »Lord Radcliffe ist der Erbe eines Herzogtums. Er kann nicht so überstürzt heiraten. Denk an den Herzog und seine Familie und an Ihre Majestät, die Königin. Wir wissen ja nicht einmal, ob sein Vater einverstanden ist.«

»Mein Vater weiß bereits, daß ich auf der Suche nach einer Ehefrau bin«, meinte Jocelin.

Liza drehte sich langsam um und sah ihn mit geneigtem Kopf an. »Du hast die ganze Zeit über gesucht?«

Die Lügen blieben ihm beinahe im Hals stecken, also nickte er nur.

»Sieh mal«, begann Elliot. »Mach dir darüber keine Sorgen. Du möchtest doch auch nicht dieses ganze Drumherum, meine Liebe.«

Jocelin legte einen Arm um ihre Schulter. »Nein, in der Tat. Es wäre entsetzlich. Und wenn sich Mutter einmischt, landen wir wahrscheinlich in St. Peter am Eaton Square.«

»O nein«, sagte sie.

»Das wäre natürlich nur dann der Fall, wenn Ihre Majestät nicht auf dem Buckingham Palast oder Windsor besteht.«

»Du willst mich nur foppen.« Liza befeuchtete ihre Lippen und schluckte. »Nicht wahr?«

»Nein«, erwiderte Jocelin.

»Dann ist ja alles klar«, meinte Elliot. »Kein Aufheben. Habe alle Vorbereitungen unter Kontrolle, mein lieber Junge.«

Als Elliot nähere Ausführungen geben wollte, bemerkte Jocelin, wie still Liza geworden war. Sie blickte ihren Vater immer noch stirnrunzelnd an. Plötzlich sah sie zu ihm auf, ohne sein Lächeln zu erwidern. Im Schein der schwachen Beleuchtung schimmerten ihre Augen düster.

»Ich möchte noch warten«, sagte sie und unterbrach ihren Vater mitten im Satz.

Elliots Wangen plusterten sich auf. »Warten!«

»Nun, meine süße Liza«, sagte Jocelin und brachte sie mit einem Handkuß wieder zum Erbeben, »ich sehe, daß du sehr überrascht bist. Vielleicht sollten wir noch einmal unter vier Augen darüber sprechen.«

Er sah, wie sie schluckte, und bedachte sie mit einem ermutigenden Lächeln. Sie entzog sich seinem Griff, schnappte ihren Handschuh und fing an, ihn überzustreifen.

»Ich möchte nicht mehr warten«, sagte er.

»Ich brauche Bedenkzeit.« Mit zitternden Fingern zupfte sie an ihren Handschuhen. »Sechs Monate.«

Elliot fuhr völlig aus der Haut. »Bei Gott, du kleiner Dummkopf, du kannst doch nicht sechs Monate verstreichen lassen!«

Liza umklammerte wieder den Sessel und blickte ihren Vater an.

»Warum nicht?«

»Mach mich nicht ...«

»Elliot«, sagte Jocelin. »Überlassen Sie das mir.«

Er griff erneut nach Lizas Hand und blickte ihr fest in die Augen. Er spürte, wie sich ihr Körper zu ihm hingezogen fühlte und wußte, daß sie ihren eigenen Kampf ausfocht. Sich über sie beugend senkte er seine Stimme und erfüllte sie mit der Glut eines texanischen Sommertages.

»Meine süße Liza, du willst mich doch nicht warten lassen, oder?«

»Sprich nicht so«, flüsterte sie.

»Was meinst du, Liebling?«

»Deine Stimme, sprich nicht so. Sie klingt wie siedender Honig. Sprich nicht so. Dann kann ich nicht mehr nachdenken.«

»Du brauchst auch nicht mehr nachzudenken. Du hast gesagt, daß du mich heiraten willst. Und morgen werden wir das besiegeln.« Er beugte sich zu ihr hinunter und küßte sie auf die Schläfe. Als seine Zunge ihre Haut berührte, wand sie sich. Lächelnd flüsterte er ihr eine Liebkosung ins Ohr. Aufgebracht wandte sich Liza von ihm ab.

»Nein«, schrie sie und wehrte ihn mit ihren Händen ab. »Ihr versucht, mich zu überrumpeln. Das gefällt mir nicht. Warum hast du deine Meinung so schnell geändert? Was hat Papa zu dir gesagt?«

Elliot konnte nicht mehr an sich halten. »Bei Gott! Du ziehst deine eigene Unschuld in den Schmutz, und dann wagst du es noch, dich wegen einer überstürzten Hochzeit aufzuregen?«

»Was hast du getan, Papa? Du bist mir zu selbstzufrieden. Du kannst Jocelin doch nicht wie irgendeinen kleinen Angestellten behandeln.«

Schwer atmend und mit hochrotem Gesicht hob Elliot einen Arm und deutete auf seine Tochter. »›Hochmut kommt vor dem Fall‹, mein Mädchen. Und es kränkt mich, daß ich so zu meinem Kind sprechen muß. Du tätest gut daran, in der Bibel zu lesen und heute nacht zu beten, denn Gott der Herr spricht, daß der Mensch sich fleischlicher Gelüste enthalten soll.«

Elliot hielt vollkommen außer Atem und wenig bibelfest inne. Jocelin stellte sich zwischen Liza, die kreidebleich geworden war, und ihren Vater. Er baute sich vor dem Mann auf, der zurückwich, bis er mit seinem Rücken den Kaminsims streifte. »Wenn Sie noch einmal in diesem Ton zu meiner zukünftigen Frau sprechen, stopfe ich Ihnen Ihre Zigarre in den Rachen«, stieß er gefährlich leise hervor.

Elliot riß seinen Mund sperrangelweit auf und schloß ihn dann wieder, da ihm keine passende Retourkutsche einzufallen schien. Jocelin kehrte zu Liza zurück, nahm ihre Hand und betrachtete sie voller Sorge darüber, daß die Grausamkeit ihres Vaters sie zutiefst verletzt haben könnte. Wie er es befürchtet hatte, waren ihre Augen tränenfeucht. Er drückte ihre Hand und führte sie an seine Lippen.

»Hör nicht auf ihn«, sagte er.

Zornig nach Luft schnappend entriß sie ihm ihre Hand. »Das tue ich schon seit langem nicht mehr. Ich werde dich heiraten, Mylord, aber nicht übereilt und heimlich. Warum auch, denn deine Mutter und deine Schwester möchten bestimmt gern an der Hochzeit teilnehmen.«

Die Erwähnung seiner Mutter und Georgianas trafen ihn und weckten erneut die Ängste, die er für verdrängt gehalten hatte.

»Verflucht, Liza, warum mußt du so eigensinnig sein?«

»Ich bin nicht eigensinnig«, schrie Liza kopfschüttelnd, während sie unruhig im Raum auf und ab schritt. Bebend vor Zorn entfuhr es ihr: »Damit habe ich nicht gerechnet. Und das war auch nicht so geplant.«

Für Jocelin schien der Raum bei diesem einen Wort auf seinen Fundamenten zu erzittern. »Geplant? Hast du gesagt, geplant?«

»Ich meinte damit ...«

»Warte. Einen Moment, bitte.« Sie starrten ihn an, während er fieberhaft nachdachte, dann heftete er seinen Blick erneut auf Liza. »Du sagtest geplant.« Von plötzlichem Zorn übermannt versagte ihm die Stimme. »Bei Gott, du bist ein schlaues Mädchen, schlauer, als ich gedacht habe. Du möchtest eine beeindruckende Hochzeit, habe ich recht?«

»Selbstverständlich will sie das«, schnauzte Elliot. »Das ist nur natürlich.«

»Das eine Wort hat nichts zu bedeuten«, meinte Liza. »Du kannst ...«

Jocelin unterbrach sie mit erhobener Hand. Er sprach so leise, daß er seine eigenen Worte kaum wahrnehmen konnte. »Ein kleines Wort hat dich verraten.«

Liza stemmte ihre Hände in die Hüften und blickte ihm fest in die Augen. »Ach du meine Güte, er glaubt ernsthaft, ich hätte ein Komplott geschmiedet.«

»Nicht, Liza«, flüsterte Jocelin. »Lüg mich nicht mehr an.«

Liza machte eine abwehrende Handbewegung. »Ich bin keine Lügnerin, aber vielleicht bist du ja an so etwas gewöhnt. Besteht deine Familie aus lauter Lügnern, daß du hinter jedem Sofakissen einen vermutest? Ist dein Vater ein Lügner? Dein Onkel vielleicht auch?«

Das Schweigen war erdrückend. Jocelin spürte, wie das Blut aus seinem Gesicht wich. Er hatte geglaubt, daß sein Zorn auf Elliot unermeßlich wäre, aber als Liza von seinem Onkel sprach, verlor er beinahe den Verstand.

»Du weißt es«, sagte er mit einem Unterton verhaltenen Entsetzens. »Zum Teufel, du hast es die ganze Zeit gewußt.«

»Was gewußt?«

Liza sah erst ihn an und dann ihren Vater. Von diesen zukkenden Wimpern und dieser geheuchelten Unschuld hatte er sich einmal für dumm verkaufen lassen. Großer Gott, warum hatte er sie für unschuldig gehalten?

Vorsicht, dachte er. Sei vorsichtig. Sie wissen alles, und sie könnten Georgiana und Mutter damit verletzen.

Noch einmal versuchte er, seinen Zorn zu überspielen, entspannte sich und wirkte äußerlich vollkommen ruhig.

»Sehr gut«, sagte er mit Bedacht. »Dann verstehen wir uns ja, was nur zu unser aller Bestem sein kann.«

Liza deutete mit dem Finger auf sich. »Ich verstehe gar nichts mehr.«

Höhnisch lachend fuhr Jocelin fort und überhörte ihren Einwurf. »Die Hochzeit, für die du wie ein schwitzendes Maultier gearbeitet hast, wird morgen stattfinden.«

Liza schlug mit ihrer Faust auf den Ledersessel. »Jetzt hör mir mal zu, Jocelin Marshall. Ich werde mich auf gar nichts einlassen, solange du dich wie ein Verrückter aufführst.«

»Es besteht kein Anlaß, auch noch Entrüstung vorzutäuschen«, sagte er. »Schließlich war deine Vorgehensweise auch nicht viel abgeschmackter als die der anderen von mir zurückgewiesenen Frauen. Gott, Frauen verhalten sich so schäbig, immer versuchen sie, Männer zu ködern. Und beim Allmächtigen möchte ich fast wetten, daß du selbst vor Mord nicht zurückschrecken würdest.«

Lizas Gesichtsfarbe verdunkelte sich mit jedem Wort, das er sprach, mehr. Zitternd ballte sie ihre Hände zu Fäusten.

Auch Elliot glotzte ihn an. »Sehen Sie, Radcliffe ...«

»Schweig, Vater.« Lizas normalerweise angenehmer Tonfall war einem kratzenden Schnarren gewichen.

Die Glut von Elliots Zigarre leuchtete hellrot auf. »Ich werde es nicht zulassen, daß meine Tochter in diesem Ton mit mir spricht.«

Liza wandte sich ihrem Vater zu und gellte: »Vater, verflucht, halt endlich den Mund!« Dann drehte sie sich wieder zu Jocelin um. »Und du auch, Mylord. Ich weiß nicht, was zwischen dir und Papa vorgefallen ist, aber ich hatte nichts damit zu tun.«

Sie hielt inne, um Luft zu holen und sich wieder zu fangen. Dann fuhr sie mit bewegter Stimme fort.

»Wenn du mich allerdings so geliebt hättest, wie du es mir zu verstehen gabst, wenn du mir vertraut hättest, dann hättest du mir Fragen gestellt und mich nicht einfach beschuldigt. Ich hätte dir die Wahrheit erzählt. Aber es ist augenscheinlich, daß du weder an der Wahrheit noch an mir interessiert bist. Ich bin für dich wie jede andere Frau, der man kaum mehr Beachtung und Respekt schenkt als einer Milchkuh. Deshalb, Mylord, werde ich meine Meinung ändern und dich nicht heiraten. Vielen Dank für deinen Antrag.«

Jocelin starrte Liza fassungslos an. Elliot war bereits vollkommen aufgelöst in einem Sessel zusammengebrochen. Liza machte auf dem Absatz kehrt und marschierte aus dem Raum, ohne auch nur ein weiteres Wort an Jocelin zu verlieren.

17

Liza schlug die Tür des Arbeitszimmers hinter sich zu, raffte zornig ihre Seidenröcke und stürmte los. Mit tränenblindem Blick stolperte sie durch den Flur. Sie hörte noch, wie ihr Vater Jocelin anbrüllte, eine wahrhaft gefährliche Situation. Sie hoffte nur, die beiden würden sich gegenseitig umbringen. Aber was wäre, wenn sie hinter ihr herkämen?

Sie trat auf ihr Kleid, hob es höher und bog in einen weiteren Gang ein. Nase und Wangen waren tränenüberströmt, und sie bedeckte ihren Mund, um die entsetzlichen Schluchzer zu unterdrücken. Dann gelangte sie zur Dienstbotentreppe und rannte hinunter. Papa würde niemals im Dienstbotenflügel nach ihr suchen.

Sie stob am Waffenzimmer und am Aufenthaltsraum des Kutschers vorbei, bog in den Gang zur Loge der Haushälterin ein, änderte noch einmal die Richtung und schlüpfte in die Küche. Dort öffnete sie eine weitere Tür und trat über die Schwelle. Der Ort war dunkel, nur durch das hohe Dachtürmchen strömte Mondlicht herein.

Nachdem Liza in ein Abflußloch getreten war, versuchte sie, sich mit ihren Händen vorzutasten und erreichte einen langen Tisch. Sie ließ sich zu Boden gleiten, duckte sich darunter und hätte sich beinahe den Kopf an einer Schublade gestoßen. Zusammengekauert versteckte sie sich dort und verbarg weinend ihr Gesicht in ihren bauschigen Rockfalten.

Einen Hoffnungsschimmer auf das zu erhaschen, was sie niemals geglaubt hätte — Jocelin zu bekommen — und diese Hoffnung dann so schnell wieder zu verlieren, brach ihr das Herz. Papa hatte ihre Liebe zerstört. War es nicht Liebe gewesen, was sie gespürt hatten? Doch. Aber Jocelin hatte diese Liebe beim ersten Anzeichen von Gefahr aufs Spiel gesetzt. Er hatte sie in einen Strudel mitgerissen, doch statt sie zu bitten, auf seiner Seite zu kämpfen, hatte er seine Kanonen auf sie gerichtet. Bei den ersten Anzeichen von Problemen hatte er sie fallengelassen, sie irrwitziger Komplotte beschuldigt und verteufelt.

Liza stöhnte aufgrund der körperlichen Schmerzen, die ihr diese Trauer verursachte. Sie hatte das Gefühl, Jocelin hätte ihr Herz durch eine Wringmaschine gedreht, bis es hauchdünn wie Papier und völlig blutleer war. Und sie hatte Angst, Angst, ihm noch einmal gegenüberzutreten und den Ekel in seinen Augen zu sehen. Ihr Vater hatte sie zeit seines Lebens so betrachtet. Den gleichen Ausdruck in Jocelins Augen wahrzunehmen, bedeutete für sie allerdings die Hölle auf Erden. Sie hatte sich all die Jahre davon zu überzeugen versucht, daß sie nicht unnatürlich, verrückt oder abstoßend war; doch binnen weniger Augenblicke war es Jocelin gelungen, ihre geheimen Befürchtungen zu bewahrheiten.

Minuten vergingen, während der Liza ihre Handschuhe in Taschentücher umfunktionierte. Sie umklammerte mit den Armen ihre angewinkelten Beine und ergab sich ihrem Leid. Erst sehr viel später bemerkte sie, daß sich die Dunkelheit veränderte. Bei all ihrer Trauer hatte sie völlig vergessen, wie die Zeit verging, und nun brach der nächste Morgen heran. Sie konnte nicht hierbleiben. Sie mußte Stratfield Court verlassen. Gegen sechs Uhr fuhr der erste Zug. Den würde sie nehmen. Als sie unter dem Tisch hervorgekrochen war, schlich sie zurück durch das Haus zu den Frauengemächern. Das Haus erschien ihr wie ausgestorben, denn alle Gäste schliefen noch. Liza weckte Emmeline und schickte sie nach dem Stallburschen. Zum Bahnhof würden sie einen Ponywagen nehmen, damit niemand Verdacht schöpfte. Sie wollte aus Jocelins Leben verschwinden, bevor er die Gelegenheit bekam, sie wieder zu verletzen, denn das konnte sie kein weiteres Mal ertragen.

Während der darauffolgenden Wochen versuchte Liza, ihren gewohnten Pflichten bei Pennant's nachzukommen.

Ihren Eltern hatte sie einen Brief hinterlassen, daß sie sich entschieden hatte, die Suche nach einem Ehemann aufzugeben. Kurze Zeit darauf schrieb ihr ihre Mutter über den Gemütszustand des Vaters. Mama war eigentlich überrascht gewesen, wie gelassen er ihr Verschwinden aufgenommen hatte, und konnte sich keine Erklärung dafür ausmalen. Liza war viel zu aufgebracht, um diesem rätselhaften Verhalten weiter nachzugehen. Der Frühling zog ins Land, doch Liza hatte keinen Blick für das erste frische Grün an den Zweigen und auch nicht für die unzähligen Narzissen auf der Wiese rund um das Haus. Sie bemerkte noch nicht einmal die Amsel, die im Garten ihr Nest gebaut hatte.

Schließlich übermannte sie wieder die alte Sorge. Ein Mörder lief immer noch frei herum und hatte vielleicht schon wieder ein Opfer gefunden. Der Graf war bereits bestattet worden, und Toby hatte Erkundigungen für sie eingeholt. Der Kutschenunfall war durch ein Loch in der Straße verursacht worden, das unter Matsch und Schlamm verborgen gewesen war. Die Fahrzeugachse war außerordentlich instabil gewesen, so daß Toby vermutete, jemand hätte sich daran zu schaffen gemacht.

An einem Morgen im April saß Liza an ihrem Schreibtisch und sortierte die Hinweise über die Männer, die sie beschäftigten. Halloway und Stapleton waren tot. Sie ging die Informationen über diese beiden Männer durch und verpackte sie in großen Umschlägen, die mit den jeweiligen Namen versehen waren. Dann legte sie die Seiten zusammen, die Jocelin betrafen.

Darunter fand sie eine Skizze, die sie in ihrer plumpen Hausmädchen-Uniform zeigte. Betty hatte sie am Abend vor ihrem ersten Arbeitstag im Hause des Vicomte angefertigt. Liza betrachtete die Zeichnung. Betty hatte sie im Profil gezeichnet, und aufgrund des unterfütterten Kleides wirkte sie weitaus draller, als sie es in Wirklichkeit war. Trotz der riesigen spitzenbesetzten Haube erkannte Liza jedoch ihr Gesicht wieder. Als sie die Haube getragen hatte, hatte sie immer befürchtet, Jocelin könnte sie ihr abreißen, wenn er sie in seinen Armen hielt. Bei dem Gedanken an seine Kraft und seine forschenden grünen Augen senkte Liza ihren Blick.

Dann öffnete sie ihre Augen rasch wieder, verstaute die Skizze ebenfalls in einem Umschlag und legte ihn zuoberst auf den Stapel mit den Unterlagen über die Männer, die sie nicht mehr verdächtigte. Dann öffnete sie eine weitere Schublade und kramte mehrere Blätter hervor, auf denen die Namen diverser Herren standen. Sie mußte sich überlegen, bei wem sie als nächstes in Stellung ging. Asher Fox und Lord Winthrop wohnten in unmittelbarer Nachbarschaft des Vicomte. Wenn sie sich für einen der beiden entschied, war sie gezwungen, ihr Erscheinungsbild zu verändern, damit man sie nicht erkannte. Vielleicht sollte sie sich zunächst für eine Anstellung bei Arthur Thurston-Coombes entschließen. Sie überflog gerade die Angaben zu Thurston-Coombes, als sie aufgebrachte Stimmen vor ihrer Bürotür vernahm. Ohne jede weitere Ankündigung wurde die Tür aufgerissen. Liza blickte von ihren Notizen hoch. Entschlossen und leicht außer Atem stand Jocelin auf der Schwelle, denn Toby hatte sich ihm in den Weg gestellt.

»Sie unverschämter Kerl. Verschwinden Sie, oder ich werde Sie auf Ihrem Hintern hinauszerren.«

Für Sekundenbruchteile wandte Jocelin den Blick von Liza ab und funkelte Toby an. Bevor diesem etwas zustoßen konnte, war Liza bereits aufgesprungen.

»Keine Sorge«, sagte sie. »Ich werde schon mit ihm fertig.«

Toby warf ihr einen fragenden Blick zu, zupfte an seinen Jackenaufschlägen und marschierte aus dem Zimmer. Er murmelte noch irgend etwas in Jocelins Richtung, was dieser wohl mit einem Nicken bestätigte. Dann schloß er die Tür, und Jocelin trat vor ihren Schreibtisch, hinter dem sie zur Salzsäule erstarrt stand.

Jocelin senkte den Kopf. »Mr. Pennant.«

»Wie hast du mich gefunden?«

»Mit Hilfe eines Detektivs. Er taugt zwar nichts, wenn er verschwundenes Hauspersonal aufstöbern soll, aber er ist fähig, Damen zu verfolgen, selbst wenn diese sich als Männer ausgeben. Ich fragte deinen Vater, wo du sein könntest, doch er schien sehr besorgt darüber, daß es mir gelingen könnte, dich zu finden. Erklärte mir, daß er sich etwas überlegen würde, um dich zurückzuholen. Jetzt weiß ich, warum. Mir war allerdings klar, daß ich dich auch ohne seine Hilfe finden würde.«

»Herzlichen Glückwunsch. Und jetzt verschwinde.«

»Du duftest immer noch nach Zitronen.«

»Und du bist immer noch ein Dummkopf.«

Sie mußte ein Lächeln unterdrücken, als sie seine verärgert zuckenden Mundwinkel bemerkte. Statt dessen strich sie ihren Rock glatt und setzte sich auf ihren Schreibtischstuhl. Dann griff sie zu einem Federhalter, öffnete ein Rechnungsbuch und fing an zu schreiben.

»Als mein Detektiv mir von dir und Pennant's berichtete, konnte ich ihm zunächst nicht glauben.« Er deutete mit dem Arm auf ihre Büroausstattung. »Wie konntest du dich mit einer so unpassenden Beschäftigung versuchen?«

»Ich esse gern und habe wenig Lust dazu, auf der Straße zu übernachten«, erwiderte Liza, ohne den Kopf zu heben.

»Nun, lassen wir Pennant's mal beiseite. Wir haben wichtigere Dinge zu besprechen.«

»Ich habe dir nichts zu sagen. Guten Tag, Sir.«

»Es heißt ›Mylord‹ und nicht ›Sir‹.«

Liza kritzelte eine Summe aufs Papier und blätterte die Seite um. »Guten Tag.«

Als ein Schatten auf das Papier fiel, blickte sie auf und bemerkte, daß Jocelin sich über sie gebeugt hatte. Sie machte den Fehler und sah ihn an. Er hielt ihrem Blick stand. Seine Augen weiteten sich, und er schien in ihrer Seele zu lesen.

»Wir haben noch unerledigte Geschäfte«, meinte er sanft.

»Verstehe ich das richtig, daß du damit die Hochzeit meinst?« fuhr sie ihn wütend an.

»Du bist klug für eine Frau.«

Liza ließ den Federhalter fallen und warf das Rechnungsbuch zu. »Beim Allmächtigen, du hast wirklich Nerven.«

»Ich versuche, verständnisvoll zu sein«, seufzte Jocelin. »Ich war aufgebracht, deshalb habe ich falsche Schlüsse gezogen. Aber du bist einfach nur halsstarrig.«

Langsam erhob sich Liza. »Halsstarrig soll ich sein? Ich habe dir vertraut. Ich liebe ... verflucht, hör mir einmal gut zu. Ich will deinen Titel nicht. Ich will deinen Reichtum nicht. Und ich will dich nicht.«

Ein Anflug von Furcht überfiel sie, als sie bemerkte, wie

der versöhnliche Ausdruck aus Jocelins Blick wich. Als er sich an ihrem Schreibtisch vorbeidrückte, starrte er sie mit dem leeren Blick einer Grabstatue an.

»Schade. Trotzdem wirst du meine Frau. Wir werden in aller Stille heiraten, und dann kommst du mit mir auf meinen Landsitz in Kent. Ich werde keine weitere Ballsaison in London ertragen können, wenn ich dich in meiner Nähe weiß, aber nicht haben ...«

Er hielt inne, und Liza folgte seinem Blick. Seine Hand lag auf dem Stapel mit Umschlägen. Sie hatte nicht mehr daran gedacht, doch als er jetzt seinen eigenen Namen las, überfiel sie leichtes Unwohlsein. Ohne darüber nachzudenken versuchte sie, ihm den Umschlag zu entreißen. Er wehrte ihre Hand erfolgreich ab und schnappte nach ihm. Dann öffnete er ihn und zog einen Stapel Blätter heraus.

Während er las, tickte die Uhr auf dem Kaminsims lauter als Big Ben. Die Blätter fielen ihm aus der Hand und flogen über den Schreibtisch. Die Skizze lag zuoberst. Er griff danach. Dann blickte er langsam zu ihr hin. Liza krallte ihre Hände in die Schreibtischkante und schwieg. Fassungslos blickte er wieder auf die Skizze; als er sie erneut ansah, hätte er sie ebensogut über den Kolben seines Revolvers hinweg fixieren können.

»Also hatte ich recht, was dich und deine Ehepläne angeht. Habe ich dir angst gemacht, als ich deine Pläne durchkreuzte? Bist du deshalb geflohen? Hast du eingesehen, wie gefährlich es sein würde, mich zur Heirat zu zwingen und dabei dein Rückgrat zu verlieren?«

Liza schüttelte den Kopf, aber das schien Jocelin nicht zu bemerken. Er fixierte sie weiterhin. »Was für ein durchtriebenes kleines Luder Sie sind, Miss Elliot, wenn es darum geht, einen Ehemann zu finden.« Er starrte sie ungerührt an, faltete dabei die Skizze und stopfte sie in seine Manteltasche. »Mein einziger Trost ist, daß ich dich nach unserer Hochzeit in meiner Nähe weiß. Und du wirst dafür bezahlen, Liza. Glaub nicht, daß du so davonkommst.«

Zutiefst erschrocken hielt sich Liza mit einer Hand an der Schreibtischkante fest und deutete mit der anderen auf die

Tür. »Ich werde dich nicht heiraten und auch nicht für etwas büßen, das ich nicht getan habe. Verschwinde, oder soll ich Toby rufen?«

Hätte er doch nicht gelächelt. Sein Lächeln erinnerte sie an Dantes Worte: »›Kein größrer Schmerz, als sich erinnern an die Zeit des Glücks, im Unglück ...‹«

»Ich erwarte dich in einer Stunde in meinem Haus, Liza. Laß mich nicht warten.«

Sie erwiderte nichts, als er sie noch einmal musterte, sich abwandte und verschwand. Ihre Hand schmerzte. Sie blickte an sich hinunter und bemerkte, daß sie die Schreibtischkante so fest umklammerte, daß sie tags darauf sicherlich Muskelkater haben würde. Sie öffnete ihre Hand und stöhnte erneut, als sie an den vernichtenden Blick in Jocelins Augen dachte. Mit weichen Knien sank sie in ihren Schreibtischstuhl.

Toby schoß in den Raum und schreckte sie in ihren Gedanken auf. »Verdammt! Was wollte der Kerl?«

»Er ... er will mich immer noch heiraten. Papa muß ihm irgend etwas Entsetzliches angedroht haben.« Liza starrte abwesend auf eine Wand. »Er hat die Gamp-Geschichte herausgefunden, und jetzt haßt er mich.«

»Verdammter Kerl«, fluchte Toby. »Hören Sie mir zu, Miss. Es wird Zeit zu verschwinden. Das ist kein Mann, gegen den Sie ankommen können, ohne ernsthaften Schaden zu nehmen. Sie müssen London verlassen.«

Liza rieb ihre eiskalten Hände aneinander und wand sich ungemütlich auf ihrem Sessel. »Ich kann nicht. Ich muß mich um Winthrop, Fox und Coombes kümmern. Und dann noch um diesen Nick Ross. Den hätte ich fast vergessen. Er ist immer in der Nähe des Vicomte, und ich traue ihm nicht.«

»Sie können mich nicht für dumm verkaufen, Miss. Sie sind so verängstigt wie ein kleiner Spatz.«

»Das kriege ich schon wieder hin. Was kann er uns denn anhaben?«

»Ich darf gar nicht darüber nachdenken«, erwiderte Toby.

Murrend verließ er ihr Büro. Liza versuchte, wieder ihre Papiere zu sichten. Ihre Bemühungen waren nicht von Erfolg gekrönt, denn — auch wenn sie es sich nicht eingestehen wollte — Jocelin hatte sie zutiefst verängstigt. Als sie an jenem Abend zu Bett ging, konnte sie nicht einschlafen.

Zunächst hatte sie angenommen, daß ihre Schwierigkeiten nur die ganz gewöhnlichen Unzulänglichkeiten einer Agentur für Hauspersonal darstellten. Gastgeber sagten in letzter Minute Termine ab und hatten natürlich keine Vorstellung davon, welche Konsequenzen sich daraus für Pennant's ergaben — genausowenig, wie sie sich Gedanken um ihre Schuhe machten. Lord und Lady Quince zogen ihren Auftrag über sieben zusätzliche Serviermädchen sowie Stallburschen zurück, die sie für den Verlobungsball ihrer Tochter bestellt hatten. Der französische Botschafter benötigte die drei Spülfrauen nicht mehr, und Amberton's Herrenclub löste den Vertrag mit Monsieur Jacques auf.

Als die Auftragsstornierungen in der darauffolgenden Woche sogar noch zunahmen, wurde es Liza mulmig zumute. Dann führte Toby eines Morgens eine aufgelöste Maisy Twoffle in ihr Büro. Maisy, eine ihrer jüngsten Errungenschaften, stammte aus den Armenvierteln von St. Giles. Das Mädchen war Liza aufgefallen, als es mitten im Winter versuchte, vor dem Parlament Veilchensträuße zu verkaufen. Sie war gerade einmal 19 Jahre alt und mußte bereits für drei kleine Töchter sorgen. Ein Ehemann existierte nicht.

»Jetzt hör auf zu heulen, Mädchen, und erzähl der Chefin, was passiert ist«, forderte sie Toby auf und reichte Maisy ein Taschentuch.

»S-sie haben mich an der Tür fortgejagt.« Maisy schniefte in das Taschentuch. »Der alte Sack — Entschuldigung, Miss — der alte Mann, dieser Butler da, hat mich vor die Tür gesetzt, bevor ich überhaupt die Schwelle betreten konnte.« Maisy kämpfte mit einem Schluckauf. »Und sie haben auf mich r-runtergesehen und m-mich eine H-H-Hure genannt!«

Als Liza dem Mädchen die Schulter tätschelte, begegnete sie Tobys vielsagendem Blick. Sie strich über die gestärkten Ärmel des Mädchens.

»Es war sicherlich nur ein Versehen«, sagte sie und half Maisy beim Aufstehen. »Geh jetzt zurück in die Küche und sag Mrs. Ripple, daß sie dir einen frischen Tee und etwas Gebäck geben soll. Und mach dir keine Sorgen.«

Maisy putzte sich die Nase. »Aber Miss, gestern ist Hester und Mr. Humewood das gleiche passiert.«

»Ich werde mich darum kümmern«, erwiderte Liza, als sie das Mädchen zur Tür begleitete.

Sie kehrte zurück an ihren Schreibtisch und breitete die umfangreiche Monatsplanung vor sich aus. Mehr als die Hälfte der in den letzten beiden Wochen anstehenden Verpflichtungen waren mit großen Kreuzen durchgestrichen worden. Sie griff zur Feder, tauchte sie in Tinte und markierte Maisys Termin. Als sie mit dem Federhalter auf den Kalender tippte, hielt sie plötzlich inne und starrte den wartenden Toby an.

»Nicht weiter tragisch«, meinte er abwinkend. »Ich finde schon raus, was da im Gange ist. Dieser Scheißkerl von Butler, der Maisy vor die Tür gesetzt hat, gefällt sich wohl gut in der Rolle, Untergebene zu triezen.«

Einige Stunden später kehrte Toby mit aufgeplatzter Unterlippe und zerrissenem Mantel zurück. Als sie ihm einen Stuhl zurechtrückte und ihm ein Glas Wasser reichte, verbeugte er sich dankbar. »Ein bißchen Überzeugungsarbeit war schon nötig, um dem Butler zu entlocken, was Sache ist.« Mit dem Handrücken wischte er sich über die geschwollene Lippe. »Der alte Ganove ... die Tochter dieses alten Idioten ist bei Lord Quince in Stellung, und sie hat das Gerücht vom Sohn des Butlers ihres Dienstherrn erfahren.«

Liza wartete nur auf die Bestätigung ihres Verdachts. »Wer hat es angezettelt?«

»Choke natürlich.« Toby haute auf seine Sessellehne. »War mir sofort klar. Seine hochwohlgeborene Lordschaft ist fort und beschäftigt sich jetzt damit, den Ruf von Pennant's zu ruinieren. Wissen Sie, was er in Umlauf bringt? Daß Pennant's Frauen aus der Gosse aufgabelt und auch mit Verbrechern zusammenarbeitet. Monsieur Jacques wäre nichts weiter als ein stadtbekannter Taschendieb.«

Liza ließ sich auf ihr Sofa sinken. Sie hörte, wie der altersschwache Rahmen unter ihr nachgab. Er würde sie zugrunde richten. Alles, was sie aufgebaut hatte, würde aufgrund eines schrecklichen Skandals zusammenbrechen. Die feine Gesellschaft hielt zusammen. Und deren Personal auch. Pennant's würde keine weitere Woche überleben.

Jocelin machte wahr, was sie immer geahnt hatte. Eine furchterregende Skrupellosigkeit lag unter der hauchdünnen Oberfläche zivilisierten Benehmens, das er so lässig zur Schau stellte. In einem ruhigen Moment konnte sie zwar verstehen, wie betrogen er sich vorkommen mußte. Sie konnte sich auch denken, daß irgendeine Drohung ihres Vaters zu seinem Verhalten geführt hatte. Soviel hatte sie sich bereits in den letzten Wochen zusammengereimt. Papa hatte nicht wiedergutzumachendes Unheil angerichtet, aber Jocelin war nicht der Mann, der so etwas lange auf sich sitzen ließ. Er würde Mittel und Wege finden, um ihren Vater in die Knie zu zwingen, und in der Zwischenzeit mußte sie daran glauben.

Sie mußte einen Ausweg aus dieser Situation finden. Papa würde ihr niemals zuhören, also blieb nur Jocelin. Auch er würde ihren Erklärungen kein Gehör schenken. Er war zu verletzt, um ihre Ausführungen zu glauben, und sie fühlte sich ebenfalls zu erniedrigt, als daß sie es gewagt hätte, ihm erneut Rechenschaft abzulegen. Vielleicht war es aber möglich, ihm zu verstehen zu geben, daß er nicht andere mit ihr leiden lassen konnte.

»Toby, laß Maisy und ihre Kinder holen. Wer ist noch verfügbar? Hol Hiram und seine zwei kleinen Brüder sowie Mrs. Peak, Aggie und ihre Kleinen, und Dora mit ihrer Mutter. Macht zusammen fünfzehn Leute. Laß sie umgehend herkommen.«

Sie trat an ihren Schreibtisch und kritzelte eine Notiz. Dann versiegelte sie diese in einem Umschlag, den sie Toby überreichte. »Aber als erstes gibst du das ab.«

Toby starrte zunächst auf die Adresse und dann zu Liza hinüber. »Sie wollen zu ihm gehen, nicht wahr? Nehmen Sie mich mit.«

»Du würdest nur die Nerven verlieren«, meinte Liza. »Das kann ich mir nicht leisten. Pennant's steht auf dem Spiel.«

Mit ihrem Einsatzplan bewaffnet stattete Liza ihrer Bank einen Besuch ab. Sie hatte für Notfälle Gelder zurückgelegt, die allerdings nicht ewig reichen würden, und sie hatte für mehr als dreißig Beschäftigte zu sorgen. Und die wiederum mußten ihre Familien ernähren und kleiden, Miete zahlen und gesund bleiben. Unter dem mißbilligenden Blick des Bankangestellten hob sie einen Teil ihrer Ersparnisse ab und ging wieder nach Hause.

Am Nachmittag hatte sie ihre Leute in einer Sammeldroschke verstaut. Sie selbst stieg in eine Mietdroschke und führte die kleine Prozession in Richtung Grosvenor Square. Bald darauf passierten sie den Toreingang zu Vicomte Radcliffes Anwesen und näherten sich der Kutschenauffahrt. Während die anderen aus der Sammeldroschke ausstiegen, richtete sie ihre Garderobe.

Eine Auseinandersetzung mit dem Sohn eines Herzogs war noch lange kein Anlaß, die eigene Erscheinung zu vernachlässigen. Da sie auch keinen Grund hatte, sich weiterhin zu verkleiden, hatte sie ihr bestes Nachmittagskleid gewählt. Schwere gemusterte Seide in Pfauenblau und Schwarz schmiegte sich enganliegend um ihren Körper, und ihre Taille wurde zusätzlich von einem breiten schwarzen Mieder betont.

Sie betrachtete die Welt durch einen zarten schwarzen Schleier, der an ihrer Haube befestigt war, und der darunter verborgene Gesichtsausdruck war genauso streng wie der Schnitt ihres Kleides.

Als sie die Treppen hinaufmarschierte, hielt sie plötzlich inne und bedachte Choke, der die Tür öffnete, mit einem mißbilligenden Blick. Dann wandelte sie hoheitsvoll an ihm vorbei und fand, daß er sie an einen aufgescheuchten Truthahn erinnerte.

»Gnädige Frau!« keuchte er. »Gnädige Frau, Ihre Karte, wenn ich bitten darf.«

Sie reagierte nicht darauf, sondern rief über ihre Schulter hinweg: »Kommt weiter, Maisy, Aggie, und alle anderen!«

In der Halle verharrte sie lange genug, um Choke anzugiften. »Wo ist er?«

Er konnte sie nur anglotzen, so daß sie ihre schwarz behandschuhte Hand ausstreckte und ihn an seiner Krawatte zog.

»Wo ist er?« drängte sie und zog zur Bekräftigung nach jedem Wort an Chokes Krawatte.

Stotternd griff er nach seiner Krawatte. Sie würgte ihn ein weiteres Mal, und er versuchte, ihr zu entkommen.

»I-im S-salon.«

Sie winkte Maisy und den anderen. Zwei Mädchen schlitterten über den Marmorboden, während ein Kleinkind hinter ihnen her kroch. Andere Kinder hatten sich um Sledge, den Stallburschen, versammelt und schnitten ihm Fratzen.

»Kommt alle mit.«

Mit einer halben Drehung, die ihre Röcke aufbauschte, setzte sie wieder die Segel, diesmal in Richtung Treppenhaus. Sie klopfte nicht an, sondern riß einfach die Tür zu Jocelins Salon auf. Ein Kind kam hinter ihrem Rock hervor und steuerte geradewegs auf den zierlichen Rokokoschreibtisch zu. Andere Kinder stürmten hinter ihr her, als sie auf Jocelin losmarschierte. Als die Invasion einsetzte, hatte er von seinem Schreibtisch hochgeschaut, war aber von einem dreijährigen Jungen abgelenkt worden, der ihm auf den Schoß krabbelte.

Liza baute sich vor ihm auf und wartete, bis alle ihre Beschäftigten den Raum gefüllt hatten. Jocelin jaulte auf, als Maisys kleine Peg an seinem Bein hochzuklettern versuchte und dabei ein empfindliches Körperteil zu fassen bekam. Er nahm das Kind von seinem Schoß herunter und hielt es auf Armeslänge von sich gestreckt wie ein schmutziges Hemd. Zu seinem Leidwesen hatte Peg ein rundes, rosiges Gesicht, lange schwarze Locken und einen treuherzigen, dunkelbraunen Hundeblick. Sie strampelte mit ihren Füßen in der Luft. Beinahe hätte er sie fallen gelassen, doch instinktiv zog er das Kind an sich und setzte es auf seine Hüfte. Zu spät fiel ihm auf, daß sein Salon sich mit einer buntgewürfelten Schar von Frauen, Kindern und einem alten Mann füllte.

Liza, die stille Beobachterin dieses lebenden Wirbelsturms, sah, wie Jocelin ihre Leute anstarrte und sich dann ihr zuwandte. »Was soll das Ganze hier?«

»Ich sagte dir, ich würde kommen.«

Über den Kopf des Kindes hinweg musterte er sie. »Du bist früh dran.«

»Wirklich?«

»Und du hast nichts von ... von diesen Leuten gesagt.«

Jocelin versuchte, ihr Peg hinüberzureichen, aber sie hielt mit ihren Händen ihr Handtäschchen umklammert. Peg war fasziniert von seinem Haar, und als er sie fortziehen wollte, ließ sie nicht los. Er kreischte, und Liza lachte schadenfroh.

»Laß los, du kleiner Halunke.« Dieser schleppende amerikanische Tonfall. Er war aufgebracht. Um so besser.

Jocelin entwirrte die kleinen Finger aus seinem Haar und setzte das Kind auf den Boden. Als Maisy nach ihr rief, kroch das Mädchen zu seiner Mutter. Porzellan oder irgend etwas Kostbares aus Glas fiel zu Boden, und ein Junge brüllte entsetzlich. Stöhnend wies Jocelin auf den Burschen.

»Bringt das Kind von hier fort!« Fragend sah er Liza an. »Was soll das Ganze, Mädchen?«

Liza lächelte ihn an. Sie drehte sich um und führte den rheumatischen alten Mann mit den trüben Augen vor Jocelins Schreibtisch. Dann nahm sie Aggie das Baby aus dem Arm und legte Jocelin das zappelnde Bündel auf den Schoß, bevor er überhaupt reagieren konnte.

»Du versuchst, Pennant's zu ruinieren, Mylord. Ich habe mir gedacht, du solltest zumindest wissen, wer Pennant's eigentlich ist.«

Jocelin war blaß geworden und blickte von ihr auf das Baby.

Liza verschränkte die Arme vor der Brust und sah ihn lange und voller Genugtuung an. »Halte seinen Kopf gerade, Mylord. Du willst doch nicht, daß sich das Kind das Genick bricht. Und denk einmal darüber nach, du willst doch sicher auch nicht, daß es und seine Mutter bald wieder dazu gezwungen sind, auf den Straßen von Whitechapel zu übernachten.«

18

Jocelin betrachtete das Baby in seiner Armbeuge. Er konnte es kaum spüren. Es hatte eine zartrosa Nase, die winziger war als die Spitze seines kleinen Fingers, und einen niedlich geschwungenen roten Mund. Wenn er sich bewegte, ließ er das kleine Mädchen vielleicht fallen oder tat ihm weh. Besorgt handelte er. Er packte das Bündel fester, bahnte sich einen Weg durch die Menge und übergab das Kind seiner Mutter.

»Nimm sie!«

Er hatte nicht laut werden wollen. Aber das Baby erwachte und begann zu wimmern. Jocelin stöhnte. Bei seinem Versuch, dieser Geräuschquelle zu entfliehen, stieß er mit Liza zusammen. Wütend funkelnte er sie an und trat an seinen Schreibtisch zurück. Dann drückte er einen Knopf an der Wand hinter sich und läutete nach Loveday.

Ein Mädchen im zerschlissenen Mantel spielte mit einem kleinen Jungen hinter den schweren Damastvorhängen der Fenster Fangen. Der Junge stolperte, und das Mädchen fing ihn gerade noch rechtzeitig auf, sonst wäre er hingefallen.

»Ihr da«, knurrte er sie an. »Zurück.«

Er deutete auf die zusammengewürfelte Gruppe, die mitten im Raum stand. Sie blickten ihn einen Moment lang fragend an, ob sie wohl Ungehorsam riskieren könnten, dann liefen sie zu ihren Müttern zurück. Loveday betrat den Raum. Es verschaffte Liza Genugtuung, daß der Kammerdiener beim Anblick ihrer Truppe offensichtlich von einer ganzen Bandbreite an Gefühlen gerührt wurde. Er hob seine Brauen.

»Soll ich diese Personen nach unten führen, Mylord?«

Jocelin richtete sich kerzengerade auf, straffte seine Schultern, ballte auf dem Rücken seine Hände zu Fäusten und richtete einen fragenden Blick auf Liza. »Der Punkt geht an dich.«

»Maisy, Aggie«, sagte Liza. »Geht mit Mr. Loveday.«

Die lebhafte Masse von Müttern und Kindern verschwand. Während Jocelin sie beobachtete, überprüfte er sein Verhalten. Er war so sehr damit beschäftigt gewesen, Georgiana zu beschützen, und so wütend auf Liza, daß er nicht berücksichtigt hatte, wer unter seinem Verhalten außerdem noch leiden würde. Aber trotzdem war sie nicht diejenige, die ihm hier mit Moral kommen konnte.

Schließlich hatte sie ihm nachspioniert, und das die ganze Zeit über. Wochenlang hatte er sich gefragt, ob es Liebe oder nur schnöde Lust war, was sie verband, und ob sie vielleicht zusammenpaßten. Wochenlang hatte er sich nicht einzugestehen gewagt, wie besorgt er war, besorgt darüber, daß er sie — aufgrund seiner schmutzigen Vergangenheit, seines verderbten Charakters — nicht verdient hatte. Herr im Himmel, als er diese Papiere gefunden hatte, diese Zeichnung, und ihm aufgegangen war, wie sie ihn hintergangen hatte, da wäre er am liebsten gestorben, genauso wie damals bei Yale ...

Zum Teufel. Sie hatte ihm seine Schande erneut vor Augen geführt. Sie hatte ihn geradewegs wieder in die Hölle verdammt, aus der zu entkommen ihn Jahre gekostet hatte. Liza und Yale konnte man in einen Topf werfen. Er hatte beiden vertraut, und beide hatten ihn ausgenutzt. Bestand sein Leben denn nur aus Betrug?

Die Angestellten von Pennant's hatten den Salon verlassen. Jetzt war es an ihm, wieder die Oberhand zu gewinnen. Er erinnerte sich an einen Ratschlag, den ihm ein alter Trinker einst in San Antonio mitgegeben hatte — laß nie einen Mann merken, wenn du Angst hast, und keine Frau wissen, wie sehr du sie magst. Liza Elliot würde nichts von beidem erfahren.

»Nun, nun, nun«, meinte er gedehnt. »Hab' dir einen ganz schönen Schrecken eingejagt, was, Schätzchen?«

Lizas zufriedener Gesichtsausdruck verschwand. »Du willst Babys und kleine Kinder darunter leiden lassen?«

»Das brauche ich gar nicht.«

»Wieso nicht?«

»Sobald wir verheiratet sind, werde ich Pennant's — wie soll ich sagen — wiederherstellen. Sobald wir verheiratet sind.«

Er trat hinter sie, lehnte sich vor und flüsterte ihr ins Ohr: »Darum ging es dir doch, oder? Eine gut gemachte Vorstellung, aber trotzdem ein Bluff. Du bist doch nur hier, weil du aufgibst, aber nicht zugeben willst, daß ich gesiegt habe. Deshalb versuchst du, mir Sand in die Augen zu streuen.«

Sie wandte sich von ihm ab. Pfauenblaue Seide raschelte, und er mußte die Zähne zusammenbeißen, damit dieses Geräusch nicht seinen ganzen Zorn dahinraffte. Sie hatte ihre Handschuhe ausgezogen und rieb ihre Hände über dem Griff des Täschchens. Ihre Finger schimmerten weiß vor Kälte, obwohl der Raum geheizt war. Jocelin lächelte. Er konnte sich denken, daß sie ihn in diesem Augenblick am liebsten sonstwohin getreten hätte und wütend darüber war, daß sie das nicht konnte.

»Wenn ich zustimme, wirst du dann den Ruf von Pennant's wiederherstellen?«

»Klar.«

Sie fuchtelte nervös mit den Händen. »Würdest du bitte aufhören damit?«

»Was?«

»Da, schon wieder. Du klingst wie ein Ganove, und ich hasse diesen lasziven Tonfall. Das hört sich so schläfrig an, und trotzdem werde ich das Gefühl nicht los, daß du im nächsten Augenblick deinen schrecklichen Revolver ziehst.«

»Meine Pistole?«

»Ja, vermutlich.«

»Was für ein Tonfall?«

»Hör endlich auf damit!«

Lachend beobachtete Jocelin, wie sie ihn kritisch betrachtete und ihren Blick über seine Hüften schweifen ließ. Er knöpfte sein Jackett auf und stemmte seine Hände in die Hüften.

»Ich trage gar keine Waffe.«

Ihr Blick ruhte weiterhin auf seinen Hüften, und er vergaß den Revolver. Haß bedeutete nichts. Verrat bedeutete ebenfalls nichts, wenn sie ihn so ansah wie jetzt. Er ging zu ihr und berührte ihre Wange.

»Vielleicht hattest du ja auch andere Gründe für eine Eheschließung, die mir nicht bewußt waren. Vielleicht gefällt es dir auch, wie ich dich behandle. Mir jedenfalls gefällt es, wie du mit mir umgehst.«

Kreischend wehrte sie seine Hand ab. »Laß die Finger von mir.«

Ungerührt umschlang er sie mit seinen Armen und drückte sie fest an sich. »Komm, Schätzchen. Was ist dir lieber, die Straße oder ich?«

Liza stieß ihn in die Rippen. Stöhnend ließ er sie los. Sie stolperte außerhalb seiner Reichweite, umklammerte den Hut und streckte ihre freie Hand abwehrend aus.

»Du bleibst, wo du bist. In Ordnung, ich mache es.«

»Sag es, Liza. Sag, daß ich gesiegt habe.«

Sein grenzenloser Zorn legte sich etwas, als er sah, wie sie zwischen ihrem Stolz und dem Gefühl, ihn ins Gesicht zu schlagen, kämpfte.

»Was hast du gesagt?« fragte er scheinheilig. »Ich verstehe dich so schlecht, seitdem deine kleinen Bälger hier drinnen herumgeschrien haben wie weiße Comanchen.«

»Ich habe gesagt, daß du gewonnen hast. Ich werde dich heiraten, aber nur um Pennant's, Toby und die anderen zu schützen. Ich darf nicht zulassen, daß ihr Leben wegen mir zerstört wird. Das könnte ich nicht ertragen.«

»Deine Gründe sind mir egal. Hauptsache, du heiratest mich. Und zwar sofort.«

»Sofort?« Liza schüttelte den Kopf. »Das kann ich nicht. Ich muß herausfinden, was wirklich mit meinem Bruder geschah. Vielleicht macht es dir nichts aus, aber ich bin davon überzeugt, daß sämtliche Todesfälle in deinem Regiment kein Zufall sind.«

Jocelins Verstand brannte wie Feuer. Er hatte Kopfweh, und es bereitete ihm Schmerzen, sie auch nur anzuschauen. Die Willensanstrengung, seine Seelenqualen zu bekämpfen, ließ ihm keine Möglichkeit, sich mit ihren ungewöhnlichen Theorien auseinanderzusetzen.

»Wir sprechen später über deinen Bruder.«

Er griff nach ihrer Hand. Sie schlug seinen Arm weg. Fluchend packte er ihr Handgelenk und zwang sich zur Höflichkeit.

»Ich möchte nicht über das Thema sprechen, Liza. Im Augenblick beschäftige ich mich mit einem drängenderen Problem, das keinen Aufschub duldet. Dein Vater wird nicht warten wollen. Wenn du ein gutes Mädchen bist, werde ich Erkundigungen bei der Polizei einholen. Später. Im Moment steht unsere Hochzeit im Raum. Loveday wird sicherlich schon alle benachrichtigt haben, den Pfarrer, die Trauzeugen, die Kutschen und was sonst noch dazugehört.«

»Die Polizei hat mir nicht geglaubt. Deshalb muß ich selbst Nachforschungen anstellen oder ...«

»Ich sagte bereits, daß ich mich um die Sache kümmern werde, sobald wir verheiratet sind.« Er hörte seine eigene Stimme wie von weither. »Du wirst dich an meine Regeln gewöhnen müssen, Liza. Ach, ich verstehe, das hattest du dir bei der Planung deines schmutzigen kleinen Komplotts nicht überlegt. Denk jetzt darüber nach, während du wartest. Dein unseliger Vater und ich haben bereits den Ehevertrag unterzeichnet. Sobald wir verheiratet sind, besitze ich die Verantwortung für dein Vermögen und für dich. Mein einziger Lichtblick in dieser ganzen Katastrophe besteht darin, daß dein lieber Papa nicht so verrückt ist zu glauben, daß eine Frau ihr Vermögen selbst verwalten kann.«

Sie zerrte an ihrem Handgelenk. »Sein Geld ist mir egal. Ich habe es auch nicht nötig gehabt, als ich Pennant's gründete. Und jetzt brauche ich es auch nicht. Ich will wissen, wer von deinen Freunden der Mörder meines Bruders ist. Und wenn du mir nur einmal zuhören würdest, könnte ich dir vieles erklären.«

Jocelin schloß für Sekundenbruchteile die Augen. »Hör auf damit.«

»Aber ...«

»Zum Teufel damit!« Er packte ihr Handgelenk fester, löste seinen Griff aber umgehend wieder, weil sie aufstöhnte. »Wenn du klug bist«, brachte er zwischen den Zähnen hervor, »schneidest du dieses Thema besser nicht mehr an.«

Sein schneller Atem pulsierte ihm im Ohr, und er musterte Liza. »Wir können über Mörder und Verbrecher sprechen, wenn ich meinen Detektiv damit beauftrage, den Tod deines Bruders und der anderen aufzuklären. Ich stimme dir zu, daß da irgend etwas im Gange ist, aber das hat sicherlich nichts mit meinen Freunden zu tun. Im Moment müssen wir andere Probleme bewältigen. Du wirst Pennant's diesem Toby überlassen, der sich ab jetzt um die Geschäfte kümmert. Du kommst mit mir nach Kent, wo du lernen wirst, dich wie meine Frau zu benehmen.«

»Ich werde dich heiraten, aber das ist alles.«

»Gibt es irgendwelche Einwände?«

Sie versuchte, ihm ihr Handgelenk zu entwinden. »Faß mich ja nicht an.«

Er hatte verstanden und ließ angewidert ihren Arm los. Dann trat er ihr so gefährlich nahe, daß sie einen Schritt zurückwich.

»Dein Vater hat mich vielleicht zu dieser Eheschließung gezwungen, aber du wirst dir verflucht noch mal nicht einbilden, mir Anweisungen geben zu können. In kürzester Zeit, Miss Elliot, werde ich dich nämlich besitzen.«

Liza wich vor ihm zurück, bis ihr Rücken die Schreibtischkante berührte.

»Das wirst du nicht, und nun bleib gefälligst weg von mir.«

Er beugte sich über sie und musterte ihr Gesicht. »Hör mir zu. Immer wenn ich dich wollte, habe ich dich bekommen, egal wie. Es war nicht besonders schwierig. Tatsächlich habe ich mich sogar gewundert, wie leicht du mir nachgegeben hast.« Er strich mit seinem Daumen über ihre Lippen. »Denk darüber nach, Schätzchen. Du hättest genausogut darum bitten können.«

Als er mit seinem Daumen über ihre Unterlippe fuhr, biß sie hinein. Fluchend zog er seine Hand weg.

Wütend und stoßweise atmend starrte sie ihn an, dabei standen ihr Tränen in den Augen. »Ich wünschte mir, es wäre dein ... dein ...«

»Zum Teufel mit dir!« Er packte sie und drückte sie an seine Brust. »Dafür wirst du bezahlen.« Lachend hielt er inne. »Ich habe gerade an eine passende Bestrafung gedacht. Bei Gelegenheit werde ich dir deinen Wunsch erfüllen, aber so, daß es mir Vergnügen bereitet. Zuerst wirst du es sicher verabscheuen, aber letztlich wird es dir doch Spaß machen, Liza. Das verspreche ich dir.«

»Du Teufel! Ich werde dich nicht berühren.«

Er schnalzte mit der Zunge und führte Liza in sein Schlafzimmer. Als sie erkannte, wohin er sie führte, wehrte sie sich erneut.

»Mach es nicht noch komplizierter«, meinte er und hob sie hoch.

Sie strampelte mit den Beinen und versuchte, sich seinen Armen zu entwinden, aber er warf sie aufs Bett, bevor sie ihm entkommen konnte. Während er die Verbindungstür zu seinem Badezimmer abschloß, kämpfte sie mit Bergen von gestärkten Unterröcken. Als er die Tür zum Salon erreicht hatte, schoß sie aus dem Bett. Schlitternd kam sie zum Halten und funkelte ihn an, als er den Türknauf betätigte.

»Eher bringe ich dich um«, kreischte sie.

»Ich glaube nicht, daß du dafür stark genug bist.«

Mit einem bezeichnenden Grinsen schlüpfte er durch die Tür und schloß sie hinter sich ab. Erst war es still, dann das flackernde Geräusch der Lampe, dann eilende Schritte. Die Tür bebte in ihren Angeln, als sie daran rüttelte. Er lachte leise vor sich hin.

»Mir wird soeben klar, was ich auf mich nehme, wenn ich dich heirate. Habe ich dir eigentlich schon die andere Bedingung genannt, die dein Vater in unsere Vereinbarung aufgenommen hat? Nun, vielleicht habe ich das vergessen zu erwähnen. Weißt du, dein lieber Papa möchte, daß du innerhalb von sechs Monaten schwanger wirst. Ich hatte eigentlich überlegt, dich nie wieder anzurühren, um dich damit zu bestrafen, aber jetzt muß ich dich wohl häufig und regelmäßig beglücken. Denk darüber nach, Liza. Denk darüber nach, was wir beide tun müssen, damit du ein Kind bekommst.«

Das Rütteln an der Tür hörte auf. Er lauschte einen Augenblick, aber in seinem Schlafzimmer war es still. Während seines Wartens spürte er die Kälte in seinem Körper. Er blickte auf seine Hände. Sie zitterten. Er ballte sie zu Fäusten und versteckte sie hinter dem Rücken. Dann atmete er tief ein und vorsichtig wieder aus. Er mußte seine Selbstbeherrschung trotz des schrecklichen Gedankens an die zukünftige Bindung zu einer Frau, die ihn betrogen hatte, noch eine Weile aufrechterhalten.

Er verließ den Türrahmen und ging nach unten. Seine ohnehin düstere Stimmung verfinsterte sich dabei noch mehr.

Es war ihm nicht bewußt gewesen, daß sich tief in seiner Seele der verzweifelte Wunsch verwurzelt hatte, etwas zu besitzen, das er noch niemals gehabt hatte. Er dachte nicht gern an diesen Wunsch, denn es galt für ihn als Zeichen von Schwäche, sich nach einer Frau, einer Familie, einem Heim zu sehnen. Aber die Vorstellung war einfach da. Er wollte ein solches Leben, wie er es von seinen Eltern her kannte und wie er es in seiner Zuneigung für Mutter und Georgiana erfahren hatte. Es hatte aber keinen Sinn, dem hinterherzujagen. Wirklich keinen Sinn.

Er erreichte die Halle und stellte fest, daß Choke und Loveday seine Anweisungen befolgt hatten. Nach Lizas Erscheinen hatten sie Vorbereitungen für die Abreise getroffen. Die Mädchen bedeckten das Mobiliar mit Tüchern. Die Stallknechte trugen Koffer und Kisten zu der wartenden Kutsche. Der Geistliche und seine Freunde würden bald eintreffen, aber sicherlich nicht bald genug, um ihn von seinen Seelenqualen zu erlösen. Er hatte Liza zur Frau gewollt, aber sie hatte ihn hintergangen. Jetzt wäre er schon damit zufrieden, wenn sie sich einfach nur wie eine Ehefrau verhielte. Wie hatte es Tennyson ausgedrückt? *Männer haben den Verstand zu gebrauchen und Frauen ihr Gefühl; sie sollten den Anweisungen des Mannes Folge leisten, alles andere würde zu Verwirrung führen.*

Er schloß sich in der Bibliothek ein. *Alles andere würde zu Verwirrung führen.* Das war die Gefahr, die hinter Frauen wie Miss Elizabeth Maud Elliot lauerte. Da sie weder Prinzipien noch männliche Willensstärke besaßen, konnte man ihnen einfach nicht vertrauen.

Gequält sah er sich um. Genau wie die übrigen Zimmer des Hauses waren auch die Möbel in der Bibliothek bereits abgedeckt; die Vorhänge waren zugezogen und verbannten die letzten Strahlen der Nachmittagssonne. Seufzend schlenderte er zu seiner Hausbar, goß sich einen Whisky ein und kippte ihn hinunter, dann den nächsten und dann noch einen. Er sank in einen Sessel und starrte minutenlang in den schwarz verrußten Kamin. Als er sich ein weiteres Glas einschenkte, klopfte es an der Tür, und Loveday trat ein.

»Mr. Fox und Mr. Ross, Mylord.«

»Ja«, brummte Jocelin.

Als Asher und Nick eintraten, lockerte er gerade seine Krawatte und öffnete die obersten Hemdknöpfe. Zögernd gesellten sie sich zu ihm.

»Wo sind die anderen?« fragte Jocelin und sah sie ernst an.

Nachdem Asher einen Blick mit Nick ausgetauscht hatte, antwortete er. »Man hat dich reingelegt.«

»Zutreffend, alter Junge.« Jocelin nahm einen weiteren Schluck Whisky. »Man hat mich reingelegt, Mr. Fox.«

Asher entriß Jocelin das Glas. »Aber warum? Und wozu die ganze Heimlichtuerei und die Eile mit der Hochzeit? Du solltest die Finger davon lassen. Das Mädchen ist für dich nicht standesgemäß, das habe ich dir immer wieder gesagt. Keine anständige Abstammung, ohne Titel, und ihr Geld brauchst du mit Sicherheit nicht. Warum also, Jos?«

Schulterzuckend schnappte Jocelin Asher das Glas wieder aus der Hand. Nick war jedoch schneller und riß ihm das Glas vom Mund weg.

Asher beobachtete Jocelins Gesichtsausdruck. »In diesem Zustand kannst du unmöglich heiraten. Das Eheversprechen gilt ein Leben lang, und du kannst keinen Treueschwur ablegen, wenn du betrunken bist und aussiehst, als würdest du dich geradewegs in die Höhle des Löwen begeben.«

Nick faltete seine Hände und ergriff zum ersten Mal das Wort. Dabei starrte er genau wie Asher Jocelin an. »Es hat keinen Sinn, Fox, alter Bursche. Ich versuche seit Tagen, ihn davon abzubringen. Er wird es trotzdem tun. Seltsam, wie er nach dem Galadiner plötzlich eine solche Abneigung gegenüber Miss Elliot bekam und sie dennoch mit aller Gewalt heiraten will.«

Jocelin schnaubte und wälzte sich in seinem Sessel. Nick warf Asher einen bezeichnenden Blick zu. Leise sprachen sie miteinander, dann wandten sie ihre Aufmerksamkeit wieder Jocelin zu. Er hatte den Kopf tief zwischen die Schultern eingezogen und sah die beiden mürrisch an.

»Keiner von euch beiden hat sich hier einzumischen«, sagte er und bemühte sich um eine klare Aussprache.

»Wie haben sie dich denn zugrunde gerichtet?« fragte Asher. Jocelin blickte zu seiner Hausbar hinüber und wollte sich erheben. Doch Nick legte ihm eine Hand auf die Brust und hielt ihn zurück. Jocelins Füße gaben unter ihm nach, und er sackte seufzend in seinen Sessel zurück. Er hörte Nicks Flüche, war aber zu betrunken, um dessen Rückfall in seinen Dialekt zu bemerken.

»Mann! Bist ziemlich besoffen, alter Freund.«

»Großer Gott«, entfuhr es Asher, als er Nick anglotzte.

»Jaul hier nicht rum wie ein Hund«, erwiderte Nick. »Du kennst mich doch ganz genau, und wir haben hier keine Zeit für Nettigkeiten. Jos versteht mich besser, wenn ich Klartext rede.«

Jocelin erhob sich aus dem Sessel und wankte an seinen Freunden vorbei in Richtung Hausbar. »Ich hätte es wissen sollen. Loveday hat euch alles erzählt, nicht wahr?«

»Seine Worte waren ›Wir sind heute abend nicht wir selbst und wir haben unsere Verlobte in unserem Schlafzimmer eingesperrt‹«, erklärte Asher. »Und da ich es nicht gewohnt bin, daß Bedienstete in dieser Form mit mir reden, und schon gar nicht Loveday, habe ich die Tragweite der Umstände erkannt.«

Nick stellte sich neben Jocelin vor die Hausbar. »Genau. Wußte, daß du in der Klemme sitzt, als ich Lovedays Notiz bekam.«

Jocelin gelang es, ziemlich genau in sein Glas zu zielen

und nur wenig Whisky zu verschütten. Nick nahm ihm die Flasche weg.

»Für dich gibt's nichts mehr, mein Lieber. Meine Mama hat immer gesagt, Schnaps ist ein Teufelszeug.«

Jocelin wankte zu seinem Sessel zurück und lachte spöttisch. »Du klingst wie der alte Pawkins.«

Als er fertig war, meldete Loveday die Ankunft von Winthrop und Thurston-Coombes. Einladend schwenkte Jocelin sein Glas.

»Ah, meine anderen Trauzeugen. Kommt rein. Trinkt einen mit. Wir haben gerade über den alten Pawkins gesprochen. Der alte Nick erinnert mich irgendwie an ihn. Der gute alte Sergeant Pawkins. Dachte, der erholt sich wieder. So wie ich.«

Winthrop rümpfte die Nase und sah Jocelin mißbilligend an. »Er ist betrunken.«

»Kann ich ihm nicht verübeln«, meinte Thurston-Coombes. »Schließlich heiratet er in Kürze.«

Jocelin spannte seinen Gesprächsfaden weiter. »Pawkins war verheiratet. Bat mich, seine Frau aufzusuchen, falls er es nicht packt.« Er ließ wieder den Kopf sinken und ignorierte Nicks Versuch, ihn aufrecht hinzusetzen. »Er hatte im Lazarett von Scutari das Bett neben mir. Er hatte Fieber, aber ich hätte nie gedacht, daß er daran stirbt. In der Nacht wachte ich auf. Ich weiß nicht warum. Ich glaube, ich hörte ihn würgen, weil die Ärzte hinterher sagten, er wäre vermutlich an Erbrochenem erstickt. Es wäre besser gewesen, er wäre auf dem Schlachtfeld gestorben.«

Asher kniete neben ihm, und Jocelin bedachte ihn mit einem traurigen Lächeln. »Wir werden die Krim nie hinter uns lassen können. Was, Asher?«

»Mir ist es gelungen«, meinte Asher leise, »und du schaffst das auch.«

»Wie denn? Du warst doch auch dort. Du hast doch gesehen, was mit Cheshire und den anderen passiert ist. Ich glaube zumindest, daß du dort warst.«

»Ich war nicht so nah dabei wie Winthrop und Thurston-Coombes, aber nicht weit entfernt.«

»Zur Hölle«, knurrte Nick. Jetzt, da die anderen eingetroffen waren, bemühte er sich um eine einwandfreie Aussprache. »Damit tust du doch keinem einen Gefallen, wenn du immer in der blutigen Vergangenheit rumstocherst.«

»Pawkins fantasierte immer wieder von einem Pferd«, murmelte Jocelin. Er blickte auf und bemerkte, daß ihn alle anstarrten. »Ja, wirklich. Er fantasierte immer von einem Pferd. Cheshire und sein Pferd, sagte er. Immer und immer wieder. Cheshire, Cheshires Pferd, sein Pferd.«

Winthrop hatte sich majestätisch in einem Sessel niedergelassen und verkündete sein Urteil. »Er ist verrückt.«

Thurston-Coombes sah ihn irritiert an. Asher hob um Ruhe bittend eine Hand und schüttelte Jocelins Arm.

»Jos, alter Junge, du hattest ebenfalls Fieberträume. Vergiß Pawkins. Du versuchst doch nur, jeden Gedanken an diese Hochzeit zu vermeiden.«

»Ich sag's euch.« Ein strahlender Thurston-Coombes klatschte in die Hände. »Ich wollte immer schon irgend etwas Skandalöses tun, so wie bei deiner heimlichen Eheschließung dabei sein. Sie ist doch unrechtmäßig, oder?«

Nick lachte. »Wenn Seine Hoheit es herausfände, bestimmt.«

Ein herannahendes Licht kündigte Lovedays Eintreten an. »Der Geistliche ist eingetroffen, Mylord. Er erwartet Sie im Salon.«

Winthrop erhob sich würdevoll und klopfte unsichtbaren Staub von seinen Jackettaufschlägen. »Ich werde dem Pfarrer Gesellschaft leisten. Fox, unternimm sofort irgendwas mit Jos.«

»Coombes«, sagte Nick. »Richten Sie Loveday aus, daß wir Kaffee brauchen.«

Als Coombes gegangen war, stand Jocelin vorsichtig auf, stellte sich breitbeinig hin und räusperte sich.

»Meine Herren, es wird Zeit, daß ich meine angebetete Braut hole.«

»Noch nicht.« Asher drückte ihm auf die Schulter, und Jocelin fiel zurück auf seinen Sessel.

»Kein weiteres Eingreifen«, lallte Jocelin. »Ich werde Miss

Elliot heiraten, und dann werde ich ihr Benehmen, Prinzipien und Gehorsam beibringen. Das will sie nämlich. Und ich habe herausgefunden, daß sie sich gewissermaßen als weiblicher Polizeibeamter betätigt. Sie ist davon überzeugt, daß ihr Bruder ermordet wurde, genauso wie Airey, Stapleton und Halloway. Großer Gott, sie ist nicht nur hinterhältig, sondern auch verrückt, wenn sie denkt, sie könnte eine solche Sache aufdecken.«

Seufzend pustete er sich eine Haarsträhne aus der Stirn. »Jawohl, hinterhältig. Das ist der richtige Ausdruck. Aber sie wird schon bald feststellen, was ihre gemeine Falle für Auswirkungen hat.«

Nick schlenderte neben dem Sessel auf und ab, und Jocelin packte seinen Arm. »Sie wird dafür büßen, Nick, alter Freund.«

Seinen Arm befreiend blickte Nick den beunruhigten Asher an. »Sieht nicht gut aus.«

»Nein«, meinte Asher. »Wirklich nicht besonders gut. Vielleicht sollte auch ich nach Kent reisen. Mein Haus ist nicht weit weg von Reverie. Vielleicht sollten wir alle dorthin reisen.«

»Hab' ein eigenes Haus«, brummte Nick. »Werde da wohnen, um nicht mit seiner Heiligkeit Winthrop aneinanderzugeraten.«

Asher bedachte Nick mit einem entgeisterten Blick und wandte sich Jocelin zu. »Dann ist ja alles geregelt.«

»Hervorragend«, meinte Jocelin und verbeugte sich vor seinen Freunden. »Wenn ihr alle da seid, könnt ihr mich vielleicht davon abhalten, sie umzubringen.«

19

Einige Minuten, nachdem Jocelin sie verlassen hatte, weinte Liza nicht mehr. Verängstigt durchmaß sie nun mit ihren Schritten die Länge von Jocelins Schlafzimmer. Bewegung schien ihre Furcht wenigstens in Grenzen zu halten.

Er gehörte nicht zu den Männern, die ihre Drohungen wahrmachten. Oder doch? Dann fiel ihr etwas ein. Jocelin konnte nicht Kinder beschützen und sich dann um 180 Grad drehen, um die Verkörperung der Männer darzustellen, die er bekämpfte. Er war allerdings zu Tobsuchtsanfällen in der Lage, die ihn in einen eiskalt lächelnden Revolverhelden verwandelten.

Sie durfte keine Angst zeigen. Wenn er so etwas spürte, würde er das gegen sie verwenden. Sie würde ihm gegenübertreten und standhaft bleiben.

»Lieber Gott, laß mich tapfer sein.«

Das Türschloß knarrte, weil jemand von außen den Schlüssel bewegte. Liza wirbelte in einer Flut von pfauenfarbenen Röcken herum, richtete sich kerzengerade auf und warf den Kopf in den Nacken. Nick Ross schlenderte ins Zimmer und schlug die Tür hinter sich zu. Anklagend richtete er den Zeigefinger auf sie und schnauzte sie an: »Sie blöde Kuh, was haben Sie mit Jos gemacht?«

Liza starrte ihn an, völlig aufgelöst von seiner veränderten Ausdrucksweise. »Sie gehören gar nicht zur Oberschicht.«

»Recht haben Sie, Kleines, aber behalten Sie es für sich, bevor ich Ihnen den Hintern versohle. Ich hab' keine hochtrabenden Manieren, die mich davon abhalten. Was haben Sie mit Jos gemacht?«

Abwehrend erhob Liza ihre Hände. »Gar nichts. Das habe ich immer wieder beteuert. Mein Vater hat ohne mein Wissen gehandelt.«

»Ach sicher, und deshalb sind Sie so giftig, weil Sie keine großartige Hochzeitsgesellschaft kriegen. Blöde Kühe, das seid ihr höheren Töchter. Nicht anders als die in den Kneipen, nur teurer.«

Liza spürte, wie Glutröte ihr Gesicht überzog. Sie marschierte auf Nick los, baute sich vor ihm auf und schlug ihm ins Gesicht.

»Bei dem Allmächtigen im Himmel, so spricht man nicht mit mir. Und Sie wissen genau, daß ich überhaupt keine Hochzeit will, und schon gar keine großartige.«

»Schei ... was?« Nick rieb sich seine schmerzende Wange. »Was?«

»Ich will ihn gar nicht heiraten.« Bei jedem ihrer Worte bohrte Liza ihm bekräftigend ihren Zeigefinger in den Brustkorb.

»Aufhören.« Nick trat einen Schritt zurück. »Hören Sie damit auf. Sie lügen.«

»Lassen Sie mich hier raus, und ich verschwinde, ohne überhaupt je einen Verlobungsring getragen zu haben.«

Während er seinen Brustkorb massierte, beobachtete Nick sie. »Jos meint, daß er Sie heiraten muß.«

»Das liegt nur an meinem Vater.«

»Schön für Sie.«

Jetzt brüllte Liza ihn an. »Ich will ihn nicht heiraten, verflucht noch mal!«

Nick wandte sich von ihr ab, lehnte sich an den Bettpfosten und betrachtete das in die Bettdecke eingewebte Muster. Nach einiger Zeit blickte er wieder zu ihr hoch.

»Ich kann Leute recht gut einschätzen. Du kannst die Elendsviertel nicht überleben, wenn du nicht weißt, wie du einen Ganoven erkennst. Bis zu dem Abend des Galadiners hätte ich nie geglaubt, daß du auf Geld oder Titel scharf bist, auch wenn dein Pa oder deine Ma das so wollen.«

Lizas Haltung entspannte sich etwas. »Bin ich auch nicht.« Sie näherte sich ihm und flüsterte: »Wenn ich das wäre, hätte ich Jocelin schon längst zur Ehe drängen können. Verstehen Sie, ich habe aus anderen Gründen Erkundigungen über ihn eingeholt.«

Sie fuhr fort, erzählte Nick fast alles, was sie über William Edward wußte, schilderte ihre Verkleidung als Miss Gamp und wie sie ihm und Jocelin gefolgt war. Nick machte es um so schwieriger für sie, denn er fixierte sie mit einem solch starren, unbeirrbaren Blick, daß selbst der leibhaftige Teufel ihn nicht hätte täuschen können. Als sie geendet hatte, pfiff er leise durch die Zähne und schüttelte seinen Kopf.

»Jesus Christus.« Stirnrunzelnd betrachtete Nick sie. »Dann wissen Sie also gar nichts über den alten Yale?«

»Was ist denn mit Lord Yale?«

»Ach, nichts von Bedeutung, wollte es nur genau wissen.«

Liza seufzte ungeduldig. »Warum sollte ich Yale nachspionieren, wenn er nichts mit meinem Bruder zu tun hatte? Verstehen Sie mich jetzt?«

In der Zwischenzeit hatte er sich auf der Bettkante niedergelassen, stützte das Kinn in den Händen auf und sah sie brütend an. »Sie haben nie ein Wort davon gesagt.«

»Nein.«

»Warum?«

Liza ging zu einem Stuhl und nahm ihre Handtasche, die sie öffnete und dann wieder schloß, ohne hineinzusehen. »Ich hatte entschieden, daß ein Mann, der Kinder vor ... vor Grausamkeiten beschützt, nicht der Mann sein konnte, den ich suchte. Und später erkannte ich, daß Jocelin überhaupt nicht zu einem Mord fähig wäre.«

»Zum Teufel, Sie sind in ihn verliebt.«

Liza warf ihre Handtasche auf den Boden. »Bin ich nicht!«

»Und ich weiß verflucht genau, daß er in Sie verliebt ist.«

»Ist er nicht, sonst hätte er mich nicht beschuldigt, ihm eine Falle gestellt zu haben. Dann hätte er mir vertraut. Er haßt mich, das hat er mir gesagt. Und ich verabscheue ihn zutiefst.«

»Zutiefst?«

Liza blickte Nick an. Grinsend sah er auf seine Taschenuhr.

»Es ist soweit.«

Sie eilte zu ihm und faßte ihn an seinen Revers. »Sie müssen mich gehen lassen.«

»Kommt gar nicht in Frage. Jos will Sie, und ich sorge dafür, daß er Sie kriegt.«

»Aber das ist nicht wahr.«

»Er will Sie, oder er hätte Ihren Vater an den Eiern aufgehängt — entschuldigen Sie meine Ausdrucksweise —, bis der aufgegeben hätte. Nein, der alte Jos weiß es zwar nicht, aber der Grund für diese Heirat ist, daß er es wirklich verflucht gern will. Und ich sehe immer zu, daß Jos kriegt, was er will. Er hat mir das Leben gerettet, also helfe auch ich ihm, ja, das tu ich. Außerdem lieben Sie ihn ja auch.«

»Nicht mehr. Und ich heirate nicht, wenn ich nicht erwünscht bin.« Nick faßte sie am Arm und führte sie zur Tür. »Lassen Sie ihn doch einfach wissen, daß Sie es ganz anders angestellt hätten, wenn Sie wirklich scharf auf seinen Titel gewesen wären.«

»Mir ist es egal, was er jetzt denkt.«

»Das sollte es Ihnen aber nicht sein, Mädchen, wirklich nicht.«

Die Bestie war in der Bibliothek entlang der Damastvorhänge gekrochen und lag zusammengerollt auf einem der Bücherschränke. Rotglühende Augen blickten auf die Gruppe herunter, die sich vor dem Geistlichen zusammengefunden hatte. Eine Lefze hob sich und gab Reißzähne frei, dann senkte sich der Kopf der Bestie auf ihre Klauen, während sie beobachtete; geduldig und gefährlich ruhig witterte sie einen neuen Geruch.

Die Frau. Eine neue Gefahr, ein Geruch, den man aufnehmen mußte für die unvermeidliche Jagd. Und Jocelin, der sich wieder erinnern konnte, viel zu genau erinnern konnte.

Die Bestie bewegte sich. Ihre Nasenflügel erbebten und die Schnauze ging in der Luft hin und her. Schnuppernd. Schnüffelnd. Sie streckte ihre blutbesudelten Krallen aus. Sie hatte die Fährte aufgenommen. Er konnte hören, wie ihr Schnüffeln lauter wurde.

Die Nasenflügel arbeiteten, inhalierten den Geruch und bliesen ihn wieder aus, ein und aus, immer schneller. Als sich die Bestie erhob, um sich auf sie zu stürzen, legte das Mädchen gerade ihr Ehegelöbnis ab. Pfauenblaue Seidenröcke raschelten, als Jocelin ihr entgegentrat, sie in seine

Arme nahm und küßte. Jetzt, jetzt, wo beide zusammen waren. Nein, nein, es waren zu viele andere im Raum. Die Bestie wimmerte, krallte ihre Klauen in den Bücherschrank und kauerte sich wartend nieder.

Jetzt erkannte Liza, was ein wirklicher Alptraum war. Das war ein Traum, der sich in so schrecklicher Form bewahrheitete, daß Hoffnung in Angst und Liebe in Entsetzen verwandelt wurde.

Er haßte sie, und es war ihm gelungen, die vollkommene Gewalt über sie zu erlangen. Sie erstarrte, als er sich zu ihr hinunterbeugte und sie küßte. Was sie erschütterte, war das trotz ihrer Entfremdung vertraute und erregende Gefühl, seinen Körper zu spüren. Seine Lippen waren so warm und weich, sein Körper so fest und doch angenehm, als er sie umschlang. Er küßte sie mit der gleichen Leidenschaft, umschlang sie so eng, daß sie seinen Atem spüren konnte. Doch als er zurücktrat, waren seine Augen so kalt wie der Lauf seines Revolvers.

Und er war betrunken. O ja, er konnte stehen. Er konnte ein Gespräch führen, als wäre er auf einem Ausritt durch den Hyde Park. Allerdings war Nick ständig an seiner Seite und stützte ihn fortwährend mit seinem helfenden Arm.

Sie hatte seit Jahren nicht mehr an ihre Eheschließung gedacht. Nicht mehr seit ihrer verdorbenen Ballsaison. Nie hatte sie geglaubt, einen Mann zu finden, der sie so nahm, wie sie war. Warum sollte sie von etwas träumen, was sie nicht haben konnte? Dennoch hatte sie irgendwo in ihrem Unterbewußtsein den gleichen Wunsch wie alle Mädchen — weißer Spitzenschleier, Rosen, eine romantische Kapelle. Aber das war banal, unwahrscheinlich und jetzt sowieso vorbei.

Sie hatte einen Mann geheiratet, der sie nicht liebte und der sich fast bis zur Besinnungslosigkeit hatte betrinken müssen, um das Ehegelübde ablegen zu können. Dieser Gedanke trieb ihr Tränen in die Augen, und sie schalt sich leise, um nicht vor sechs Männern in Schluchzen auszubrechen. *Denk an Toby und Aggie und Maisy. Denk an die kleine Peg und all die anderen Kinder. Du kannst nicht zulassen, daß sie in der Gosse enden.* Sie griff nach ihrer Handtasche, die eigentlich ein Brautstrauß hätte sein sollen.

Jocelin führte sie zu einem Tisch. Sie unterzeichnete irgend etwas. Genau wie er und seine Freunde. Bevor sie sich noch von ihrem Kampf mit ihren Tränen erholt hatte, befand sie sich auch schon in der Halle. Jocelin legte ihr den Umhang um die Schultern, und sie sah zu ihm auf.

Gelangweilt lächelte er sie an. »Zeit für die Abreise, geliebte Frau.«

Sie sah sich hilfesuchend um, doch alle außer Nick, der Jocelin in seinen Mantel packte, waren bereits gegangen.

»Dann reist ihr also ab, Jos.«

Jocelin murmelte irgend etwas, das sie nicht verstehen konnte.

»Ich komm mit, damit du nur ja nicht so was anstellst«, erwiderte Nick. »Also benimm dich. Sie ist nicht schuld an den Machenschaften dieses alten Bastards.«

»Verschwinde, Nick.«

»Noch nicht, alter Freund. Ich kann dich nicht loslassen, denn du bist so besoffen wie ein Straßenhändler an Weihnachten.«

Zu Lizas Überraschung und Freude begleitete Nick sie zum Bahnhof und stellte ihnen sein privates Zugabteil zur Verfügung. Jocelin verweigerte jegliche Hilfe beim Einsteigen, also hob Nick Liza die Stufen hoch. Schwankend marschierte Jocelin vor ihnen her, lief gegen einen Schrank und wäre beinahe über ein Sofa gefallen, also ließ er sich einfach dorthin plumpsen. Er blieb sitzen und starrte aus dem Fenster auf den mit Gaslaternen beleuchteten Bahnsteig.

Sie wußte nicht, ob sie sich angegriffen oder erlöst fühlen sollte. Grinsend hob Nick die Beine seines Freundes aufs Sofa. Er nahm Jocelins Hut und drängte ihn, sich auszuruhen. Als Loveday eintraf, trug er ein Handgepäck für Liza und eines, das sicherlich Jocelins Nachtutensilien beinhaltete. Aufgrund von Lizas entrüstetem Blick verbeugte er sich und nickte in Jocelins Richtung.

»Wir wollten Mylady jede Annehmlichkeit garantieren

und haben deshalb Myladys Sachen gebracht.« Loveday räusperte sich wiederholt, weil sein Dienstherr den Blick nicht vom Fenster wenden wollte. »Wir scheinen die Hochzeitsfeierlichkeiten ein wenig zu früh eingeläutet zu haben.«

»Er ist verdammt besoffen«, meinte Nick.

»Tatsächlich, Sir.« Loveday verließ sie mit einem Blick, als hätte die Palastwache mit dem Feind Geheimnisse ausgetauscht.

Liza ließ sich auf einer Ottomane nieder und starrte hilflos auf die Samtvorhänge, den schimmernden messingverzierten Ofen, die Ledersessel, ihren neuen Ehemann. Er war doch nicht etwa … Doch. Er hatte es sich auf dem Sofa gemütlich gemacht und die Augen geschlossen. Dieser Satansbraten hielt ein Nickerchen.

Eine von Jocelins Händen lag auf der Wolldecke, die er sich übergeworfen hatte. Er hatte schlanke, feingliedrige Finger. Bis auf die Schwielen an seinem Zeigefinger, die auf den Gebrauch der Waffe und das Halten der Zügel zurückzuführen waren, hätte es die Hand eines Künstlers sein können. Sie dachte daran, wie stark diese Finger waren, und wie sanft sie sein konnten, wenn sie ihre Wange streichelten. Liza biß sich auf die Lippe, um die Tränen zurückzuhalten, und wendete ihren Blick ab.

»Wie lange werden wir fahren, Nick?«

»Wart's ab, altes Mädchen. Kurz nach Mitternacht sind wir da.«

Nick behielt recht. Gegen halb eins erreichten sie eine verlassene Bahnstation. Liza hatte keine Lust mehr gehabt, sich Nick noch länger anzuvertrauen, schon gar nicht, seit er sie gedrängt hatte, sich neben Jocelin zu legen. Als dieser aufwachte, gab er schließlich seine Versuche auf.

Zwei Kutschen fuhren vor; sie verließen ihr Abteil und machten sich sofort auf den Weg. Loveday wurde mit den sperrigen Gepäckstücken zurückgelassen. Nick nahm eine der beiden Kutschen und fuhr zu seinem eigenen Haus, während Liza mit ihrem unberechenbaren Ehemann in der anderen verstaut wurde. Nach einer schweigenden Fahrt durch die dunkle Landschaft ließen sie einen langen rechteckigen Teich hinter sich und fuhren die Auffahrt zu einem hell erleuchteten Haus hinauf, das aus weißem Sandstein erbaut war.

Das also war Jocelins Vorstellung von einem kleinen Anwesen. Ein Spalier solider Glastüren wurde von Rundbögen flankiert, die römischen Triumphbögen nachempfunden waren. Dahinter erhob sich eine Kuppel, die vermutlich den Salon beherbergte. Riesige, geschwungene Doppeltreppen führten zum Haupteingang und lockerten die strenge Architektur des Hauses auf.

Selbst in ihrem ganzen Elend empfand Liza die stille Eleganz seines Landsitzes Reverie. Es hatte sicherlich Zeiten gegeben, in denen sie sich danach gesehnt hätte, dieses Haus zu erkunden, aber das war vorbei. Sie hatte sich bereits dazu entschlossen, nicht zu bleiben.

Ein Butler, eine Haushälterin und mehrere Stallburschen eilten zu ihrer Begrüßung. Liza betrat einen Raum, der wohl ein altrömisches Atrium darstellen sollte. Umgeben von schlanken Alabastersäulen starrte sie an die gewölbe Decke. Ornamente in Form von Putten, die Blumengirlanden trugen, schmückten den Deckenfries. Sie blickte nach rechts und links in die sich anschließenden Galerien, die ebenso verziert waren. Hier war kein geschmackloser roter Damast zu finden.

Während sie in den Nischen eine Reihe griechischer und römischer Statuen betrachtete, sprach Jocelin mit dem Butler und verschwand. Dann zeigte die Haushälterin, Mrs. Kettle, Liza ihr Zimmer.

Erschöpft versuchte Liza, der Haushälterin ein paar nette Worte zu dem Raum zu sagen. Sie nickte anerkennend, als die Frau ihr ein hinter Säulen verborgenes Bett zeigte, in dessen Baldachin das Motiv einer riesigen, geöffneten Muschel geschnitzt war.

Nachdem sie die creme- und goldfarbenen Wandbehänge noch entsprechend lobend erwähnt hatte, entließ sie Mrs. Kettle. Als sie ihren Umhang gerade abgelegt hatte, vernahm sie Stimmen. Nachdem sie eine Doppeltür geöffnet hatte, bemerkte sie zwei Stallburschen, die Jocelins Koffer in einen Raum schleppten, der in Weiß und Zartgrün gehalten war und von einem Himmelbett aus Rosenholz beherrscht wurde.

Liza klatschte in die Hände und rang nach Luft. Sofort eilte der Butler ihr zu Diensten.

»Kann ich irgend etwas für Sie tun, bevor ich es seiner Lordschaft bequem mache, Mylady?«

Woher wußten sie, daß sie verheiratet waren? Als Liza wortlos den Kopf schüttelte, baute sich eine männliche Gestalt auf der Türschwelle auf. Es war Jocelin, mit zerzaustem Haar und entschlossenem Gesichtsausdruck. Liza eilte den Weg zurück, den sie gekommen war. Sie betete darum, daß er ihr nicht folgte, und schloß die Türen. Im Schloß steckte ein Schlüssel. Als sie ihn herumgedreht hatte, atmete sie erleichtert auf. Dann rannte sie zu der Tür, die zum Treppenhaus führte, und verschloß auch diese.

Als sie das Oberteil ihres Nachmittagskleides aufknöpfte, schimpfte sie leise vor sich hin. »Er hat mich nicht reingelegt. Schwimmt in Whisky. Ich hoffe, ihm wird so schlecht wie einer Schwangeren am Morgen. Ich hoffe, er muß sich solange übergeben, bis ihm die Mandeln aus dem Hals fliegen. Ich hoffe, sein Kopf schwillt auf die Größe eines Kürbis an.«

Sie hielt inne. Was tat sie hier eigentlich? Knöpfte ihr Kleid auf, obwohl er doch jeden Moment aufkreuzen konnte. In seinem Zustand war er zu allem fähig. Wieviel hatte er wohl getrunken? Sie fing an, ihr Kleid wieder zuzuknöpfen und lauschte, was im Nebenzimmer geschah. Die Diener hatten den Raum verlassen, aber sie hörte Lovedays Stimme, ruhig, höflich, entschieden. Sie hörte heftigen Protest von Jocelin. Eine ruhige Erwiderung von Loveday. Das leise Geräusch von Schubladen, die geöffnet und wieder geschlossen wurden. Eine Tür wurde zugezogen. Stille.

Sie wartete und wagte kaum Atem zu holen. Minuten vergingen in quälender Ungewißheit. Sie konnte dieses Warten nicht länger ertragen. Auf Zehenspitzen ging sie zu der Verbindungstür, schloß sie auf und öffnete sie einen Spaltbreit. Der Raum war dunkel. Gut.

Die Dunkelheit machte sie kühn, und sie schlich ins Zimmer, um Jocelins Atem zu lauschen. Tiefe, feste Atemzüge. Seufzend trat Liza zurück in den schwachen Lichtkegel, der aus ihrem Zimmer strömte. Er erhellte ihren Arm und ihre Schulter. Da bewegte er sich, und sie hätte beinahe aufgeschrien. Dann bemerkte sie, daß er auf der ihr zugewandten Seite lag. Sein Gesicht ruhte auf seiner Hand, und sie fragte sich, wie er so wehrlos wirken konnte, wo sie doch wußte, wie brutal und hinterhältig er war.

Als sie ihn beobachtete, öffneten sich seine Augen, und sie schrie auf. Starr vor Entsetzen hätte sie beinahe gekreischt, als er sprach.

»Schade, daß ich dich enttäuschen muß, Süße. Aber wenn ich dich jetzt anrühre, wird mir schlecht.«

Sie wirbelte auf ihrem Absatz herum, stürmte in ihr Zimmer und schloß sich ein. An die andere Seite der Tür gekauert hörte sie, unter Kissen versteckt, sein Lachen. Eine Gänsehaut lief ihr über den Rücken, während sie lauschte. Sie konnte diese Angst nicht aushalten, die Sorge, daß er sich vielleicht jeden Moment auf sie stürzte. Wütend darüber, daß sie sich so einschüchtern ließ, nahm sie schließlich ihren ganzen Mut zusammen und riß mit einer Kerze bewaffnet die Tür wieder auf. Sie ließ sich von ihm doch nicht wie ein schlechtsitzender Stiefel behandeln!

Sie marschierte in sein Zimmer und knallte den Kerzenhalter auf eine Nachtkonsole. Jocelin sprang auf. Er fummelte unter seinem Kissen und seufzte, weil er das Gesuchte dort nicht fand. Er strich sich eine schwarze Haarsträhne aus der Stirn und blinzelte Liza an.

»Bist du wach?«

»Verdammt! Jetzt bin ich es. Aua, mein Kopf.«

Liza ging zu der Hausbar und griff nach einer Karaffe. Dann kehrte sie zu seinem Bett zurück und drückte sie ihm in die Hand. »Trink das. Dann geht's dir noch schlechter.«

Jocelin musterte sie und stellte die Karaffe auf die Konsole. Diese Bewegung schien ihm größte Mühen zu bereiten, denn er sank stöhnend in seine Kissen und legte seine Hand auf die Stirn.

»Geh weg.«

»Das will ich ja. Ich bin hier, um dir das zu sagen. Ich weiß nicht, warum ich mich so einschüchtern ließ.«

Den Kopf immer noch zwischen seinen Händen vergraben murmelte Jocelin: »Weil ich Pennant's nicht aufrechterhalte, wenn du mir nicht gehorchst.«

»Aber ich habe dich doch geheiratet.«

»Und weil ich dein Ehemann bin, ist es jetzt mein Wunsch, daß du hierbleibst. Und jetzt geh wie ein gehorsames kleines Ehefrauchen. Loveday hat mir ein Kopfschmerzpulver gegeben, und ich möchte etwas schlafen.«

»Wirst du den Schaden wiedergutmachen, den du meinem Geschäft zugefügt hast?«

»Zur Hölle mit dir. Noch keinen Tag verheiratet und schon wird man von einer nörgelnden Ehefrau geplagt!«

»Wenn ich darauf bestehe, daß du dein Wort hältst, ist das kein Nörgeln«, entgegnete sie.

»Ja, ja, ja, ja. Ich werde mich morgen früh darum kümmern, wenn du mich jetzt in Ruhe läßt. Oh, mein Kopf.«

»Und du wirst nicht ... nicht ...«

Seinen Kopf umklammernd sank Jocelin unter die Decken. »Nein, heute nacht nicht. Au! Siehst du, was du angerichtet hast? Ich muß wegen dir meine Stimme erheben, und jetzt fühlt sich mein Kopf wie eine gekochte Zwiebel an.«

»Ich bleibe nicht hier.«

»Verflucht noch mal.«

Er sprang aus seinem Bett auf, bevor sie sich noch in Sicherheit bringen konnte. Er packte ihren Arm und drehte sie zu sich um. Wie kam es eigentlich, daß er nackt größer wirkte als bekleidet? Liza drängte sich vorsichtig zurück und war bemüht, ihren Blick nicht zu seinem Unterkörper schweifen zu lassen.

»Ich kann Pennant's jederzeit wieder in den Ruin treiben, wenn du mich jetzt verläßt«, meinte er. »Aber das wirst du nicht tun. Du hast zu schwer dafür gekämpft, eine ›Mylady‹ zu werden. Wenn du deine ausgeklügelte Hochzeit erst mal verkraftet hast, wirst du dich schon beruhigen. Dann wirst du mir mit Bällen, Partys und Essenseinladungen in den Ohren liegen. Gott, ich bin erledigt.«

»Und wozu dann das Ganze?« Lizas Furcht, von ihm überwältigt zu werden, legte sich, als sie sah, wie Jocelin mit der freien Hand seine Schläfe massierte. »Sagt Nick die Wahrheit?«

»Wovon sprichst du, Mädchen?« stöhnte er und preßte seine Handfläche gegen die Stirn.

Liza musterte ihn von Kopf bis Fuß. Jocelin war um einiges größer als ihr Vater und bei weitem kräftiger gebaut. Sein Oberkörper war ausgesprochen muskulös und verjüngte sich zu den Hüften hin. Sie besaß die Kühnheit, ihn dort zu betrachten, und warf dann einen Blick auf seine kräftigen, langen Schenkel. Dann wanderte ihr Blick wieder zurück zu seinem Gesicht. Da er die Augen geschlossen hielt und sich weiterhin die Stirn rieb, wagte sie noch einen Blick auf seine Hüften und dann weiter bis zu seinen Fersen. Himmel, was für ein Mannsbild. Waren sie alle so ... so großzügig ausgestattet? Und er besaß eine beängstigende Skrupellosigkeit. Jetzt, da er ihr gegenüber diese Skrupellosigkeit einmal nicht einsetzte, beruhigte sie sich und dachte zum ersten Mal ernsthaft über Nicks Worte nach. Natürlich hatte auch sie niemals damit gerechnet, daß er sich so einfach von ihrem Papa unterkriegen ließe.

Jocelin ließ sie los, sank in seine Kissen zurück und rieb sich brummend die Nasenflügel. Auf einmal erwachte wieder Lizas Neugier, die solange unter ihren Ängsten verborgen gewesen war. Warum hatte er nicht einfach ihrem Papa seinen Revolver unter die Nase gehalten und gedroht, ihn zu töten? Selbst Papa hätte klein beigegeben, wenn Jocelin ihm mit unbeeindruckter Killermiene gegenübergetreten wäre.

Ihr Ehemann drehte sich auf die Seite und stöhnte. Liza beobachtete ihn und kaute nachdenklich an ihrem Zeigefinger.

»Mylord, wir müssen miteinander reden.«

»Aber nicht jetzt«, stöhnte er. »Und laß dir ja nicht einfallen, zu verschwinden.«

»Wir müssen dieses Durcheinander in aller Ruhe entwirren.«

Abrupt richtete sich Jocelin auf und packte sie. Er zog sie zu sich heran und fuhr sie an.

»Ich bin nicht so betrunken, als daß ich dir nicht die Kleider vom Leib reißen und diese gottverdammte Ehe vollziehen könnte.«

Liza entwand sich seinem Griff. Während sie sich wehrte, krallten sich seine Finger in den unzähligen Lagen ihrer Röcke fest. Die Seide zerriß, aber da war sie auch schon wieder im Schutze ihres Schlafzimmers angelangt. Als sie die Tür hinter sich verschließen wollte, wagte sie noch einen Blick zurück, wie er vollkommen nackt und selbstzufrieden auf seinem Bett lag. Die blauen Seidenfetzen baumelten an seinen Fingern, und er grinste sie an.

»Beim nächsten Mal, Schätzchen, mach ich nicht bei deinen Kleidern halt.«

Wieder schlug sie die Tür hinter sich zu. Das Schloß rastete ein, und sie hörte ihn kichern. Gütiger Himmel, sie hätte gern gegen die Tür getreten. Nein, eigentlich hätte sie *ihn* liebend gern getreten.

Sie mußte mit ihm sprechen, und zwar, bevor er sich entschloß, sie zu seiner sogenannten anständigen Ehefrau umzufunktionieren. Haha! Was ihm vorschwebte, war wohl eher eine Art Sklavin. Aber das konnte er sich abschminken.

Wie konnte sie das unterbinden? Sie konnte ihm damit drohen, ihrem Papa alles zu erzählen. Aber Papa würde sich nicht darum scheren. Sie konnte ihm damit drohen, seine geheimen Unternehmungen auszuplaudern. Nein. Jocelin reagierte nicht auf ihre Drohungen. Außerdem konnte sie ihn gar nicht bloßstellen, und deshalb standen ihre Drohungen auf tönernen Füßen. Und es stand außer Frage, was er ihr antun konnte, wenn sie ihn weiterhin verärgerte.

Liza starrte auf die verschlossene Tür. Was stimmte eigentlich nicht mit ihr? Warum hatte sie ihn gequält? Sie war Miss Elliot, die Besitzerin der Pennant's Personalvermittlung. Sie war Chefin Dutzender von Beschäftigten. Sie konnte mit den launischsten Kunden vernünftig umgehen. Warum nicht mit diesem Mann?

Vernunft, das war die Erklärung. Logik und Vernunft. Ein sachliches Gespräch bei Tageslicht. Morgen würden sie und Jocelin soweit wieder hergestellt sein. Bestimmt kämen sie zu einem Einvernehmen, einer unterschwelligen Annäherung. Sie sah, daß Jocelin litt, auch wenn er nach außen hin Überlegenheit zur Schau stellte.

Schließlich mußte sie — wenn auch nur vor sich selbst — zugeben, daß Jocelin ein Opfer gewesen war. Vielleicht hatte sie ihn übereilt verurteilt, als er sie beschuldigte. Schließlich war sie diejenige gewesen, die ihm nachspioniert hatte. Ja, sie war mit ihren Schuldzuweisungen genauso idiotisch wie er umgegangen — ohne sich zunächst Erklärungen anzuhören.

Wenn Sie Jocelin davon überzeugte, daß sie nichts mit Papas Plänen zu tun gehabt hatte, konnten sie ihre Fehde beenden. Vielleicht konnten sie sogar verheiratet bleiben, das Privileg herrschaftlicher Ehegatten genießen, sich nur selten zu begegnen.

Morgen würde sie mit ihm vernünftig darüber reden. Sie hoffte nur, daß er Vernunftgründen zugänglich war. Bislang war er ihr entweder wütend oder leidenschaftlich gegenübergetreten. Irgendwie mußte die Vernunft siegen, denn so unglücklich er sie auch machte, wenn sie in Reverie blieb, würde sie sich vielleicht wieder in ihn verlieben. Und das würde sie nicht zulassen. Egal, wie attraktiv er war, sie würde sich nicht noch einmal in ihn verlieben.

20

Fünf Tage lang war es Jocelin gelungen, jeden Schmerz zu vermeiden und allen Versuchungen zu widerstehen. Er nahm seine Spielkarten auf die Hand und starrte sie an, ohne sie wahrzunehmen, während Nick, Asher, Winthrop und Coombes ihre Einsätze nannten. Seit einer Woche vergnügte er sich mit ihnen bei Essenseinladungen und Kartenspielen, um sich die Qual zu ersparen, Liza gegenüberzutreten.

Der heutige Abend verlief genauso wie die vergangenen vier Abende. Liza hatte in ihrem Zimmer zu Abend gegessen, während er mit seinen Freunden im Salon speiste. Er war stolz auf sich, eine Strategie für das Zusammenleben mit seiner neuen Ehefrau entwickelt zu haben. Man sah sich kaum, höchstens im Vorübergehen.

Am Morgen nach ihrer Hochzeit war er mit einem Brummschädel und Magenkrämpfen aufgewacht, und sie stand über ihn gebeugt. Sie hatte um ein Gespräch mit ihm gebeten, als er nur den einen Wunsch gehabt hatte, einen Nachttopf zu finden. Nach seinem Kampf mit dem Nachttopf hatte sie erneut auf ihn eingeredet. Darauf drängend, ihr zuzuhören, hatte sie ihm ihr Verhalten zu erklären versucht, was er allerdings nicht verstanden hatte, weil sich ihm Tausende feinster Nadeln in Kopf und Rückgrat bohrten. Deshalb war er wie eine fehlgezündete Granate aus der Haut gefahren, und sie hatten sich gestritten.

Um ihrer Auseinandersetzung ein Ende zu bereiten, hatte er sie schließlich in ihr Zimmer geschleift und die Tür hinter sich abgeschlossen, was ihm wiederum Lovedays Mißbilligung einbrachte.

»Wir legen nichts als ungebührliches Verhalten im Umgang mit unserer Gattin an den Tag.«

»Ist das so? Dann kümmere du dich doch um sie. Wir haben nicht die Geduld dazu.«

Deshalb hatte er Regeln für ihr Eheleben aufgestellt, die ihr durch Loveday überbracht wurden. Es waren nicht viele. Und damit es keine Mißverständnisse gab, hatte er sie schriftlich festgehalten. Liza mußte ihre Mahlzeiten auf ihrem Zimmer einnehmen. Er aß im Speisezimmer. (Schließlich war es sein Haus.) Sie durfte weder reiten noch flanieren, wenn er ausritt oder spazierenging. (Sein Haus, seine Gartenanlagen, sein Besitz.) Sie durfte einen Raum nicht betreten, wenn er sich gerade dort aufhielt. Sie mußte den Tee im Frühstückszimmer einnehmen, während er sich im Blauen Salon erfrischte. Sie durfte nicht mit ihm sprechen oder ihm schriftliche Notizen übermitteln. Über Loveday konnte sie mit ihm kommunizieren.

Diese Eheregeln würden ihn von seinem Wunsch nach Vergeltung, seinem Verlangen nach ihr und dem Schmerz, mit einer Frau verheiratet zu sein, die ihm Liebe vorgegaukelt hatte, aber nur an seinem Titel interessiert war, kurieren. Loveday fing an, sie Lady Elizabeth zu nennen. Das ärgerte ihn. Sie hatte kein Recht dazu, diesen Titel zu tragen.

Auf seine Regeln hatte er Protest erwartet. Aber Liza reagierte nie so, wie er es erwartete. Ungerührt hielt sie sich an seine Richtlinien. Jetzt war sie nur noch ein Hauch von Zitrone, der durch die Flure wehte, ein Rascheln von Seide und Spitze im Nebenzimmer, das Kratzen einer Feder auf dem Papier, das Klappern von Absätzen auf dem Parkett. Oh, wie er das verabscheute.

Jocelin schmiß seine Karten auf den Tisch. Er lehnte sich zurück, zündete sich eine Zigarre an und beobachtete das Spiel der anderen. In seine Gedanken vertieft bemerkte er kaum, wie die anderen im Spiel innehielten. Nick versetzte ihm unter dem Tisch einen Tritt, und als er sich umdrehte, entdeckte er Liza auf der Schwelle zum Rauchsalon.

Zum ersten Mal seit Tagen sah er sie an. Wieso war sie so blaß? Sie bekam doch die gleiche Kost wie er. Vielleicht war es ihr Kleid in Rosé und violettem Organdy, das ihr diese zarte Blässe verlieh, die er so gar nicht an ihr kannte. Ihre ersten Worte verscheuchten allerdings jeden Eindruck von Zartheit.

»Ich möchte mit dir reden.«

Stirnrunzelnd betrachtete er Nick und die anderen, die aufgestanden waren. Er war sitzen geblieben und paffte an seiner Zigarre.

»Ich habe Gäste.«

»Das ist mir egal.«

Er starrte auf Asher, der ihn mit dem Ausdruck peinlicher Betroffenheit musterte.

»Also, meine Herren«, sagte Jocelin leichthin. »Wie ihr seht, sind junge Ehefrauen eine Bürde. So leicht erregbar. Frauen und ihre schwachen Nerven, ihr begrenztes Denkvermögen. Zweifellos hat sich diese Dame über irgendeine Haushaltsangelegenheit aufgeregt. Ich sehe dich morgen früh, Liza.«

Er hatte gehofft, sie mit seinen beleidigenden Worten zum Gehen zu bewegen. Sie errötete, aber statt sich der Häme männlicher Unverfrorenheit zu beugen, stemmte sie ihre Hände in die geschnürte Taille und sah ihn mit zusammengekniffenen Augen an.

»Wenn du nicht mit mir reden willst, wird deine Bande eitler Gockel alles mit anhören müssen, was ich dir zu sagen habe.«

Jocelin warf seine Zigarre auf den Tisch, sprang aus seinem Sessel auf und marschierte zu ihr. Flüsternd beugte er sich über sie, so daß nur sie ihn verstehen konnte.

»Du gehst jetzt auf der Stelle, und wenn du mich noch einmal in Gegenwart meiner Freunde bloßstellst, versohle ich dir den nackten Hintern. Und dann kannst du von Glück reden, wenn ich es nicht in ihrem Beisein tue und mich von ihnen anfeuern lasse.«

Ohne auf ihre Antwort zu warten, führte er sie auf den Flur hinaus, nach oben und auf ihr Zimmer. Er ging so schnell, daß sie in dem Bemühen, Schritt zu halten, kaum zu Atem kam. Als er sie in ihr Zimmer schob, kämpfte sie sich frei. Er zögerte, als er sich auf den Rückweg machen wollte, denn als sie sich abwandte, sah er ihre tränennasse Wange. Sie weinte ganz leise vor sich hin. Sie bedrängte ihn auch nicht weiter, bat ihn nicht, zu bleiben und mit ihr zu reden. Stolz erhobenen Hauptes ging sie zu einem kleinen Sekretär und legte stützend eine Hand darauf.

In diesem Augenblick erkannte er, was ihn während der ganzen Zeit, seit er seine Regeln abgefaßt hatte, beunruhigt hatte. Sie hatte sie gelassen und mit Würde akzeptiert. Keine tränenreichen Beschwerden, kein gehässiges Wort war über ihre Lippen gekommen. Er betrachtete ihre stolze Erscheinung, die Linien ihrer Schultern unter dem zarten Organdyärmel ihres Kleides. Hatte er einen Fehler gemacht?

»Verlaß bitte mein Zimmer«, sagte sie ruhig. »Und sollte es dir einfallen, mich noch einmal vor deinen Freunden zu beleidigen, wirst du dir wünschen, du hättest Medusa und nicht mich geheiratet.«

Nein, er hatte keinen Fehler gemacht. Er kehrte zu seinen Freunden zurück, ließ sie allein an ihrem Schreibtisch stehen, eine stolze, unbeugsame Frau wie eh und je. Im Rauchsalon traf er auf den wartenden Nick.

»Wo sind die anderen?«

Nick schwenkte sein Brandyglas. »Nach Hause gegangen, mein Lieber. Du hast sie mit deinem Verhalten der Lady gegenüber ganz schön abgestoßen.«

»Verflucht.«

Jocelin fand seine Zigarre und zündete sie noch einmal am Kaminfeuer an.

»Mach dir keinen Kummer«, meinte Nick und gesellte sich zu ihm. »Hör auf meinen Rat und red mit dem Mädchen. Sie ist ein süßes Ding. Gar nicht wie ihr Vater.«

»Wenn sie so süß ist, nimm du sie doch.«

»Und laß mir von dir mit der Knarre nachstellen? Nein danke.« Nick hielt inne und nahm einen Schluck Brandy. »Hör doch auf. Keiner von uns kann dich so in Rage bringen.«

Fluchend lehnte sich Jocelin gegen den Kaminsims.

»Weißt du, wie das ist, wenn man eine Frau begehrt, die einen ausgespielt und benutzt hat? Gott, ich möchte sie verprügeln und gleichzeitig in mein Bett zerren. Ich kann nicht schlafen. Ich kann nicht lesen. Ich kann nicht reiten, ohne dabei nicht an sie zu denken. Wenn ich gerade keinen Haß verspüre, habe ich Lustgefühle. Sie bringt mich um.«

»Du alter Idiot, warum sprecht ihr euch nicht aus?«

»Weil es keine Lösung gibt für eine Ehefrau, die einen in die Ehe hineinmanövriert hat.«

»Du bist ein verdammt halsstarriger Bursche.« Nick schwenkte sein Glas, während sie dem prasselnden Kaminfeuer lauschten. »Hab' eine neue Vogelflinte gekriegt. Hab' angefangen zu sammeln, weißt du. Hab' 'ne Menge antiker Waffen in meiner neuen Waffenkammer zu Hause. Komm morgen früh einfach mal rüber.«

Jocelin zuckte die Schultern.

»Jetzt laß nicht auch noch deinen Frust an mir aus, alter Junge. Ich hab' was, was ich dir auf meinem Sommersitz zeigen will. Du kommst vorbei, abgemacht.«

»Ich habe kein Interesse an alten Waffen.«

»Es ist keine Waffe, du Stümper.«

»Verschwinde, Nick. Ich komme vorbei, wenn du jetzt abhaust.«

Nach einer schlaflosen Nacht hielt Jocelin Wort und besuchte den Landsitz seines Freundes. Nick hatte Hard Lodge, das ehemalige Jagdschloß von Elizabeth I., gekauft, welches sich unmittelbar an Jocelins Ländereien anschloß. Dorthin ritt dieser auf seinem Reitpferd, nahm wenig Notiz von der herrlichen Frühlingslandschaft und interessierte sich kaum für das erste frische Grün, das rings um ihn herum zu sprießen angefangen hatte.

In Hard Lodge ließ er sich im Umgang mit Vorladern, Steinschloßpistolen und Jagdgewehren unterweisen. Er untersuchte gerade eine französische Steinschloßpistole, als er plötzlich das Knarren von Kutschrädern in der Auffahrt vernahm. Als er Nick fragend ansah, schüttelte dieser nur den Kopf.

»Vermutlich der neue Verwalter.«

Er überreichte Jocelin eine Vogelflinte. Jocelin packte die lange Waffe und legte sie auf der Schulter an. Als er durch das Fenster auf einen knospenden Baum zielte, betrat jemand die Waffenkammer. Er drehte sich um und hielt immer noch die Waffe im Anschlag. Üppige Kurven im taubengrauen Reisekostüm gerieten in sein Blickfeld. Rabenschwarze Locken, veilchenblaue Augen. Fluchend legte Jocelin das Gewehr ab.

»Ida Birch, was willst du denn hier?«

»Jetzt krieg dich mal wieder ein, hochwohlgeborener Knilch«, meinte Nick und begrüßte Miss Birch. »Ich habe sie eingeladen.«

Jocelin stützte sich auf die Waffe und zog die Brauen hoch. »Du hast meine Geliebte eingeladen, dich zu besuchen?«

»Warum auch nicht?« erwiderte Miss Birch, die sich ihrer Handschuhe entledigte und ihn flüchtig musterte. »Ich habe seit Urzeiten nichts mehr zu tun.«

»Du hast immer noch das Haus und deinen Unterhalt«, meinte Jocelin.

Miss Birch wedelte mit den Handschuhen vor seiner Nase herum. »Und für wie lange noch? Ich weiß, was es zu bedeuten hat, wenn ein Herr die Rechnungen bezahlt, sich aber nicht mehr meldet. Du naschst doch an anderen Kuchen.« Sie legte Nick eine Hand auf die Schulter. »Nicky hat mir gesagt, daß es dir leid tut, mich vernachlässigt zu haben, und er dachte, daß du Zerstreuung brauchst. Selbstverständlich bin ich deshalb gekommen. Ich brauche Tee, einen kleinen Imbiß und dann ein Bad. Danach können wir ausreiten. Wo ist denn meine Zofe? Elsie? Elsie, weißt du, wo meine Reitgerte ist?«

Miss Birch verließ sie, immer noch in ihrer hohen Kleinmädchenstimme nach ihrer Zofe rufend. Jocelin hob wieder die Vogelflinte hoch und schlenderte zu Nick, der die Hände schützend vor seinen Körper hielt und zurückwich.

»Du Bastard«, knurrte Jocelin.

»Wart mal, mein Lieber. Ich hab' dabei an dich gedacht.«

»Zwei Frauen. Zwei.« Als Nick ihm ausweichen wollte, trat ihm Jocelin in den Weg und drängte ihn in eine Zimmerecke. »Du hast dabei an mich gedacht? Wie hast du dir denn das vorgestellt? Wolltest dir wohl neue Foltermethoden für mich ausdenken, was? Eine Ehefrau und eine Geliebte. Zwei Weiber. Und nur ein paar Kilometer voneinander entfernt.«

»Aber du hast doch gesagt, daß du deine Ehefrau nicht anrührst.«

»Ich will sie aber anrühren, verdammt. Das ist es, was ich will, Tag und Nacht.«

»Nun denn«, meinte Nick mit süffisantem Lächeln, »jetzt bist du einmal hier. Vergnüg dich doch einfach mit Miss Birch, bis du dich mit Liza versöhnen kannst.«

»Ich mich versöhnen? Ich bin doch hier das Opfer, und nicht sie.«

»Ist doch egal.«

Nick huschte an ihm vorbei und reihte seine Waffen wieder in den entsprechenden Waffenschränken entlang der Wände auf. Eine kleine italienische Pistole mit goldenen Einlegearbeiten behielt er allerdings in den Fingern.

»Ich muß diese im Dorf beim Schmied vorbeibringen«, meinte er. »Bitte entschuldige mich bei Miss Birch.«

»O nein. Du bleibst hier.«

Nick war schon zur Tür hinaus. Jocelin stürzte ihm hinterher, weil er sah, daß dessen Reitpferd schon gesattelt bereitstand.

»Du kommst sofort zurück.«

Er wollte nach den Zügeln greifen, doch Nick gab seinem Pferd die Sporen und setzte sich in Bewegung.

»Werd nicht lang weg sein, alter Junge.«

Schmutz prasselte auf Jocelins Stiefel, als das Pferd lostrabte. Er verfluchte seinen Freund und marschierte dann zum Stall, um sein Pferd zu holen. Seine Wut steigerte sich noch, als er erfuhr, daß sein Reitpferd zum Grasen auf eine weiter entfernte Koppel gebracht worden war. Erst einmal mußte ein Stallknecht seinen Hengst einfangen, dann striegeln und satteln. Unterdessen ging Jocelin zurück zum Haus, wo er gezwungen war, den Tee mit Miss Birch einzunehmen.

Birch, das mußte er zugeben, war eine hervorragende Geliebte gewesen. Sie verlangte nie mehr, als er zu geben bereit war, erfüllte ihm jeden Wunsch und verschwand, wann immer er wollte, bis jetzt jedenfalls.

Seine Vernachlässigung hatte ihr liebenswürdiges Wesen verärgert. Früher hatte sie ihn irgendwie an Konfekt erinnert, aber jetzt schien der Schokoladenguß abgebröckelt zu sein. Jetzt trank sie selbst ihren Tee mit einer Märtyrermiene.

Während Miss Birch Orangenkuchen verdrückte, zählte er das Ticken der Standuhr in der Halle. Als er bei 370 angelangt war, hörte er das Klappern des Porzellans. Miss Birch hatte ihren Tee beendet und war in einem unbeobachteten Augenblick aufgestanden. Als sie auf ihn zugeschossen kam, nahm er den entschlossenen Zug um ihren Mund wahr und versuchte, sich zu erheben. Zu spät. Sie kam ihm zuvor, setzte sich auf seinen Schoß und erdrückte ihn beinahe unter Metern taubengrauer Schurwolle, einer Krinoline und Bergen von Spitze.

Dann nahm sie sein Gesicht in beide Hände, und er atmete den Geruch von Orangenkuchen ein. »Jocelin, Liebling, hast du mich denn gar nicht vermißt?«

»Wahnsinnig«, murmelte er und bemühte sich verzweifelt, sich durch ein Meer von Röcken, Unterröcken und Reifröcken zu kämpfen.

Vergeblich versuchte er, sie irgendwie von seinem Schoß zu bugsieren. Schließlich hatte er etwas entdeckt, das wohl ihr Korsett darstellte. Er umklammerte es mit beiden Händen, war aber nicht schnell genug, um zu verhindern, daß sie ihre Lippen auf die seinen drückte. Er drehte sein Gesicht zur Seite, aber sie ließ nicht locker, sondern suchte seine Lippen und preßte ihren Mund fest darauf. Jeder Versuch, etwas zu sagen, wurde von ihrer Zunge vereitelt.

Schließlich rang er nach Luft, als ihre Hände sich unter sein Jackett in seine Hose vortasteten und dort fanden, wonach sie suchten. Seine Hände kämpften sich in fieberhafter Eile durch Fischbeinstäbchen, Merinowolle und Spitze, um sie daran zu hindern. In dem Augenblick, als sie sich mit seinem besten Stück zu schaffen machen wollte, bekam er ihre Hände in den Griff und versuchte sie loszureißen.

»Ida!«

»Hallo«, sagte eine andere Stimme. »Ich bin gern behilflich.«

Sein Blick fiel auf eine schwarze Biberkappe mit Schleier, zünftige Reitgarderobe und aschblonde Locken. Schwarze

Glacéhandschuhe packten Ida im Genick und drückten zu, woraufhin diese aufkreischend von seinem Schoß heruntersprang und wie ein hilfloses Bündel vor ihm liegen blieb. Liza ließ ihr Opfer los, trat zwischen Jocelin und Ida, zog eine vertraute, goldverzierte Pistole aus ihrem Gürtel und richtete diese auf Ida.

»Das also ist deine Geliebte«, sagte sie ruhig.

Jocelin schluckte, dann giftete er sie an: »Eine von ihnen.«

Zu seiner Überraschung schien sie das völlig kaltzulassen. Sie nickte nur und kniete sich dann neben Ida. Grinsend hielt sie den Lauf der Pistole auf Idas Brustkorb gerichtet.

»Guten Morgen, Miss Birch.«

»Oooh!«

Liza fuhr fort, als habe sie nichts bemerkt. »Ich bin die frisch angetraute Ehefrau seiner Lordschaft, Lady Radcliffe. Und dies ist das einzige Gespräch, das wir jemals führen werden, also hören Sie genau zu.« Die Pistole glitt über die Knöpfe von Idas Kostüm und stoppte unter deren Kinn. »Wenn Sie meinen Ehemann noch einmal anrühren, werde ich Ihnen ein hübsches Loch durch Ihren ... Ihren Hut schießen.« Der Lauf berührte Idas Nase.

Miss Birch kreischte. »Jocelin!«

Fasziniert und verunsichert, ob er das Risiko eingehen sollte, die Pistole an sich zu reißen, hielt Jocelin den Mund und bewegte sich nicht.

Liza stand wieder auf und fuchtelte mit der Pistole vor Idas Gesicht herum. »Verschwinden Sie, Miss Birch. Ich bin sicher, Sie werden den nächsten Zug noch erreichen, wenn Sie sich beeilen.«

Ida war vollkommen brüskiert und plusterte sich auf wie ein aufgeschrecktes Perlhuhn. »Sie sind verrückt. Völlig verrückt.«

Liza legte einen Arm um ihr Opfer, drückte sie wie eine enge Freundin an sich und sprach in vertraulichem Ton zu ihr.

»Um so mehr Grund für Sie, Angst vor mir zu haben.«

Mit einem Aufschrei entzog sich Ida ihr, rief nach ihrer Zofe und ihrer Kutsche. Jocelin konnte sich ein Lächeln nicht verkneifen. Während seiner Affären hatte noch keine Frau soviel Eifersucht an den Tag gelegt, daß sie sogar eine Waffe auf ihre Rivalin gerichtet hätte. Sie war eifersüchtig, also bedeutete er ihr etwas. Sein Lächeln verwandelte sich in ein erfreutes Grinsen, als Liza sich von Miss Birch abwandte und sich zu ihm umdrehte. Das Grinsen verging ihm allerdings, als sie die Waffe diesmal auf ihn richtete.

»Keine Liebschaften«, sagte sie. »Keine Huren, keine Tänzerinnen, keine Schauspielerinnen. Keine Dienstmädchen, Haushälterinnen, keine pummeligen und vorwitzigen jungen Cousinen. Und auch nicht mit Schneiderinnen. Ist das klar?«

»Einen Augenblick, bitte.«

»Ich kann mit der Waffe umgehen. Toby hat es mir beigebracht. Ich habe zwar nur selten Gelegenheit, eine zu benutzen, aber ich ziele genau.«

Jocelin sprang auf. Er spürte so etwas wie Vorfreude, als er Lizas wippenden Fuß, ihre zu Schlitzen verengten Augen und die Art, wie sie vor ihm auf und ab schlenderte, wahrnahm. Warum war ihm noch nie aufgefallen, wie sehr sie ihn erregte, wenn sie stritten? Er konnte der Herausforderung einfach nicht widerstehen.

Jocelin verschränkte die Arme vor der Brust. »Ich lasse mir von meiner Frau nichts vorschreiben.«

»Und ich sitze nicht zu Hause über meiner Stickerei, während du dich mit anderen Frauen vergnügst.«

Er lächelte und war erfreut, daß sie die Herausforderung annahm. »Du kümmerst dich um deine Dinge. Und ich mich um meine. Ein Mann hat gewisse Rechte, und die Pflicht jeder Frau besteht darin, sich um sein Heim zu kümmern und ihre Nase nicht in seine Angelegenheiten zu stecken.«

»Vollkommen absurd.«

Jocelin starrte sie an, als könnte er nicht glauben, daß sie mit den gesellschaftlichen Regeln nicht einverstanden war, die doch jeder akzeptierte.

»Du bist eine von diesen Frauen«, sagte er.

»Von welchen Frauen?«

»Diesen Frauen, die ...«, er senkte seine Stimme. »Rechte

wollen, Schulbildung.« Er sprach noch leiser und trat gefährlich nahe an sie heran. »Scheidung, und ... und das Wahlrecht.«

Liza wich zurück und schüttelte ihren Kopf. »Ach das. Natürlich will ich das auch, aber das ist nicht der springende Punkt.«

Er lachte erneut, hielt jedoch inne, als er ihr Fluchen hörte. »Doch, das ist er. Solche Forderungen sind unweiblich.«

»Ich kenne deine rückständigen Ansichten in bezug auf Frauen, Mylord. Daran bin ich nicht interessiert. Ich bin nur daran interessiert, dir deine Situation verständlich zu machen. Du kannst dich benehmen und die gleichen Ansprüche erfüllen, die du von mir erwartest, oder von Bett zu Bett hüpfen und mit dem Schlimmsten rechnen.«

Seine Erheiterung schwand bei dieser Bemerkung. Sie war eindeutig zu weit gegangen. Sein Unterkiefer zuckte, doch ihm fiel nichts ein, was er einer Dame hätte sagen können.

»Und außerdem, komm mir nicht mit Entschuldigungen.« Liza fuchtelte mit der Waffe vor seiner Nase. »Keine fadenscheinigen Erklärungen über die animalische Natur des Mannes, jenen unbeherrschbaren Drang, der sogar die Verantwortung für euer Handeln überlagert. Völliger Unsinn.«

Unglaube verwandelte sich in Zorn. Er spürte, wie sein Blut schmerzhaft durch Schläfen und Halsschlagader pulsierte. Keiner hatte ihm zu sagen, wie er sich zu benehmen hatte, und schon gar keine Frau. Er biß die Zähne zusammen, schlenderte unschlüssig auf und ab, und kam ihr dabei immer näher, so daß sie sich immer weiter von der Tür entfernte.

»Du meine Güte«, keifte er. »Du hast sicher Knallfrösche unter deinen Unterröcken, Schätzchen.«

»Wovon sprichst du?« Sie wich zurück, da er ihr immer näher kam.

»Wenn du so daran interessiert bist, mich von anderen Frauen fernzuhalten, willst du mich sicher für dich.«

»Das habe ich mit keinem Wort gesagt!«

Er lächelte in den schwankenden Pistolenlauf.

»Der Gedanke, daß ich es mit einer anderen Frau treiben

könnte, läßt dir das Blut in den Adern gefrieren. Gib's zu.« Sie umkreisten sich jetzt, aber Lizas Aufmerksamkeit galt seinen Worten.

»Vollkommen absurd.«

Lachend kam er ihr näher. »Du warst doch bereit, die arme Miss Birch zu skalpieren. Aber du solltest einsehen, Schätzchen, die einzige Möglichkeit, mit der du hundertprozentig sicher bist, daß ich nicht in einem fremden Bett schlafe, ist die, mich in deinem Bett aufzuhalten.«

Sie stolperte, und er schlug ihr die Pistole aus der Hand. Sie fiel zu Boden. Der Abzug schnappte, doch nichts passierte, als Jocelin zu Liza sprang. Er riß sie mit sich zu Boden, kam auf ihr zu liegen, aber es gelang ihm, ihren Kopf zu schützen, so daß dieser nicht auf dem Boden aufschlug. Sie schnappte nach Luft, als er auf sie fiel. Das Gewicht auf seinen Unterkörper verlagernd schnappte er ihre Hände und grinste sie an.

»Jetzt wirst du lernen, warum ich der Herr bin und du die gehorsame Ehefrau.« Sie bäumte sich unter ihm auf, und er lachte erneut. »Ich schließe mit dir einen Handel ab. An dem Tag, an dem du dich gegen mich wehren kannst, werde ich alle die Argumente, die du mir gerade an den Kopf geworfen hast, einmal genauer überdenken.«

Fluchend wand und krümmte sie sich, aber sie kam nicht frei. Er hielt ihre Handgelenke umklammert, bemühte sich jedoch, ihr nicht weh zu tun. Schließlich gab sie völlig außer Atem und krebsrot bis zu den Haarwurzeln auf. Jocelin spürte die Hitze, die von ihrem Gesicht ausging. Er legte eine Wange an die ihre, obwohl sie protestierte. Dann küßte er ihre Schläfe. Sie reckte ihren Kopf, aber er faßte ihr Kinn mit der einen Hand, während er mit der anderen ihre Handgelenke umschlossen hielt. Langsam kamen seine Lippen den ihren immer näher.

»Komm, Schätzchen, ich streite mich zwar gern, aber wir haben Besseres zu tun.«

21

Als Jocelin mit ihr zu Boden fiel, wurde Liza abrupt aus ihrem Taumel gerissen, in dem sie sich befand, seit sie Miss Birch aus ihrer Kutsche hatte steigen sehen. Sie hörte, wie er schwor, ihr seine ungeteilte Aufmerksamkeit zu widmen, und sah, wie sich seine Lippen näherten. Dann brach sie zu ihrem Entsetzen in Tränen aus. Dieser Mann, von dem sie befürchtete, daß sie ihn immer noch liebte, wollte sich mit ihr vergnügen, als wäre sie nur ein armseliger Ersatz für die Geliebte, die er gerade verloren hatte. Bei diesem Gedanken weinte sie noch hemmungsloser. Sie hörte seine aufgebrachten Fragen, konnte ihm aber nicht antworten.

Nach Tagen der Einsamkeit und des Ignoriertwerdens hatte sie Jocelin mit der Absicht verfolgt, ihn zur Rede zu stellen und sich mit ihm auszusprechen. Auf dem Weg zu Nicks Anwesen war eine Kutsche an ihr vorübergefahren, in der eine üppige dunkelhaarige Schönheit gesessen hatte. Und da sie Jocelin kannte, war Lizas Mißtrauen geweckt worden.

Sie war der Kutsche gefolgt und hatte Nick getroffen, der zu Pferde in die entgegengesetzte Richtung unterwegs gewesen war. Er hatte sie nach dem Zweck ihres Besuches gefragt, voller Befriedigung zugehört und ihr die antike Pistole mit der Bemerkung ausgehändigt, daß sie sie vielleicht brauchen würde. Als sie dann Jocelin mit der Frau in seinen Armen angetroffen hatte, waren ihre Gedanken und ihr Handeln mit ihr durchgegangen, denn sie spürte eine so unerwartete Rivalität und ein so heftiges Begehren, daß sie glaubte, wahnsinnig zu werden.

Dieses Gefühl nahm allerdings sein jähes Ende, als Jocelin mit ihr zu Boden ging und ihr mit seiner Bevormundung drohte. Jetzt sah sie durch einen Tränenschleier zu ihm auf. Jocelin hatte sich erhoben und saß nun mit gespreizten Beinen auf ihr. Er gab ihre Hände frei, ergriff dann erneut eine Hand und tätschelte sie zerstreut.

»Verflucht. Was ist denn los? Ich dachte, du hättest unsere kleine Auseinandersetzung genossen.«

Liza bedeckte ihre Augen mit einem Unterarm und heulte. Er hatte sie bereits einmal weinen sehen, was hatte sie also schon zu verlieren? Sie spürte, daß Jocelin ihre Hand streichelte, dann ihre Schulter; hilflos murmelte er Worte des Trostes.

»Habe ich dich verletzt?« fragte er verwirrt.

»Ach-hm.«

Liza senkte ihren Arm und blickte auf eine exakte Bügelfalte. Jocelin starrte Loveday an.

Bevor er noch irgend etwas sagen konnte, klatschte der Kammerdiener in die Hände und nickte seinem Herrn zu. »Guten Morgen, Mylord.«

Liza musterte Jocelin, der jeglichen Spaß an ihrer Auseinandersetzung verloren zu haben schien.

Als Jocelin nicht antwortete, fuhr Loveday fort. »Verzeihen Sie mein Eindringen, Mylord. Aber die Angelegenheit entbehrt nicht einer gewissen Wichtigkeit.« Sein Blick streifte Liza und seinen Dienstherrn. »Ich vermute, daß eine größere Katastrophe eingetreten ist, die es erforderlich macht, auf einer weinenden Dame zu sitzen?«

Liza wischte sich die Augen und starrte Loveday an. Jocelin schüttelte den Kopf, warf seine schwarzen Locken zurück und erhob sich von ihr. Dann bot er ihr eine Hand und half ihr beim Aufstehen. Sobald sie aufgestanden war, ließ sie seine Hand wieder los.

Jocelin marschierte zur Tür und riß sie auf. »Verschwinden Sie, Loveday.«

»Nein, bitte nicht«, rief Liza. »Er spielt immer noch den Revolverhelden.«

»Tue ich nicht!«

Liza schob trotzig ihr Kinn vor. »Tust du doch.«

Fluchend schloß Jocelin die Augen; als er sie wieder öffnete, sprach er in ruhigerem Ton. »Vielleicht bist du es gewöhnt, private Angelegenheiten im Beisein von Personal zu klären. Das schickt sich jedoch nicht.«

»Mit Loveday ist das etwas anderes. Das weiß selbst ich.«

Jocelin schlenderte auf sie zu. »Ich bin ein toleranter Mann, aber du wirst mir gefälligst nicht vor einem Diener widersprechen.«

»Mylord«, hörte er eine höfliche Stimme. »Wir scheinen unsere eigenen Anstandsformen vergessen zu haben. Wir treten Damen nicht zu nahe.«

»Ich habe dir gesagt, du sollst verschwinden!«

Liza warf Loveday einen beschwörenden Blick zu, und dieser erhob seine Stimme. »Mylord, ich sagte bereits, daß wir jungen Damen nicht zu nahe treten. Wir haben erfahren, daß ein solches Verhalten uns an gewisse Handlungen erinnert, die einmal auf uns abzielten.«

Bei dieser Bemerkung stutzte Jocelin. Liza war überrascht und erleichtert, als sie sah, wie er errötete. Dann wich sämtliche Farbe aus seinem Gesicht, und er sah verschämt zu Boden.

»Wenn Ihre Lordschaft mich jetzt entschuldigen wollen«, sagte Loveday und verließ den Raum.

Jocelin nickte, dann streckte er den Arm nach einem Sessel aus. Liza hielt auf Abstand und setzte sich hin. Mehrere Schritte von ihr entfernt stand Jocelin und hielt sich kerzengerade wie eine griechische Säule; dann öffnete er den Mund.

»Nein«, meinte Liza. »Laß mich ausreden. Wenn du etwas sagst, werden wir uns nur wieder streiten. Du wirst mir jetzt zuhören, und wenn ich eine dieser Musketen auf dich richten muß. Nicke, wenn du einverstanden bist.«

Er nickte.

»Gut.« Sie stand auf. Stehen empfand sie als Vorteil. »Ich halte diese Hölle, die du für mich bestimmt hast, für grundlos und unverständlich. Deshalb, Mylord, wirst du mir jetzt zuhören. Ich habe kein Komplott geschmiedet, damit du mich heiratest. Nein, sag jetzt nichts.«

Sie ging vor ihm auf und ab. »Ich gebe zu, daß ich dir nachspioniert habe, aber nur, um den Mörder meines Bruders zu finden. Und als ich herausfand, daß du nicht der Mörder William Edwards sein konntest, nun, da habe ich auch damit aufgehört.« Es bestand kein Anlaß dazu, ihm zu erzählen, daß sie sich auch in ihn verliebt hatte. »Und weißt du, wieso ich herausfand, daß du kein Mörder bist? Ich werd's dir erzählen. Es fiel mir gleich am ersten Tag auf, als wir gemeinsam nach Willingham fuhren und ich dir zu Dr. Sinclairs Haus gefolgt bin.«

»Zum Teufel mit dir.«

Sein entsetztes Gesicht erfüllte sie mit Befriedigung.

»Ich hörte, was du zu ihm sagtest, und verstand auf einmal, was du mit dem Jungen und dem Mädchen in St. Giles gemacht hast.«

»Großer Gott.«

Jetzt sah er sie an, als würden ihrem Kopf Schlangen entsprießen.

»Ja«, fuhr Liza fort. »Ich, die du als zu zart besaitet für das Wahlrecht oder eigenes Vermögen ansiehst, kann dich ohne dein Wissen verfolgen und deine geheimen Rachefeldzüge aufdecken. Und, um dem Ganzen die Krone aufzusetzen, ich habe das Geheimnis für mich behalten.« Sie hielt inne und beobachtete, wie seine Kinnmuskulatur arbeitete. »Nun, Mylord, wenn ich dich wirklich in eine Ehefalle hätte locken wollen, wäre mir das schon viel früher und ohne die Hilfe meines hinterlistigen Vaters gelungen.«

Wenn sie die bedrohliche Seite dieses Mannes nicht so unablässig beobachtet hätte, wäre ihr aufgefallen, wie viele Gefühlsregungen ihn durchströmten. Die statuengleiche Maske fiel von ihm ab. Er fuhr sich mit einer Hand durchs Haar, und sie bemerkte, daß diese leicht zitterte.

»Wieviel weißt du von allem?« flüsterte er.

»Nur das, was ich gerade gesagt habe. Du und Mr. Ross, ihr habt ein geheimes Abkommen, mißbrauchte Kinder zu retten und die Welt von den Männern zu erlösen, die sich an diesen Kindern vergehen.«

»Mehr nicht? Schwörst du mir das?«

Liza runzelte die Stirn, dann nickte sie. »Wenn du willst.«

Es verwirrte sie, daß er erleichtert aufseufzte, als wäre ein Wunder geschehen. Dann wandte er sich von ihr ab und schlenderte durch den Raum. Liza betrachtete seine stolze Erscheinung. Sie wartete, während er in eine Vitrine starrte, die mittelalterliche Dolche enthielt. Nach einer Weile drehte er sich plötzlich um und kam entschlossenen Schrittes zu ihr zurück.

Sie griff nach der Lehne eines Stuhls, darauf vorbereitet, sich zu wehren, falls er sie bedrängte. Ihr Blick folgte seinen Bewegungen, als er sich verbeugte, ihre Hand nahm und sie küßte. Seine Lippen berührten ihren Handrücken nur leicht, aber sie erbebte bei dieser Berührung. Als er aufblickte, hielt sie den Atem an.

Er hatte wieder diesen bewundernden und amüsierten Blick. Diesen Blick, von dem sie geglaubt hatte, ihn nie wieder erleben zu dürfen. Er war wieder da und noch liebevoller, als sie jemals gedacht hatte.

Er legte ihre Hand auf seine Wange. »Liza, süße, süße Liza. Wirst du mir verzeihen?«

Ihr Mund öffnete sich vor Erstaunen, und sie begann zu stottern, errötete und versuchte, ihre Hand wegzuziehen. Schmunzelnd verstärkte er seinen Griff und zog sie zu sich heran.

»Du verzeihst mir, nicht wahr?«

Sie wackelte mit dem Kopf, wagte jedoch nicht, ihn aus seiner sicheren Position vor ihrer Brust zu heben. Er tat es für sie, murmelte eine weitere verwirrende Entschuldigung und küßte sie. Als seine Zunge ihren Mund berührte, vergaß sie ihre Schüchternheit. Sie protestierte, als er aufhören wollte und öffnete ihre Augen. Er bestaunte sie, als hätte er soeben den Heiligen Gral gefunden.

»Ich wußte nicht, daß es Frauen wie dich gibt.«

»Bin ich so seltsam?« fragte sie ängstlich.

»Nein«, lachte er, »daß du mich so akzeptierst, wie ich bin.«

»Ich mag dich, wie du bist.«

Lachend warf er den Kopf zurück und jagte ihr ein wohliges Schaudern durch den ganzen Körper.

Sie fuhr fort. »Dann macht es dir also nichts aus?«

»Was denn?«

»Du hast gesagt, ich akzeptiere dich. Dann macht dir das andere auch nichts aus.«

»Liza, das verstehe ich jetzt nicht.«

»Meine Prinzipien. Daß Frauen Bildung erhalten sollen und eigenes Vermögen und ...«

»Unsinn.«

Sie runzelte die Stirn. »Ich verstehe. Ich soll akzeptieren, wie du bist, aber ich darf nicht erwarten, daß du dich mir gegenüber ebenso verhältst.«

»Bei einer Frau ist das etwas anderes.«

Jocelin konnte sich glücklich schätzen, dachte Liza, daß Loveday sie ein weiteres Mal unterbrach.

»Verzeihung, Mylord, aber es ist kein Aufschub möglich. Ihr Vater und Ihr Onkel warten auf Sie.«

»Jocelin!«

Bei diesem Befehlston, der die Ankunft des Herzogs von Clairemont und seines Bruders ankündigte, sprang Liza auf. Der Herzog stürmte in die Waffenkammer, und es fehlte ihm nur noch ein Streitroß, um den Eindruck eines aufgebrachten Ritters zu vervollkommnen. Yale lief in seinem Windschatten, ein stiller und ergebener Leibgardist.

Der Herzog richtete seinen Gehstock auf Jocelin und hätte ihn fast damit verletzt. »Möge Gott dich auf immer in der Hölle schmoren lassen!«

Jocelin achtete gar nicht auf seinen Vater. Sein Blick hing an Yale, sobald dieser den Raum betreten hatte. Liza stellte sich an Jocelins Seite und war besorgt über die Eiseskälte in seinen Gesichtszügen. Während sie ihn beobachtete, wurde er zum stillen, hinterhältigen Raubtier.

»Ist das die Person, mit der du eine Verbindung eingegangen bist?«

Jocelin senkte seinen Kopf, ließ Yale jedoch nicht aus den Augen. Liza fühlte den Stich der Zurückweisung, Schmach und Zorn. Sie trat vor den Herzog und stellte einen anmutigen Hofknicks zur Schau, der einer Prinzessin während der Krönungszeremonie alle Ehre gemacht hätte.

»Guten Morgen, Eure Hoheit. Es tut mir leid, aber seine Lordschaft scheint im Augenblick etwas verwirrt zu sein. Ich bin Elizabeth Elliot — nein — Marshall.«

Die Wangen des Herzogs waren rot angelaufen, und seine

Gesichtszüge wirkten so starr wie die einer angemalten Marionette.

Er ignorierte Liza. »Verdammt und zugenäht. Du hast es wirklich getan, nicht wahr? Du hast die Enkelin eines Fleischers geheiratet. Du wirst die Ehe umgehend annullieren lassen. Umgehend!«

Schließlich wandte Jocelin seinen blutrünstigen Blick von Yale ab und starrte seinen Vater an.

»Du wolltest doch, daß ich heirate. Das habe ich getan, und eine Annullierung ist unmöglich.«

Die Gesichtsfarbe des Herzogs ähnelte der einer Geranie, und er schnauzte seinen Sohn an: »Und ich dachte, deine Glanzleistung wären die Lügen über Yale gewesen. Ich verabscheue dich!«

Bei diesen Worten ging Lizas Temperament, das sie seit dem Eintreffen des Herzogs sorgsam zu bändigen versucht hatte, mit ihr durch. Sie marschierte auf ihn zu und wünschte sich, sie hätte noch ihre kleine Pistole.

»Lassen Sie Jocelin in Ruhe, Sie alter Grobian.«

Zum ersten Mal schien der Herzog sie zu bemerken. Sein Mund öffnete und schloß sich wie bei einem Fisch. »Sei still, Mädchen. Du weißt ja gar nicht, zu welchen Gemeinheiten mein Sohn fähig ist.«

Jocelin stürmte auf seinen Vater los, aber Yale hielt ihn zurück. Als die Hand des älteren Mannes seinen Jackenärmel berührte, wirbelte Jocelin herum und erhob seine Stimme.

»Finger weg, du Bastard.«

»Da siehst du es«, meinte der Herzog.

Liza warf dem Adligen einen verwirrten Blick zu und sah dann wieder Jocelin an, der plötzlich ganz still geworden war.

Einen Augenblick später lächelte er wieder und meinte in seinem lasziven Tonfall: »Na, na, na, Daddy.«

»Da sehen Sie, was Sie angerichtet haben«, sagte Liza zu dem Herzog.

»Vielleicht brauchst du einen Beweis«, meinte Jocelin und warf seinem Onkel einen schiefen Seitenblick zu. »Was sagst du dazu?«

Yale schüttelte den Kopf und wedelte hilflos mit den Armen. »Was kann ich dazu sagen, mein lieber Junge? Mir bleibt nur, deine Abneigung zu ertragen, obwohl ich sie in all den Jahren nicht verdient habe. Es tut mir wirklich leid, daß dein wankelmütiges Wesen dich dazu veranlaßt hat, ein Lügengerüst um mich herum aufzubauen, obwohl ich dich beschützt habe, als du von deiner Familie weggerannt bist.«

Jocelin baute sich grinsend vor seinem Onkel auf. »Mein wankelmütiges Wesen.«

Lizas Unwohlsein wuchs, denn Jocelins Stimme war gefährlich ruhig geworden, und er kam seinem Onkel immer näher.

»Einen weiteren Angriff auf Yale lasse ich nicht zu, Jocelin«, sagte der Herzog.

»Vielleicht habe ich mich getäuscht«, meinte Jocelin, als er nur noch zehn Zentimeter entfernt von seinem Onkel stand und dieser zurückwich. »Vielleicht habe ich meiner Abneigung zu lange nachgehangen.«

Die beiden Männer blieben stehen, als Yale mit dem Rücken eine Waffenvitrine berührte. Jocelin beugte sich vor, so daß er seinen Onkel fast berührte, und sah diesen fest an. Lizas Arme überzogen sich mit einer Gänsehaut, denn Yale wirkte verwirrt, auf der Hut und doch irgendwie fasziniert. Sah er nicht die Gefahr, in der er sich befand? Gütiger Himmel! War Jocelin bewaffnet? Liza schlich durch das Zimmer und stellte sich neben die beiden. Jocelin musterte sie und schien daraufhin die Nähe zu seinem Onkel zu bemerken.

»Vielleicht«, sagte er, »vielleicht hat der besänftigende Einfluß meiner Frau dazu geführt, daß ich erkannt habe, wie falsch ich mich verhalten habe.«

»Besänftigend«, meinte Liza. »Ich?«

Plötzlich wandte sich Jocelin von seinem Onkel ab und ergriff ihre Hand. »Ja, natürlich. Du, meine Liebste.« Er zog sie an sich und flüsterte: »Wenn du den Raum verläßt, nimm meinen Vater mit nach draußen und bitte ihn, am Fenster zu lauschen.« Er blickte zum Fenster, durch das man auf eine kleine Terrasse und in den Garten sehen konnte.

»Soll ich jetzt gehen?« fragte Liza.

Jocelin erhob seine Stimme. »Meine Frau hat gerade vorgeschlagen, daß eine kurze Unterredung mit Yale unsere Mißverständnisse vielleicht klären kann. Sollen wir unter vier Augen darüber reden, Yale?«

»Meinst du das ernst?« fragte der Herzog.

Jocelin bedachte seinen Vater mit einem unterkühlten Lächeln. »Ich meine es immer ernst.«

»Dann kommen Sie, Mädchen.«

Liza sah den Herzog skeptisch an, folgte ihm jedoch nach draußen. In der Halle zog sie ihn am Jackenärmel.

»Kommen Sie, Durchlaucht.«

»Junge Frau, lassen Sie mich sofort los.«

Liza hielt seinen Ärmel fest und zog den Herzog hinter sich her, als sie aus dem Haus eilte.

»Was tun Sie da?« fragte er und entwand sich ihrem Griff.

Sie legte einen Finger auf die Lippen und ging auf Zehenspitzen um das Haus, bis sie unter dem Fenster der Waffenkammer angelangt war. Der Herzog folgte ihr widerwillig.

»Was . . .?«

»Pst!« Sie kauerte sich unter den Fenstersims und deutete neben sich.

Im Inneren standen Jocelin und Yale sich vor einer Vitrine gegenüber, die mehrere Armbrüste enthielt. Das Fenster war geöffnet, so daß man ihre Stimmen deutlich verstand.

»Wenn es ihr gelungen ist, dich so zu verändern, dann bin ich wirklich dankbar.«

Jocelin stützte seine Arme auf der Glasscheibe ab, hinter der die Armbrüste aufbewahrt wurden, und senkte seinen Blick, als schämte er sich und suchte um eine Entschuldigung. »Sie hat mich verändert. Ich habe dafür keine Erklärung, aber sie gibt mir das Gefühl, daß die Vergangenheit viel unwichtiger ist, als ich früher geglaubt habe.«

Yale kam ihm vertraulich näher. »Ich könnte für sie ein gutes Wort bei deinem Vater einlegen.«

»Könntest du das?«

»Sein Zorn ist entsetzlich, Jocelin, und das weißt du. Der Einfluß meines Bruders ist von unschätzbarem Wert, wenn deine Frau von der Familie und der Oberschicht akzeptiert werden soll.«

Jocelin klang deprimiert. »Ich möchte nicht, daß man ihr weh tut.« Er seufzte und schien nicht bemerkt zu haben, daß Yale ihm sehr nahe gekommen war. »Ich wäre dir für deine Unterstützung dankbar.«

»Ja, wärest du das?« Yale streckte vorsichtig eine Hand nach der von Jocelin aus, die auf der Glasscheibe ruhte. Als er die Hand seines Neffen umschlossen hatte, fuhr er fort. »Ich werde alles für sie tun, wenn sie dich nach all den Jahren zu mir zurückbringt.«

Dem Herzog entfuhr ein Geräusch, und Liza schubste ihn mit ihrem Ellbogen an.

»Hast du durch deine kleine Ehefrau endlich die Wahrheit erkannt?« fragte Yale und hob Jocelins Hand hoch.

»Ich ... ich weiß es nicht.«

Jocelins zögerlicher Tonfall ließ Liza ihre Zähne zusammenbeißen. Er war ein hervorragender Schauspieler, denn Yale wirkte sehr ermutigt. Wie Liza erstaunt beobachtete, beugte sich Yale ganz nahe zu Jocelin vor und flüsterte ihm ins Ohr. Die Hand des älteren Mannes streichelte Jocelins Arm.

Ein Klicken ließ ihn innehalten. Er wurde starr, dann hob er die Arme und gab Jocelin frei, der zurücktrat und die kleine goldverzierte Pistole geradewegs auf Yales Herz gerichtet hatte.

»Nun«, sagte Jocelin und blickte aus dem Fenster. »Was sagst du dazu, Daddy? Klingt fast so, als hätte man einen Judas zum Bruder, oder?«

Liza stierte die beiden Männer an und fuhr zusammen, als sie das entsetzliche Gebrüll des Herzogs vernahm. Sie raffte ihre Röcke und rannte hinter ihm her, als er zurück zur Waffenkammer lief. Als sie ankamen, sahen sie Yale, der seine Hände flehend erhoben hatte und am ganzen Körper zitterte. Liza kam schlitternd zum Stehen und bemerkte den Ausdruck in Jocelins Augen.

»Nicht«, flüsterte sie ihm zu. »Töte ihn nicht, bitte.«

Jocelin schien sie nicht zu hören, also kroch sie zu ihm

und legte ihm eine Hand auf seinen Arm. Seine Augenlider flatterten, aber er fixierte Yale unerbittlich.

Schließlich vernahm sie ein entferntes Murmeln. »Liza?«

»Bitte, tu es nicht. Wenn du es tust, werde ich dich wieder verlieren.«

Der Herzog war für Sekundenbruchteile wie erstarrt vom Anblick seines Sohnes, der eine Waffe auf seinen Onkel gerichtet hielt. Jetzt trat er schwer atmend, mit zerzaustem Haar und verrutschtem Kragen auf seinen Sohn zu. »Möge Gott Erbarmen mit deiner entarteten Seele haben. Du versuchst die Bedeutung des soeben Geschehenen schon wieder zu verdrehen.«

Jocelin sah seinen Vater angewidert an und legte dann langsam die Pistole weg. Als sie seinen Gesichtsausdruck bemerkte, trat Liza zwischen ihren Ehemann und seinen Vater.

»Sie sind verrückt«, sagte sie zu dem Herzog. Sie zeigte auf Yale. »Er ist derjenige mit den entarteten Gefühlen.«

Der Herzog verdrehte die Augen. »Ich habe nichts anderes festgestellt als die natürliche Sorge eines Onkels um seinen geliebten Neffen!«

Yale stellte sich neben seinen Bruder. Er seufzte so ergriffen, daß Liza ihn am liebsten verprügelt hätte.

»Soll er mich vor deinen Augen nehmen?« sagte Jocelin leise zu seinem Vater. »Würde dich das endlich überzeugen?«

Der Herzog brüllte aufs neue und richtete einen Schwall von Beschimpfungen gegen seinen Sohn.

Die Arme in die Hüften gestemmt schrie Liza: »Halten Sie den Mund, Sie Dummkopf!«

Entsetzt hielt der Herzog inne, doch Jocelin mischte sich ein, bevor Liza zum Angriff übergehen konnte.

»Es hat keinen Sinn«, sagte er niedergeschlagen. Dann legte er die Pistole auf das Glas der Vitrine und wandte ihr den Rücken zu. »Ich hätte es wissen müssen. Er hat seine Wahl vor langer Zeit getroffen, und sie ist nicht auf mich gefallen.«

»Er ist offensichtlich blind«, entfuhr es Liza.

Seufzend schüttelte Jocelin den Kopf. »Vergiß es. Ich kann nicht mehr tun, also vergiß es.«

Verängstigt durch seinen angespannten Tonfall wandte sich Liza an den Herzog und Yale. Sie griff nach der Pistole und fuchtelte damit hin und her.

»Verschwinden Sie.« Sie trat vor den Herzog, der erschrocken zurückwich. »Ich will keinen Ton mehr hören. Sie und Ihr Bruder nehmen den ersten Zug zurück nach London, andernfalls wird Ihnen die Enkelin eines Schlächters noch zeigen, wie man ein blaublütiges Schwein absticht.«

Sie empfand großes Vergnügen daran, daß der Herzog und Yale in ihrem Bemühen, sich in Sicherheit zu bringen, ziemlich unmajestätisch die Flucht ergriffen. Als sie außer Reichweite waren, senkte sie die Pistole und trat an Jocelin heran. Er starrte aus dem Fenster, hatte seine militärische Haltung angenommen und die Hände auf dem Rücken zu Fäusten geballt. Neben ihm stehend betrachtete sie den Rasen und die Blumenbeete. Nach einer Weile sprach er.

»Ich ...« Er hielt inne und räusperte sich. »Ich werde dir Unterhaltszahlungen leisten. Du brauchst nicht bei mir zu bleiben. Das kann ich von dir nicht erwarten.«

Liza verschränkte die Arme auf dem Rücken und wippte auf den Fersen auf und ab. »Ich gehe nirgendwo anders hin.«

Jocelins Kopf fuhr zur Seite, um sie forschend anzusehen. »Wie meinst du das?« fragte er.

»Ich meine damit, daß ich nirgendwo anders hingehe.« Sie bedachte ihn mit einem langen Seitenblick. »Wenn du denkst, daß ich dich aus den Augen lasse, obwohl ich all diese Geliebten als Rivalinnen habe und da auch noch dein Onkel ist, dann bist du ein Dummkopf, Jocelin Marshall.«

»Aber du hast alles gesehen. Jetzt weißt du es doch.«

Liza zuckte die Schultern. »Du bist ein anziehender Mann. Das hätte ich wissen können. Warum erwartest du von mir, überrascht zu sein, nur weil dein dummer Onkel dich genauso faszinierend findet wie ich? Du darfst nur nicht erwarten, daß ich dich mit irgend jemandem teile.«

Er blickte sie prüfend an. »Du meinst es ernst. Zum Teufel, wenn du es nicht ernst meinst.«

»Ja.« Sie seufzte spöttisch. »Ich muß mich damit abfinden,

daß noch viele Menschen mit dir flirten werden, Frauen wie Männer.«

»Findest du das nicht ... schrecklich?«

»Was? Yale? Yale ist ein Idiot.«

Jocelin berührte ihren Arm und nahm dann zögernd ihre Hand. »Ich habe nie ...«

»Das weiß ich«, sagte Liza. Sie legte ihre Hand auf seine Schulter. »Es ist passiert. Und jetzt ist es vorbei. Du brauchst mir nicht zu erzählen, was zwischen dir und Yale vorgefallen ist. Aber ich glaube, ich habe es bereits erraten, und du hast nichts mehr vor mir zu verbergen. Wie ich bereits sagte, Yale ist ein Idiot, und ich werde immer an deiner Seite weilen, mein Geliebter. Immer.«

Sie hatte versucht, ihr Mitgefühl für Jocelin unter Kontrolle zu halten, denn sie wußte, daß er das verabscheute. Unfähig zu atmen wartete sie auf seine Reaktion. Ein frischer Wind wehte den Duft frisch gemähten Grases durch das Fenster zu ihnen. Er hüllte ihre Haut wie unsichtbare Seide ein. Die Sonnenstrahlen durchfluteten den Raum mit goldenen Lichtreflexen. Dann, als sie schon fast die Hoffnung aufgegeben hatte, fing er an, ihr alles zu erzählen, langsam und vorsichtig.

22

Vier Tage vergingen, in denen Jocelin trotz seines Glücks damit rechnete, daß Liza sich ohne ein Wort von ihm abwenden oder ihn zurückweisen und verschämt meiden würde. Mit seinen Gefühlen war er ständig auf der Hut. Doch sie wandte sich nicht von ihm ab.

Sie liebten sich, und sie blieb in einem Zustand, den sie als siebten Ehehimmel bezeichnete. Sie tauchte plötzlich auf, wenn er gerade an seinen Verwalter schrieb, küßte ihn am Ohr und flüsterte: »Ich bin immer noch im siebten Ehehimmel.« Dann strich sie über die Innenseite seiner Schenkel, und er vergaß, daß er eigentlich auf der Hut hatte sein wollen.

Der siebte Ehehimmel war sogar langlebiger als seine Freunde, die, mit Ausnahme von Nick, auf seine Verhaltensänderung reagierten, als hätte er Grippe und würde bald genesen. Als er eine politische Versammlung mit Asher und den anderen versäumte, wirkte sein alter Freund verletzt. Zehn Tage nach der Auseinandersetzung auf Nicks Anwesen kamen Asher, Winthrop und Thurston-Coombes angereist.

»So geht es nicht weiter, alter Junge«, meinte Thurston-Coombes, als Jocelin im Salon Kaffeetassen herumreichte.

Winthrop runzelte die Stirn, weil er, als entfernter Angehöriger des Königshauses, nicht als erster bedient worden war. »Nein, wirklich nicht.«

»Es tut mir leid«, sagte Asher und rührte in seiner Kaffeetasse. »Aber in drei Monaten finden in Hamptly-cum-Spiddow Wahlen statt, und jeder stimmt darin überein, daß das meine Chance ist. Schließlich will ich ins Parlament, Jos.«

»Disraeli wird darüber nicht erfreut sein«, meinte Jos, verlor aber jegliches Interesse, als Liza auftauchte und mit der morgendlichen Post hereinkam.

»Guten Morgen, meine Herren.«

Er ging auf der Stelle zu ihr und gab nichts darum, daß ihn die anderen anstarrten. »Soll ich dir helfen?«

»Nein, Mylord. Das meiste davon ist für mich. Toby hat einiges von Pennant's geschickt.«

Er unterbrach sie, indem er ihr einen Finger auf den Mund legte und flüsterte: »Nicht hier. Geh jetzt, und ich komme zu dir, wenn meine Geschäfte erledigt sind.«

Fragend zog sie die Brauen hoch, doch er lächelte sie nur an und kehrte zu seiner Wahldiskussion zurück. Eine Stunde später machte er sich auf den Weg zu Lizas Salon, wo er sie in ihre Korrespondenz vertieft fand. Stirnrunzelnd blickte er auf das Buch, das geöffnet auf ihrem Schreibtisch lag. Irritiert schnippte er mit dem Finger gegen einen riesigen Bogen, der als Kalender diente. Liza hatte nicht aufgesehen, als er hereingekommen war, was gar nicht zu ihr paßte, denn sonst sprang sie bei seinem Eintreten sofort auf und lief auf ihn zu. Als er vor ihrem Schreibtischstuhl angelangt war, betrachtete er das Objekt, das den Kampf um ihre Aufmerksamkeit gewonnen hatte. Ein Vertrag.

»Das ist ein Vertrag«, sagte er. »Ein Geschäftsvertrag.«

Liza sah zu ihm auf, lächelte und widmete sich wieder der Durchsicht des Dokuments. »Nur ein Standardvertrag, für ein Verlobungsbankett und einen Ball im Juli. Die jüngste Tochter der Devonshires.«

»Das ist mir egal, selbst wenn es die Tochter der Königin wäre.«

»Hmmm?«

Er war es nicht gewohnt, um ihre Aufmerksamkeit buhlen zu müssen. Seine Ansprüche duldeten keinen Aufschub durch langweilige Verträge. Er verschränkte seine Arme vor der Brust. Sie nahm keine Notiz davon. Er sagte nichts, runzelte nur die Stirn. Sie schaute nicht auf. Er scharrte mit dem Fuß. Da strich ihre Hand über seinen Arm, als wäre er ein trotziges Kind. Sie duldete ihn, mehr nicht! Immer noch im ungewissen über dieses neue Gefühl des Verliebtseins, dieses unkontrollierbare Verlangen nach ihrer Gesellschaft, wurde er bei dem Gedanken an den Schmerz, den sie ihm bereitete, wenn sie keine Zeit für ihn hätte, wütend.

»Verflucht!«

»Augenblick noch«, sagte sie, während sie ihren Federhalter in die Tinte tauchte und die letzte Seite des Vertrages unterzeichnete.

Als sie anfing, mit dem Löschpapier zu arbeiten, statt das Blatt zur Seite zu legen, setzte er sich in Bewegung. Er ging um ihren Schreibtisch herum, baute sich vor ihr auf und legte seine Handflächen mitten auf die Berge von Briefen, Büchern und Terminplänen. Er sah die Unterschrift auf einem der Briefe. Brontë. Er schob ihn beiseite und las die Adresse auf einem Umschlag — Barbara Leigh Smith.

Barbara Leigh Smith, der Name war bekannt — besser gesagt — er war berüchtigt. Diese Frau hatte ein skandalöses Pamphlet verfaßt, das die rechtliche Position verheirateter Frauen verurteilte, deren Eigentum bis hin zur Unterwäsche ihren Ehemännern gehörte. Mißtrauisch studierte er einen Stapel Briefe, erspähte ein kleines Büchlein und fischte es aus dem Haufen heraus.

Er las laut vor. »›Eine kurze Zusammenfassung der wichtigsten englischen Gesetze, die Frauen betreffend, in verständlicher Sprache‹.«

Liza sah von ihrem Löschpapier hoch und begegnete seinem Blick, der, wie er hoffte, so betroffen war, wie er sich fühlte. Er ließ das Flugblatt aus der Hand gleiten, verschränkte erneut die Arme vor der Brust und ging sinnierend vor dem Kamin auf und ab. Sie mußte doch verstehen, wie enttäuscht er war, und ahnen, wieviel Sorgen es ihm bereitete, wenn sie sich anderen Interessen widmete.

»Ich dachte, wir wären zu einer einvernehmlichen Regelung gelangt«, sagte er und baute sich beschwörend vor dem Schreibtisch auf.

»Inwiefern?«

Sie schien verwirrt, und das aus gutem Grund. Jocelin wußte, daß es sonst nicht seine Art war, eifersüchtig auf Bücher, Papiere oder Verträge zu sein, aber er konnte sich einfach nicht bremsen. Liza hatte ihr Leben auch ohne ihn hervorragend gemeistert. Wozu brauchte sie ihn eigentlich, außer vielleicht für ihre gemeinsamen Vergnügungen im Bett, und er wußte nur zu gut, wie kurzlebig Begierden sein konnten. Verflucht. Er würde sich nicht mit Büchern und Papieren in einen Topf werfen lassen, aber er würde vernünftig mit ihr reden.

»Liza, süße Liza, du bist jetzt meine Frau.« Er deutete auf den Schreibtisch. »Diese Geschäftstätigkeit kann nicht so weitergehen. Ich werde einen Geschäftsführer für dich einstellen.«

Sie legte den Vertrag beiseite und schlug mit ihren Händen auf die Tischplatte. »Willst du damit sagen, daß ich mein eigenes Geschäft nicht beherrsche?«

Frauen! »Natürlich nicht. Aber ich kann nicht mit einer Ehefrau zusammensein, die ein Geschäft führt. Keine Dame von Stand beschäftigt sich mit solchen Tätigkeiten.«

Ihr Fluchen verdeutlichte ihm, daß er mit seinem Anliegen gescheitert war. Irgendwie mußte er sie doch überzeugen können, ohne seine entwürdigende Angst zu zeigen. Da er seinen Widersacher kannte, wechselte er die Taktik. Er ging zu ihr, schlang ihr einen Arm um die Schulter und liebkoste mit seinen Lippen ihre Wange. Sie verharrte völlig steif in seinen Armen, aber sie zitterte, und er lächelte.

»Verstehst du denn nicht«, meinte er. »Ich möchte für dich sorgen, dich beschützen. Ich liebe dich, und ich werde dein Wohlergehen stets über alles setzen. Du brauchst nicht mehr zu kämpfen, Liza. Ich werde für dich sorgen und dich führen.«

Sie wandte sich um und sah ihn an. »Wie für ein dummes, kleines Kind.«

»Verflucht!« Jocelin sprang auf und beugte sich über sie. »Ich liebe dich, warum also mußt du dich noch mit so profanen Angelegenheiten abgeben?«

Liza sprang ebenfalls auf und funkelte ihn an. »Verstehst du das unter Liebe? Das klingt eher nach den Gefühlen eines Herrn für seinen Lieblingshund! Nun, dann mußt du eben deine Meinung ändern. Ich tue es jedenfalls nicht. Ich habe zu viele Frauen gesehen, die ihre Kinder in Armut großziehen mußten. Sie haben Ehemänner, Männer, die sie beschützen und für sie sorgen sollten, weil sie zu zart sind, es selbst zu tun. Wenn sie zu zerbrechlich und zu zart besaitet sind, warum können sie dann von morgens bis spätabends nähen, die Felder rund um London bestellen, drekkige Böden schrubben und Nachttöpfe ausleeren?«

Jocelin schüttelte murrend den Kopf. »Du brauchst doch nicht so zu schuften.«

»Nein, ich muß mich nur auf ein verflucht sinnloses Leben mit Kutschfahrten im Hyde Park, Morgengesprächen, unzähligen Einkaufsbummeln, Bällen, Essenseinladungen, Picknicks, noch mehr Gesprächen und noch mehr Kutschfahrten einstellen.« Liza warf ihm einen Blick zu, der ihm durch Mark und Bein ging. »Was du willst, Mylord, ist ein reizendes Püppchen, das weniger Verstand hat als ein dressierter Pudel.«

Jocelin zwang sich zur Ruhe und hielt seine Fäuste auf dem Rücken verborgen. »Das ist nicht wahr! Aber wir haben gewisse Verantwortlichkeiten, schließlich auch die Reputation des Titels und Kinder.« Sie starrte ihn immer noch an, und er spürte, wie in ihm der Zorn aufkeimte, daß sie diese neue, unerklärbare Furcht in ihm heraufbeschwor. »Oder verspürst du nicht den Wunsch jeder Frau, Kinder zu haben?«

Er war wütend auf sich selbst, daß er diese Worte geäußert hatte, aber sein verdammter Stolz hielt ihn davon ab, sich zu entschuldigen.

Sie war ganz still geworden. Vielleicht hatte sie seinen Standpunkt verstanden. Er richtete sich auf, zog seine Manschetten gerade und versuchte, sein Gefühlschaos in den Griff zu bekommen.

»Wenn du mich entschuldigen würdest, Mylord, ich muß mich um meine Korrespondenz kümmern.«

Nicht fähig zu glauben, was er da gerade hörte, riß er seine Augen sperrangelweit auf. Sie versuchte, ihn zu ignorieren. Verflucht, er wollte ihre Aufmerksamkeit. Er wandte ihr den Rücken zu und setzte sich neben den Kamin, dann sprach er leise auf sie ein.

»Du vergißt etwas. Mit dem Tag unserer Eheschließung wurde ich der Eigentümer von Pennant's und deines übrigen Besitzes.« Er sah bezeichnend auf ihren Schreibtisch. »Vielleicht solltest du dein Flugblatt noch einmal genauer lesen.«

Liza marschierte auf ihn zu. »Jetzt hörst du mir einmal zu. Es ist mir egal, was das Gesetz besagt. Pennant's gehört mir, und ich verwandle mich nicht in einen Pudel, um deinen Stolz zu befriedigen.«

Er wirbelte herum und sah sie an. »Das habe ich nie verlangt! Gott, gib mir Geduld. Frauen können so begriffsstutzig sein. Kein Wunder, daß dein Vater dich vor die Tür gesetzt hat.«

Sich beinahe innerlich krümmend über die Bosheiten, die er gerade geäußert hatte, gelang es Jocelin nicht mehr, Lizas Ohrfeige auf seine Wange zu verhindern. Schmerz und Überraschung ließen ihn auch noch den letzten Rest seiner Beherrschung verlieren. Er packte ihre Hand.

Er hob sie hoch, eilte mit ihr ins Nebenzimmer und warf sie auf ihr Bett. Ihre Röcke bedeckten ihr Gesicht, als sie dort auf dem Rücken landete. Um sie völlig außer Gefecht zu setzen, griff er nach ihren Decken und warf diese über sie. Dann verwandelte er das Bündel in eine hübsche Rolle. Er hörte gedämpftes Fluchen und grinste, als er den Raum verließ. Dann schloß er die Tür, drehte den Schlüssel um und brüllte zurück.

»Du bleibst da, bis wir uns beide wieder beruhigt haben.«

Liza hämmerte gegen die Schlafzimmertür.

»Du kommst da nicht raus, solange du nicht bereit bist, mir zuzuhören, ohne deine Beherrschung zu verlieren«, beschwor er sie.

Nachdem er ihr nicht mehr antwortete und auch die Tür nicht aufschloß, wurde es nach einer Weile still. Angewidert betrachtete er den überhäuften Schreibtisch, dann setzte er sich hin, um einen Brief an seine Anwälte zu formulieren, in dem er sie bat, Toby Vollmachten für die Unterzeichnung von Verträgen einzuräumen sowie die Geschäftsführung für Pennant's zu übernehmen, damit Liza nicht soviel Arbeit aufgebürdet wurde. Als er auf der Suche nach Papier eine Schublade öffnete, fand er weitere Korrespondenz mit Toby, deren Inhalt ihn in seinem Entschluß bestätigte, Liza besser zu beaufsichtigen. Sie hatte nicht nur versucht, ihre Personalvermittlung allein weiterzuführen, sondern auch ihre Schnüffeleien hinsichtlich der Morde an ihrem Bruder und seinen Armeefreunden sorgfältig zu Papier gebracht.

Jocelin überflog die Zusammenfassungen der Ereignisse, die in Verbindung mit den Todesfällen von William Edward, Airey, Stapleton und Halloway standen. Waren es Unfälle oder Verbrechen gewesen? Kopfschüttelnd faltete er die Blätter zusammen und stopfte sie in seine Jackentasche. Er würde sie seinem Detektiv übergeben und den Mann auf diese Sache ansetzen. Irgend etwas stimmte da nicht, aber er war sich nicht sicher, was.

Neben dem Schreibtisch fiel ihm ein Bücherregal auf. Wie er bereits vermutet hatte, waren die Buchtitel ebenso ungewöhnlich wie die auf ihrem Schreibtisch — Brontë über ihre Unzufriedenheit mit dem Schicksal als Frau, weitere Traktate von Barbara Leigh Smith und, zu allem Überfluß, auch noch von einer Ärztin namens Elizabeth Blackwell. Er stellte den Titel von Barbara Leigh Smith ins Regal zurück und ging nach unten in seine Bibliothek, wo er Lizas Notizen in einen Umschlag steckte, diesen adressierte und nach Choke läutete.

Als der Butler erschien, händigte Jocelin ihm die Umschläge für Toby und seinen Detektiv aus. »Choke, bitte veranlassen Sie, daß diese weitergeleitet werden.«

»Ja, Mylord.«

»Und, Choke, hmhm, Mylady fühlt sich nicht wohl und möchte ungestört bleiben, vollkommen ungestört in ihrem Zimmer bleiben. Weisen Sie das Personal deshalb bitte an, sich nicht in der Nähe unserer Privaträume aufzuhalten.«

»Ja, Mylord.«

Es war Chokes zwanzigjähriger Berufserfahrung zuzuschreiben, daß er diese Anweisungen vollkommen ungerührt entgegennahm. Bewundernd blickte Jocelin seinem Butler nach. Wäre Liza doch nur einmal so gefügig. Leider war sie das nicht, und er konnte ein leichtes Gefühl des Unbehagens nicht unterdrücken. Er mußte ihr klarmachen, daß ihre Arbeit ihr Zusammenleben nicht behindern durfte. Warum konnte sie nicht ein wenig entgegenkommender sein — wie seine Geliebten beispielsweise, oder seine Mutter?

Mutter, ja, Mutter, war ein gutes Beispiel, dem Liza folgen sollte. Mutter verkörperte alle Vorzüge einer Frau — Bescheidenheit, Anmut, Anlehnungsbedürfnis und Respekt gegenüber ihrem Ehemann. Er war sich sicher, daß sich Liza ihm gegenüber niemals so verhalten würde, wie Mama es dem Vater gegenüber tat. Wäre es deshalb von Vorteil, Liza das Beispiel seiner Mutter vor Augen zu führen? Während der ganzen Auseinandersetzungen mit seiner Familie war seine Mama immer ein wichtiger Trost für ihn geblieben.

Sicher, sie war nicht in der Lage, sich gegen den Vater zu behaupten. An jenem Tag, als er zum ersten Mal versucht hatte, seinen Eltern von Yale zu erzählen, hatte sein Vater ihm nicht geglaubt, und darum hatte er Mama um Hilfe gebeten. Aber es war nicht ihre Schuld, daß sie nicht für ihn Partei ergreifen konnte. Sie, die so zart und zerbrechlich war, konnte dem Herzog nichts anhaben. Trotzdem würden Mutters gute Herkunft und ihr Pflichtbewußtsein sie dazu veranlassen, Liza an die Hand zu nehmen.

Aber zunächst mußte er zu einer Vereinbarung mit seinem Vater gelangen. Er war ein Dummkopf gewesen, zu hoffen, daß sich der alte Knochen nach all den Jahren noch der Wahrheit stellen würde. Jocelin schlenderte zu seinem Schreibtisch und griff zur Feder. Wenn Vater einen Erben wollte, und Vater wollte mehr als alles auf der Welt einen Enkel, dann mußte er sich bei Liza entschuldigen und Wiedergutmachung leisten. Er lächelte, als sein Federhalter über das mit seinem Monogramm versehene Papier kratzte. Er genoß es, seinen Vater leiden zu sehen, und er würde unter der Vorstellung leiden, die Enkelin eines Fleischers in die Arme nehmen und sie in die Gesellschaft einführen zu müssen. Jocelin lachte laut auf. Sein Vater würde sich in die Hosen machen.

Rasch beendete er den Brief und machte einen Ausritt. Im Haus zu bleiben und zu wissen, daß Liza dort oben eingesperrt war, machte ihn fast krank. Er besuchte Asher, dann

Nick, den er zum Abendessen einlud. Kartenspielen und die Unterhaltung mit ihm ließen ihn den Streit mit seiner Frau vergessen, so daß es schon nach Mitternacht war, als er ein Tablett mit heißem Tee zum Schlafzimmer seiner Frau brachte.

Er setzte das Tablett ab und drehte den Schlüssel, als er aus dem Inneren des Zimmers ein Schluchzen hörte. Er schluckte, um den Kloß in seiner Kehle loszuwerden. War er zu grob gewesen? Sie liebte ihn, dieses ungezogene kleine Biest. Das wußte er jetzt und sah förmlich die Anbetung, mit der sie ihn betrachtete. Trotzdem mußten sie zu einem Einvernehmen kommen. Er straffte die Schultern, ballte auf dem Rücken eine Hand zur Faust und trat ein.

Bis auf den schwachen Kerzenschein eines Kandelabers neben ihrem Bett war der Raum vollkommen dunkel. Er ging auf das Bündel aus Röcken und Unterröcken auf dem Bett zu und beobachtete, wie sich Lizas Schultern hoben und senkten. Er schob den Unterkiefer vor, dann berührte er ihren Arm. Sie sog den Atem ein, drehte sich ihm zu und weinte immer noch. Nur mühsam hielt er sich zurück, als sie sich völlig unvorbereitet in seine Arme stürzte und an seiner Schulter schluchzte. Dann umschlang er sie mit seinen Armen und drückte sie ganz fest an seinen Körper. Sein Gesicht in ihrem zerzausten Haar vergraben murmelte er zärtliche Worte.

Zwischen ihren Schluchzern stotterte sie: »Ich h-hasse es, wenn wir miteinander streiten.«

»Ist ja schon gut«, sagte er und küßte ihr Haar. »Wir müssen uns ja nicht mehr streiten. Wir sprechen uns später aus, wenn du nicht mehr so angespannt bist, mein Liebes.«

»Es t-tut mir so l-leid, daß ich dich geschlagen habe. Haßt du mich jetzt?«

»Niemals, mein Schatz.«

Lächelnd strich er ihr übers Haar. Das war seine Liza, äußerlich ein Drache, innerlich ein Lamm. Er wiegte sie in seinen Armen, während sie weinte, und hielt sie fest, bis sie einschlummerte. Sie war erschöpft, trotzdem war er sich sicher, daß sie zur Vernunft gekommen war und die Grenzen seiner Geduld erkannt hatte. Sie würde ihm jetzt zuhören, und er brauchte seine Ängste nicht zu offenbaren.

Die Nacht verging viel zu schnell. Er blieb bei Liza und verließ noch nicht einmal das Zimmer, um sich umzukleiden. Als er am nächsten Morgen aufwachte, schlief sie noch. Da er sie nicht stören wollte, ging er leise in seine eigenen Räume. Er wusch sich und kleidete sich an, dann frühstückte er.

Voller Sehnsucht, Liza zu sehen, aber auch nicht bereit, ihre Ruhe zu stören, entschloß er sich, Nick aufzusuchen und mit ihm einen langen Ausritt über ihre Ländereien zu machen. Nick war nur allzu bereit, denn er hatte gerade ein neues Vollblut gekauft und wollte dieses Pferd zu gern einmal testen. Sie galoppierten über die Felder und sprangen über Gräben, bis sie Jocelins Lieblingsparcours in seinem Waldbestand erreicht hatten. Am späten Nachmittag ritten sie durch das Unterholz von Hainbuchen, Erlen, Haselnußsträuchern und Kastanien.

Nick kam neben ihn und streichelte die Mähne seines Hengstes. »Du hast heute viel bessere Laune. Gestern kamst du mir wie Oberon nach einem Kampf mit Titania vor.«

»O Gott, jetzt hast du auch noch den *Sommernachtstraum* gelesen.«

Nick grinste ihn verschwörerisch an, legte eine Hand auf die Brust und rezitierte, während sie unter den Zweigen von Hainbuchen hindurchritten:

»›*Ich weiß'nen Hügel, wo man Quendel pflückt,*
Wo aus dem Gras Viol' und Maßlieb nickt,
Wo dicht gewölbt des Geißblatts üpp'ge Schatten
Mit Hagedorn und mit Jasmin sich gatten.
Dort ruht Titania halbe Nächte kühl,
Auf Blumen eingewiegt durch Tanz und Spiel‹.«

Jocelin legte eine Hand auf sein Ohr, aber Nick zog sie weg und erhob seine Stimme, um ihr einen noch feurigeren Pathos zu verleihen:

»›Die Schlange legt die bunte Haut dort nieder,
Ein weit Gewand für eines Elfen Glieder.
Ich netz ihr Aug' mit dieser Blume Saft,
Der ihr den Kopf voll schnöder Grillen schafft‹.«

Jocelin rollte mit den Augen. »Bist du fertig?«

»Worum geht's, alter Junge? Macht dir deine Titania Schwierigkeiten?«

»Nun, wir hatten eine kleine Auseinandersetzung, könnte man sagen, aber das hat sich geklärt.«

»Du hast dich entschuldigt, nicht wahr, alter Junge? Das ist bei Frauen die einzige Möglichkeit.«

»Natürlich habe nicht ich mich entschuldigt. Sie hat sich entschuldigt.«

Nick hob seine Brauen und griff in die Zügel, so daß sein Pferd stehenblieb. »Liza? Liza hat sich entschuldigt? Wofür?«

»Nun, dafür, daß ihr Temperament mit ihr durchgegangen ist und sie mit mir gestritten hat.« Jocelin grinste seinen Freund selbstgefällig an. »Es hat sich erledigt, Nick. Sie hat gesagt, daß sie Streit mit mir verabscheut, deshalb nehme ich an, wird sie froh sein, wenn Pennant's jetzt von einem Geschäftsführer verwaltet wird und sie nicht mehr so viel zu tun hat. Ich war recht unnachgiebig, so daß sie begriffen hat, wie die Sache zwischen uns steht.«

»Das hat sie, in der Tat? Sprechen wir über Liza Elliot?«

»Was soll das heißen?«

Nick stützte sich mit den Ellbogen auf seinem Sattel ab und sah Jocelin kopfschüttelnd an. »Sie will Pennant's ganz aufgeben? Diese Liza, die du da beschreibst, ist mir völlig unbekannt.«

»Vielleicht nicht ganz, aber sie hat sich geändert. Sie liebt mich.«

»Woher weißt du, daß sie sich geändert hat?«

»Ich sag's dir. Letzte Nacht, als ich ihre Schlafzimmertür wieder aufgeschlossen habe, hat sie sich in meine Arme geworfen und mir gestanden, wie leid ihr alles tut.«

»Laß mich mal kurz nachdenken, alter Junge. Du hast Liza Elliot wie ein ungezogenes Kind eingesperrt. Du hast ihr gesagt, sie soll sich nicht mehr um ihr geliebtes Pennant's kümmern, und ihr zu verstehen gegeben, daß du ohnehin klüger bist als sie. Und das hat sie sich gefallen lassen? Und hat sich auch noch bei dir entschuldigt?«

Stirnrunzelnd strich Jocelin über die Mähne seines Reitpferdes. »Wo du es jetzt so ansprichst, muß ich gestehen, daß sie nie wirklich behauptet hat, das zu tun, was ich sage.«

»Verdammt blauäugig, alter Junge.«

»Tatsache ist, daß sie vorher noch nie so leicht nachgegeben hat.«

»Weißt du was?« meinte Nick und betrachtete voller Bewunderung eine Wiese mit Veilchen. »Ich wäre jetzt beunruhigt, wenn ich du wäre.«

»Ich fange langsam damit an.«

Schweigend betrachteten sie die Veilchen.

»Nick?«

»Ja, liebster Oberon.«

»Ich glaube, ich reite nach Hause.«

»Gute Idee.«

Jocelin wendete sein Pferd, und Nick folgte ihm. Den größten Teil des Weges galoppierten sie. Jocelin preschte über den Rasen und hätte beinahe zu Pferd die ersten Stufen genommen. Er sprang bereits ab, als das Pferd noch nicht zum Halten gekommen war, warf Nick die Zügel zu und rannte ins Haus. Loveday begegnete ihm auf der Treppe. Der Kammerdiener überreichte ihm einen Umschlag.

»Das habe ich gerade auf ihren Seidenkrawatten gefunden, Mylord.« Eiligst entschwand Loveday.

Als Nick die Treppen hochgestürmt kam und sich zu Jocelin gesellte, riß dieser gerade den Umschlag auf und las die beigefügte Nachricht:

Mylord,

Ich dulde keinen Herrn. Und du willst mich nur, wenn ich deine Sklavin bin. Ich muß mein Leben führen, und ich werde bis zu meinem Tode trauern, daß ich es nicht mit dir gemeinsam verbringen konnte.

Liza

Jocelin zerknüllte die Nachricht in seiner Faust und starrte durch Nick hindurch. Nick nahm die Notiz, las sie und pfiff leise.

»Ja, das ist Liza.«

»Zum Teufel«, meinte Jocelin.

»Wo ist sie?«

»Fort. Zerbrich dir nicht den Kopf, wo man sie suchen könnte.« Jocelin blickte auf den zerknüllten Zettel. »Sie war schon einmal verschwunden. Das beherrscht sie hervorragend.«

»Was wirst du jetzt tun?«

Jocelin lächelte Nick schmerzerfüllt an. »Sie finden, natürlich.«

»Wie?«

»Ich weiß es nicht, Nick, alter Junge, denn diesmal wird sie wesentlich geschickter vorgehen als beim letzten Mal.«

23

Liza setzte den letzten Stiefel ins Regal neben sein Pendant und verstaute Schuhcreme und Wischlappen in einer Kiste. Sie wünschte, sie könnte ihr Unglücklichsein genausoleicht wegwischen. Sie stand auf, preßte sich eine Hand auf den Rücken und schmierte sich mit dem Zeigefinger der anderen einen Klecks Schuhcreme auf die Nase. Verdammt, sie hatte keine Zeit, sich zu waschen, denn sie mußte noch die Vordertreppe putzen und den Kamin in Lord Winthrops Arbeitszimmer ausfegen, bevor er heute morgen erschien.

Sie packte Lumpen und Kehrschaufel zusammen, eilte nach oben ins Foyer und blieb auf dem Treppenabsatz stehen. Gestern hatte es geregnet, und Flure, Treppen und Stiefelabkratzer waren mit einer dicken Schmutzschicht überzogen. Als sie die Dreckklumpen auf ihre Kehrschaufel fegte, biß sich Liza auf die Lippe und versuchte nicht an Jocelin zu denken. Warum mußte er nur so uneinsichtig sein? Nein ... nein, es hatte keinen Zweck, ihn aus seinen alten Gewohnheiten zu rütteln.

Sie war aus Reverie geflohen, weil sie keine andere Wahl gehabt hatte. Sie konnte ihre Prinzipien ebensowenig aufgeben, wie sie mit Scheuklappen durchs Leben gehen konnte, und das war es letztendlich, was Jocelin von ihr verlangt hatte. Deshalb war sie gegangen, hatte Zuflucht bei Tobys Tochter Betty gesucht und geweint. Der Entschluß, Jocelin zu verlassen, war ihr sehr schwergefallen. Am Anfang hatte sie geglaubt, nicht mehr weiterleben zu können. Jede Nacht hatte sie solange wach gelegen, bis sie glaubte, erschöpft genug zu sein, um nicht mehr von ihm träumen zu müssen.

Sie schwankte zwischen dem Gefühl, ihn zu hassen und dem Wunsch, er möge nach ihr suchen. Wenn sie in ihrem Büro war, stellte sie sich vor, er würde noch einmal mit seinem männlichen Temperament auf sie losgehen. Er war so faszinierend, wenn er aufgebracht war. Dann fiel ihr wieder ein, wie er ihre Ansichten abgetan hatte, und sie kochte erneut vor Wut. Dann stürzte sie sich in ihre Arbeit, um vergessen zu können.

Bereits nach wenigen Tagen brauchte sie allerdings schon eine wirkungsvollere Zerstreuung. Die Sache mit William Edwards Tod war immer noch nicht aufgeklärt. Sie hatte die Suche nach der Antwort auf dieses Geheimnis nie aufgegeben. Also hatte sie mutlos, aber dennoch entschlossen eine Beschäftigung im Hause von Arthur Thurston-Coombes angenommen. Ein hervorragender Auftakt, denn sie fand bald heraus, daß der junge Mann zur Tatzeit von William Edwards Ermordung mit seiner Geliebten zusammengewesen war.

Diese Enthüllung erlaubte ihr, um die Jahresmitte im Hause von Lord Winthrop in Stellung zu gehen. Es war Anfang Juni, als sie in ihrer alten Verkleidung als Mädchen für alles ihren Dienst aufnahm. Winthrop überraschte sie. Obwohl er ein wohlhabender Mann war, hielt er sich nur wenig Hauspersonal und überwachte jede Ausgabe bis hin zu der Kohlenanzahl, die in den Kaminen verfeuert wurde. Zudem bereitete es ihm ein erschreckendes Vergnügen, ihr bei der Arbeit zuzusehen. Nicht Betten machen oder Staub wischen, nein, die schmutzigsten Arbeiten, wie das Säubern der Aborte oder der Kamine.

Sie putzte gerade die Treppen, als eine Kutsche vorfuhr. In aller Eile versuchte sie, rasch fertig zu werden, griff nach ihren Putzlumpen und Bürsten und warf sie in einen leeren Eimer. Auf der obersten Treppe entdeckte sie noch ihre Kehrschaufel, griff danach und fuhr zurück, als zwei Paar blankpolierter Stiefel die Treppe hochkamen. Sie hielt inne, als sie eine knappe militärische, an den Kutscher gerichtete Anweisung hörte. Jocelin! Sie kniete auf der Vortreppe, und Jocelin war auf einen Besuch vorbeigekommen.

Ihr Haar war unter einer abscheulichen braunen Perücke verborgen, aber wenn er sie genauer betrachtete, reichte diese Tarnung sicherlich nicht aus. Liza packte ihre Bürsten und Eimer, hielt die Gegenstände so hoch, daß sie ihr Gesicht verdeckten und knickste, als die beiden Männer das

Haus betraten. Dann drehte sie sich um, ging die Stufen hinunter, traute sich jedoch nicht zu atmen, bis der Diener die Tür hinter ihnen geschlossen hatte.

»Der Kaffee!«

Sie rannte zum Dienstboteneingang und stellte den Eimer ab. Dann eilte sie zum Spülbecken und wusch sich Gesicht und Hände, während der Koch und die Küchenmamsell Erfrischungen für seine Lordschaft und dessen Besucher vorbereiteten. Liza flog förmlich die drei Stockwerke hoch, bevor man ihr weitere Aufgaben zuteilen konnte. In ihrem Zimmer angelangt schminkte sie ihr Gesicht zunächst mit einer neuen Lage dunkler Farbe, zog ihre Augenbrauen nach und schnürte ihr Korsett enger. Brust und Hüften ihres Kleides waren so ausstaffiert, daß sie die Proportionen einer Venus von Rubens zu haben schien.

Als sie zurück in die Küche eilte, kam sie gerade rechtzeitig, um das Kaffeetablett mitsamt dem Gebäck in das Arbeitszimmer seiner Lordschaft bringen zu können. In der Hoffnung, ihre Verkleidung würde Jocelin irreführen, trat sie ein und setzte das Tablett auf einem Tisch ab. Asher Fox, Jocelin und Winthrop waren so vertieft in ihre Diskussion über den Krimkrieg, daß sie ihr Eintreten nicht zur Kenntnis nahmen.

Sie hielt ihr Gesicht von ihrem Ehemann abgewandt und hoffte inständig, daß Winthrop wie ein zuvorkommender Gastgeber handelte und selbst die Tassen und Teller verteilte. Das tat er, während sie in der Nähe der Tür stand und darauf wartete, weggeschickt zu werden. Jocelins Rücken war ihr zugewandt, und seine breitschultrige, hochgewachsene Erscheinung bot keinen Hinweis darauf, ob er sie erkannt hatte. Als Winthrop die Gebäckschale herumreichte, schlüpfte sie aus dem Zimmer.

Ungefähr eine Stunde später fand sie der Butler in der Waschküche und befahl ihr, die Kamine im Arbeitszimmer und im Salon zu fegen. Liza schloß ihre Augen und stieß ein Dankgebet aus. Jocelin und Asher mußten das Haus bereits wieder verlassen haben.

Sie griff erneut zu Bürsten, Kehrschaufel und Kohleneimer und machte sich auf den Weg zum Arbeitszimmer. Als sie die Tür öffnete, saß Winthrop immer noch dort.

»Ach nein, geh nicht wieder weg«, sagte er von seinem Platz hinter dem Schreibtisch. »Mach sauber, Mädchen, mach sauber.«

Während er einen Brief schrieb, fegte sie Asche zusammen. Ihre Nase juckte, und sie rieb daran.

»Jetzt hast du einen Fleck auf der Nase, mein liebes Mädchen.«

Liza drehte sich um und bemerkte, daß Lord Winthrop neben sie getreten war. Sie strich über ihre Nase. Winthrop zog einen seiner Stiefel aus und untersuchte ihn.

»Auf meinem Stiefel scheint etwas Staub zu sein. Nimm doch bitte dein Putztuch und wisch ihn weg.«

Sie wischte den imaginären Staub von seinem Schuh und erstarrte, als Winthrop sich plötzlich über sie beugte und ihren Arm berührte. Sie hatte ihre Ärmel hochgerollt, bevor sie mit der schmutzigen Arbeit begonnen hatte. Er rieb ihr einen Fleck vom Handgelenk, auf das Asche gefallen war.

»Da bist du«, sagte er in einem Ton, als würde er ein Stück Kuchen vernaschen. »Da bist du in all deinem Schmutze gekommen, um meine ergebene Dienerin zu sein.«

Liza zog ihr Handgelenk weg, aber Winthrop stand über ihr und drückte ihr einen feuchten Kuß auf den Nacken.

»Lassen Sie das!«

Sie stieß nach ihm, aber er drückte sein Gesicht in ihren falschen Busen. Voller Abscheu packte Liza ihn am Haar und zog daran. Winthrop kreischte auf und fiel auf seinen halbadligen Hintern. Liza schnappte sich ihre Kehrschaufel und schlug sie ihm auf den Kopf. Als sie ihn traf, hörte sie leises Gelächter, und das kam nicht von Winthrop. Seine Lordschaft brüllte nämlich, und Liza sprang auf, als Jocelin über die Schwelle des Arbeitszimmers trat.

Er kam näher, und sie versuchte, sich hinter Winthrops Schreibtisch zu verstecken. Mit der Untermalung durch Winthrops Gebrüll nahm Jocelin die Verfolgung auf.

Sie versuchte es mit Höflichkeit. »Guten Morgen, Mylord.«

»Ich habe dich suchen lassen.« Er packte sie, war aber nicht schnell genug, und dann umkreisten beide den Schreibtisch.

»Tatsächlich?«

»Ich habe Detektive bei Pennant's eingeschleust. Ich habe Toby zu Tode erschreckt, denn ich habe ihn verfolgen lassen.«

Liza warf einen Sessel um und schlitterte eine weitere Runde um den Schreibtisch, als Jocelin aufholte.

»Dafür besteht keine Veranlassung«, sagte sie.

»Sie ist eine Schlampe!« Winthrop hatte seine fünf Sinne wieder beisammen, zumindest das, was er darunter verstand.

»Halt den Mund«, erwiderte Jocelin. »Das ist meine Frau.«

Winthrop stierte die beiden an, dann blieb Liza abrupt stehen.

»Jocelin, nicht!«

»Warum denn nicht? Du scherst dich nicht um deinen Ruf, um deinen Status als meine Ehefrau und auch nicht um deine Sicherheit.« Er kam auf sie zu, packte ihre Arme und hob sie in die Höhe.

»Du hast verraten, wer ich bin. Verflucht!« Liza klopfte ihm wütend auf den Brustkorb.

»Deine Frau!« Winthrop hatte sich erhoben und massierte seinen Kopf. »Was hat deine Frau hier in dieser Verkleidung als Mädchen für alles zu suchen? So etwas habe ich noch nie erlebt.«

Jocelin lief in Richtung Tür und hielt Liza in seinen Armen. »Ach, mach dir darüber keine Gedanken. Sie behauptet, daß die Offiziere unseres alten Regiments reihenweise umgebracht werden. Vielleicht hat sie recht, aber ich will nicht, daß sie den Beweis auf diese Weise erbringt. Und außerdem, alter Freund, wenn du sie noch einmal anrührst, werde ich dich in deinem blauen Blut ersäufen.«

Liza wehrte sich heftig und war zornig über ihr Unvermögen, sich zu befreien. Als sie aus dem Haus getragen wurde, löste sich ihre Perücke und fiel auf die Vortreppe. Jocelin trat sie aus dem Weg und hob Liza in die Kutsche. Sie landete unsanft auf jemandem, der sie aufrichtete und neben Jocelin setzte.

Asher Fox nahm seinen Spazierstock wieder vom Boden der Kutsche auf. »Du hattest tatsächlich recht, Jocelin. Es ist deine Frau.«

Jocelin drohte Liza mit seinem Zeigefinger. »Du bist jetzt ruhig.«

Liza öffnete den Mund, bemerkte den wütenden Blick Jocelins und schloß ihn wieder.

»Ich habe es dir doch gesagt«, meinte Jocelin mit einem triumphierenden Lächeln zu seinem Freund gewandt. »Es hat Wochen gedauert, bis meine Suche ergab, daß sie unmöglich irgendwo auf dem Land oder auf dem Kontinent untergeschlüpft sein konnte. Die hartnäckige kleine Närrin beharrt auf ihren Ideen, wenn sie einmal Feuer gefangen hat. Sie hat Winthrop nachspioniert, weil sie ihn für den Hauptverdächtigen hält. Au! Verflucht, Liza.«

Jocelin hielt sich die Rippen, die Liza mit ihrem Ellbogen malträtiert hatte. Sie starrte ihn so wütend an, daß sie kaum in der Lage war zu sprechen. Deshalb verschränkte sie ihre Arme vor der Brust, wandte sich von ihm ab und starrte für den Rest der Fahrt bis zu Jocelins Anwesen aus dem Fenster.

Asher blieb in der Kutsche, doch Liza wurde wie ein entlaufener Sträfling ins Haus gezerrt. In der Halle hatte sie genug davon, herumgeschoben zu werden, setzte ihre Füße auf den Boden und blieb stocksteif stehen. Jocelin wäre fast gestolpert und blickte sie grollend an.

»Was du brauchst, ist eine anständige Tracht Prügel. Provozier mich nicht.«

»Du bist ein selbstzufriedener Dummkopf«, meinte Liza und entwand ihm ihre Hand. »Du hast soeben meinen Verdacht gegenüber dem Mann, den ich dringend des Mordes verdächtige, offen ausgesprochen.«

Sie hätte sich vielleicht zurückgehalten, wenn er nicht schallend gelacht hätte.

»Der alte Winthrop? Jemanden umzubringen wäre unter seiner blaublütigen Würde.«

Lächelnd trat Liza an ihren Ehemann heran. »Weißt du, was du bist?«

Sanft drückte sie mit dem Zeigefinger auf seine Nasenspitze. Jocelin blickte verwundert. Dann sank sein Kinnladen, und er starrte sie an.

»Du bist ein eingebildeter Affe.«

Dann marschierte sie an ihm vorbei in Richtung Tür. Sie war nicht schnell genug. Ein Brüllen schallte von den Marmorwänden wider. Sie war auf dem Sprung in die Freiheit, doch er stürzte sich auf sie, umschlang ihre Taille und hob sie einfach hoch. Sie fiel über seine Schulter. Als sie nach oben getragen wurde, atmete sie geräuschvoll aus und ein. Er ließ sie auf ein Bett fallen, und sie rollte gerade noch rechtzeitig zur Seite, um Jocelins Körper zu entkommen.

»Liza, du kommst sofort zurück und redest mit mir«, sagte er um Beherrschung kämpfend.

Sie war vom Bett gesprungen und in seinen Salon gespurtet. Er fing sie ein, noch bevor sie die Hälfte seines Teppichs überquert hatte. Seine Arme umfingen sie sanft und drückten sie mit dem Rücken gegen seinen Brustkorb. Dann spürte sie etwas Zartes auf ihrem Genick. Seine Lippen. Dieser Bastard. Sie zu küssen, wo sie doch so wütend war. Sie war drauf und dran, ihn tüchtig anzufahren, als jemand an die Tür klopfte.

Jocelin hob seinen Mund von ihrem Nacken. »Verschwinde.«

Nick Ross kam trotzdem herein. Er schlenderte auf sie zu, warf einen Blick auf Lizas armselige und zerknitterte Garderobe und bemerkte Jocelins entschlossenen Gesichtsausdruck.

»So«, meinte er, »hast du sie also doch gefunden. Wußte ich von Anfang an, alter Freund. Ein Mann kann sich nie lange von seiner Frau trennen. Aber wie ich sehe, spielt ihr immer noch Oberon und Titania.«

»Verschwinde«, stieß Jocelin zwischen den Zähnen hervor.

»Soll ich den Puck oder Bottom spielen?«

»Ich sagte, du sollst verschwinden. Ich zähme eine Widerspenstige und werbe nicht um eine Elfenkönigin.«

»Ach«, meinte Nick. »›Eine solche Pflicht obliegt dem Prinzen, allein die Frau verdankt ihm viel.‹«

Liza wand sich in Jocelins Armen. »Ich verdanke ihm überhaupt nichts!«

»Dummes Eheweib«, meinte Jocelin und warf Nick einen Blick zu. »Verstehst du, sie liebt mich.«

Bei seinem herablassenden Tonfall verlor Liza jegliche Beherrschung. Sie entwand sich seinem Griff, stieß nach ihm, als er sie packen wollte und sprang beiseite. Nicks Hand jedoch schnellte nach vorn und ergriff die ihre.

»Tut mir leid, Mylady. Der alte Jos würde mir niemals vergeben, wenn ich Sie entwischen ließe.«

Jocelin kam auf sie zu. Sein entschlossener Gesichtsausdruck verunsicherte Liza zutiefst.

»Also, Jos«, ermahnte ihn Nick. »Halt dich zurück.« Er trat zwischen die beiden.

»Geh mir aus dem Weg.«

»Nicht, bevor du mir zugehört hast.«

»Sie ist meine Frau.« Jocelin versuchte, sich an Nick vorbeizudrängen, der ihm jedoch wieder den Weg abschnitt.

»Willst du ernsthaft, daß sie diesmal bei dir bleibt?«

Keine Antwort.

»Willst du das?«

Liza blickte über Nicks Schulter und sah, daß Jocelin seinem Freund kurz zunickte.

»Als sie das letzte Mal verschwunden ist, brauchtest du Wochen, um sie wiederzufinden. Diesmal findest du sie vielleicht gar nicht mehr. Sie muß ja nicht in England bleiben, alter Junge. Sie ist mutig genug, auch irgendwo anders hinzugehen, wenn du sie dazu zwingst.«

Jocelin schüttelte den Kopf. »Das lasse ich nicht zu. Sie wird letzten Endes auf mich hören müssen.«

»Und was willst du tun? Sie einsperren, bis sie Rheuma in den Knochen hat und zu alt zum Weglaufen ist?«

»Nun, das nicht.« Jocelin schien in seine Gedanken versunken zu sein.

Nick wandte sich an Liza. »Und was haben Sie vor, Miss? Sich Tag für Tag vor ihm zu verstecken?«

»Er behandelt mich wie ein Schoßhündchen«, seufzte Liza und strich sich mit ihrer freien Hand ein paar widerspenstige Locken aus dem Gesicht. »Er wird mir nicht zuhören. Seit ich seine Frau bin, meint er, ich hätte das bißchen Verstand, das er so an mir schätzte, auch noch verloren.«

»Das ist nicht wahr!« Jocelin fuchtelte mit den Händen. »Sie verbringt einfach viel zu viel Zeit mit der Arbeit für ihre Personalvermittlung, und jetzt spioniert sie auch noch verkleidet in den Häusern meiner Freunde herum. Damen tun so etwas nicht, und, verflucht, sie könnte sich damit in Gefahr begeben.«

»Mylord.«

Alle drehten sich um und sahen Loveday, der hereingekommen war.

»Mr. Fox ist vorgefahren, Mylord. Darf ich ihn hereinbitten?«

»Oh, warum nicht? Halb London ist ohnehin schon hier vertreten«, meinte Jocelin verärgert. Er deutete auf einen Sessel und fuhr Liza an: »Du setzt dich dorthin, und sollte dir der Gedanke kommen wegzulaufen, dann fange ich dich ein, noch bevor du in der Halle angelangt bist.«

Nick ließ sie los, doch Liza starrte ihren Ehemann nur an.

»Setz dich!«

Nick mischte sich ein, noch bevor Jocelin an sie herangetreten war. Er nahm ihre Hand und küßte sie.

»Mylady, darf ich Ihnen einen Stuhl anbieten?«

Liza wandte ihren Blick von Jocelin ab, bedachte Nick mit einem bereitwilligen Lächeln und ließ sich von ihm zu dem Sessel führen. Jocelin fluchte, wurde aber von Asher Fox unterbrochen.

Mit wehendem Kragen und mißmutigem Gesicht kam er herein und ging direkt auf Jocelin zu. »Kann ich unter vier Augen mit dir sprechen?«

»Was ist denn passiert?« fragte Jocelin.

»Ich … ich kann es nicht sagen. Nicht im Beisein der anderen.«

Asher flüsterte Jocelin etwas ins Ohr. Liza bemühte sich, etwas von dem Gesagten zu erhaschen. Sie meinte, den Namen Yale gehört zu haben, aber mehr konnte sie nicht verstehen. Jocelin antwortete nicht, aber sie bemerkte, wie er in sich zusammensank.

»Nick, gib du auf sie acht.«

»Was ist denn passiert?« fragte jetzt auch Liza, als er gefolgt von Asher das Zimmer verließ.

»Und du bist besser hier, wenn ich zurückkehre«, rief er über seine Schulter zurück.

Sie sprang vom Stuhl auf, entschlossen, ihm zu folgen, aber Nick hielt sie zurück und verschloß die Tür. Den Schlüssel ließ er in seine Westentasche gleiten.

»Tut mir leid, altes Mädchen.«

»Irgend etwas stimmt da nicht. Bitte, Nick.«

»Jos wird sich schon darum kümmern, wenn irgendwas faul ist.«

»Sie verstehen mich nicht. Ich habe mitbekommen, daß Mr. Fox etwas Wichtiges erwähnt hat.«

Nick zuckte die Schultern. »Ich habe meine Anweisungen.«

»Oooh! Ihr Männer steckt alle unter einer Decke, um die Frauen in den Wahnsinn zu treiben.« Liza trat auf ihn zu und packte ihn an seinem Jackenaufschlag. »Ich habe gehört, wie er etwas über Jocelins Familie gesagt hat.«

»Mag sein. Jos ist noch immer wütend über ... über eine Sache, die lange zurückliegt.«

»Sie wissen Bescheid?« Liza starrte Nick erstaunt an.

Er stierte ungläubig zurück. »Verflucht, Sie auch?«

Sie nickte heftig.

Fluchend wandte Nick sich von ihr ab. »Deshalb haben Sie ihn verlassen.«

»Natürlich nicht. Was für eine blöde Idee.«

Langsam und so, als könnte er nicht glauben, was er gerade gehört hatte, drehte sich Nick wieder zu ihr um. »Zum Teufel, Sie sind in Ordnung. Ein richtiger Schatz.«

»Nichts für ungut«, meinte Liza. »Asher hat den Namen Yale erwähnt. Nick, wenn Jocelin erneut mit Yale aneinandergerät, glaube ich nicht, daß er sich unter Kontrolle halten kann.«

»Zum Teufel.« Nick hantierte mit dem Schlüssel und öffnete die Tür. »Kommen Sie, bevor ihr Vorsprung zu groß wird.«

Sie rasten die Treppe hinunter. Nick rief nach Choke, der erschrocken auftauchte, aber nicht wußte, wohin Jocelin gefahren war. Liza verschwendete keine weitere Minute auf diesen Mann, sondern rief nach Loveday. Der Kammerdiener kam aus dem Dienstboteneingang.

Auf Lizas Frage nickte er zustimmend. »Ja, Mylady. Seine Lordschaft erwähnte Lord Yale. Vielleicht ist er zum Grosvenor Square gefahren.«

Liza und Nick stürmten in seine Kutsche und kletterten wieder heraus, als die Sonne hoch am Himmel stand. Ihr Eintreffen vor der Residenz des Herzogs kam einem Wirbelsturm gleich. Liza sprang aus dem immer noch rollenden Gefährt, und Nick tat es ihr nach. Sie rannten durch die Eingangstüren und vorbei an einem aufgebrachten Butler und einer Empfangsdame.

Nick überholte Liza auf ihrem Weg zum Salon, wo sie auf seine Durchlaucht, die Herzogin und eine junge Dame stießen. Liza eilte japsend auf den Herzog zu.

»Wo ist Jocelin?«

Der Herzog erhob sich und winkte seinen Butler und zwei Dienern ab, die den Eindringlingen auf den Fersen waren. Hochmütig sah er auf Liza hinab.

»Miss Elliot? Sie sind das?«

»Lady Radcliffe«, erwiderte Nick, »und das wissen Sie genau.«

Liza hatte keine Zeit für Spitzfindigkeiten. »Wo ist Jocelin?«

»Junge Frau, ich habe meinen Sohn nicht mehr gesehen, seit er diese abscheuliche Szene mit seinem Onkel zum besten gegeben hat.«

»Dann war er also nicht hier?«

»Nein. Würden Sie jetzt bitte gehen?«

Liza beachtete ihn nicht und wandte sich Nick zu. »Wo kann er denn sonst noch sein?«

»Sicherlich sucht er Yale«, meinte Nick.

»Unsinn. Jocelin schneidet den armen Yale und weigert

sich, ihn zu sehen, wenn es nicht unbedingt sein muß«, sagte der Herzog. »Und überhaupt befindet sich mein Bruder in seinem Club in der Symmonds Street, aber nicht hier.«

Sie jagten durch den dichten Mittagsverkehr der Londoner Innenstadt. Sie kamen nur langsam voran und waren schließlich zu spät in der Symmonds Street. Nick fragte sich im Club durch, denn Damen hatten keinen Zugang. Liza wartete völlig aufgelöst, bis Nick wieder zur Kutsche zurückkehrte. Yale hatte den Club vor mehr als einer Stunde verlassen. Jocelin und Asher hatten auch nach ihm gefragt, waren dann aber umgehend wieder gegangen, als augenscheinlich niemand Yales Aufenthaltsort kannte.

»Ich bin beunruhigt«, sagte sie und rieb sich nervös die Hände im Schoß. »Sie haben Jocelin nicht zusammen mit seinem Onkel erlebt.«

»Das muß ich auch gar nicht.«

Nick trommelte mit seinen Fingern auf das Kutschenfenster, dann hielt er plötzlich inne. »Warten Sie.«

»Was?«

»Warten Sie eine Minute.« Nick begann wieder zu trommeln. »Jocelin hat Yale verfolgt. Jahrelang verfolgt. Um wirklich sicher zu sein.«

»Aber warum sollte dann Asher ...«

»Der alte Asher hat sich nie besonders für Yales Neigungen interessiert.«

Liza packte Nicks Arm. »Herr im Himmel! Es geht gar nicht um Yale. Asher hat von meinen Schnüffeleien erfahren. Jocelin hat ihm gegenüber meine Einstellung zu den Todesfällen erwähnt.«

»Verflucht.«

Liza zog verzweifelt an Nicks Arm. »Es ist Asher, und er hat Jocelin in seiner Gewalt.«

24

Als die Kutsche die Whitechapel Road verließ und Richtung Norden nach Spitalfields abbog, tätschelte Jocelin den Elfenbeingriff seines Revolvers. Er hatte ihn in seinen Gürtel gesteckt, als er mit Asher das Haus verlassen hatte.

Sie kamen an schmutzigen Häuserblöcken aus Ziegelsteinen vorbei, die im Nachmittagslicht der Sonne noch schrecklicher wirkten als in der Dämmerung. Unrat türmte sich vor den Eingängen auf. Undichte Abflußleitungen verströmten ihren Übelkeit erregenden Geruch, und die Straßen wurden zunehmend schmaler und unwegsamer, bis die Häuser schließlich zusammenzuwachsen schienen. Blinde, zerbrochene Fensterscheiben gähnten auf sie hinab.

Ein Streichholzverkäufer schlurfte neben der Kutsche her, als diese wegen eines Wassertanks verlangsamte. Schmutzige, barfüßige Kinder schlugen gegen die Kutsche und rannten lachend weg. Die Kutsche machte einen Bogen um die Fußgänger und den Droschkenverkehr und hielt an der Ecke der Little Thyme Hill und Liverpool Lane. Asher sprang vor, doch Jocelin legte einen Arm auf den Türgriff.

»Bist du sicher, daß der Junge Spitalfields gesagt hat? Und genau diese Ecke?«

»Natürlich. Glaubst du, ich irrte mich bei Spitalfields?«

Sie stiegen aus, und Jocelin wartete, bis Asher den Droschkenkutscher bezahlt hatte. Er betrachtete die rote Ziegelmauer hinter sich, die mit Lagen von uralten Anschlagblättern übersät war — Hinweise auf Theatervorstellungen, Märkte, Tabakverkäufe. Er überblickte die unzähligen schäbigen Häuserreihen am Little Thyme Hill. Der Wind hatte sich gedreht, und er roch den süßen, schweren Geruch von Opium.

»Ich verstehe das nicht«, sagte er zu Asher, nachdem dieser mit dem Kutscher verhandelt hatte. »Warum hat Mott ausgerechnet dir einen Jungen geschickt, der etwas über Yale wußte?«

»Überleg mal«, meinte Asher und betrachtete ihre wenig anziehende Umgebung. »Ich war auf der Vortreppe zu deinem Haus, und der Junge hat mich sicher für dich gehalten. Offensichtlich hatte ihm dein Mann keine genaue Beschreibung mitgegeben.«

Jocelin warf einen Blick auf die Ställe und die heruntergekommenen Wohnhäuser an der Liverpool Lane. »Es paßt nicht zu Yale, sich in einer solchen Gegend aufzuhalten.«

»Jos, sieh doch.«

Asher deutete den Little Thyme Hill hinunter. »Verflucht. Er hat diesen Weg benutzt. Los, komm.«

Ohne auf Jocelin zu warten rannte Asher die Straße hinunter. Jocelin jagte hinter ihm her, bog um eine Ecke und befand sich auf einem Weg, der von Gebäuden mit hohen Fenstern und verschlossenen Türen gesäumt wurde. Irgendwann wurde der Weg von einem hohen Zaun unterbrochen. Asher verschwand gerade hinter diesem Zaun.

»Ash, warte.« Jocelin rannte hinter seinem Freund her. Er drückte sich durch einen Spalt zwischen einer Wand und dem Zaun und fand sich auf einem Hof wieder, der mit alten Getreidesäcken, schmutzigen Kleidungsstücken und zerbrochenen Fässern übersät war. Es gab nur einen Ausgang, der durch eine Tür mitten in einem Gebäude führte, das auf Jocelin einen wenig einladenden Eindruck machte. Aber leider ging Asher im Moment genau durch diese Tür und verschwand in einem dunklen Gang.

Ihm blieb jetzt keine Zeit, nach ihm zu rufen. Der Dummkopf hatte sich geradewegs in eines der Elendsquartiere vorgewagt, in denen es vor Kriminellen nur so wimmelte, denn in diesen Labyrinthen verbargen sich die gefährlichsten Bewohner Londons. Gewiefte Mörder und Diebe hatte Löcher in Wände und Decken, Keller und Dachfirste gebohrt, so daß ein Mann im Handumdrehen verschwinden konnte und nie wieder auftauchte. Jocelin zog seinen Revolver, schlich zur Tür und horchte.

Zunächst hörte er nichts. Dann näherten sich Schritte, und er hörte Ashers Stimme.

»Komm rein. Mott ist hier.«

Die Waffe im Anschlag pirschte sich Jocelin in der Dunkelheit vor. Er konnte Asher als schwache Silhouette erkennen und trat darauf zu. Er war zornig auf seinen Freund, weil dieser ihre Sicherheit außer acht gelassen hatte. Als er den Mund öffnete, um ihn zur Rede zu stellen, lähmte ihn ein plötzlicher Schlag auf seinen Hinterkopf. Er ging in die Knie, und die Welt versank in einem Meer voller Schmerzen.

Mit brennendem Magen und pochendem Schädel wachte er wieder auf. Sein Kopf lag auf einer Pritsche, die mit modrigem Stroh bedeckt war. Er schmeckte Galle und nahm einen gefährlich süßen Geruch wahr. Opium.

Instinktiv verharrte er in seiner Bauchlage. Durch seine Augenschlitze versuchte er, die Umgebung auszukundschaften. Aber er sah nur das schwache Licht einer rußgeschwärzten Lampe, die vor ihm auf dem Boden stand, und eine große, leere Kiste. Ansonsten war der Raum leer und er war allein. Zu allem Überfluß hatte man ihn auch noch gefesselt. Das Seil war von seinen Handgelenken bis zu den Fußknöcheln gezogen worden. Da er seine Hände und Füße kaum noch spüren konnte, befand er sich sicherlich schon eine ganze Weile in dieser Haltung. Allmählich gelang es ihm jedoch, sie wieder besser zu durchbluten, indem er sie hin und her bewegte. Dann versuchte er, sich aufzusetzen. Als er sich zur Seite rollte, hörte er Schritte, und Asher betrat den Raum. Er zog ein Mädchen mit fahlblond gefärbtem Haar hinter sich her. Sie kicherte und schwankte, als er sie in den Raum schubste.

Sie stolperte auf Jocelin zu, seufzte tief und ließ sich dann wie ein Häufchen Elend neben die Pritsche sinken. Als sie seine Wange tätschelte, nahm er den Geruch ihres ungewaschenen Körpers und ihr billiges Parfum wahr.

»Du hattest recht, Schätzchen«, sagte sie mit gurrender Stimme. »Er will nicht. Entspann dich, Schatz. Bald haben wir dich soweit, Kleiner, paß auf.«

»Ash«, sagte Jocelin und blickte von dem Mädchen zu seinem Freund. »Ash, was hast du vor?«

»Hier, trink«, forderte Asher das Mädchen auf und hielt

ihr eine braune Glasflasche entgegen. »Genehmige dir noch einen, bevor du anfängst.«

Das Mädchen entriß Asher die Flasche und leerte sie in einem Zug. »Du bist 'n echter Herr, wirklich.« Sie ließ die Flasche fallen, kroch an die gegenüberliegende Wand und richtete sich grinsend auf.

Jocelin versuchte es erneut, als er und Asher das Mädchen beobachteten. »Was hast du vor?«

»Was ich vorhabe?« Asher schien sich auf etwas anderes zu konzentrieren. »Ach so, mein Vorhaben. Du wirst dich selbst umbringen, mein Bester. Nachdem du diesem armen Fräulein zuviel Brandy gegeben hast. Zuviel Alkohol im Blut, verstehst du. Reue, Selbstanklage, alles zuviel für dich.«

Jocelin starrte seinen Freund an und schüttelte dann langsam den Kopf. »Nein, nein, das darf nicht wahr sein. Du hast doch nicht die ganzen Morde begangen. Das könntest du nicht tun. Du warst es nicht. Ich will nicht glauben, daß du es gewesen bist. Zur Hölle mit dir, Asher. Verflucht.«

Asher hörte ihm nicht zu. Er kniete neben Jocelin und überprüfte dessen Fesseln. Dann lehnte er sich zurück und rieb sich immer wieder über seine Augen, als wollte er aus einem Alptraum erwachen.

»Ash, laß mich frei.«

Die Hände vor sein Gesicht geschlagen reagierte Asher überhaupt nicht. Jocelin nannte noch einmal seinen Namen, doch als Antwort erhielt er nur ein dünnes, leises Wimmern, ähnlich dem eines hungrigen Wolfsjungen. Dieses Wimmern ging Jocelin durch Mark und Bein. Dann erhob sich das Wimmern plötzlich zu einem Grollen. Seine Hände sanken, und Jocelin sah sein von kalter Furcht gezeichnetes Gesicht.

»Was ist denn?« fragte er. »Ash, binde mich los.«

Asher schüttelte den Kopf. »O mein Gott, warum ausgerechnet du? Früher oder später hättest du Liza geglaubt.«

Ohne jede Warnung spang Asher auf und holte ein weiteres Stück Segeltau von draußen herein. Als er zurückkehrte, zitterte er, und sein Blick war auf den Strick fixiert. Er schlang ihn um einen Dachbalken und formte mit zitternden Händen eine Schlinge. Dann verschwand er mit dem Ende des Taus hinter der Tür, vermutlich, um es dort zu befestigen. Dann kniete er sich wieder neben Jocelin. Während Asher versuchte, ihn in Sitzhaltung aufzurichten, versuchte Jocelin noch einmal, ihn zu einer Antwort zu zwingen.

»Zum Teufel mit dir, antworte endlich!«

Asher stellte Jocelin aufrecht hin und lehnte ihn gegen eine Wand. Er schob die Kiste unter den Strang und kehrte zu Jocelin zurück. Als er ihn packen wollte, sprang Jocelin außer Reichweite und fiel dabei wieder zu Boden. Der Schmerz des Aufpralls schien seinen Kopf beinahe zu spalten. Nach Luft schnappend lag er mit dem Gesicht auf der Erde, bis Asher ihn wieder auf den Rücken drehte. Eine Hand strich ihm sanft das Haar aus den Augen. Er atmete schwer und versuchte gegen den Schmerz anzukämpfen, während Asher ihm über Haar und Wangen strich.

»Es tut mir leid. Es ist die Bestie. Sie hat die Gefahr gewittert.«

Jocelin biß sich auf die Lippe und schwieg. Schließlich war er in der Lage, seine Augen wieder zu öffnen und Asher zu fixieren.

»Wenn du dich nur nicht erinnert hättest«, beschwor ihn Asher. »Wenn du doch nur nicht diese kleine Schlampe geheiratet hättest. Dieses hinterlistige kleine Biest, das seine Verdächtigungen äußerte und damit unsere Erinnerungen aufgewühlt hat ... aber du hättest ihr ohnehin früher oder später geglaubt, deshalb muß ich jetzt die Bestie in mir befreien.«

»Großer Gott, Asher, was ist los mit dir?«

Asher kroch neben Jocelin, fuhr ihm sanft durchs Haar und schluchzte. »Ich habe mein Pferd in Balaklava verloren und nahm das von Cheshire. Ich, der ich einer Familie mit Generationen von Kriegshelden abstamme, nahm das Pferd eines anderen Mannes. Es war soviel Aufruhr auf dem Schlachtfeld, und ich dachte, daß mich niemand gesehen hätte. Du warst verwundet und ohnmächtig. Aber dann äußerte Pawkins irgend etwas, und ich mußte ihn töten, denn sonst hätten es alle erfahren. Ich hätte die Schmach nicht ertragen.«

»Oh, nein.« Jocelin biß vor Entsetzen über diese Enthüllung die Zähne zusammen. Asher strich ihm immer noch übers Haar. »Wie viele waren es? Cheshire, Pawkins, Airey, Elliot?«

Weinend hob Asher Jocelin hoch, so daß er sich neben ihn kauern konnte. Er wippte unablässig vor und zurück, hatte den Kopf über seinen Gefangenen gebeugt und schluchzte.

»Du kannst dir nicht vorstellen, wie ich mich fühlte. Mein Urgroßvater, mein Großvater, mein Vater, sie alle waren Helden in ihren Regimentern — ich könnte dir die Triumphe jedes einzelnen meiner Ahnen nennen — bei Waterloo, in Italien, Frankreich, Amerika. Und dann kam ich.«

»Ash, hör mir zu.« Er hörte nur Schluchzen. Seine Nerven waren zum Zerreißen gespannt, und er stieß seine Schulter in Ashers Brustkorb. »Ash!«

Das Schluchzen hörte augenblicklich auf. Jocelin spürte, wie eine Hand sein Gesicht tätschelte.

»Es tut mir so leid.«

Jocelin fluchte, als Asher ihn erneut hochhievte und ihn zu der Kiste zog. Asher legte ihm die Schlinge um seinen Hals und zog sie fester.

»Das willst du doch gar nicht tun.« Er wagte es nicht, sich von der Kiste zu stürzen, weil er befürchtete, die Schlinge würde sich zuziehen. Mit ungeahnter Kraft brachte Asher Jocelin auf der Kiste in eine stehende Position. Es war kaum Platz für beide. Jocelin schwankte, aber Asher hielt ihn fest und zog die Schlinge um seinen Hals noch fester zu.

Jocelin mußte Asher dazu zwingen, ihn anzusehen und ihm zuzuhören. »Tu es nicht. Ich werde es niemandem erzählen. Du bist mein bester Freund.«

»Nein, nicht mehr seit du diesen Burschen Ross kennst.«

Asher löste Jocelins Kragen, so daß die Schlinge ihm die bloße Haut scheuerte.

Jocelin senkte vorsichtig den Kopf und nahm Ashers Blick wahr. »Du kannst mich nicht töten. Sonst hättest du es bereits in Scutari getan.«

Tränenüberströmt umschlang Asher Jocelin und drückte ihn.

»Binde mich los, Asher.«

Mit einem unterdrückten Schluchzen sprang Asher von der Kiste und stemmte sich mit der Schulter dagegen.

Als die Kiste sich bewegte, schrie Jocelin auf. Immer noch in Tränen aufgelöst stemmte sich Asher erneut gegen die Kiste; mit einem Knacken bewegte sie sich einige Zentimeter. Seine Stiefel fanden nur noch mit Mühe Halt, und sein Genick brannte wie Feuer, als Jocelin versuchte, sein Gleichgewicht wiederzufinden. Als Asher mit einem traurigen, verzweifelten Aufschrei der Kiste einen weiteren Stoß versetzte, verlor er wieder seine Balance. Seine Lungen kochten und sein Kopf wurde von einer erneuten Schmerzattacke heimgesucht.

Dann hörte er einen weiteren Schrei, doch diesmal bewegte sich die Kiste nicht. Zur gleichen Zeit, als er Ashers Entsetzensschreie vernahm, wurde irgend etwas um seine Beine gewickelt. Die Kiste wurde wieder unter seine Füße geschoben. Er hörte einen Schuß und ein Krachen, dann stand jemand vor ihm. Sein verschwommener Blick nahm nur zwei Hände wahr, die an sein Genick griffen. Die Schlinge wurde ihm abgenommen, und er taumelte von der Kiste auf den Boden.

Jemand rief seinen Namen, doch er war zu sehr damit beschäftigt, tief und befreit Atem zu holen. Dann wurde er von einem Schwindelgefühl übermannt und verlor sein Bewußtsein.

Als er seine Augen öffnete, standen Liza und Nick mit fragendem Blick über ihn gebeugt. Fluchend fuhr er sie an.

»Verdammt, Liza, was hast du ... hmhm ... hast du denn hier zu suchen?« Er stöhnte. Dann riß er erneut die Augen auf. »Asher.«

Nick setzte ihn auf. Asher lag auf dem Rücken und blutete aus einem Loch auf seiner Brust. Über ihn gebeugt stand ein städtischer Polizist, dessen Uniformknöpfe im Lampenlicht matt schimmerten. »Exitus, Sir. Er hätte seine Waffe nicht ziehen sollen. Mr. Ross blieb keine andere Wahl.«

Jocelin starrte auf die Leiche seines Freundes, dann legte Liza ihre Hand in die seine.

»Es tut mir leid«, sagte sie. »Aber er hätte kein Mitleid gehabt. Es war entsetzlich. Er heulte wie ein wildes Tier. Es tut mir so leid, mein Liebster.«

Während sich Nick leise mit dem Polizisten unterhielt, betrachtete Jocelin immer noch Ashers leblosen Körper.

»Du hast recht behalten«, meinte er zu ihr gewandt. Diese Kreatur, die ihn hatte töten wollen, war nicht Ash gewesen. Stöhnend wandte er den Blick von der Leiche ab. Bei dem Gedanken, wie sein Freund sich in eine heulende Bestie verwandelt hatte, lief es Jocelin heiß und kalt den Rücken hinunter. Ashers Persönlichkeit schien in die eines Tieres und eines Menschen gespalten gewesen zu sein. Der Mensch in Asher hatte zu seinem Freund gehalten und ihn vor vielen Jahren vor Yale beschützt. Und das Tier? Wer wußte schon, welche Laune der Natur Asher die Fähigkeit mitgegeben hatte, sich in ein solches Ungeheuer zu verwandeln?

Schließlich hatte Ash jeden einzelnen von ihnen beobachtet, alle, die zu ihrem engen Freundeskreis gehört hatten. Asher, der Fels in der Brandung, der ihm mehr bedeutet hatte als ein Bruder, hatte sie belauert und Ränke geschmiedet, ohne daß Jocelin jemals etwas davon geahnt hatte. Sein Verstand raste bei dem Versuch, die hinterhältige Bestie mit seinem Freund Ash in Verbindung zu bringen. Und Liza, Liza hatte standhaft auf der Existenz eines Mörders beharrt. Aber selbst sie hätte niemals mit der Abscheulichkeit gerechnet, der sie sich hier gegenübersahen.

Er hätte sie ernst nehmen sollen. Sie verdiente sein Vertrauen und seinen Respekt. Sie saß neben ihm. Seufzend ergriff er ihre Hand.

Ohne jede Ankündigung warf sich Liza in seine Arme und begann zu weinen. Irritiert vergaß er seinen brummenden Schädel und zog sie eng an sich.

»Ich dachte, er hätte dich umgebracht«, schluchzte sie.

»Es hat nicht viel daran gefehlt.«

»Wir sind zum Haus deines Vaters gefahren und dann in Yales Club. Wir haben alle Straßen abgesucht, bis wir einen Droschkenkutscher trafen, der meinte, dich gesehen zu haben, und dann sind wir in deine Richtung gefahren. Es hat

Stunden gedauert, doch schließlich hat Nick die Mietdroschke gefunden. Der Kutscher hatte keine Lust mehr, auf dich zu warten und war auf dem Weg zurück ins West End.«

Er massierte seine Schläfen und tätschelte dann, als sie weitersprach, ihren zitternden Rücken.

»Ich kann es immer noch nicht glauben. Ich habe die ganze Zeit nach dem Mörder gesucht, und jetzt, da ich ihn gefunden habe ... armer William Edward.« Sie hob ihr tränenfeuchtes Gesicht und blickte ihm in die Augen. »Aber das bringt ihn auch nicht wieder zurück. Herr im Himmel, das macht ihn nicht wieder lebendig!«

Schluchzend ließ sie ihr Gesicht an seine Schulter sinken, und Jocelin umschlang sie noch inniger. Plötzlich lehnte er den Kopf vorsichtig zurück an die Wand, denn sein Blick war verschwommen. »Liza, ich bin dir so dankbar, daß du mich gerettet hast, aber ich befürchte, nicht in dem Zustand zu sein, dir wirklichen Trost spenden zu können. Mir ist, als hätte ich einen entsetzlichen Brummschädel.«

Er versuchte noch, sich auf ihre Antwort zu konzentrieren, doch irgendwie sank er erneut in einen entrückten Dämmerzustand. Als Nick ihn hochhob, wurde er kurz wach, und dann noch einmal in der Kutsche. Erst als man ihn in sein eigenes Bett gelegt hatte, kam er wieder zu Bewußtsein.

Er lag auf der Seite. Als er die Augen öffnete, nahm er die silbergrauen Damastlaken und Sonnenlicht wahr. Irgend etwas beschwerte seine Füße. Er bewegte sich und sah ans Bettende, wo Liza, immer noch in ihrer Dienstbotenuniform, halb liegend auf seinen Decken kauerte. Er setzte sich langsam auf und war erleichtert, daß sein Kopf kaum noch schmerzte.

Stirnrunzelnd betrachtete er Lizas Schürze und ihre abgearbeiteten Hände, dann wanderte sein Blick zu ihrem zerzausten Haar und den üppigen Kurven.

Ein Seufzen entfuhr ihm. Den Kampf, in dem er hart und unerbittlich hatte bleiben wollen, hatte er bereits so gut wie verloren. Schließlich hatte sie ihm gemeinsam mit Nick das Leben gerettet. Irgendwie würde er sie davon überzeugen müssen, daß sie sich in Zukunft damenhafter verhielt.

Dann schweiften seine Gedanken zurück zu Asher.

Es gelang ihm immer noch nicht, diese Wandlung seines Freundes zu begreifen. Er hatte Wachträume, in denen Ashers Augen — losgelöst von seinem Körper — vor ihm erschienen und ihn mit der Erbarmungslosigkeit eines Reptils und ohne jede Spur von Menschlichkeit anstarrten. Er würde niemals erfahren, warum Asher diese Verwandlung durchlaufen hatte. Welche unbegreiflichen Grausamkeiten waren an ihm begangen worden, daß sich dieser ehrenhafte Mann in eine blutrünstige Bestie verwandelt hatte?

Während er sich badete und anzog, gab Jocelin es schließlich auf, eine Erklärung für Ashers widernatürliches Verhalten zu finden und dachte statt dessen an Liza. Sie hatte ihm das Leben gerettet. Die liebe, uneinsichtige Liza mit den raschelnden Unterröcken und ihrem Zitronenduft. Er sah jetzt ein, daß seine Bedenken hinsichtlich ihrer geschäftlichen Tätigkeit nicht berechtigt gewesen waren. So glaubte er zumindest.

Loveday berichtete ihm, daß sie die ganze Nacht an seinem Bett gewacht hatte. Und jetzt war sie am Fußende seines Bettes eingeschlafen.

Die Polizei kam ins Haus, verbrachte Stunden damit, ihn über Ashers Tod zu befragen, und ging dann wieder. Nick kam kurz vorbei, um sich nach Jocelins Befinden zu erkundigen. Dann kam zu seinem größten Bedauern auch noch seine Familie. Er ruhte sich gerade auf dem Sofa in der Bibliothek aus und nahm dort seinen Kaffee ein, als sein Vater, seine Mutter und Georgiana hereinrauschten. Seine Schwester und die Herzogin schimpften mit ihm, während sein Vater eine genaue Schilderung des Tathergangs forderte.

Als Jocelin seine Geschichte beendet hatte, betrat Liza den Raum und bot den Anblick gesellschaftlicher Erhabenheit in türkisfarbener Seide, die sie beim Schreiten umschmeichelte. Er stutzte aufgrund ihrer Veränderung vom Mädchen für alles zur Dame des Hauses. Als er sie seinen Eltern vorstellte, machte sie einen anmutigen Knicks und lächelte seine Schwester unsicher an. Sie verbrachten eine ungemütliche halbe Stunde miteinander, die in bedeutungsloser Konversation verstrich. Seine Mutter beäugte Liza, als erwartete sie, sie würde Tabak kauen.

»Nun«, meinte sein Vater schließlich und unterbrach Jocelins Träumereien, »jetzt hast du die ganze Zeit einem unglücklichen Mißverständnis mit deinem Onkel Yale nachgehangen, dabei ist dein engster Freund ein verfluchter Mörder.«

Er warf den Kopf hoch. »Vater, verlaß das Haus.«

»Was?« brüllte der Herzog.

Er schoß von der Couch hoch und schrie seinem Vater ins Gesicht. »Ich sagte, verlaß dieses Haus!«

Zitternd vor lauter Willensanstrengung, den Herzog nicht ins Gesicht zu schlagen, versteckte Jocelin die zur Faust geballte Hand hinter seinem Rücken, drehte sich auf dem Absatz um und ging zum Kaminsims. Er stand mit dem Rücken zum Zimmer, aber er brauchte sich nicht umzusehen, um zu wissen, wie sein Vater sich jetzt verhielt. Im Raum herrschte absolutes Schweigen, und er war sich sicher, daß der Herzog versuchte, sich unter Kontrolle zu bekommen. Es war nicht statthaft für einen Herzog, vor der Enkelin eines Fleischers ein zweites Mal sein Gesicht zu verlieren. Jocelin konnte Liza aus einem Augenwinkel beobachten. Sie blickte seinen Vater mit leicht gerümpfter Nase an, als hätte sie soeben Pferdemist an den Stiefeln eines Gastes gerochen.

Dann hörte er, wie Georgiana den Herzog davon überzeugte, den Raum zu verlassen. Das Gewicht auf seinen Schultern gab etwas nach, aber der Kopf schmerzte wieder und es gelang ihm nicht, die Bilder von Ash und Yale aus seiner Vorstellung auszumerzen. Er mußte mit Liza sprechen. Das Gespräch mit ihr verschaffte ihm stets Beruhigung oder zumindest eine gewisse Erleichterung.

»Jocelin.« Seine Mutter trat zu ihm und senkte ihre Stimme, als sie in Richtung der Tür blickte, durch die ihr Mann gerade gegangen war. »Jocelin, du mußt wirklich lernen, deinen Vater nicht anzugreifen. Das macht alles nur noch schlimmer, und dann wird er zornig. Wenn du doch nur lernen könntest, dich zu mäßigen und ihn nicht vor den Kopf zu stoßen.«

Während seine Mutter sprach, hatte sich Liza zu ihnen gesellt. Er hörte das Rascheln und Knistern von Seide und nahm den leichten Duft von gestärkten Unterröcken und Zitrone wahr. Da wurde er innerlich geschüttelt wie die Erde bei einem Beben. Jocelin blickte von Liza, die wie ein kleines Energiebündel wirkte, auf seine zaudernde Mutter. Die Erleuchtung traf ihn wie ein Blitz. Er hatte seiner Mutter nie vorgeworfen, ihn nicht gegen seinen Vater und Yale unterstützt zu haben. Das hätte er besser getan. Ihre ganzen Bemühungen waren nur auf ihren eigenen Seelenfrieden gerichtet gewesen — und hatte ihn den Preis der Schmach, des Ausgestoßenwerdens aus seiner Familie gekostet. Wie gelähmt von dieser Einsicht konnte er nicht eingreifen, als Liza die Herzogin ansprach.

»Mylady, Unrecht wird nicht dadurch gesühnt, daß man die Augen davor verschließt.«

»Junge Frau!«

»Tut mir leid«, meinte Liza nicht im mindesten beeindruckt, »aber wenn Sie vor Mißbrauch die Augen verschließen, fordern Sie zum Mißbrauch auf. Vielleicht finden Sie es ja angenehm, pausenlos tyrannisiert und herumgeschoben zu werden, aber Sie können nicht das gleiche von Ihrem Sohn erwarten.«

Die Herzogin gab Geräusche von sich, die an das Gackern einer aufgescheuchten Henne erinnerten. »Jocelin, diese ... diese Person hat deine Mutter beleidigt.«

Er grinste seine Frau an und schüttelte dann den Kopf. »Nein, Mutter, das hat sie nicht, sie hat dir lediglich widersprochen. Darin besteht ein Unterschied.«

»Oh!«

Keifend vor lauter Entrüstung spurtete die Herzogin aus der Bibliothek.

Lächelnd wandte sich Jocelin Liza zu und küßte ihre Hand. Zu seiner Überraschung zog sie ihre Hand weg und schlüpfte hinter das Sofa. Von dort sah sie ihn fest an.

»Stimmt irgend etwas nicht?« fragte er sie.

»Du wirst weder meine Hand noch sonst irgendwas küssen, wenn wir nicht vorab ein paar Dinge regeln.«

»Es schickt sich nicht für eine Frau, ihren Ehemann herumzukommandieren.«

Er ging auf sie zu, blieb aber vor dem Sofa stehen, als sie ausweichen wollte. Er hob die Hand zum Zeichen des Friedens, sprang dann jedoch auf sie zu. Er umfaßte ihre Taille und zog sie auf das Sofa. Dann wirbelte er sie herum und setzte sie auf seinen Schoß. Während sie nach ihm trat, versuchte er, ihre abwehrenden Arme in den Griff zu bekommen.

Als sie ihm schließlich gar nicht zuhören und auch ihre Attacken nicht einstellen wollte, drehte er sie um und warf sich auf sie, so daß sie beide in voller Länge auf der Couch lagen.

»Wirst du jetzt endlich Ruhe geben?« fragte er.

»Krieg keine Luft mehr.«

Er verlagerte sein Gewicht, und sie schnappte nach Luft. Dann legte er sich wieder auf sie und sie japste.

»Wirst du jetzt still sein und mir zuhören?«

»Aua ...«

Er hielt ihre Handgelenke umfaßt und blickte ihr in die Augen. Die türkisfarbene Seide ließen sie so dunkel wie einen reißenden Strom bei Gewitter erscheinen.

»Wir müssen zu einer einvernehmlichen Lösung gelangen«, sagte er mit gebieterischer Offiziersstimme. »Ich kann keine Ehefrau an meiner Seite dulden, die ein Geschäft führt.«

»Aber ...«

»Und ich lasse dich nicht gehen. Du bist meine Frau, und dein Platz ist an meiner Seite.«

»Warte mal ...«

»Und wenn du noch einmal nach East London verschwindest, werde ich dein schönes Hinterteil so versohlen, daß du eine Woche lang nicht sitzen kannst.«

Liza funkelte ihn an. »Versuch's doch, und du wirst sehen, was du davon hast.«

Sekundenbruchteile beobachtete er sie. »Was für eine hinterhältige Drohung.«

»Ich bin nicht dumm. Ich bin nicht allein gegangen.«

»Das ist wahr.«

»Aber ich werde nicht ...«

»Willst du ruhig sein, oder muß ich dich noch mal halb zerquetschen? Ich warne dich, das macht mir großen Spaß.«

Um ihn nicht ansehen zu müssen, drehte sie den Kopf weg.

»Wenigstens siehst du doch noch den Segen der Kompromißbereitschaft ein. Ich finde es nach wie vor erstaunlich, daß ich dich jemals für einen süßen kleinen Dummkopf halten konnte. Keine Antwort? Hervorragend. Also, wie ich bereits andeutete, bevor du mich wieder unterbrechen mußtest, kann ich keine Frau an meiner Seite dulden, die ein Unternehmen führt. Allerdings sehe ich keinen Grund, warum Mr. Hugo Pennant nicht seinen üblichen Geschäftsaktivitäten nachgehen sollte.«

Sie drehte den Kopf und starrte ihn an. »Aber ich bin doch Pennant.«

»Das weiß ich, aber ich bin der einzige mit diesem Wissen. Wenn unsere Kreise es erführen, würden sie Pennant's wie eine heiße Kartoffel fallen lassen.«

»George Sand.«

»Wie bitte?«

Liza lächelte ihn an. »Frauen haben ihre Fähigkeiten viele Jahre lang verbergen müssen. Ich denke nur an George Sand, George Elliot.«

»Hugo Pennant.« Er hing an ihren Lippen und hatte plötzlich keine Lust mehr auf weitere Argumente, sondern interessierte sich nur noch für eine Verständigung. »Liza, Schätzchen, glaubst du, wir werden uns einig?«

Ihr Blick streifte sein Gesicht. »Warum hast du deine Einstellung geändert?«

Er sah zur Seite und hoffte, daß sein Gesicht nicht von Schamesröte überzogen war.

»Jocelin?« Liza klang vollkommen verblüfft. »Jocelin Marshall, du wirst ja rot im Gesicht.«

Die Zähne zusammenbeißend wandte er sich ihr wieder zu. »Wenn du jetzt nicht still bist, erkläre ich dir gar nichts mehr.«

»Ja, Mylord.«

Verflucht. Sie biß sich auf die Unterlippe, um nicht laut loszuprusten. Er faßte sich ein Herz, bevor ihn sein Mut vollends verließ.

»Ich hatte An … Verflucht. Ich hatte Angs …« Er hielt inne, räusperte sich und blickte auf ihr Kinn. »Ich hatte Angst, du wolltest dieses verdammte Pennant's mehr als mich.«

Er wartete, aber sie lachte nicht. Er sah sie kurz an und bemerkte, daß sie ihn ungläubig musterte.

»Du warst eifersüchtig auf Pennant's? Lieber Himmel, du hast wirklich geglaubt, ich wäre mehr an meiner Arbeit interessiert als an dir? Jocelin Marshall, du bist verrückt, und ich bin verrückt, weil ich dich so sehnsüchtig liebe, daß ich dein Gesicht auf jedem Blatt Papier und auf jedem Vertrag sehe, dein hinterhältiges Lachen statt der Berichte meiner Angestellten höre und mir wünsche, neben dir in deinem Bett zu liegen, statt an meinem Schreibtisch zu sitzen.«

Erleichterung und Glücksgefühle durchströmten seine Seele. Jocelin hörte, wie er eine Frage stellte, die er noch nie zuvor an eine Frau gerichtet hatte.

»Bist du sicher?«

Liza schürzte ihre Lippen und drückte sie auf seinen Mund.

Er vergaß die Frage, spürte bereits ein Ziehen in seinen unruhigen Lenden, doch dann brach sie ab und fragte ihn erneut.

»Und jetzt verstehst du mich? Du hast deine Meinung wirklich geändert?«

»Ich kann mich ändern, und ich bin auch kompromißbereit, Mädchen, selbst wenn man mir dafür zunächst eine Lektion erteilen muß. Ich habe auch begriffen, daß ich tot wäre, wenn du wirklich zu diesen hilflosen und hohlköpfigen Frauen gehörtest.«

»Gütiger Himmel, du hast recht. Daran habe ich gar nicht gedacht.«

»Aber ich. Und dann ist da noch Mutter.«

»Sie könnte sich ebensogut ›Rühren Sie mich nicht an‹ aufs Kleid sticken.«

Während sie sprach, beobachtete er ihre Lippen. »Liza.«

»Ja.«

»Ich möchte nicht über Mutter sprechen und auch nicht über Pennant's. Ich möchte eigentlich gar nicht reden.«

Sie seufzte unter ihm. »Jetzt, da du es erwähnst. Ich eigentlich auch nicht.«

Er preßte seine Lippen auf die ihren und ließ seine Zunge in ihren Mund gleiten. Als er auf sie niedersank, spürte er, wie ihre Beine nachgaben. Er bedeckte jeden Winkel ihres Gesichts mit Küssen und atmete den Duft von Zitronen ein.

»Jocelin, bitte, Jocelin, nicht hier.«

»Schätzchen, was du dir einbrockst, mußt du auch auslöffeln.«

Als er an ihrem Ohr knabberte, seufzte sie. »Du wirst schon wieder zum Revolvermann. Hör damit auf, Jocelin Marshall. Ich werde nicht ...«

Er schnitt ihr das Wort ab, indem er sie auf den Mund küßte. Er bahnte sich mit den Lippen einen Weg zu ihren Hüften und preßte sie fest an sich. Als er den Kopf hob, versuchte sie, etwas zu sagen, aber er bedeckte ihre Lippen mit einem Finger.

»Sei still, Schätzchen. Es hat keinen Sinn, Befehle auszuteilen, wenn niemand zuhört.«

»Dann mußt du mir zuhören.«

Er starrte in diese faszinierenden dreifarbigen Augen und bemerkte den Unmut darin. Er spürte, wie ihre Hüften gegen seinen Körper drängten.

»Warum, du kleine ...«

»Ach ... hmhm.«

Er sprang auf. Liza setzte sich aufrecht hin, und dann sahen sie sich beide Loveday gegenüber.

»Ich hatte geklopft, Mylord, aber wir waren anderweitig beschäftigt und haben nicht reagiert.«

Jocelin rückte seine Krawatte gerade und fuhr sich mit den Fingern durchs Haar. »Verflucht, Loveday.«

»Entschuldigung, Mylord, aber eine gewisse Person besteht darauf, vorgelassen zu werden.«

»Eine gewisse Person?« Er sah fragend zu Liza, aber diese schüttelte nur verwirrt den Kopf.

Lovedays ohnehin schon steife Haltung wurde starr wie die Säulen von Reverie. »Eine Person von niederer Herkunft, die Gewaltbereitschaft ausstrahlt, Mylord.«

In diesem Augenblick drang aus der Halle eine laute Stimme zu ihnen nach oben.

»Lackaffe! Wo bist du blöder Scheißer bloß?« Toby Inch stob in den Raum und schwang einen Knüppel. »Miss, da sind Sie ja.« Mit den Armen rudernd spurtete er an Loveday vorbei in Richtung Jocelin.

»Und Sie lassen sie in Ruhe, Sie aufgeblasener, geiler Bastard.«

Liza schrie auf, als sich Toby mit diesen Worten auf Jocelin stürzen wollte. Seufzend bückte er sich und streckte einen Fuß aus. Toby stolperte darüber und fiel lautstark zu Boden. Er haute sich seine Waffe selbst an den Kopf und heulte auf. Jocelin legte einen Arm um Lizas Schulter, und gemeinsam betrachteten sie den fluchenden Eindringling.

»Toby«, meinte Liza. »Es tut mir leid, daß ich dich nicht benachrichtigt habe. Der Vicomte und ich haben uns versöhnt.«

Toby saß da und rieb sich den Kopf. »Sie hätten mir verdammt was sagen können.«

»Halten Sie Ihre Sprache in der Gegenwart meiner Frau im Zaum, Sir«, ermahnte ihn Jocelin.

»Meine Sprache? Meine? Haben Sie die Chefin schon mal reden gehört?«

Murrend warf Jocelin einen Blick auf Liza. »Ist das wahr?«

Sie preßte ihre Lippen aufeinander, und er bemerkte, wie sie sich bemühte, nicht zu lächeln.

»Tut mir leid, aber Toby wird wohl recht haben.« Sie schmiegte sich enger in seine Armbeuge und legte eine Hand auf seinen Brustkorb. »Wirst du damit fertig?«

Er grinste sie an. »Wenn du mich für dieses Laster entschädigst.«

»Ach-hm.« Loveday beugte sich über den fluchenden Toby. »Mylord, soll ich diese Person in die Küche führen und mich um ihn kümmern?«

»Wen nennen Sie hier eine Person, Sie aufgepfropfter Nußknacker?«

»Ein hervorragender Vorschlag«, meinte Jocelin.

Mit einer hochgezogenen Braue zwang Loveday Toby zum Gehen und bugsierte ihn aus dem Zimmer. Dann verbeugte er sich vor seinem Herrn.

»Wenn ich noch etwas ausführen darf, Mylord.«

Jocelin drückte Liza bereits wieder auf das Sofa zurück. Er gab ihr einen kleinen Schubs, und sie sank in die Kissen. Er kniete sich auf ein Kissen neben ihren Schenkeln.

»Es war nicht unsere Sitte«, fuhr Loveday fort, »private Zusammenkünfte in der Bibliothek durchzuführen.«

Jocelin hörte kaum auf seinen Kammerdiener, sondern war voll und ganz damit beschäftigt, die Flecken in Lizas Augen zu zählen. Sie legte ihre Hand auf seine Hüfte, und selbst wenn er mit Loveday hätte sprechen wollen, es wäre ihm nicht gelungen. Sie errötete, streichelte seinen Schenkel und wagte es dann, an Jocelin vorbei zu dem Diener hinzusehen.

»Wir werden ab sofort neue Sitten einführen, Loveday. Und jetzt können Sie gehen.«

Beide grinsten, als die Tür ins Schloß fiel. Jocelin liebkoste Lizas Wange.

»Warte«, meinte sie und entwand sich ihm.

Er bemerkte ihr vorgeschobenes Kinn und seufzte. »Ich weiß, was du sagen willst.« Er sank neben sie auf das Sofa, streckte die Beine aus und sah sich ihrem grimmigen Blick ausgesetzt. Nach einem kurzen Augenblick wandte er sich ihr zu und flüsterte: »Du weißt, daß ich Sinclair und die anderen nicht umgebracht habe. Das brauchte ich auch gar nicht, Liza, denn ich möchte nicht so enden wie Ash.«

Liza warf sich in seine Arme, küßte ihn und schnatterte zur gleichen Zeit los. »Ich hatte solche Angst, du würdest es nicht einsehen. Solche Angst, daß du deine Rachefeldzüge nicht aufgeben könntest.« Sie schmiegte ihre Wange an sein Gesicht.

»Nick meinte, daß ich nicht weitermachen könnte, weil es mich sonst zerstören würde.«

»Er hat recht«, sagte sie, als sie sich aus seiner Umarmung löste und ihm fest in die Augen sah. »Du kannst diesen Kreuzzug nicht weiterführen und höchstes Gericht spielen.«

»Aber ich kann es auch nicht zulassen.«

Sie lächelte ihn an. »Ich auch nicht. Und es besteht auch keine Veranlassung dazu, diejenigen nicht zu belangen, die es verdient haben. Legal, meine ich. Wir beide können aber diejenigen retten, die unsere Hilfe benötigen.«

»Aber es ist nicht einfach, das innere Gleichgewicht zu halten. Wenn ich diese Peiniger sehe, möchte ich sie umbringen.«

»Nein, das wird bestimmt nicht einfach.« Liza drückte seine Hand. »Vielleicht sollten wir ein Heim oder eine Stiftung gründen. Ich weiß auch nicht, was richtig ist.«

»Ich auch nicht.«

»Aber wenigstens«, sagte sie und sah ihn an, »können wir die Lösung gemeinsam erarbeiten.«

Er lächelte und gab ihr einen flüchtigen Kuß. Dann wurde er ernst. »Dir ist klar, daß ich mich noch mit deinem Vater auseinandersetzen muß?«

»Du meinst, als Revolverheld?«

»Genau.«

Sie drückte seine Hand eneut. »Darf ich zusehen?«

Er lachte, und plötzlich war sein Geist befreit.

»Du bist für mich eine Erlösung, meine süße Liza. Du gibst mir den Seelenfrieden zurück.«

Sie schmiegte sich an ihn und glitt mit ihrer Hand über seinen Schenkel, so daß er den Atem anhielt.

Liza grinste ihn an. »Nun, Schatz«, mockierte sie sich, »wenigstens ein Teil an dir scheint ja nicht ganz so friedlich zu sein.«

Lachend warf er sich auf sie und drückte sie auf das Sofa zurück. »Im Moment nicht, Schätzchen, aber das wird noch. Bald.«

Liza zog ihn zu sich hinunter. Als ihre Körper sich berührten, stöhnte sie und flüsterte ihm zu: »Von mir aus muß es gar nicht so bald sein.«